U0607001

文化寿州丛书之

文润寿春

WENHUA SHOUZHOU CONGSHU
ZHI WENRUN SHOUCHUN

楚仁君 著

时代出版传媒股份有限公司
安徽文艺出版社

图书在版编目（ＣＩＰ）数据

文润寿春/楚仁君著.--合肥：安徽文艺出版社,2021.12
（2024.2 重印）
（文化寿州丛书）
ISBN 978-7-5396-7324-0

Ⅰ．①文⋯ Ⅱ．①楚⋯ Ⅲ．①散文集－中国－当代
Ⅳ．①I267

中国版本图书馆 CIP 数据核字(2021)第 217421 号

出 版 人：姚　巍
责任编辑：张　磊　　　　　装帧设计：徐　睿
· ·
出版发行：安徽文艺出版社　　www.awpub.com
地　　址：合肥市翡翠路 1118 号　　邮政编码：230071
营 销 部：(0551)63533889
印　　制：山东百润本色印刷有限公司　　(0635)3962683
· ·
开本：710×1010　1/16　印张：17.25　字数：310 千字
版次：2021 年 12 月第 1 版
印次：2024 年 2 月第 2 次印刷
定价：59.80 元
· ·

《文润寿春》编委会

目　录

第二辑 修文化人

序

翁　飞

寿春古邑，作为战国七雄之一楚国的最后一座都城，经历了 2260 多年的时光。岁月的磨洗，仍然抹不去她的风姿绰约、凝重华贵。尽管从公元前 241 年楚考烈王迁都寿春，历经楚考烈王、楚幽王、楚哀王、楚王负刍四王，到公元前 223 年楚国被秦国灭亡为止，前后只有 18 年，但据史料记载，楚国作为一个在春秋时期就崛起的大国，从公元前 1042 年至公元前 223 年，存在时间约 819 年，几乎与周王室的兴衰同步，其中在江淮地区就占了一半时间。因此，要剖析楚国迁都寿春的缘由，必须要了解和掌握楚东渐江淮的历史。楚，原为江汉间小国，与江淮地区的寿春相距千里。楚，原为南方小国，在西周成王时，因举文武勤劳之嗣，封于子男之田，居丹阳。至西周晚期，"甚得江汉间民和，乃兴兵伐庸、扬，至于鄂……皆在江上楚蛮之地"。进入春秋，周王室衰落，诸侯争霸，楚频繁征伐于江淮之间，北上中原与蔡、郑、许、申等诸侯强国或盟或伐，争夺霸主地位。

楚东渐江淮客观原因主要有二：一是北上争霸受阻。公元前 679 年，齐国取得霸主地位后，中原一些诸侯国因受楚威胁纷纷依附于齐，结盟抗楚。此外，江淮西部的江、黄、弦、柏等小国方睦于齐，采取联姻抗楚，对楚构成重大威胁。二是徐人取舒，削弱了江淮地区的偃姓方国势力。在徐人的侵扰下，偃姓群舒集团分裂，根本无力抗拒楚国强大的军事机器。

再者，寿春本身，一是地势形胜，古为"江东之屏藩，中原之咽喉"，"有重险之固，得之者安"。二是运漕四通，地处淮河干流岸边且是淝水入淮口，成为南北水上交通要道，更是名极一时的大都市，正如《史记·货殖列传》中载："郢之后徙寿春，亦一都会也。"三是物产丰饶。《汉书·地理志》中记载："寿春、合肥受南北湖，皮革鲍木之输，亦一都会也。"《唐书·地理志》土贡曰："（寿春）丝布、绝、茶、生石斛。"西晋伏滔在《正淮论》里记述道："（寿春）龙泉之陂，良畴万顷，舒六之贡，利尽蛮越。金石皮革之具萃焉，苞木箭竹之族生焉。山湖薮泽之隅，水旱之所不害；土

产草滋之实,荒年之所取给。"指明寿春受益于芍陂(今安丰塘),使周围区域内农业经济发达,这在当时农耕经济作为社会命脉的条件下尤为重要。而芍陂至今已有 2600 多年的历史,系春秋时期楚国令尹孙叔敖建于楚庄王十七年至二十三年(公元前 597—公元前 591 年),早于楚考烈王迁都 350 余年。因此,当楚国在西边强邻秦国节节侵逼下,考烈王在春申君的建议下迁都寿春时,寿春实际上已成为楚国东境、江淮地区的政治、经济、文化中心。继而经过最后四代楚王统治时期的悉心经营,真正高度成熟的楚文化最终沉淀于此。寿县楚文化同吴越文化和巴蜀文化一起,被誉为"盛开在长江流域的三朵上古区域之花",对中国优秀传统文化和世界历史文化产生过巨大影响。

古寿春、今寿县是 1986 年国务院公布的第二批国家历史文化名城,在世人面前最抢眼的外观,就是它完整的古城墙了。中国古城墙修建的历史非常悠久,但是由于人为的破坏和时间的侵袭,如今保存完整的城墙已是凤毛麟角、寥若晨星。据统计,明清时期全国各地林立着大约 4000 座各类城址,现仅存南京、西安、荆州、襄阳、临海、兴城、平遥、寿县等屈指可数的几座。寿县古城墙是我国迄今保存较为完整的 7 座古城墙之一,是州府一级仅存的一座了。因此,寿州古城被专家称为是"历代州城建设的最后绝响和顶峰之作"。

现今能看到的寿县古城墙,重建于北宋熙宁至南宋嘉定年间(公元 1068—公元 1224 年),距今也已有 950 多年历史,比山西平遥古城还早 100 年,经历代续修,保存完好。"城池高深,金汤巩固,御外侮而保障平民。"清末状元寿州人孙家鼐记曰:"城堞坚厚,楼橹峥嵘,恃水为险。"寿县古城墙完备的城防体系和合理的城址选择,在全国现存古城墙中独树一帜。在古城墙的设计建筑中,以城垣、城门与瓮城、城楼、马面、敌台、雉堞(又称垛墙)、马道、云梯、护城河(也称城池、城隍、城壕),作为军事防御屏障,体现了寿县古城墙的防御功能;又以护城泊岸(又称护城石堤,位于城墙四周外侧,高 3—5 米,宽 8—10 米,其一边紧贴城墙外壁,另一方即外口濒临护城河)、涵洞、水道、城头排水设施,体现出寿县古城墙具有保其室庐、以御其害的城市防洪系统。

寿县古城墙从建成之初,历经无数次战争的考验,其军事防御作用得到最大限度发挥。据史料记载,从秦灭楚到抗日战争期间,寿县就发生了汉高祖取寿春、南北朝寿阳争夺战、后周南唐之战、东晋与前秦淝水之战、唐末寿州割据等 17 次较大规模的战争,这些战争与寿县古城墙有着密不可分的联系。尤其是中国历史上以少胜多、以弱胜强的著名战例——东晋太元八年(公元 383 年)的秦晋淝水之战,就发生在这里。

建城 900 多年来,寿县古城经历了无数次洪水的侵袭,城墙及防洪设施屡毁屡修,终至坚固异常、金汤永固。据《寿州志》(清·光绪)记载,在从有记录的明永乐七年(公元 1409 年)至清光绪九年(公元 1883 年)的 474 年里,寿县古城先后经历了 12 次大水围城的考验。新中国成立后,1954 年和 1991 年,寿县古城经历了特大洪涝灾害。特别是 1991 年的特大洪水,再次将寿县古城围在水中。千年古城成了一座孤岛,被中外记者形容为"百里泽国,仅剩城池"。古城被洪水围困了整整两个半月,创造了寿县古城被大水围城的新纪录。在水困寿春城的 70 多天里,古城墙虽然屡次出险,但在当地干群和抗洪部队的共同努力下,抵御住了这场百年不遇的大洪水,保住了城内 12 万居民的生命财产安全,再一次将"千年古城墙不是纸糊的"神话变成现实。

城墙是人类文明留在地球上的独特景观,除了军事防御和防洪保家两大功能,透过古城墙,我们可以更全面地了解寿县城市的起源和古城墙的演变历史;透过古城墙,我们能够更充分地认识寿县文化的根脉和古城墙的遗产价值主要表现在:在历史文化价值上具有唯一性,在科学艺术价值上具有独特性,在社会利用价值上具有持续性。

上述文字,摘录于这本即将付梓的《文润寿春》中的两篇:《楚国缘何迁都寿春》《"铁打的寿州城"是如何铸成的》。因文看人,文如其人。作者楚仁君,是寿县本土文化学者,长期深耕于历史文化名城的膏壤沃土,功底深厚。此次,他将自己的研究成果集结成册,分两编,上编《文海拾珍》,下编《修文化人》,细细读来,意味隽永。前者更像是作者的"文史札记";后者则是作者为在新时期传承和振兴寿春悠久优秀地域文化遗产而做的应对与献策。作者认为:

"寿县历史悠久,文化灿烂,1986 年被国务院公布为国家历史文化名城。这里是楚文化的故乡,中国豆腐的发祥地,淝水之战的古战场,中国古代百科全书《淮南子》的诞生地。发端于此的世界管状射击武器、垂体激素药物、中国豆腐制法、'天下第一塘'安丰塘,被世人称为'四个世界之最'。寿县 2600 多年的历史,积淀了深厚的优秀传统文化资源。"(见本书下编:《中华优秀传统文化的寿县实践和战略思考》)

这些资源主要有:(一)以楚文化为显著标志的寿县优秀传统文化,源远流长,在中国优秀传统文化长河中闪耀着璀璨夺目的光芒。(二)历史遗存众多,展示着中华优秀传统文化的创造精神。寿县素有"地下博物馆"之称,全县现有全国重点

文物保护单位 6 处(安丰塘、古城墙、寿春城遗址、寿州孔庙、清真寺、淮南王刘安家族墓地),省级文物保护单位 9 处(报恩寺、斗鸡台遗址、青莲寺遗址、廉颇墓、中共寿县一大旧址、刘备城遗址、刘少海故居、正阳关城门、孙蕃大夫第),县级文物保护单位 239 处,数量居淮南市之首。古城区现存古建筑、古民居 81 处,具有代表性的有清真寺、寿州孔庙、报恩寺、状元府、刘少海故居、大夫第等建筑群。寿县博物馆(寿春楚文化博物馆)馆藏自新石器时代以来的各类藏品近万件,其中国家一级文物 220 多件,位居安徽省第二位,三级以上文物 2000 余件,楚金币、"越王者旨于赐"剑、金棺等均为代表性藏品。(三)非遗资源丰富,全县现有国家级非物质文化遗产代表性项目 2 个(抬阁[芯子、铁枝、飘色]·肘阁抬阁、豆腐传统制作技艺),省级名录 8 个(寿州锣鼓、紫金砚制作技艺、大救驾制作工艺、四顶山庙会、寿州大鼓、淮词、安丰塘的传说、二十四节气),县级项目 34 个。这些非物质文化遗产,是寿县人民千百年来社会生活实践活动中凝聚的智慧结晶。(四)寿县钟灵毓秀,名人辈出,楚令尹孙叔敖,春申君黄歇,昆曲创始人张野塘,北大创始人、清帝师孙家鼐,淮上军总司令张汇滔,民国英杰柏文尉,铁笔张树侯,北伐先烈曹渊,抗日名将方振武,以及原地质矿产部部长孙大光等一大批仁人志士,在中国历史的天空中熠熠生辉。

作为立志传承、弘扬和振兴中华优秀地域文化的有志之士,作者在他的书中,对关涉寿县历史文化亮点的人和事,进行了细致入微的考订和描述,春申君与考烈王、李白与寿州、庄芷……这是讲人;《〈水经注〉里描述的寿州山水》《铸史千秋东津渡》《名冠华夏古寿春》……这是谈山水名胜;《寿县成语典故的地域特色及文化意义》《秦晋淝水之战相关成语与典故的异同》《成语"淮橘为枳"反映的气候特点》《寿县地理气候特征与二十四节气关系探究》《寿县节气民俗的地域特征和文化意蕴》……这些篇幅则重点讲述寿县作为"中国成语典故之城"——淮南市的成语重镇所展示的文采,以及产生于当地的中国古代百科全书《淮南子》中创造出二十四节气的地域底蕴。另外如寿州方言、寿州民俗的保护与传承,在作者的笔触下,都有精到的论述。

正如作者所言:"寿县文化是中华优秀传统文化的组成部分,其蕴含的审美、欣赏、愉悦、借鉴以及史料等内容,是打造'文化高地'的宝贵资源。加大对寿县传统文化资源的传承保护工作力度,是传承传统文化、提高寿县知名度、促进文化事业和文化产业繁荣兴盛的需要,也是提升文化软实力和城市竞争力,打造世界文化遗产旅游城市和历史文化名城品牌的需要,在推动寿县经济社会发展、丰富文化名城内涵、塑造文化名城形象、提升文化名城品位、增强文化名城集聚效应、提升文化名城综合实力等方面,将发挥愈来愈重要的作用。"(同上引)

文化自信的底气,植根于中华民族优秀传统文化;文化自信,需要高度的文化自觉。楚仁君先生就是一位热爱家乡、热爱地域优秀传统文化、具有高度文化自觉的人。《文润寿春》,温润华滋。愿广大读者在阅读中领略、喜爱它。

2021 年 6 月 3 日

(作者系安徽省文史研究馆馆员、安徽历史文化研究中心主任、历史学博士、研究员)

第一辑

文海拾珍

—

寿州孔庙的人文价值和文化特征

在中国古代,孔庙是推广儒家文化的重要礼制性建筑,受到历代封建统治者的高度重视,且只有县级以上的地方政权方可修建,其中更存在着等级的划分。中国的孔庙建筑体系,是我国古代封建制度的集中体现,也是古代城市重要的组成部分。各地的孔庙都是按照曲阜孔庙的形制建造的。寿州孔庙是安徽省65座庙堂中建造年代较早的,也是全省现存17座庙堂中保存较为完好的孔庙之一,历史悠久、规模庞大、文化沉淀深厚,不仅在我省甚至在全国都有着非常高的科学文化艺术价值。本文试就寿州孔庙的人文价值和文化特征进行初步研究和探讨,以期为研究中国孔庙文化、挖掘淮寿历史文化和实施"南工北旅"战略,提供一些思路和参考。

庙堂伟器:寿州孔庙的前世今生

按照《辞海》里的注释,孔庙是祭祀孔子的祠庙。孔子(公元前551—公元前479年),名丘,字仲尼,鲁国陬邑(今山东曲阜东南)人,春秋末期思想家、政治家、教育家,儒家创始者。孔子创立的儒学,是中国传统文化的主要组成部分,为中国、东方乃至世界文明的发展都做出了重大贡献。以儒学为主体的中国文化,是人类古文化中唯一从未中断、延续至今的一种文化。中国儒学历经数千年,在中国、日本、朝鲜、越南等国家长期的封建社会里,一直被当作"唯有是从"的指导思想,成为统治阶级治国安邦和平民百姓修身立业的准则。被誉为"九流十家之首"的孔子学说,至今仍在现实生活中发挥积极作用。其创立的儒家思想和学说已走向全球。目前,全世界已设立 282 所孔子学院和 272 个孔子课堂,遍布亚洲、欧洲、美洲、非洲和大洋洲等 88 个国家和地区。

孔庙作为庙堂建筑,除具有权威性和庄严性外,还是祭祀孔子或祭祀与地方学馆合一的地方。天下孔庙共有四类:第一类是曲阜孔庙,这是祭祀孔子的本庙,是分布在朝鲜、日本、越南、印尼、新加坡、美国等国家及中国内地 2000 多座孔庙的范本;第二类是流落各地的孔子后裔所建的家庙;第三类是京师孔庙(北京孔庙),为中国元、明、清三朝祭祀孔子的场所;第四类是地方孔庙。前两类属于家庙,后两类属于官庙。古时立学必祀奉孔子,京师和各地的孔庙虽然被列为国家礼仪和庆典活动场所,但它们又是官府修建的庙堂与学馆合一的设施,其特点是庙堂依附于学馆,其功能是祭祀先圣孔子和培养地方人才。

寿州孔庙属于典型的地方性官庙,具有"庙学合一"的显著特征。寿州孔庙又称黉学、学宫、文庙,文人雅士称其为夫子庙、至圣庙、先师庙、先圣庙、文宣王庙等。清光绪《寿州志》记载:"寿州宫学(孔庙),唐宋并在城内东南隅,元时移建于西清淮坊。"据此可以明确,寿州孔庙唐时在城内东南角,元泰定初年移至西街今址,距今已有 1100 多年历史。寿州孔庙坐北向南,清代规模最大时占地 2 万多平方米(30 多亩),占寿州古城 3.65 平方公里的一百八十分之一,范围包括:东到今大卫巷以西,南到今县卫校以北,西至今北小长街以东,北到今黉学新村以南,寿州孔庙原五进重院,建有万仞宫墙、训导署、仰高坊、泮宫坊、快睹坊、棂星门、奎文阁、文昌宫、儒学门、忠义祠、节孝祠、戟门、大成殿、学正署、敷教坊、明伦堂、崇圣祠、敬一亭、尊经阁等建筑 30 余处,规模宏大,气势雄伟,布局严整,步步深入,开朗明畅,四通八达,是一所反映儒家观念的典型古建筑,也是当时皖北地区建筑体较大的孔庙之一。

寿州孔庙自创立以来,当地文运昌盛,人才辈出,尤以明清两代为盛。此后,为了祭祀孔子、尊崇儒生、奖励读书、以教启智,保持寿县文化运势的兴旺发达,当地历史上曾多次重修孔庙,把各时期寿县人民对文化的理解、对生命的理念,都凝聚在孔庙的建筑之中。元马祖常在《寿州孔子庙碑记》中曰:"孔子道大,天地日月不可象也,然古之学者入学必祀先圣先师,后世庙孔子以学春秋,天下崇祀孔子,所谓推本其始,而喻之以义也。"寿州孔庙经元明清三朝建设,格局多变,见于历史记载的修建、修缮就达 42 次。元时选址新建,并在泰定年间(公元 1325 年)由安丰路经历岳复扩建孔庙,使规模初具。明洪武二年(公元 1369 年),在元代孔庙旧址上重建。正德十年(公元 1512 年),知州林僖"大修明伦堂尊经阁及师生居处之所共百余间",使明代孔庙的规模基本确定。当时新建的主要建筑有明伦堂、尊经阁、进德斋、修业斋、育才斋、师生居处、饮食之所、牌坊等。到嘉靖年间，随着全国文庙的变化，寿州孔庙也有了一定厘革，建有戟门、名宦祠、乡贤祠、崇圣祠等建筑。清顺治六年（公元1649年），"大水入城，尊经阁、敬一亭俱圮，书籍尽没"，孔庙遭受较大破坏。顺治七年（公元1650年）、十二年（公元1655年）两次重修，使孔庙恢复主要功能。嘉庆末至道光初，乡绅孙氏一族组织大修孔庙，使之达到清代最大规模，改变泮池位置，新修三坊（仰高、泮宫、快睹）、文明坊、万仞宫墙，形成主体建筑群南侧的广场，又改建文昌祠为奎星楼，州学署也自学宫西北移至东侧。到民国时期，随着科举制度的废除和尊孔思想的变化，寿州孔庙的原有功能逐渐被其他功能所替代，建筑格局被破坏、占用或蚕食，孔庙建筑群东西两路的道冠古今坊、德配天地坊、敷教坊、文明坊、文笔亭、万仞宫墙、训导署等建筑基本废弃。寿县籍书法家、考古学家司徒越老先生在《寿县黉学（孔庙）历史沿革》一文中记载："民国十余年间直到抗日战争胜利后，这里（孔庙）曾举办过'盲稚学校''职工学校''简易师范学校'等。"新中国成立后，随着寿县粮站的建立，孔庙东北部的崇圣祠、敷教坊等建筑相继被拆除，西路的忠义祠、节孝祠被改作住宅区，古建筑被翻修、拆除。"十年动乱"时期，孔庙的棂星门和大成殿内清康熙至光绪年间历代皇帝御书的近10块匾额悉数被毁，后又因要改建西大街与城西门成一直线，拆除了德配天地坊、道冠古今坊、文明坊、文笔亭和大照壁等建筑。至20世纪80年代，经文物部门普查，寿州孔庙建筑群中除三坊、泮池、名宦祠、乡贤祠、大成殿、明伦堂、奎光阁等清代建筑外，棂星门、敷教坊、两庑、学正署等附属建筑毁灭殆尽，面积锐减至不到原来的三分之一，古建筑物数量亦不及原来的一半。

　　"东边日出西边雨，道是无晴却有晴。"伴随着新世纪的曙光，寿州孔庙迎来了柳暗花明的春天。2001年，寿县县委、县政府把重修寿州孔庙、恢复历史风貌工作列入重要议事日程，先后组织人员赴山东曲阜、江苏南京和本省的桐城、蒙城等地考察搜集资料。在充分考察论证、广泛征求意见的基础上，按照"修旧如旧，保持原貌"的原则，采取向上争取、市场运作、社会捐助等形式，共集资230万元，相继实施了棂星门恢复，大成殿及三坊、戟门、泮池、东西廊庑、乡贤祠、名宦祠等古建筑维修，恭塑孔子及四配塑像，设立孔子圣迹图及礼器，恢复悬挂"万世师表"等匾额和楹联等一系列重修工程。整个工程历时三年，于2005年全部竣工，寿州孔庙"亭台重叠、殿宇恢宏、古树掩映、碧水潆洄"的胜景得以重现。2011—2012年间，寿县文物部门又投资270万元，对明伦堂进行落架大修，使明伦堂重又"上下内外整洁，辉煌焕然改色"（郑泰《重修寿州凤台县儒学记》）。全面整修后的寿州孔庙，与其南侧的楚文化博物馆交相辉映，成为寿州古城景观最集中、景色最亮丽的名胜区。寿州孔庙于 2013 年被国务院公布为第七批全国重点文物保护单位(编号 7 - 1051 - 3 - 349,明至清),现为 3A 级国家旅游风景区、全省爱国主义教育基地、安徽省直机关摄影家协会创作基地。当地文化部门把寿州孔庙作为弘扬优秀传统文化、丰富群众文化生活的一块重要阵地,利用东廊庑建成了安徽省首家县级非物质文化遗产陈列馆,将西廊庑建成书画展览厅,经常开展书画、摄影等艺术展览。同时利用寿州孔庙浓厚的文化氛围,时常在大成殿月台前举办各种重大文化活动,还在戟门前开辟娱乐场所,满足城区中老年人文化、健身、娱乐需求。这里已成为古城区游览观光、休闲娱乐、艺术培训和进行优秀传统文化教育、爱国主义教育的重要文化聚集与荟萃之地。同时,寿县委托北京大学科技开发部和考古文博学院编制寿州孔庙保护规划(2016—2030),按照真实性、完整性、延续性的原则,对寿州孔庙的保护范围、保护措施、展示利用、社会调控等进行科学合理规划,为寿州孔庙编织一张纵向到底、横向到边的保护网。随着寿县文化艺术中心的建成并投入使用,原在这里办公的寿县文化馆、寿县图书馆将整体迁出,寿州孔庙建筑群将回归文物本体,继续发挥其史料作用、借鉴作用和教育作用。

寿州孔庙历经千年沧桑和时代变迁,其兴衰演变的历史,就是古寿州的一部厚重的文化史,也是中华民族灿烂文化的一部博大的文明史。研究和探索寿州孔庙悠久的历史和发展的历程,必将为我们铭记历史、展望未来、弘扬传统、传承文化,产生积极而深远的影响。

斯文圣地:寿州孔庙的人文价值

寿州孔庙是祭祀孔子的礼制庙宇和施学教义的学宫之所,具有浓郁的人文气息和文化氛围,这些主要体现在规整完备的建筑体系上。寿州孔庙建筑所追求的人文效果,就是通过建筑群整体造成的环境,烘托孔子的丰功伟绩和儒学圣教的高深博大来实现的。同时,寿州孔庙成功地运用了传统的庭院组合与环境烘托相结合的表现手法,达到了渲染孔子在学术上、教育上的卓越贡献和在古代社会中崇高地位的目的,是中国古代建筑群中别具一格的建筑形制。

寿州孔庙地处寿春镇西大街历史文化街区中段,现存规模占地约 6000 平方米(近 10 亩)。西大街以北中轴线上布置四进院落。第一进院落南侧临街为棂星门,中心处为泮池,池北中轴线上为戟门,东耳房为名宦祠,西耳房为乡贤祠。二进院落主体为大成殿,两侧为东西廊庑。大成殿后为第三进院落,北侧敷教坊为中心建筑。最北侧明伦堂与两庑的碑廊构成第四进院落。西大街以南有泮宫、快睹、仰高

"三坊"，与上述建筑构成寿州孔庙中路建筑群。中路以东，街北有奎光阁；中路以西，原为忠义祠、节孝祠建筑群，现仍有三处清代遗存。中路文物建筑遗存主要有三坊、戟门、大成殿、明伦堂、奎光阁等五处，棂星门、两庑、敷教坊等为新建复建建筑。这些建筑构成寿州孔庙的建筑体系和格局，每栋建筑都特别讲究并富有寓意。

三坊：泮宫坊、快睹坊、仰高坊系牌楼式栅门，三开间，深两间，保留脊柱，中间置栅栏门一道。明间为歇山顶，较高；次间为半截歇山顶，檐部靠近明间处作斜切角檐口。柱头额枋微拱，中部作半菱体雕饰，两头入柱处作月牙形线刻。额枋上复置平板枋。平身科斗拱，明间两攒，次间一攒，三翘七彩并架 45 度斜拱两片。角科斗拱形制与平身科基本相同，另有搭角闹头翘，次间靠明间处无角科。在三坊中，泮宫坊居中，快睹坊在东，仰高坊在西，泮宫坊略高于其他两坊。三坊斗拱飞檐，古色古香，为华东地区同类建筑之独有。泮宫是古代国家高等学校，最早见于《礼记·王制》："大学在郊，天子曰辟雍，诸侯曰泮宫。"《汉书·郊祀志》亦记曰："周公相成王，王道大洽，制礼作乐，天子曰明堂、辟雍，诸侯曰泮宫。"所谓"天子之学有璧雍，诸侯之学有泮宫"，璧雍即为古代天子在宫廷所办的学校，四面环水，形同玉璧，因此叫"璧雍"。各路诸侯办学为区别于天子的学校，叫"泮宫"，是为"半天子之学"的意思。唐杨炯《少室山少姨庙碑》中曰："辟雍所以行其礼，泮宫所以辨其教。"清钱泳在《履园丛话·笑柄·两耳太聪》中亦云："族叔印川少府，少与前两广总督吴槐江先生同入泮宫，最为莫逆。"古之有曰："崇圣者仰之弥高，观览者先睹为快。""快睹"，取自李渤"如景星凤凰，争先睹之"一语，有先睹为快之说。快睹为快看之意，是说孔子的"四书五经"，谁先学谁先有文化，谁先学谁先有知识，争相学习，以先见先读为快乐。"仰高"则出自《论语·子罕》"仰之弥高，钻之弥坚"语，是说孔子之道深不可测，抬头向上看，越看越高，学习孔子的思想学说，一旦进入门来，才感到里面的东西学无止境。

奎光阁，又名魁星楼、奎光楼，位于棂星门东侧，是孔庙建筑群的重要组成部分，为古代孔庙藏书的地方。奎光阁为三层六边形楼阁式攒尖建筑，台基至宝瓶顶高约 20 米，底层面阔 4 米，自下而上高度逐层递减、面阔逐层收敛。阁内 6 根永定柱，一层内圈砌砖，形成外廊，二、三层无廊。各层半拱形制基本一致，平身科双翘五踩，外层出两层斜拱，每间两攒；柱头科，角部花梁头较高取代第一跳，上有一翘一耍头承角梁，里转仅耍头伸出有一翘承撑头木与内部拉结。屋檐嫩戗发戗。奎光阁前身为清康熙间教谕①丁建美所建之"奎神阁"。乾隆丁酉年（公元 1777 年），

---

① 官名，元、明、清县学教官，主管文庙祭祀、教诲生员。

知州①张佩芳在祠基上建楼三层,匾曰"奎光"。奎,星名,神话谓主宰文章兴衰之魁神。其造像一手执笔,一手执墨斗,寓意由他点名科举。故旧时文人学士崇祀文昌与魁神。张佩芳《奎光楼记》曰:"人之求于此也,其必有得于此也。为士者逐什一之利,则不如裨贩一旦。奋志为学,往往获科名,至爵位,非名易于利,求之甚于利也。学至矣而名不至,于是求之于神。唐试礼部祷于石婆庙,宋试礼部祷于皮场庙,其事诞,其礼无不可知者。"道光元年(公元 1821 年),知州龚式谷鉴于奎光楼"木石倾陊,黝垩削落,岌岌乎旦夕不能保",又在原址改建为奎光阁。今之阁,大体仍保持龚氏之建筑原貌。沿内壁旋梯,拾阶登临,凭窗俯瞰,极目淮山,万千气象,尽收眼底。有古联镌于阁门:"栏外湖山尽氛垢,斗南人物炳英灵。"奎光阁设计精巧,新颖别致,气宇轩昂,巧夺天工,为寿州孔庙建筑群中之精品。

棂星门,寿州孔庙原第二进院落前之石牌坊,中间曰"棂星门",东、西两个小门,东为金声,西为玉振。中间的"棂星门"三字为清高宗乾隆皇帝手书。"金声玉振"四字出自《孟子·万章下》,孟子说:"孔子之谓集大成。集大成也者,金声而玉振之也。金声也者,始条理也;玉振之也者,终条理也。"意思是说孔子集圣贤之大成,始终而一。"金声"原意指我国古代乐器"钟"发出的声音,"玉振"原意指我国古代乐器"磬"发出的声音,在古代奏乐时以击"钟"为始,击"磬"为终,金声玉振的原意为一首完美无缺的乐曲。在这里借用孟子语意,是说孔子思想完美无缺,集古圣贤之大成,以达到绝顶的意思。棂星门原为木质结构,"十年动乱"时期被毁,2003 年重修孔庙时更换成石柱。它虽不如曲阜孔庙四柱三门的棂星门高大威严,却多了双龙戏珠、祥云瑞气等中国传统文化元素,显得精致华丽,并使庙殿有或藏或露之感。棂星,即天田星,最早见于史料的有汉高祖命祀棂星,凡祭天先祭棂星,古人认为棂星"主得士之庆",是专门管官的星。宋仁宗天圣六年(公元 1028 年),筑郊台外垣置棂星门,即在祭天之台的外墙置棂星门,形如窗棂,故曰"棂"。传说棂星是天上的文星,棂星门意指孔子是天上文星下凡。孔庙设棂星门,意为祀孔如祀天,此语见于宋《景定建康志》《金陵新志》所记。孔庙有碑记曰:置棂星门"取其疏通之意,以纳天下士"。无论什么地方,只要设有棂星门,那么它的门扇一定由棂子结构而成,因此有疏通之意。孔庙取此意,以招引天下的文人学士都来求学于此。

泮池,也叫泮水,其半圆弧朝南,明万历四十七年(公元 1619 年),县司②贾之

---

① 地方行政长官,相当于现今省辖市市长。

② 总管漕运的总督。

风始建,原址在棂星门外。清嘉庆十七年(公元 1812 年)扩建孔庙时,移建于棂星门与戟门之间,为今池。据县志记载:"泮池旧在棂星门外,零砖断甓所砌,体势湫溢,移之于门内,掘地及泉,甃以石文,缭以雕栏,亘以虹桥,源源活水,芹藻流芳。"泮池是古时学宫前的水池,状如半月形。《诗·鲁颂·泮水》曰:"思乐泮水。"郑玄笺云:"泮水,泮宫之水也。天子辟雍,诸侯泮宫……泮之言半也。半水者,盖东西门以南通水,北无也。"意即诸侯办学不得环视四方,要缺两个方向,把环形水池建为半月形,寓意"半天子之学",表示对皇权的敬畏。泮池与棂星门南侧的泮宫坊遥相呼应,是寿州孔庙的标志。泮池上的拱桥叫泮桥,当地俗称状元桥,这是寿州广大民众对莘莘学子的殷切期盼,盼望他们学业有成,光宗耀祖,以期"忠义满朝廷,事业满边隅,功名满天下"。据专家研究,泮桥与泮池一样都是文庙中的特色建筑构件,后世科举取士,只有中举之人才有资格踏上泮桥。明清时期,州县考试的新进生员,需入学宫拜谒孔子,叫作入泮或游泮。寿州孔庙的泮桥,走出了一大批品端学纯、著述甚富的儒林学士,也走出了一大批纯诚厚德、好义乐善的乡贤名达,还走出了一大批骁勇彪悍、屡立战功的武功猛将。泮桥成为寿州学宫学子们较武论文、尽瘁国事的"起始桥"和"发轫桥"。此地走出的杰出代表,就是清咸丰九年

（公元1859年）状元、与翁同龢同任光绪帝师的孙家鼐。他幼年在寿州学宫苦读诗书，咸丰元年（公元1851年）院试中举后，初下南闱不第。他目睹诸兄名登金榜，益自奋勉。1859年，孙家鼐参加咸丰九年的殿试时，咸丰皇帝命他以大清王朝的兴盛写一副对联。孙家鼐即兴书联曰："亿万年济济绳绳，顺天心，康民意，雍和其体，乾见其行，嘉气遍九州，道统继羲皇尧舜；二百载绵绵奕奕，治绩昭，熙功茂，正直在朝，隆平在野，庆云飞五色，光华照日月星辰。"这副对联既歌颂了清朝的丰功伟业，又巧妙地把历代皇帝的年号"顺治""康熙""雍正""乾隆""嘉庆""道光"等嵌入联中，可见孙家鼐才华横溢，真可谓"学富五车，才高八斗"。咸丰皇帝看后，惊呼"绝妙！"，遂举起朱笔点他为头名状元。孙家鼐"妙语连珠中状元"的奇事，一时在朝廷上下传为佳话，成为家乡寿州人的骄傲。

戟门，面阔五间，进深两间，单檐硬山顶，五檩中柱式梁架，双翘五彩斗拱，平身科明间两攒，次间、尽间各一攒。戟门，亦称"棘门"，因古代宫门立戟①而得名。唐制三品以上官员亦得于私门立戟，因称显贵之家为"戟门"。贾岛《上杜驸马》诗曰："玉山突兀压乾坤，出得朱门入戟门。"古代将戟门建筑从宫廷移植于孔庙大成殿前，是有意设立的一道屏障，突出显示孔庙的威仪、尊贵，不容对圣贤圣哲不恭不敬者踏足半步。由此可见，古代从皇室一族到地方州县，对先贤孔子可谓尊崇之至。据清光绪《寿州志》载："戟门五间，在大成殿侧前，礼门在戟门东侧，义路在戟门西侧。"古代生员人等必须从"礼门"（东门）进，从"义路"（西门）出，中门只容官宦显贵出入，礼制和规矩十分讲究。"礼门义路"，语出《孟子·万章下》："夫义，路也；礼，门也。惟君子能由是路，出入是门也。"这里的礼，是指由一定道德观念和风俗习惯形成的礼节；义，指公正合宜的道理和举动。形容礼仪如同必由之路，是人所必须遵循的。总体意思是说，义好比是大路，礼好比是大门，只有君子才会走这条大路，出入这个大门。清诗人宋荦有联曰："智水仁山，日日当前逞道体；礼门义路，人人于此见天心。"意思是说，孔庙是仁者智者乐山乐水之地，只要善于体悟，天天都可实现其德行修养，以达到至善至美的澄明之境；通过学习和体悟，人人都可经过礼门义路，找到自然界发展变化的规律和人自身修身养性的正确途径，体现了孔子"礼门义路儒家事，齐治须从身内修"的思想。戟门东耳房原有名宦祠3间，西耳房原有乡贤祠3间。名宦祠祀有周楚令尹孙叔敖、汉寿春令时苗、南唐清淮节度使刘仁赡、明寿州知府刘概、颍州兵备道詹在泮等名宦39名；乡贤祠祀有汉南昌尉

---

① 戟，古代兵器，青铜制，将戈、矛合成一体，既能直刺，又能横击。盛行于东周，战国时始用铁戟。

梅福、南阳太守召信臣、唐孝子董邵南、顺天府府尹俞化鹏、赐道衔孙蟠等乡贤21名。在乡贤祠西建有忠义孝悌祠3间,在忠义祠西北建有节孝祠3间。忠义孝悌祠祀有宋赠清远军承宣使巩信、明指挥同知皇甫斌等忠义之士12名;节孝祠祀有历进旌表节孝贞烈妇女中国正献公吕公著夫人鲁氏、生员侯谨度妻张氏等4600余名。

大成殿,面阔五间,进深三间,单檐歇山顶,九檩前后双步梁式梁架。单翘三昂九踩斗拱,下卷昂,昂嘴三瓣卷云状;横拱拱眼凸起两瓣;要头截直,下有卷瓣。前檐平身科明间三攒,次间两攒,尽间一攒,后檐明间两攒,次间一攒,山面明间两攒。前檐及各转角斗拱做工考究,构件齐全,山面及后檐斗拱简略。大成殿是寿州孔庙的主体建筑,融合了北方官式建筑与江南建筑的风格,其梁架接近北方官式做法,斗拱、翼角等接近南方做法,明天启七年(公元1627年)重修,清乾隆二年(公元1737年)坍塌,知州赵宗炅重修,嘉庆十七年(公元1812年)扩建成今规模。整个大成殿气势雄伟,轩昂宏丽,结构整齐,规模宏大,突兀凌空,森然伟观,雕梁画栋,金碧辉煌,具有明显的东方建筑特色,其技艺之精湛、艺术之高超,充分显示出寿州劳动人民的聪明才智。大成殿的名字出自《孟子·万章下》"孔子之谓集大成"一语。《宋史·礼志八》载:"崇宁初……诏辟雍文宣王①殿以大成为名",以此赞颂孔子思想空前绝后,完美无缺,集古圣贤之大成。大成殿是寿州孔庙建筑群中规格最好、高度最高、体量最大的主体建筑,标志着大成殿至高无上、至尊至崇的地位。大成殿门楣正中悬有清乾隆皇帝手书"大成殿"匾额。据县志记载,原殿内正中供奉至圣先师孔子的木主(牌位),东西两侧供有四配、十二哲的木主。孔子木主用朱地金书,四配及先贤先儒木主用赤地墨书。殿东配享的是复圣颜回(子渊)和述圣孔伋(子思),东旁西向;殿西配享的是宗圣曾参(子参)和亚圣孟轲(子舆),西旁东向。其后侧是十二哲分列东西,东旁西向的是闵损、冉雍、端木赐、仲由、卜商、有若;西旁东向的是冉耕、宰予、冉求、言偃、颛孙师、朱熹。然而,随着寿州孔庙的衰落与朽败,这些牌位早已荡然无存。2003年在重修孔庙时,用复合材料(玻璃钢)重塑了孔子、四配塑像及"孔子圣迹图",并改变四配原东西相向为北位南向,分立孔子塑像两侧,现塑像自东至西依次为子渊、子思、子参、子舆。据记载,原大成殿

---

① 孔子的封号。汉平帝追封孔子为公爵,称之为"褒成宣尼公";唐玄宗李隆基加给孔子的谥号是"文宣",始称"文宣王";宋真宗封孔子为"至圣文宣王";元朝武宗年间孔子被加封为"大成至圣文宣王";明朝嘉靖皇帝封孔子为"至圣先师";清朝顺治皇帝封孔子为"大成至圣先师文宣王"。

内除 17 个木主外,还悬有清康熙、光绪等七帝御书的"生民未有""与天地参""圣神天纵""斯文在兹"等题匾,今庙梁上仅存康熙皇帝手书的"万世师表"题匾,以及两侧恭奉于道光、同治年间的"圣集大成""德齐帱载"等 3 块匾额。殿内孔子塑像两侧、殿前及殿门外木柱上分别存有"教垂万事继尧舜禹汤文武作之师,气备四时与天地鬼神日月合其德"等 3 副抱柱对联。大成殿是古代祭祀孔子的主要和中心场所,殿前是 1 米高的石块月台,台周护以雕花石栏,台左、右是两棵参天银杏树,树龄 700 余年。银杏树东为雄,西为雌,枝叶扶疏,绿荫如盖,把大殿点缀得更加肃穆。月台是祭孔时舞蹈奏乐的地方。自古以来,寿州一带十分崇孔尚儒,历代祭孔大典不断举行,其中最详细见著于文献记载的祭孔大典是清代的典仪。当地每年都举行两次祭孔大典,分别是在农历二月(仲春)和八月(仲秋)的"上丁日"①举行释典,采用的是清乾隆九年(公元 1744 年)颁行的祭文。寿州祭孔大典举行时,礼制相当规整、严密,音乐和仪式道具相伴于整个过程。大成殿里就有帛、酒、尊等祭品 56 种,乐谱就有"昭平章""宣平章"等 8 种,舞谱也有"舞初献章""舞亚献章"等 3 种,礼器 520 余件,乐器 200 多件。祭孔大典古朴、庄严、凝重,展现了"千古礼乐归寿州,万古衣冠拜素王"的盛况。乐、歌、舞都紧紧围绕礼仪而进行,所有礼仪要求"必丰、必洁、必诚、必敬",有"闻乐知德、观舞澄心、识礼明仁、礼正乐垂、中和位育"之谓,自古以来具有巨大的文化和艺术价值,有着较强的思想亲和力、精神凝聚力和艺术感染力。在大成殿后墙上,镶嵌着一块"太和元气"石牌,书者为学监②高举。"太和元气"为学宫"校训",该碑原在大成殿前的"太和元气坊",是一座作为进入充满太平祥和的神圣境界和探寻儒家文化渊源的门坊,"十年动乱"时期被毁,20 世纪 50 年代重修孔庙时移至大殿后墙。"太和"指天地、日月、阴阳会合之气,"元气"原意为形成世界的物质。后来,一些唯物主义者将"金、木、水、火、土"这五行称为"元气",认为世界上万事万物都是由五行构成。在这里,"元气"为万物生长的根本。"太和元气",是说孔子的思想体现了整个人类思想最精华、最高贵的一面,如同天地生育万物一般,能使人类思想到达一种至高无上的境地,循环往复,永恒长久。

大成殿东西两侧建有廊庑,各 11 间,两头为库厨。两庑与大成殿及南侧的戟门一起,合围成庭院,均为寿州孔庙院落中最大的庭院。21 世纪初两庑重建后,间架不变,尚使用原有的柱础、垫花活等石质构件,基本保持原貌。据清光绪《寿州

---

① 第一个丁日,即当月的第四天。
② 旧时学校里监督、管理学生的人员。

志》记载,东西两庑供奉的都是先贤先儒的木主,东庑供奉有公孙侨、林放等 40 位先贤和范仲淹、欧阳修等 34 位先儒共 74 个牌位;西庑供奉有蘧瑗、澹台灭明等 39 位先贤和诸葛亮、韩愈等 34 位先儒共 73 个牌位。两庑供奉先贤先儒牌位共计 147 位,加上崇圣祠 15 位、名宦祠 39 位、乡贤祠 21 位、忠义孝悌祠 12 位、节孝祠 4600 余位,寿州孔庙共供奉和设立圣贤圣哲、名贤名宦、儒林文苑、文职武功、节妇烈女等各类牌位约 4800 个,可谓数量宏大、蔚为大观,体现了孔庙是一个集贤纳儒、汇聚正统的儒家圣地。

敷教坊,在大成殿后侧,原名叫"广大高明坊",明嘉靖二十八年(公元 1549 年),知州栗永缘把名字改为"敷教坊",道光八年(公元 1828 年)知州朱士达重修。此坊在清光绪六年(公元 1880 年)前已倒塌,现在的敷教坊是 21 世纪初重修的。原敷教坊两边各有一门,东边叫"升堂",西边叫"入堂",现已不存。敷,有"布""施"之意,如敷政、敷教等。《书·大禹谟》曰:"文命敷于四海。"按字面理解,敷教坊即施之以教的地方。教坊是我国古代宫廷中掌管俗乐的乐舞机构,它自唐代设置,迄清初废止,历经唐、宋、辽、金、元、明、清 7 代,属于管理宫廷音乐、掌教习音乐的官署。由此推断,寿州孔庙的敷教坊应该是教授乐舞和演出排练的地方,在此处除教习乐舞之外,还为每年的祭孔大典做乐舞准备。

明伦堂,面阔五间,进深四间,单檐硬山顶,九檩前后双步梁式梁架。单翘三踩斗拱,平身科每间两攒。正德十年(公元 1515 年),知州林僖大修明伦堂,侍郎杨廉在《学校记》中略曰:"其为屋曰明伦堂、尊经阁,皆三间。斋曰进德、曰修业、曰育才;厢曰会文、曰味道,皆三间。诸生藏修之舍为号房者凡八,教官居处之庐为私衙者凡四。"2011 年,寿县文物部门在组织大修时,施工人员在明伦堂内地基下发现并出土 2 块明代石碑,分别是张溪《重修寿州儒学记》石碑和方亮采《寿郡守甘公重修儒学碑记》石碑,州人张溪和凤阳府寿州儒学学正方亮采分别对嘉靖二十八年(公元 1549 年)、隆庆六年(公元 1572 年)寿州孔庙的 2 次重修进行了详细记载。2 块石碑为何藏身于明伦堂地下,至今仍是个谜。明伦堂出处不详,按照字面理解,"明"即耳聪目明,引申为明白事理,《荀子·不苟》曰:"公生明,偏生暗";"伦"即人伦、伦常,指封建社会人与人之间的道德关系和君臣、父子、夫妇、兄弟、朋友五伦为不可改变的常道,《论语·微子》曰:"言中伦。"联系起来分析,"明伦"就要明白谦虚礼让的道德规范和三纲五常的道德标准,正如清纪昀在《阅微草堂笔记·滦阳消夏录》中所云:"顾形不自变,随心而变,故先读圣贤之书,明三纲五常之理,心化则形化矣",体现了孔子"德治"和"礼治"的政治思想核心。从明伦堂的建筑形制和基本功能上分析,此处应该是寿州学宫的主要教学之处,也是施行儒学教育的重

要场所。据史料记载,唐高祖时期,"庙学合一"的格局正式形成,推广在各地学校都可以祭孔以后,学校的教学功能和祭祀孔子的教化功能逐渐结合。孔庙不仅在建筑上"庙学合一",既有学生学习的场所,又有祭祀孔子的建筑,也在功能上增加了教化的意义。通俗点说,即学生不仅在这里学习知识,还要接受孝悌、伦理、道德的教化,明伦堂就是这样一种场所。据旧县志记载,寿州宫学(州学)在唐代置文学①1人,助教1人,"其学生凡二十"。入州学修业者,必须是生员身份。清时岁、科两试,每试录取文童定额为22名②,入州学称为"附生"(附学生员),学习课程为礼仪、诏令、策论、法典、书、数;作业为八股文、时艺(诗、词、赋、联)、对策。生员的出路有二:其一,勤奋研读,准备参加考试,考中举人后,即具备选官的基本条件;其二,年资既长,方学并臻,可被选为廪生,进而为贡生,被保送入国子监③,为太学生④,由此入于仕宦。清代时期,寿州宫学共出岁贡254名,拔贡33名,恩贡53名,另有乡试副贡15名。寿州状元孙家鼐即于道光二十九年(公元1849年)拔贡,从寿州宫学一路走向京师,最终成为一代帝师和晚清重臣。

综上所述,寿州孔庙的建筑开间、屋顶形式、斗拱踩数、屋瓦的颜色质地等,无一不受礼制的规范和约束,其中蕴含的人文价值也带有浓郁的儒家色彩。

在历史价值方面,寿州孔庙纪年材料丰富,历史沿革清晰,主体建筑群基本保存了自清道光年间以来的格局状况,在安徽省内基本是规模最为完备的孔庙建筑群,对于研究安徽乃至全国孔庙格局的变化具有十分重要的价值。寿州孔庙现存建筑中,大成殿体量宏大,等级较高,做工考究,富有地方特色,是清中前期该地区建筑的典型。明伦堂仍保持有明代建筑特征,奎光阁、三坊虽为晚清建筑,但保存完好,做工精细,地方特色浓郁,对于研究皖中清代地方建筑具有重要历史价值。

在文化价值方面,寿县古为寿州,历来为淮南重镇,至明清时期,虽然地位有所下降,但仍然是人文荟萃之地,文风鼎盛,人才辈出。古代如孙叔敖、吕夷简、吕公著等,近代如方振武、柏文蔚、孙家鼐等都在历史上留下了印迹。孔庙作为寿州官学所在地,在其中起到的作用无疑是十分重要的,寿州孔庙实际上是寿县文化发展的载体和见证,文化价值十分突出。尤其是孔庙与寿州的官宦世家关系密切,其中最著名的是孙氏家族。孙家鼐,状元,历任礼部尚书、大学士、京师大学堂⑤总办

---

① 学官,从八品。
② 被录取的文童,即生员,亦称秀才。
③ 国家最高学府,由礼部主管。
④ 即监生。
⑤ 北京大学前身。

等,是中国近代改革的核心人物。其父亲孙崇祖、祖父孙克伟皆是捐资重修孔庙的领军人物,他本人曾就学于寿州宫学,兄弟五人中有三进士、一举人,有联赞曰:"一门三进士,五子四登科",后代也多俊才。这种人才世家的形成,显然与官学孔庙关系密切,孔庙是这种家族文化的见证。而孙家鼐以科甲入仕后,为振兴国家,倡议变法办学堂,受光绪皇帝任命,主办了中国近代历史上的第一所国立大学——京师大学堂,开启了中国近代高等教育的先河,具有非凡的历史意义。与孙家鼐密切相关的寿州孔庙,也因此成为中国近代教育巨变的历史见证。

在艺术价值方面,寿州孔庙现存建筑中很多处都做工精良,雕刻精致,如大成殿之前檐斗拱、内部梁架,三坊之额枋,奎光阁之翼角,戟门之门枕石,都具有一定的艺术价值。

在科学价值方面,寿州孔庙内保存的明清时期木构建筑,对研究淮南地区建筑形制、材料、技术等方面的发展有着重要的科学价值。寿州孔庙在元代作为安丰路学,明清作为直隶州州学,清代作为散州州学,地位虽逐渐下降,但在不同时期承担了不同等级的教化功能。因此,对于寿州孔庙州学的功能研究,具有重要意义。安徽省原有府、州、县、乡学校文庙 65 所,现在仅留存 17 所。桐城、绩溪、旌德等 3 所文庙保存较完好,蒙城、霍邱、霍山等 3 所文庙只保存着中心建筑,有 8 所文庙只保留大成殿,另有 3 所文庙只保存零星建筑。所以,寿州孔庙在安徽省现存孔庙中保存是比较完好的,而在皖北地区则是保存最好、规模最完整的,对于皖北地区孔庙研究的重要意义不言而喻。通过研究相关文献和实地调查,能够得到孔庙清晰的历史格局变迁以及孔庙祭祀、教学活动,对于研究本地区乃至全国孔庙的布局、使用,有着重要的价值。

在社会价值方面,寿州孔庙建筑群,是寿县境内主要文物建筑群之一,以其独特的文物价值成为寿县历史文化资源的重要组成部分,是寿县地区乃至整个安徽省儒家建筑的标志和文化的载体,是文物、文化、旅游、休闲、娱乐等活动的重要空间,对当地打造"南工北旅"发展格局、实施文化强县建设和增强寿县文化的凝聚力、影响力,都具有十分重要的意义。同时,也有助于提高公众的文物保护意识和艺术鉴赏水平,具有不可忽视的社会文化价值。

教化殿堂:寿州孔庙的文化特征

经过历代的重修扩建,寿州孔庙形成了规模宏大的建筑群,现存占地面积、建筑数量虽然锐减,但其风格、风貌和形制在安徽省仍是首屈一指的。寿州孔庙是为

了祭祀先贤孔子而建造的,其建筑发展所追求的建筑效果,是通过建筑群整体所造成的环境,来烘托孔子的丰功伟绩和其完整理论的高深博大。同时,它又是中国传统思想文化的集中体现载体。因此,寿州孔庙建筑的艺术表现力,首先是它的总体布局及建筑序列的完整性;其次是它的个体建筑的处理及每道院落的格局,包括每个殿、堂、楼、门、坊等都充分地显示出了各自的重要作用;再次是个体建筑的细微方面,充分体现出我国古代的建筑工匠,在设计和施工方面无与伦比的建筑理念和艺术成就。寿州孔庙建筑的特点,就在于它与中国传统思想文化的高度统一,集中表现在建筑文化、礼乐文化、陈列文化和"庙学合一"的教育文化等方面,彰显出寿州地域内独特的文化特征。其具体体现在:

一是体现出封建统治色彩。寿州孔庙采用了古代传统的宫廷式建筑形式,经历了40多次的重修扩建,在每次较大的扩建时,都必然会受到前代建筑形制、建筑规模及建筑格局等因素的约束和限制。然而,寿州孔庙的建筑群最终成功地利用了先代遗产,既体现了历史遗产的延续,又保持了它总体上的完整性,而且能够全面地将封建统治者所要体现的皇统政治色彩充分地展现出来。这首先说明了历代统治者修建孔庙,都是为封建统治服务这一根本目的。封建统治者推崇孔子及儒家思想,并非是以儒家思想为本,而是维护封建统治在意识形态领域所采取的重要手段和治国方略,尊孔崇儒是方略而不是目的。因此,孔子才得以以儒家学派创始人的身份和地位被推到了圣人的宝座上。寿州孔庙的修建,也就理所当然地由统治者以统治目的为出发点,自始至终贯穿了王者宗庙、宫廷皇统等因素,作为修建孔庙的基本指导思想。如天子五门之制,在寿州孔庙里也得到体现,从前到后依次有腾蛟门(已圮)、起凤门(已圮)、泮宫坊门(包括快睹坊、仰高坊)、棂星门(包括金声门、玉振门)、戟门(包括礼门、义路),从南自北沿中轴线设玉带水(已毁)、棂星门、戟门、大成殿、敷教坊等五进院落以显最大数。按照当时孔庙礼制规定,除曲阜孔庙开设九进院落外,各地州、府只设五进院落,一般县、乡只能设三进院落。如皇宫三路布局之制,在寿州孔庙也得到印证,中路以中轴线为中心,自南向北依次有万仞宫墙(已毁)、棂星门、泮池、戟门、大成殿、明伦堂、尊经阁(已毁)、敬一亭(已毁)等主要框架,还有两庑分列东西两侧,看这些建筑是否完整,也是确定孔庙建筑是否完整的主要标志。东路以孔庙东院墙为界,自南向北依次建有奎光阁、文昌宫、奎神殿(已毁)、射圃(已毁)、崇圣祠(已毁)、土地祠(已毁)等建筑,是寿州孔庙建筑群的重要组成部分,在布局方位上体现了古人"崇左崇东"的意识。西路以孔庙西院墙为界,自南向北依次建有节孝祠(现做居民用房)、忠义祠(已毁)、学正署(原老年大学,复建)等建筑,为孔庙的附属建筑。还有王者宗庙因素,如戟门之制、前殿后寝之制、前庙后学之制等。原棂星门前的泮池、两侧的上下马碑(已拆除)、最南端的明代万仞宫墙(已毁)等建筑,都体现出寿州孔庙的皇统政治色彩。总体上说,寿州孔庙的建筑形制、格局、风貌,虽基本上沿袭和仿效了曲阜孔庙的主要修建规制,但寿州孔庙的"三路布局、五进院落"的建筑格局和部分建筑的设立,都深深烙上了封建统治的印痕,政治色彩浓烈,表明寿州孔庙在当时一定区域间的突出地位。

二是体现出孔圣儒家思想。建设孔庙的本身是标榜孔子及儒家思想。因此,寿州孔庙的建设,也就处处体现出儒家思想理论博大精深这一基本指导思想。第一是中正思想的体现。寿州孔庙的历代修建扩建,自始至终遵守着一条中轴线,无论哪一个时期的哪一次修建扩建,都力求最大限度地达到左右对称。如腾蛟门与起凤门的对称、快睹坊与仰高坊的对称、德配天地坊与道冠古今坊的对称、上马碑和下马碑的对称、金声门与玉振门的对称、礼门和义路的对称、名宦祠与乡贤祠的对称、东西两庑和斋房的对称等等,甚至连大成殿月台前的银杏树都一雌一雄、左右对称。这些都体现了孔子"不偏不倚,无过无不及"的中庸之道,亦像《论语·雍也》中所说的那样:"中庸之为德也,甚至也乎! 民鲜久矣!"正是孔子不偏不倚、折中调和的处世态度的一种集中体现。第二是礼乐思想的体现。孔子提倡人类社会应平衡于一定的等级秩序中,用一定的礼仪制度来约束人们的行为,寿州孔庙的建筑形制也充分体现了这一思想。如棂星门前的上下马碑、礼门义路、斋堂、训导宅等建筑;大量礼器祭器的陈列;主体建筑与附属建筑的掩映相称,以及当时从祀者严格的等次排位,等等,均体现了这一基本思想。第三是大同思想的体现。寿州孔庙整体建筑格局的完善性亦体现出这一思想。特别是东路以奎星阁为主体的前后一组建筑群,从前面的儒学门到后面的文昌宫,无不体现了"书同文,行同伦"的大同思想,即统一语言、统一文化、统一思想,使整个人类思想统一到儒学思想上来,如同队伍行军,须得步调一致。第四是教育思想的体现。寿州孔庙建筑群重点突出了孔子在教育上的超卓业绩。寿州孔庙的每个个体建筑,其规模、式样、结构、等级标准等,既考虑到它的特殊作用,又考虑到它所处的环境因素,以达到整体的协调和显示它特殊作用的效果。主体建筑大成殿坐落在高台之上,特别高大突出,两边用东西两庑相配,前有戟门和"礼门""义路"与两庑相连,后有明伦堂、敷教坊及大成殿两侧的"升堂""入堂"与两庑相连,使孔庙形成一个严谨的廊庑院落,在这个院落中祭祀孔子、孔门弟子及历代先儒们,恰到好处地体现了孔子伟大成就之核心。第五是思想体系的体现。寿州孔庙原有德配天地坊、道冠古今坊和棂星门及金声玉振坊,都是盛赞以孔子为代表的儒家思想的博大精深。在建筑格局上,门前以棂星门坊、金声玉振坊做引子,两侧以德配天地道冠古今二牌楼做呼应,以比较密集的排列方式渲染出孔子思想的深奥性。进入棂星门后,一所空旷的大院古木森森,近观泮桥和泮池,给人以心旷神怡且庄严肃穆的感觉,人们在朝圣行进的过程中,会不自觉地调整自己的心态。这种效果的体现,是寿州孔庙建筑布局的极大成功。引入戟门,大成殿主体建筑被两棵巨大的银杏树遮掩。走上月台,大成殿雄伟壮丽、高大巍峨的建筑形体方豁然出现在人们的视线中,使人们不得不望而兴叹。寿州孔庙这种引导人们思维感情的功能,是寿州孔庙建筑格局的又一突出特点。

三是体现出尊儒崇学传统。自唐高祖时期设立国子监,开启孔庙与国学合一的先河后,"庙学合一"成为当时各地孔庙的显著特点。寿州孔庙"庙学合一"设立的年代,最早见于元马祖常《寿州孔子庙碑记》中的记载:"(嘉定)二年,总管拜降君上谒庙,又先发帑入会钱,遣学正①及生员二人作雅乐诸品于吴中",说明此时寿州孔庙内已设立学宫。标明寿州孔庙学宫规模的记载,在汪光绪《寿州志》中可见"正德十年,知州林僖大修明伦堂、尊经阁及师生居住之所,共百余间,其制渐备"的描述,可见寿州学宫在此时已具有相当规模。寿州人有尊儒崇学的优良传统,从地方官员到乡绅贤儒,从文职武官到普通百姓,对当时处于地方高等学府的寿州孔庙格外尊崇和看重,因此在寿州孔庙的每次维修扩建上都表现出极大的热情。根据文献资料统计,在从元泰定元年(公元1324年)到清同治四年(公元1865年)541年的时间跨度里,寿州孔庙前后经历了42次维修、重建和扩建,其中整体重建和局部重建18次,整体重修和局部重修24次。从主持重建重修寿州孔庙的人员分类上来看,由历代知州等地方行政长官主持修建的达21次,由历代学正、训导等地方学校校官主持修建的4次,由乡绅进士主持捐资修建的达8次,由臬司②主持修建的1次,由此可见,当时寿地各阶层对孔庙这一庙学圣地的倾心和尊崇。从寿州孔庙历代碑记上可以看到,当时参与修建者的热情和火热的劳动场面,"一时锯者、斤者、冶者、锻者、运甓者、密甃者、刮摩者、黝垩者工作并举,执役数十人,为期百余日而始告竣",使重修后的寿州孔庙"焜耀映日,宫墙美富,重关叠健,矩矱③森严,坚固整洁,辉煌生色"。特别值得大书特书的是,寿州境内的孙氏家族对寿州孔庙的

---

① 地方学校校官。

② 正式官职为按察使,相当于现在的省公检法部门的长官,清以后,实际上成为巡抚或总督的属官。

③ 矱,yuē,尺度,标准。

修建扩建做出了重要贡献。据记载,州绅孙蟠及其侄孙克任、孙克伟、孙克依、孙克佺等孙氏一族,当时修建寿州孔庙不是为了"辉煌金碧,鸟革翚飞,非徒以隆庙貌、重观瞻也",而是"以陶甄礼乐,化育人材,明人伦,励名节,维系乎世道人心,振兴文教,黼黻①隆平,以仰副我国家右文之治"。出于此种目的,纷纷"捐赀②重修学宫",其"崇圣学,培斯文有司之责也"的责任担当意识和尊师重教的义举令人感佩。其中孙克任在主持移建节孝祠时病逝,将主持修建之事移交其弟孙克依,后孙克依又将主持修建之事交于其侄孙承祖,终成事矣。孙氏一门之内"竭力急功,世德相承"的美德在寿州大地传为佳话。咸丰九年(公元 1859 年)状元孙家鼐从寿州宫学走向京都后,对母校和家乡的教育特别关心,受其祖父孙克伟捐修孔庙义举的影响,孙家鼐在朝廷之中大声疾呼各省要多办中、小学堂,嗣后还令其子孙先后在故乡寿州办了很多学堂。清光绪三十二年(公元 1906 年)所立的《寿州公学捐款题名记》碑文里,曾有孙家鼐"捐银一千两"一事的记载,反映了他重视教育、扶持家乡办学的维新救国精神,影响着一代又一代寿州人,成为故乡寿州上下崇文重教、教以化人的强大精神动力。

---

① 黼,fǔ,古代礼服上绣的半黑半白的花纹;黻,fú,古代礼服上绣的半青半黑的花纹。
② 赀,zī,意同"资"。

"铁打的寿州城"是如何铸成的

——浅析寿县古城墙的防御功能和文化象征

城墙,是古代农耕民族为应对战争、防御野兽等外敌和动物的侵袭,在都邑四周建起的用作防御的障碍性建筑。因此,城墙的防御作用,既决定于城墙本身的发展,又受到进攻武器的重大影响。

城,按《说文》解释,是"盛"的通假字,"盛"意为纳民,"城"字的本义是筑土围民形成国。而城墙,《辞海》中解释为"旧时在都邑四周用作防御的城垣"。由此可知,城市早在氏族社会,就已经作为部落和部落联盟中心出现了,例如尧都平阳(今山西临汾)。出于保护整个部落生存发展的目的和需要,城墙便登上了历史的舞台。

但是,古代先民最早选择的是挖壕沟,而非筑高墙,因为前者明显比后者容易得多。考古人员在6400多年前的半坡原始村落遗址内发现三条围沟,一条是环绕在居住区周围的大围沟,深宽各五六米,将村落与外界隔离,明显是一种防御设施。另外两条是在居住区内的小围沟,可能是区别不同氏族或家族的界线。旧时壕内无水称为隍,有水便为沟、池。作为城市的外围屏障,它逐渐演化成了后来的护城河。这是古人在防御手段上对水的妙用。

由低于地面的壕沟发展为高于地面的城墙,这期间又经过了漫长的历程。随着夯土技术的产生和发展,传说早在夏王朝,就已"筑城以卫君,造郭以守民"了。在山西夏县的埝车下冯村,曾发现有小规模的上古城垣,其年代早于商朝。据此可知,至迟在商代,中国的城墙就已经出现了,距今已有3600多年的历史。

虽然中国古城墙修建的历史非常悠久,但是由于人为的破坏和时间的侵袭,如今保存完整的城墙已是凤毛麟角、寥若晨星。据统计,明清时期全国各地林立着大约4000座各类城址,现仅存南京、西安、荆州、襄阳、临海、兴城、平遥、寿县等屈指可数的十数座而已。其中州府一级,或许只有寿县这一座了,因此,寿州古城被专家称为是"历代州城建设的最后绝响和顶峰之作"。寿县古城墙是我国迄今保存较为完整的7座古城墙之一,中国社会科学院考古研究所原所长刘庆柱赞其为"在现存我国明清时代古城墙中是十分难得的"。

寿县古城墙重建于北宋熙宁至南宋嘉定年间(公元1068—1224年),距今已有950多年历史,比山西平遥古城还早100年,经历代续修,保存完好。"城池高深,金汤巩固,御外侮而保障平民。"清末状元寿州人孙家鼐记曰:"城堞坚厚,楼橹峥嵘,恃水为险。"寿县古城墙完备的城防体系和合理的城址选择,在全国现存古城墙中独树一帜,充分体现了寿县古城墙的防御功能和实用价值。

革命导师恩格斯指出:"用石墙、城楼、雉堞围绕着石造或砖造房屋的城市,已经成为部落或部落联盟的中心,这是建筑艺术上的巨大进步,同时也是危险增加和防卫需要增加的标志。"在远古刀光剑影的冷兵器时代,寿县古城墙别具一格的城防体系,以其神奇的功能演绎着金城汤池的千古神话。

城墙是古代军事防御设施,它由墙体和其他辅助军事设施构成军事防线。城墙的建造是我国城市出现的标志。在我国漫长的古代社会中,武器技术的发展相继经历了冷兵器、冷兵器与火器并用等阶段。虽然随着社会的发展,战争技术水平不断提高,战争方式也发生了一定的变化,但"深沟高垒"的外围线性设计方式,是防御工事的基本模式。从原始环壕聚落、土围聚落到相对成熟的夯土城堡,为后世砖石筑城堡垒的发展打下基础。到宋代以后,每逢战乱发生之时,为了防御需要,便会壮大或巩固城池防御体系。出于军事防御和防洪避害的双重需要,寿县古城墙在建造时充分考虑各方面的应对需求,形成寿县古城墙的独特形制和规模。

功能一:寿县古城墙具有城堞坚厚、楼橹峥嵘的军事防御功能。

寿县,古称寿春、寿阳、寿州,古为"江东之屏藩,中原之咽喉"。《陈书》曰:"寿春者,古之都会,襟带淮汝,控引河洛,得之者安,是称要害。"《元史·地理志》载:"濠州阻淮带山,与寿阳俱为淮南之险。"寿县在中国历史上的战略地位十分突出,是我国古代发生战争较多的地区之一。这里兵源充足,资源丰富,交通便利,地势险要,易守难攻,是对峙双方军事割据重要的战略纵深地区,为历代兵家必争之地。寿县城墙建造之初,军事防御目的大于其他需要,抵御外敌入侵为重中之重,其建造的城防设施都突出了军事防御功能。与此同时,寿县城墙本身的名称和本体结构在长期的发展实践中,衍生出了许多名词。

1.城垣。清光绪《寿州志》载:"寿春城旧在八公山之阳、淮水东南五里许。周显德中徙至淮北,宋熙宁间复故处。嘉定间许都统重修,周围十三里有奇,高二丈五尺,广二丈。城外东、南为濠,宽二十余丈,北环东淝,西连西湖。"寿春城为棋盘式布局的一座宋城,城之平面略呈方形,面积3.65平方公里,环绕城池的城墙实测长7147米,宽8.33米,底宽18—22米,顶宽4—10米。墙砖用糯米汁、石灰等物弥合,坚固异常,固若金汤,至今仍保留着"建康许都统造"字样墙砖。墙体以土夯筑,其外侧贴砌砖壁,外壁下部有2米高的条石砌基,外壁底部厚度约1.5米,顶部0.5—0.8米。寿县古城墙历经多次维修,现城墙上仍保留不同时期不同规格的修城砖20余种。寿县古城墙的形制与一般古城墙有所不同,主要区别在于寿县古城墙的"外直内坡"。有专家称之为"土坡战城"式,并认定它是"夯土城墙向包砖城墙过渡的一种形态"。寿县自古就是兵家必争的军事重镇,土坡战城的战争优势非常明显。在战争时,城内的土坡式城垣更有利于防御者迅速登城,以使兵力迅速大量投入战斗,也有利于战马运输战斗物资。寿县古城墙的墙体"外直内坡",同时也基于城市防洪方面的考虑。一般城墙的墙体,内外基本上是上下呈直立式(略有收分)的,这样的城墙墙基比较窄,作为军事上的防御是可以的,但是作为防水城墙则墙体较窄,难以抵挡洪水的侵袭。寿县古城墙墙体的"外直内坡"颇具特点,集北方城墙单一的御敌功能和南方城墙的单纯防洪功能于一体,在我国现存古城墙中十分罕见。

2. 城门与瓮城。城门是古代城市交通的出入口,其方位、规模、数量、大小、形制、用途等,大多是因地制宜的。从原始社会的半坡、姜寨遗址城雏形的大围沟1个门,到早期的河南淮阳平粮台古城的2个门、湖北天门石家河故城的4个门。随着社会、人口的发展,城市面积在扩大,城门的数量也随之增加。例如战国时期齐国都城临淄,其外城(郭城)有城门8处,内城(宫城)有城门5处。最早的城门用"过木"(过梁式)的办法构筑,随着建筑技术的发展和砖石的广泛应用,城门洞改为用砖、石伐(石旋)的拱券办法构筑。由于城门洞平时是交通衢道,战时是出击敌人的通口,所以要求构筑得宽敞一些。门洞上方嵌有长方形石刻门额,上面镌刻城门名称。门洞内还装有两扇木质大门,有的外包铁皮,防止攻城敌人从城门洞突入。古代城门的修建也遵循尊卑有伦的原则,这主要是受宗法制度的影响。明清时期都城和地方的城墙之间有着明显的区别,都城、王城与府、县城的城门规格大小都有严格的规定。作为都城,南京城墙有13门(北4、东1、西5、南3);明代北京城墙仅9门(东、西、北各2,南3),清嘉庆时兴建南城,东、西各增加1门,城门为11门。像西安、荆州这样的府城一般为4门。中国古代城市的城门不只是该城市的"门面",更重要的还是城市"政治单位"的标志。寿县古城属于州级城市,与西安、荆州这样的府城一样城开4门，可见寿县古城在当时的重要历史地位。寿县古城4门皆与城墙处于同一水平线，在城门前筑平面近似半月形，断面呈腰梯形，高于城墙的栏墙。栏墙两端与城墙衔接一体，其内、外壁均为砖砌，中为夹版筑土墙，是为瓮城。瓮城位于城墙外，是连接大城墙，包围并保护城门的小城。守军可以对进入瓮城的敌人四面攻击，置敌人于死地。它得名于口小肚大的陶瓮，故有"瓮中捉鳖"的成语。文献记载瓮城最早源自《新五代史》："珍军已入瓮城而垂门发，郓人从城上礌石以投之，珍军接死于瓮城中。"瓮城在宋代已被广泛使用。寿县古城城门的瓮城都呈半圆形，城门与瓮城道路曲折相通。除南门外，东、西、北3门的瓮城城门各与所在城门不在同一中轴线上。西门瓮城城门朝北，北门瓮城门向西，均与所在城门在平面上呈90°直角，东门的瓮城城门与所在城门平行错置。寿县古城城门和瓮城门额题名：东曰"宾阳"，南曰"通淝"，西曰"定湖"，北曰"靖淮"，北门城门朝南一面又题"壮门"。除东门外，其余3座城门的名称均与"水"有关，可见寿州古城水系环绕。寿县古城和瓮城城门的门洞均为砖石拱券。20世纪60年代初，因市政交通不便，相继拆除了南门、西门的瓮城，南门复建为"一主两辅"（俗称"一门三道"）的仿古式城门。需要说明的是，据清代乾隆年间的《寿州城墙图》标注，寿县古城南、东、北、西门4门均为一个门道，而古代设置"一主两辅"的城市均为都城一级的城市，因此寿县古城南门复建为"一主两辅"与历史原貌不符。西门城门改建为水泥砖石结构的现代形式，2014年以来实施了西门（定湖门）复建工程。古城4门及瓮城旧有寿县"内八景"中的六景，除北门一景为城门头上无梁庙外，其余五景都是依据传说故事创作的石刻作品。东门为"人心不足蛇吞象"，上刻一人一蛇；"凤凰落毛不如鸡"，上刻一鸡一凤，两石均嵌于城门北壁。南门瓮城内东壁嵌"门里人"石刻，取自《史记·春申君传》所载李园于寿春棘门伏刺春申君黄歇的故事，以警后人。南门城头上楼柱旧有一础，础八方各刻一僧，名"一堂和尚一堂僧"。西门一石，一面刻鼓，另一面刻锣，名曰"当面鼓，对面锣"。这一景的传说与城墙有关。相传明代一官员整修城墙，工将竣，有人劾其贪污渎职，经查证，纯属乌有。这位官员声明，修城大事，非同一般，今天我们当面鼓、对面锣说清楚。后人念其清风惠政，遂刻此石以记之。

3. 城楼。西汉末期以前是城门的城阙，在城门两边，称之为观楼。如《诗·郑风·子衿》："挑兮达兮，在城阙兮。"西汉末期以后，城门洞的城墙上逐渐有了城楼，此后较大的城市城门瓮城一般均建砖砌的城楼、箭楼1座。城楼的作用是战时观察城外敌情，指挥作战。一般采用一、两层，多至三层的坡屋顶建筑形式。城楼的结构和式样有庑殿式、歇山式、悬山式，一般均雕梁画栋，结构精巧，巍然耸立于城门之上。它们丰富多彩的艺术形象,显示出尊严、威武和华贵。城垣顶部筑有砖砌垛口,一为雉堞,以备战时使用。最早记载城楼的文献是《后汉书·邓寇列传》:"光武舍城楼上。"城楼是一座城市的形象、仪表和标志,其雄伟壮丽的外观,显示着民族的风采和城池的威严。《汉书·陈胜传》中把城楼称作"谯门",颜师古注释为"谯门谓门上之高楼,以望者耳"。由此可知,城楼主要用作守城将领的指挥部和瞭望所。由于其居高临下,所以又是极其重要的射击据点。

4.马面、敌台。这两个名词其实都是指城墙上突出于墙体之外的平台,为消除城防军事死角而建,两平台之间均是有效射程。宋城规在《守城录》中说:"马面,旧制六十步立一座,跳出城外,不减二丈,阔狭随地利不定,两边直觑城角。"明《武备志·军资乘》记载:"凡城上皆有女墙,每十步及马面,皆上设敌棚。"《中国大百科全书·考古·明长城》中有"墙台和敌台在城墙之上,隔200—300米有一个突出的台子叫墙台,与城墙的高度相当"的记载。马面是按一定距离在城墙外侧建凸出的墩台,平面呈长方形。每个马面上都筑有一个瞭望敌情的楼橹,称为"敌台"。马面和敌台都是专为对付爬墙的敌人设置的。两座敌台之间距离的一半,恰好在弓箭的有效射程内。一旦敌人兵临城下,相邻马面上的守卫将士可以对来敌形成夹攻和交叉射击网。仰望一座座敌台,如同林立的岗哨,威武雄壮,令人生畏,并且多数敌台正对着城内某条街巷,又可监控城内动静。由此可知,无论是战时还是平时,敌台都有治安防范的作用。据《寿州志》载,寿县古城墙上原有"角楼八座、警铺五十五所",今仅发现附于城墙一周的马面遗址1处,敌台3处。马面位于城西北拐角处,当地俗称"地楼",凸于城外,长2米,宽5米许,高与城墙齐,中空,有石级梯下,三面有看洞,凸出部分今已抹去。3座敌台中,其一位于东门南向160米处,凸出城外,长3.5米,宽15.5米;其二位于南门东向500米,外凸城外,长2.5米,宽7米;其三位于东北拐角处,外凸于城,长2.5米,宽5米。三敌台形制不一,疑为不同时期所筑;其距城门不等,或与各自修筑时代武器的有效射程有关。现存敌台之上,不同程度地残留旧时掩体建筑的痕迹。

5.雉堞,又称垛墙,上有垛口,可射箭和瞭望。内侧矮墙称为女墙,无垛口,以防兵士往来行走时跌下。《墨子·备城门》记载为:"俾倪广三尺,高二尺五寸",又说"五十步一堞"。垛口,古代叫"陴",说明当时的城堞比较矮小而稀疏。但以今天的平遥古城为例,城墙总长不足7000米,就有垛口3000个,其密度之大,可见垛口在古代城防中的重要性。寿县古城墙原有垛口9999个,在城垣周长距离相近的情况下,其密度是平遥古城垛口的3倍多。凭此一项,就可窥见寿县古城墙的战略地位和防御功能,远非全国其他地方的城墙所能及。寿县古城墙原雉堞仅在东北角残存 200 余米,现已全部修复。现有雉堞厚 0.8 米,高 1.2 米,垛口至下部间隔 0.8 米,有高 0.37 米、宽 0.2 米的长方形射洞,射洞做壶口状,下口与城墙顶持平。

6. 马道、云梯。马道,是指城墙上跑马的路,城墙的马道是指登城的坡道。在城楼旁边,靠内檐墙一般都有一条倾斜的,从地面通向城墙顶面的通道,它是人、马上下城墙的通路,即马道。马道一般宽 5—6 米,道的外侧一面砌筑有 1 米上下的单墙,起栏杆作用。由于马道一般都是 30° 上下的倾斜面,为了防滑,道面用青石、青砖砌筑。有的城墙较高,马道还修成二次阶形,在地面马道的入口处,还建有门楼等建筑。寿县古城墙的城楼旁均建有马道、云梯,在东、西两城门的右侧,南、北两城门的左侧设登城石阶,名为云梯,宽 4 米。与其他地方的城墙云梯有所不同,寿县古城墙内外均设有云梯。城墙内设云梯是为了人、马登城方便、快捷,而城墙外侧设置云梯,无疑是打开了除城门之外的另一条通道,增加了防守的难度和兵力。这看似城防系统中的一个疏漏和瑕疵,其实是古人的一大高明之处。其目的是在大兵围城、粮草断绝的危急时刻,守城将士在不能开启城门的情况下,从设在城墙外侧的云梯快速出城,杀出重围,传递讯息,搬兵解危。

7. 护城河,也称城池、城隍、城壕,是军事防御的一道屏障。它一方面服务于城内雨时泄水,另一方面也可阻碍敌军,防止其直抵城下。护城河内沿筑有"壕墙"一道,外逼壕堑,内为夹道,大大提高了护城河的军事防御能力。连接护城河的是城门外侧的吊桥,可以随时起落。当吊桥升起时,不但截断城内外交通,本身也成了城门,增强了防御作用。《礼记·礼运》记载:"城郭沟池以为固。"《汉书·王莽传赞》云:"城池不守,支体分裂,遂令天下城邑为虚。"护城河一般环绕于城墙外侧,少数也有在城墙内侧再修一道内护城河的。大城内建的内城,如帝王都中之宫城、州府郡城中之子城等,城下也常凿有护城河,如明、清北京的紫禁城和宋平江府城之子城等。

以上建筑是古代一座城市不可或缺的重要设施,构成了完备的城防体系。这些设施既能独当一面,又能相互作用,最大成效地发挥军事防御功能。在中国古代冷兵器时期,城墙的军事防御功能无与伦比,为守卫城池安全立下盖世之功。寿县古城墙从建成之初,历经无数次战争的考验,其军事防御作用得到最大限度发挥。据史料记载,从秦灭楚到抗日战争期间,在寿县就发生了汉高祖取寿春、南北朝寿阳争夺战、后周南唐之战、东晋与前秦淝水之战、唐末寿州割据等 17 次较大规模的战争,这些战争与寿县古城墙有着密不可分的联系。东晋太元八年(公元 383 年)的秦晋淝水之战,就发生在这里。这次战争,是中国历史上以少胜多、以弱胜强的著名战例,给世人留下了"投鞭断流""围棋赌墅""风声鹤唳""草木皆兵"等历史典故。毛泽东主席在《论持久战》这篇著名的文章中,还引用了"八公山上,草木皆兵"的典故。明崇祯九年(公元1636年)春,农民起义军首领李自成、高迎祥攻庐州(今合肥),不胜;转破含山,下和州(今马鞍山和县),围滁州。明湖广巡抚卢象昇督师驰援,激战于朱龙桥,农民军西走围攻寿州,御史方震孺率士民固守,城未破。1940年,侵华日军为控制水陆交通要道,与安徽省保安第九团在寿县古城发生激烈战斗,寿县古城墙再一次发挥了重要的军事防御作用。

虽然在冷兵器时代,城墙的军事防御作用明显,但是,随着攻城技术的进步,特别是火炮的横空出世,终结了城墙的防御功能。据记载,南宋开庆元年(公元1259年),宋元两国开战时,寿春府(今安徽寿县)军民创造发明了突火枪,这是一种将石子、铁块制成的子窠,从竹筒中用火药的力量喷射出去的火器。这是世界上最早的原始步枪,因此寿县或许可以说是世界上射击武器的发明地。这种突火枪威力巨大,在攻城中发挥了重要的作用。火药在军事领域的广泛应用,为古老的城墙带来了灭顶之灾。在现代炮火的轰击下,全国的古城墙或只剩下残垣断壁,或荡然无存。在近现代,众多的古城墙因年代久远早已完成历史使命,但寿县古城墙直到现在还在护卫着古城的居民,其主要功能开始转为防洪。

功能二:寿县古城墙具有保其室庐、以御其害的城市防洪功能。

自古以来,作为人类聚集区域的城市,防洪排涝一直是个重要的问题。中国疆域辽阔,各地自然条件相差甚大,人们通过长期的生活实践,逐渐形成了一些明确的思想,即根据不同的地理环境,尽量趋利避害、因地制宜地指导人类建造聚居地。在滨河多雨的江淮地区,一座称得上坚固完善、适宜居住的城市,必定要因地制宜地构建有效的防洪排涝体系。如今,人们不难发现,有些城市中古代遗存下来的防洪排涝设施,至今仍在发挥着重要作用。寿县古城是在原楚郢都寿春城的基础上发展演变而来的,早在900多年前就已经建造了这样的防洪排涝设施。

楚郢都寿春城是中国古代南方较大的城市之一,也是中国古代城市建筑的典范。据光绪《寿州志》卷三《古迹》载:"寿春县故城……其外廊包今之东陡涧,并淝水而北,至东津渡,又并淝水而西,尽于大香河入淝处……其地绵延曲折三十余里。"据现代遥感解译所提供的数据,寿春城廊周长20900米左右,总面积26.35平方公里,城垣周长是山西平遥古城的2.9倍,与列国都城相比,其面积超过了纪南城、临淄城、侯马晋城、曲阜鲁城、邯郸赵王城及郑韩故城,仅稍逊于燕下都遗址,足见楚于强弩之末仍十分重视城市建设,投入了大量人力营建都城。通过考古调查和从现在已知的信息来看,寿春城随着时间的推移,自东南向西北缩减,面积越来越小,至宋代缩减到今寿县城的规模,城郭面积缩减了十之有七,城市的防洪排涝系统集中体现在现寿县城区。

寿县位于安徽省中部，淮河南岸，八公山南麓，自古就是"水陆辐辏，漕运四通"的交通要地。清朝《江南通志》曰："长淮引桐柏之源横其北，石梁会众水之流环其西。"伏滔在《正淮论》中曰："寿阳东连三吴之富，西援陈、许，水陆不出千里，外有江、湖之阻，内有淮、淝之固，龙泉之陂，良田万顷，舒、六之贡，利尽蛮越。"寿地与洛、颍、淮、涡、淝、巢、江诸水相连，中原通航吴越，莫不道出此间。寿县受秦岭纬向构造控制，位于徐淮坳陷之南，为大别山断褶区几个不同性质构造单元的复合地带，地形东南高，西北低，由东南向西北呈现出岗地、平原、山地（残丘）3 种地貌。北面向淮河倾斜，地势低洼直到寿春城墙下。这一地带的地理位置正处于中国南北气候交接带上，降水分布不均，每逢夏秋季，山洪暴发，极易发生涝灾。

据清光绪《寿州志》载："寿州城，然城西低洼，遇淫雨泛涨，号为西湖；城北淝河由硖石入淮，淮水泛涨，则淮、淝、西湖合而为一，逆流而上瓦埠河，更无泄口，四望滔天，州城宛在水中。"寿春城三面环水，自古以来常受洪涝灾害威胁，一旦遭遇暴雨，城内积水汇流，由城北两处涵洞向外倾泻，对北面城垣形成剧烈冲击，而城外淝河水汹涌泛滥，在内外两股激流的冲击之下，城倒墙塌、葬身鱼腹的危险无时不在。因此，万历四年（公元 1576 年），州人谢翀曾记曰："寿春城恃水以为固，而其患亦恒由于水。"万历六年（公元 1578 年），州人梁子在《兵备道朱公重修寿州城德政碑》中曰："治寿其先治城乎！城不固则水之害人不消，虽欲弛张文武，振饬纪纲，无出也。"寿春城的建造者们充分考虑到这一不利因素，按照"防、导、蓄、高、坚、迁"六条原则，规划和建设城市防洪系统。寿春城的建造者们，不以四周总长14 里有余的高大城墙环抱而高枕无忧，而是未雨绸缪、防患于未然，集中民力，相继建成一批批防洪排涝设施，成为寿春城防洪系统中的重要组成部分。

1. 护城泊岸。护城泊岸又称护城石堤，位于城墙四周外侧，高 3—5 米，宽 8—10 米，其一边紧贴城墙外壁，另一方即外口濒临护城河。除东南一段地势较高外，外口皆以条石叠砌壁立河沿。《寿州志·城郭》载："嘉靖十七年（公元 1538 年），御史杨瞻率知州钱雍熙、州同吴邦相、指挥张官、刘庆佑卒其功，并创建护城御水石岸。"有碑记曰："自西南角楼起绕北至东南楼角止，共三千丈有奇。所有土岸通砌以石，重合以灰，依古法，数年结而为一矣。虽有大水，可保不为城患。"寿州城护城泊岸后经多次修补，渐臻完固齐整，清同治十三年（公元 1874 年）重修后，州人孙家鼐特为之记，赞其"绕城而视，若匹练亘横也，若生铁之熔铸也，完固齐整逾于曩日"。现今，自南门经西门至北门一段，已辟作环城马路，吸引居民、游客环城一游。

2. 涵洞。在寿春城东北、西北隅城墙根处，备有涵洞一座，始建年代失考。明万历元年(公元1573年),知州杨涧修涵时,州人张梦蟾记曰:"寿城下故瓮涵洞三,盖泄市圃中潴水,已则坚闭之,以防外水浸灌。其一在城西南,地势稍峻,近塞弗通。而东北并西北者,则今存也。"清乾隆、光绪年间均重修。今东涵东壁"崇墉障流"四字,为光绪十年(公元1884年)重修时"吴中钱禄曾题";西涵南壁"金汤巩固"四字,为光绪三十一年(公元1905年)重修时,"辛庵彭城孙题"。两涵形制大体相同。以西涵为例,涵洞方体,宽0.6米,深0.8米,长50米,其一端连接内河,另一端通向城外,经过城墙、石堤部分深1.5米。涵平面呈直角,以其直角角顶为圆心,周围起筑径深为7.7米、厚0.5米的砖石结构月坝。月坝与城墙等高,外壁围护厚实的堤坡,远看似小山包。涵沟经过月坝横穿城墙、护城石堤部分为暗沟,上封以石板,设闸5道。涵洞的主要功能是调剂城内外的水位,当城外水位低时,即开闸排水,及时泄出城内积水;当城外水大时,则随时关闭,确保城内不进水,同时便于比较城内城外水位。月坝内的涵洞西段,设有一径深约1.5米的竖井,用以沉淀泥沙。涵洞的作用非同小可,正像知州杨涧所曰:"涵洞之启必以时,而备则宜豫,豫则牢不可破,即水外涨,可恃无虞。"

3. 水道。现代遥感解译成果表明,寿春城内原有密集相连的水道。这一水道体系与城外河流相通,其一为南北向,水从芍陂(安丰塘)通过引渎,一从城西南角入护城河,一从王圩子西入城,向西北流经今县城东入淝水;其二为东西向,由九里沟贯全城入瓦埠湖(淝水)。这个水道体系的作用是多方面的,具有综合功能。其一,由城南60里的芍陂引水入城,既有灌溉之利,又有调解水流之功,保证了城市内的供水;其二,充当城内的水上交通线;其三,将城内划分为一定数量相对独立的单位,有利于防卫和管理。规划整齐的水道系统,是寿春城的一大特色。同时,城内四角塘的巧妙分布,对于滞纳渗透积水、涵蓄净化水源、补给充盈径流,具有积极的生态效应。时至今日,人烟稠密的寿县老城区仍很少发生内涝,便是一个很好的证明。

4. 城头排水设施。寿县古城4门及瓮城上均设有排水设施,通过"地龙"即沟眼,将内河水通过城墙上排放城外。今东门、北门城头尚可见到地龙遗存。

中国古代城市防洪排水系统起源甚早,但功能完备、运行持久且至今仍然可资利用的已不多见。如今,人们说到寿县古城,经常用"铁打的寿州城"来形容其坚固与雄伟,显而易见,这与寿州古城拥有完备有效的城市防洪排涝设施不无关联。建城900多年来,寿县古城经历了无数次洪水的侵袭,城墙及防洪设施屡毁屡修,终至坚固异常、金汤永固。据清光绪《寿州志》记载,在从有记录的明永乐七年(公元1409年)至清光绪九年(公元1883年)的474年里,寿县古城先后经历了12次大水围城的考验。在顺治六年(公元1649年)和同治五年(公元1866年),淮水暴涨,大水围城,史料中均有"不及垛口尺许""雉堞不没者仅三尺许"的记载,可见当时水势之大和来势之猛。经过历年坚持不懈的重修和多次洪水冲击的考验,寿县古城巍然屹立于洪涛骇浪之中,使城内居民"得以保其室庐,无流漂荡析之患"(燕平冯继昌《寿州重修护城石堤碑记》)。尤其是近现代以来,寿县古城墙及防洪系统仍泽被后世,继续在防洪排涝中发挥作用,在应对特大洪涝灾害中屡立奇功。从文献记载的数据看,在清光绪十二年(公元1886年)、民国二十年(公元1931年),以及新中国成立后的1954年和1991年,寿县古城先后4次经历了特大洪涝灾害,创下了降雨量最大、水位最高、持续时间最长"三个之最",在历史上被列为四大降水年。1954年,瓦埠湖水涨至海拔25.5米,与城墙高度仅差0.5米,居民站在北城墙即可抄水洗手。特别是1991年的特大洪水,再次将寿县古城围在水中。从空中俯瞰,偌大的寿县古城,宛如一只硕大的木盆,漂浮在浊浪滔天的洪水中,千年古城成了一座孤岛,被中外记者形容为"百里泽国,仅剩城池"。从6月14日封闭北门,到8月30日北门从洪水中重新显出,寿县古城被洪水围困了整整两个半月,创造了寿县古城被大水围城的新纪录。在水困寿春城的70多天里,古城墙虽然屡次出险,但在当地干群和抗洪部队的共同努力下,巍然耸立在滔天浊浪中,保住了这座全国历史文化名城,保住了城内12万居民的生命财产安全,又一次抵御住了这场百年不遇的大洪水,再一次将"千年古城墙不是纸糊的"神话变成现实。寿县古城墙及防洪设施功勋卓著,将永远载入中华民族的抗洪救灾史册。如今,寿县古城居民仍时常津津乐道,有感于古城墙在1991年抗御特大洪水中的中流砥柱、坚不可摧作用,他们为拥有这样一座雄伟壮丽、城堞坚厚的古城墙而引以为傲。

寿县古城墙在历史上多次化险为夷、护佑民众,应归功于当地对古城墙的全面保护。寿县古城不仅保存得相当完整,四圈闭合,城门、城楼、瓮城、雉堞、敌台、城墙上的排水设施及历代维护修补等痕迹清晰可见,护城河至今依然清水长流,其城墙还有3个独特之处:

一是墙基宽。墙基平均为18—22米,城墙外包砖,内侧通体向里倾斜,夯筑时层层内收,边坡比为1:2至1:3,局部地方甚至形成未包砖的宽大慢坡,即所谓的"土坡战城"。这样,外墙坚固,内墙的慢坡不仅大大加宽了墙基的宽度,可以抵挡长时间的洪水挤压,而且便于动员城防力量,强化了战时抵御外敌的作用。土坡堆筑是早期中国三大城墙建筑类型之一,它不同于北方地区的石城以及中原地区陡峭的夯土城墙,而是通过加宽墙基,增强城址的防洪功能,是中国南方地区特有的城址类型。史前时期,长江中游、浙江良渚以及安徽垓下龙山时期的早期城墙,基

本上都是以堆筑形式建成,个别城墙墙基甚至宽 30—50 米,防洪功能更为突出。这一特点在寿县城墙仍部分地沿用着。

二是特设青石泊岸护城。寿县城墙在建造之初就十分注重防洪,在来水威胁较大的东墙和北墙外壁,紧贴宽大的城墙还修有护城石堤,以防止护城河水直接冲击或者渗透墙体。这样精心设计的护城河堤,在明清城墙建设中极为少见。

三是有防止洪水倒灌城内的奇特设计。城内四角有建墙挖土而形成的内护城河,成为平时城内积水汇聚之地,并可调节城内用水和环境。在城内地势较低的东北角和西北角,还修筑有"崇墉障流""金汤巩固"两个专门设计的向城外疏导城内积水的涵洞,如果城内水位高于城外,即可自行将水排到城外,而如果城外水位高于城内,涵洞将自行关闭,防止城外的洪水倒灌入城。涵洞上还加修月坝,以增强防洪排涝的调控功能。

综上所述,寿县古城墙不仅具有很强的防御外敌的功能,更有独特的防洪功能。在古城的东城门,我们可以看到后人标示的 1954 年和 1991 年两次特大洪水时的水位标高,都越过了门洞顶部,几乎淹没了大半个城墙,而洪水期间城内却安然无恙,安详闲适的街景与城外浊浪滔天的洪灾景象形成强烈对比,至今仍深深地烙刻在寿县人民的记忆里。这种独特的防洪功能,可能也是寿县古城墙在 20 世纪全国性的拆城运动中得以保全的重要原因之一吧。

德国思想家雅斯贝尔斯说过:"从历史中我们可以看到自己,就好像站在时间的一点,惊奇地注视着过去和未来,对过去我们看得越清晰,未来发展的可能性就越多。"在如今日新月异的文明时代,寿县古城墙独具特色的文化象征,以其可感的具象闪耀着绚丽恢宏的夺目光芒。

如今的寿县古城墙,基本保持着其完整性,明清以来虽然经过了多次大规模修缮,但总体上古城墙的基本格调尚无改变。类似保存状况的明清时代古城墙,在国内还不多见。在目前正在申报世界文化遗产的 14 座明清时代古城墙中,寿县古城墙的使用功能别具特色。南京城、西安城、荆州城、襄阳城、兴城、临海城等古城墙的主要功能是军事防御,而寿县古城墙既具有军事防御功能,又有防洪功能。对于寿县古城而言,后者功能应该说更为重要。对照世界遗产公约的遗产价值有关标准,寿县古城墙可作为传统的人类居住地或使用地的杰出范例,代表一种文化,正如公约所说,古城墙"在不可逆转之变化的影响下变得易于损坏"。而如果没有对其发展演变的历史与内涵进行深入认识,寿县古城墙只不过是一座普通的城址而已。

具象一:透过古城墙,我们可以更全面地了解寿县城市的起源和古城墙的演变历史。

寿县有着悠久的历史，根据文献记载和史前遗址考古调查结果显示，早在原始社会，就有先民在此聚族而居，繁衍生息。寿县城市建设的起源，据文献记载，一说始建于州来。州来之名最早出现在《春秋左传》中：郑成公七年（公元前 579 年）"吴始伐楚、伐巢、伐徐。子重奔命。马陵之会，吴入州来"。公元前 579 年，州来已作为楚之重邑被吴侵伐，可见州来城邑的建成应在此之前。周贞定王二十八年（公元前 441 年），楚惠王乘吴越争霸无暇助蔡之机而灭蔡，州来又复属楚。国势日强的秦国对江汉地区的咄咄进逼，迫使楚国把政治中心逐渐东移。按寿县的城市建设始于州来一说，寿县的早期城市形态，上自春秋，下至战国晚期，经州来、下蔡、寿春的不同发展阶段，其间近 500 年。当然，这一说在学术界仍有争议，尚待考古成果验证。

寿春之名最早见于《史记·楚世家》。楚考烈王二十二年（公元前 241 年）与诸侯共伐秦，不利而去，东徙迁都寿春，命曰郢。楚都城寿春，即今寿县县城及其附近地区。《汉书·城理志》九江郡下："寿春邑，楚考烈王自陈徙此。"东汉人认为汉代的寿春邑就是战国的楚都寿春。

西汉时期，社会安定，经济繁荣，是我国古代城市大发展时期。寿春通过颍水和淝水，北通中原，南达长江，是重要的水陆交通枢纽。因当时未受黄河夺淮影响，市场繁荣、经济发达的寿春名列全国六大都会（寿春、洛阳、邯郸、临淄、宛县、成都）之一。西汉前期，诸侯王势力强盛，寿春作为一个重要诸侯国的国都近 70 年，且又位于原楚都寿春城的故址，其城市建设具有相当规模，不同于一般的郡县城，宫殿王室等建筑等级很高。寿县牛尾岗出土浮雕为独角兽图案的槽形砖，蚕校土岗底层发现的圭形水管，城外采集的"千秋万岁"文字瓦当以及城内博物馆工地出土的大型素面铺地砖等，都是西汉时期高等级建筑的反映。

西汉末年战乱后，当时的寿春已不是政治中心。东汉时期的寿春城市建设没有大的发展。但东汉寿春曾长期为阜陵国的都城，阜陵王食邑五县，其宫室、殿宇在寿春城中应有一席之地。建安二年（公元 197 年），袁术在寿春称帝，置公卿为百官，下皆称臣，衣被皆天子之制。袁术在寿春称帝只有短短两年，败亡时烧毁了寿春宫室。

三国时期，寿春为曹魏之地，南北分裂，战争频发，这里先后发生了王凌、毋丘俭、诸葛诞叛魏的战事，其中以司马昭平诸葛诞之役规模最大。《三国志·魏书·诸葛诞传》记载：寿春城破，诸葛诞"窘急，单乘马，将其麾下突小城门出。大将军司马胡奋部兵逆击，斩诞"。此处文献最早记载寿春城中有小城。

西晋统一后,寿春虽仍为重镇,但已开始受到水患威胁,"寿春每岁雨潦,淮水溢,常淹城邑"。东晋咸和三年(公元 328 年),后赵攻陷寿春,占据 20 余年。寿春归晋后几度为豫州刺史临时治所,为避郑皇后阿春讳,改寿春为寿阳。公元 383 年,寿春发生著名的淝水之战。这个时期的寿春城除受水患、地震等自然灾害破坏外,因其重要的战略位置,更不断受到战火和人为的破坏。

南北朝时期,寿春仍为南北争夺的战略重镇。南朝时寿春为豫州治所。萧齐豫州刺史裴叔业叛齐归魏,北魏在寿春设扬州治所。寿县复归南朝后,齐梁间在这里侨置的郡县有淮南、梁郡、北谯、汝阴等。

南北朝时期,寿春城市的最大变化,就是由内外两城变为郭城、金城、相国城三重城。三重城起于宋武帝刘裕在寿春城内筑相国城。晋安帝义熙十三至十四年(公元 417—418 年)刘裕北伐,元熙元年(公元 419 年)受命为宋王,迁都寿阳,次年六月至京师,晋帝禅位。据《宋书·傅亮传》载,刘裕在寿阳策划逼迫晋帝禅位时,当地已有宫室建筑。《寿阳记·梁陈典》载,二月八日,行城乐歌曰:"皎镜寿阳宫,四面起香风。楼形若飞凤,城势似盘龙。"这是时人对寿阳宫室的描写。由此可知,刘裕在寿阳时间虽短,但已行帝王之仪。在刘裕以前,寿春外郭城垣破坏严重,人口因战乱大量减少,刘裕经营寿阳时间短暂,似乎也没有修复寿春外城城垣。相国城的修筑实际上是弃用外郭(大城),改造内城(金城),把内城分为宫城和相国城两部分,这样既有利于防御,又区分开王侯与百姓,保证了王都之规格。此后,相国城、金城、外郭城(或罗城)之称多次见诸文献,一直延续到陈末,与整个南朝相始终。

隋唐时期,寿州城延续南北朝的寿春城而来,只是其城市格局由原来的三重城变为寿州的罗城和子城。寿州的罗城就是先前寿春的外郭城,子城就是先前的金城或内城。唐兴元元年(公元 784 年),张建封任濠寿庐三州都团练观察使后"曾大修葺城池",但不是新筑城垣,只是浚疏湟壕,修复城堞而已。所以隋唐寿州城的位置、规模、布局等,与先前的寿春城变化不大。

北宋时,寿春城为寿春府寿春县治,至南宋绍兴十二年(公元 1142 年)始升为安丰郡。此时的寿春城较多地沿袭了唐代的形制,仍具有西城和南郭的形制。南北朝到五代时期,城内的坊墙在北宋可能与其他许多城市一样已经被拆除,但因里坊制度而形成的棋盘状街区格局一直被保存下来。

寿春城在绍兴十二年(公元 1142 年)升为安丰郡城后,由于"城壁摧毁",边患紧急,急需修筑。整个修城过程几经反复,南宋嘉定年间为抗击金兵入侵,嘉定七年(公元 1214 年)再启筑城,除缩减南垣并给大土城垣包砌城砖外,没有对城垣做更多改动,这次筑城奠定了今日寿县城的格局。

嘉定筑城后,大规模毁城、修城的情况并不多见。修城主要有两方面:其一,对洪水毁坏部分进行修补、加固;其二,增加城墙御敌防水设施。据史料记载,明代修城15次,主修西北、东北两涵洞,增设护城岸。清代修城14次,重点修筑涵洞月坝,筑护城石堤(泊岸),修涵洞。根据文献记载和遗存线索,现在的寿县城应当是南宋嘉定七年重修后的遗存。城内的主要变化是子城的废弃,但具体废弃时间尚没有线索。

具象二:透过古城墙,我们能够更充分地认识寿县文化的根脉和古城墙的遗产价值。

寿县古城墙自始建以来历经沧桑,其作为御敌和防洪的双重需要,几经变迁,功能愈加齐全和完善,形成了自己形制、规模和区域上的特点,具有重要的历史文化价值、科学艺术价值和社会利用价值。

在历史文化价值上具有唯一性。其一,寿县古城墙具有多方面的学术价值。寿县古城墙历史悠久,现存本体是国内目前保存较为完整、有明确纪年和清晰修缮历史的宋代砖城墙,始建年代不晚于南宋嘉定年间。以其为核心的防御体系,是中国宋代城市防御体系的重要标本,突出地反映了南宋时期淮河流域城市政治、经济、文化、军事等方面正史无记载的历史文化信息,具有宋代城市建筑工艺、军事和城市防洪等多方面的重要学术价值。其二,寿县古城墙是历史的产物和历史事件的载体,具有重要的历史研究价值。寿县古城作为淮河南岸宋金边界南宋政权重要的军事堡垒,居中原与南国之咽喉要道,为兵家必争之地,有"淮上重镇"之誉。发生在此地的著名历史事件包括淝水之战、周唐争夺、朱元璋城南大战张士诚、太平军用兵寿州等,在中国古代历史上影响深远。在古代战争中发挥重要城防作用的寿县古城墙,对研究古代战争史,特别是宋金守城战争史具有重要意义,也为研究我国南北文化交流史,为研究古代城墙的建造技术、形制的变迁,为研究城池防御体系的建造思想、技术史提供了重要的实物资料,具有重要的历史文化价值。其三,明确标识了楚寿春城城墙遗址的可能范围。根据最新考古发掘与研究成果,现存寿县古城墙可能与楚寿春城城墙遗址有叠压关系。因此,寿县古城墙成为楚寿春城遗址的发掘与研究过程中不可或缺的部分,并将为寿春城遗址范围的最终确定提供重要线索。

在科学艺术价值上具有独特性。其一,寿县古城墙选址科学。古人在筑城时,充分考虑到当地水文和地理特点,城墙高度与淮河干流上"咽喉"硖山口最高水位相应,城址虽低,但淝水北岸的最低处孤山洼比城墙更低,当淮水涨至城头时,洪水

可从孤山洼泻出。北门大桥上两石狮也比城墙低,故有"水漫狮子头,水从孤山流"的说法。寿县古城墙形制特殊,因地制宜。首先,城墙外壁与护城河之间设有4米高、9米宽的护坡石堤泊岸,以减缓外水对城墙基础的冲刷。另外,城内各城墙拐角处均有内城河及大片洼地,且沟、塘、暗渠交织。城内积水汇入内河后,再由两个排水涵洞排出城外入淝水。城墙基础由石灰黏土夯筑并砌条石,外包砖壁层层内收,可减缓洪水冲击力。砖石以糯米汁石灰浆砌筑,防水性能及防渗性能良好。其次,瓮城门与城门错开,除南门地势高,二者在一条中轴线上外,东门平行错开4米,西、北门做90°交角处理,北门外门朝西,西门外门朝北。此种设计利于防水御敌,水进瓮城后会随两门位置的交角而改变其冲击方向,由直线冲击转为涡流,冲力大大减少。再次,设排水涵洞,上筑月坝。城墙东西两角修筑两个涵洞,以导城内积水。涵洞之上筑月坝,涵洞底部放置圆锥形木塞。木塞小头朝城内,外水由涵洞入城时,木塞受水压会塞得更紧;内水排出时,木塞会自动冲开,可防止倒灌并控制水流。其二,寿县古城墙军事防御功能突出。寿县古城墙城防体系完备,形制独具特色,属于较为典型的宋金交界地区宋代防御城池,其形制和相关文献有较强的印证关系,也为研究我国古代军事防御建筑形制的发展演变提供了重要的实物资料,在国内现存古城墙中占据独特的地位,有重要的科学研究价值。此外,寿县古城墙在环境空间构成、建筑造型、城墙铭文砖和花纹砖、城墙整体、各细部的形式美等方面,都体现了其独特的美学特点和艺术水平。

在社会利用价值上具有持续性。寿县古城墙是寿县文物保护的主要对象和重点区域之一,它以其独特的文物价值成为寿县文化遗产和文化资源的重要组成部分,是寿县作为国家历史文化名城的重要标志和载体,是地域历史文化的物质体现,是寿县人民休闲、娱乐和历史、文物、文化等知识教育的重要空间,也是中外游客认识和了解寿县历史文化的具体物化象征,对增强寿县乃至淮南地区的文化凝聚力、影响力具有重要意义,并且有助于提高公众的文物保护意识和艺术鉴赏水平。它的保护与城市的格局和发展息息相关,具有不可忽视的社会利用价值。寿县古城墙从战国到现代一直发挥着军事防御及防洪的作用,现为全国第五批重点文物保护单位。近年来,寿县全面落实习近平总书记关于文化遗产保护的系列重要讲话精神,认真贯彻"保护为主、抢救第一、合理利用、加强管理"的文物工作方针,对寿县古城墙文物本体进行科学、合理、有效的保护、管理和利用,先后投资20多亿元,实施春申广场建设、四角塘改造、城墙综合改造、外环道路改建、护城河砌石护坡、西门复建等一系列古城保护工程。2014年以来,寿县古城墙与江苏南京、陕西西安、浙江临海、湖北荆州等 14 处明清城墙一起列入《中国世界文化遗产预备名单》。寿县古城墙如果"申遗"成功,将为寿县这座国家历史文化名城带来一张国际"名片"。

城墙是人类文明留在地球上的独特景观。它的出现,曾是文明诞生的标志。古代城墙作为一种庞大而精密的军事防御体系,它的完善与否,对于一个民族、一种文明真正可以独立生存和发展的载体——国家——而言,曾起着至关重要的作用。现实的城墙已经退出了历史的舞台,逐渐失去了原有的防御作用,但是,视死如归,永不屈服的斗志,是一个民族不可攻破的万里长城!

祈望"铁打的寿州城"万世永存。

寿州楚氏探源

寿县,古称寿春、寿阳、寿州,州来国、蔡国、楚国、西汉淮南国、东汉袁术先后建都于此。以楚文化为显著标志,国家历史文化名城寿县历史文化源远流长,在中国历史文化长河中闪耀着璀璨夺目的光芒。寿春楚文化同吴越文化、巴蜀文化一起,被誉为"盛开在长江流域的三朵上古之花",对中国和世界历史文化都产生过巨大影响。寿春楚文化孕育出众多的历史文化,其中寿州姓氏文化就与楚文化有着密不可分的联系,而寿州楚氏与楚文化更有着最直接、最密切的关联。可以说,寿州楚氏繁衍变迁的过程,就是楚文化东渐江淮、发展壮大的历程。

寿州楚氏是寿县古老的姓氏之一,与当地的熊氏、袁氏、吕氏等诸多姓氏一起,代表着寿县历史文化的源远流长和博大精深,见证着寿县文化发展的炳如日星及波澜壮阔,记录着寿县时代变迁的历史履展与风云变幻。挖掘和梳理寿州楚氏的历史起源、发展变迁、迁徙历程、文化传统、家族精神等,对于弘扬淮寿历史文化、传承寿县地域文化、推进文化强县建设,具有深远的历史意义和积极的现实意义。凭借寿州楚氏这一古老姓氏,能够开启我们与历史对话的天窗,能够联结我们与文化亲近的纽带,同时也能够架起我们探寻中国姓氏文化渊源的桥梁。在进行寻根之旅的同时,能够让我们身临其境地感受到中华姓氏文化的博大精深和独特魅力。

中华姓氏:血缘符号,家族标志,在历史的长河中特立独行

1. 中国姓氏的起源

"行不更名,坐不改姓",是中华姓氏文化的固有象征和独有标志。每个人一

出生就传承了家族姓氏,它既是我们与生俱来的代号,也是我们家族血缘关系的符号。每个姓氏渊源的背后,都深深地刻着中国历史文化传承发展、弘扬光大的印记。

姓氏,作为血脉延续的标志,最早出现在中国。从公元前3000年中国第一个姓"风"开始,中国的姓氏随着社会的发展变迁,绵延不绝。研究统计结果表明,中国人曾经使用过的姓氏多达22000个,其中包括楚氏、熊氏等不少姓氏都有着上千年的历史。中华文化的统一性和连续性,在姓氏的传承中始终如一地得以体现。

姓,是标志家庭系统的称号,在四五万年前旧石器时代的母系社会中就已出现。当时,各个氏族为在交往中表明身份,用自己的氏族图腾作为标志,图腾的徽记因而成为姓的雏形。氏,是古代贵族标志宗族系统的称号,用以区别子孙之所出,出现于大约四千年前新石器时代的父系社会,是姓族中的重要支系,随着私有制的出现而产生,代表功勋和地位。西周时实行分封制,皇亲功臣都以封地为氏,使氏的数量大大超过姓。

在先秦时期,姓和氏含义不同。姓代表血缘关系,同姓不能通婚;氏则是从姓中衍生出来的分支,是特权和地位的标志,用以区别贵贱,有氏者为贵。所以,先秦时男子称氏不称姓。姓和氏的融合,是在秦代废除了宗法分封制度而实行郡县制后,氏失去了代表贵贱的意义,逐渐与姓合用,成为父系血缘承袭的标识。中国现在大多数的姓,都是承袭了产生于周代的氏。

姓与氏的合称,结束了中国古代姓氏等级森严、贵贱有别的历史,开启了中华姓氏文化的新纪元。据《左传·隐公八年》载:"天子建德,因生以赐姓,胙之土而命之氏。"《通志·氏族略》曰:"三代以前,姓氏分而为二,男子称氏,妇人称姓。氏所以别贵贱,贵者有氏,贱者有无名氏……姓所以别婚姻,故有同姓、异姓、庶姓之别。氏同姓不同者,婚姻可通;姓同氏不同者,婚姻不可通。三代之后,姓氏合而为一,皆所以别婚姻,而以地望明贵贱。"秦汉以后,姓、氏不别,或言姓,或言氏,或兼言姓氏。清学开山始祖顾炎武在《日知录》卷二十三《氏族》中云:"姓氏之称,自太史公始混而为一。《本纪》于秦始皇则曰'姓赵氏',于汉高祖则曰'姓刘氏'。"

公元前3000年至公元前2000年,也就是五帝之后、尧舜之前的氏族公社时期和中国历史上第一个国家夏朝时期,是中华文明初起的时代,三皇五帝率领民众开创了中华上古文明。近现代考古发现了大量与这一时期相对应的龙山文化遗址,证明三皇五帝时期确实存在。"三皇"为伏羲、女娲、神农;"五帝"乃黄帝(轩辕氏)、颛顼、帝喾、尧帝(陶唐氏)、舜帝(有虞氏)(《史记·五帝本纪》)。

黄河流域是华夏民族的主要发祥地,中国的大多数姓氏也由这条母亲河哺育而生。其中孕育了三个以上姓氏的区域，集中分布在陕西、山西、河南、山东，而它们正是黄河流经的最后四省。尤其是河南，黄河文化积累沉淀最深，汇集的姓氏及根植地也最多。其中河南省新郑市是韩姓、高姓、冯姓、郑姓的发源地，河南省许昌市为文姓、许姓、陈姓、钟姓、方姓的发源地，河南省周口市淮阳县是胡姓、田姓、夏姓、龙姓、邱姓的发源地，河南省商丘市为汤姓、宋姓、戴姓、武姓的发源地，河南省濮阳市是张姓、孟姓的发源地，河南省辉县市为段姓、龚姓、侯姓的发源地，山东省曲阜市是孙姓、曾姓的发源地，山东省淄博市为丁姓、姜姓的发源地，陕西省咸阳市是程姓、白姓、秦姓的发源地，山西省临汾市翼成县为董姓、唐姓的发源地，等等。由此可见，黄河文化与中原文化、齐鲁文化、川陕文化的交汇相融，共同缔造和滋生了中国的姓氏文化。

姓氏，是人丁之根，是祖先之魂，是标志家族系统的称号，是人们进行社会交往的名片。中华姓氏文化在世界文明史上源远流长，丰富多彩，独树一帜。它涉及千家万户，关系每一个社会成员。通过这个符号，每个人都可以将自己和历史文化联系起来。实际上，不仅在中国，而且在世界上，姓氏也是一个重要的文化传承符号，但没有其他国家的姓氏传承得像中国这样完整并富有丰富的内涵。中国姓氏文化涉及历史学、考古学、民俗学、社会学、人类学等多个领域，生动而具体地反映了我国历史的文明起源、社会形态演进、民族融合、中外交流以及历代政治、经济、文化与社会习俗的发展与变革。它是中华五千年文化的一个重要组成部分，是中华同祖同根同源同质文化的象征。

中国人历来非常重视姓氏，姓氏在国人心目中的神圣地位不容亵渎，在国人意识里的重要位置亦无可撼动。姓氏从产生开始，就在中国社会生活中发挥着重要的作用。早在原始社会，人们就根据姓氏制定了"同姓不婚"的婚姻原则；到了西周时期，姓氏更是成了宗法制度的基石。宋朝时，钱塘（杭州）一名书生将当时411个姓氏按照一定的顺序排列，集成一部《百家姓》，与《三字经》《千字文》并称为"三百千"，作为儿童启蒙读物，影响甚为深远。到了清朝后期，还出现了另一本记录中国姓氏的书——《增广百家姓》，将原书中姓氏增补到568个，其中单姓444个，复姓124个，可谓集中华姓氏之大成，洋洋大观。

中国姓氏文化，起源于远古母系部落社会的生存和发展过程，它是原始家庭、民族和部落乃至国家组成的人文基础。姓氏宗亲关系不论是在原始社会还是在现代社会，都是对外抗击外族入侵、对内维护社会生存和发展的安身立命之所在，这种关系体现了人们常说的"打架亲兄弟，上阵父子兵"。

中华民族是人类社会中一支古老、文明、勇敢、智慧的民族，有着光辉灿烂、脉络完整的生存发展壮大历史。中华民族的姓氏宗亲文化，比世界其他民族的宗亲文化渊源更流长，架构更完整，体系更科学，传承过程中更便于人们之间的联络，是中华优秀传统文化的重要组成部分。姓氏宗亲和同乡会，是身在异地他乡游子和创业者及海外华人求生存、谋发展的有力保障，也是他们抗外敌、保家园，构建尊长爱幼、礼貌待人、公平正义和谐社会的坚强后盾，更是世界各地游子的乡愁所依，是游子与故土故人血脉相连的精神纽带。但姓氏宗亲之间的血缘联系极易受到战争祸乱、自然灾害等因素的影响，无数次战争导致大量人口死亡、流离失所及人口流动，几代过后就会时过境迁、物是人非。虽有许多人仍保持着守望故土、认祖归宗的情怀，但最后往往是归根无门，认亲无凭。

我国各民族的姓氏宗亲的传承及延续，历史上虽曾有多次的变故，但中华民族是具有强大凝聚力的优秀民族，各姓氏宗亲都会重修自己的宗亲族谱，使本姓氏的优秀传统文化得以更好地传承和光大。历史上最近一次姓氏宗亲文化受到较大冲击的时期，是第一次鸦片战争时期，当时我国国力贫弱、科技落后，帝国主义列强用坚船利炮打开了清王朝闭关锁国的大门，导致国破家亡，大量民众死于非命，宗祠被毁，民众流离失所，对中华民族造成了重大损失，也使中华姓氏宗亲文化传承受到了极大冲击。

中华民族有着五千年连绵不断的文明发展史，优秀灿烂的民族文化滋养着中华民族生生不息，使她在每次受到重创后仍能凤凰涅槃，浴火重生。广大中华儿女无论身在何方，都能在新的地方开枝散叶，根植出一片中华文化传承的新气象。

2. 寿州姓氏的发展

近年来，随着国内"寻根热"的兴起，大批海外游子返乡寻根问祖，一些港澳台同胞也回乡探亲祭祖，越来越多的人开始关注自己的姓氏，探寻自己家族的历史。作为国家历史文化名城的寿县，"寻根热"也一度风生水起，盛极一时。据考证，在寿县现有的 347 个姓氏中，户族始祖多系明代初年迁徙而来。在中国历史上，明朝建立并逐步统一全国后，明太祖洪武年间的休养生息，使得在蒙元时期因长期大规模战乱而遭受极大破坏的农业生产得到很大程度的恢复，加上洪武年间大规模的移民填充淮河以北和四川的荒无人烟之地进行垦荒，使得其间人口稳定增长。据《寿州志》记载：南宋 150 年间，寿地先后与金、元隔河相望，战争频仍，人民死亡流离，不可胜数。元代暴政 90 年，民不得休养生息。《元史·地理志》记载：安丰路所辖 8 县 1 州（寿春、安丰、下蔡、霍邱、蒙城、定远、怀远、钟离、濠州）仅有户 17992，口 97611，地旷远而人至稀。元末，此地复为战略要冲，备受蹂躏。徐贲（明初任河南左布政使）诗《舟行至寿州》有句云："问知古寿春，地经百战后。群孽当倡乱，受

祸此为首。彼时土产民,十无一二有。田野满蒿莱,无复识田亩。"

明太祖朱元璋建都金陵后,为充实帝乡中都临濠府所属州县,即大规模组织移民。《明史·食货志》云:"其人逃徭役者曰逃户,年饥或避兵他徙者曰流民,有故而出侨于外者曰附籍,朝廷所移民者曰移徙。"又云:"太祖时移民最多,其间有以罪徙者。"《明史·太祖本纪》载:"洪武三年,徙苏州、松江、嘉兴、杭州无业者田临濠";次年,"徙江南富户十四万田临濠"(时朱元璋拟迁都临濠,即今安徽省凤阳县临淮镇)。《明史·食货志》称之为"本汉徙富民实关中之制"。八年(公元1375年)"宥杂犯死罪以下,官犯私罪者谪凤阳,输作屯田赎罪";九年,"徙山西及真定(今河北正定县)民无产者田凤阳";二十二年(公元1389年)"徙江南民田淮南,赐钞备农具复三年"。除上述移民外,自洪武至永乐年间,尚有多次调卫屯田。据嘉靖《寿州志》记载:寿州卫5所,屯田1831顷又10亩(每顷100亩)。当时每卫所(明朝使用的一种军队编制制度)约兵千人,另有"舍余"(官兵的家属),分旗计口划地,按田给牛、种、免赋,世为屯户(清代屯种国家荒地并向官府交纳屯租之民户)。其后无战争,屯户府即落籍寿地。清代逐步撤卫所,改军屯为民屯。明初的移民和屯户后裔,在600余年间繁衍逾20世。据此可知,寿县诸多姓氏先民皆由外地迁徙而来,在寿州大地上安身立命,繁衍生息。

据史料记载,南北朝至隋唐年间,寿州楚氏先祖自湖北江陵郡迁于安徽寿春,为古淮夷原住之民,楚姓是寿地古老的姓氏之一。寿州熊氏在明初由洪洞大槐树(今属山西)徙寿;寿州袁氏明初由山东徙寿;寿州孙氏宗支寿州孙在洪武初徙自山东济宁州老官塘;寿州牛氏系于明成化十一年(公元1475年)因避祸乱自河南汝州鲁山迁至寿州;寿州邵氏明初自河南徙寿;寿州柴氏于明洪武年间自山东济宁老鸹巷徙来;寿州王氏宗支店子岗王始居于山西太原,明洪武初奉旨徙至寿春;寿州李氏分支迎河李氏,祖籍山东济宁老鸹巷,明初徙寿州;寿州朱氏(回族)祖籍山东,明洪武五年(公元1372年)从河南徙寿;寿州柏、边、朱、王、张、赵六姓(均回族)于洪武二年(公元1369年)自山西洪洞、山东老鸹巷移居寿州城,等等。由此可见,寿州姓氏繁衍变迁的历程可以说是中国姓氏发展变化的一个缩影,为我们展开了一幅幅波澜壮阔的民族融合、文化交汇的历史画卷。

楚氏起源:黄帝后裔,名门望族,在喧嚣的世界里藏锋敛锷

1. 姓氏来源

起源一:源于芈姓,出自周成王给颛顼帝高阳氏之裔鬻熊之曾孙熊绎的封地,属于以国名为氏。据史籍《姓苑》《通志·氏族略》《风俗通》记载，周成王封颛顼帝高阳氏之裔鬻熊之曾孙熊绎于丹阳，国号为荆，后迁都于郢城（今湖北江陵旧郢城），始改国号为楚，后世子孙以国名为氏，称楚氏。在史籍《姓解·四八·林部》中记载："楚，颛顼之后也。"关于此说，在史籍《通志·二六·以国为氏》中有比较详细的记载："楚氏，芈姓。本国号荆，迁郢后改称楚。楚之先出颛顼高阳氏，曰重黎，为帝喾火正。使伐共工氏，不克，诛之。而其弟吴回为重黎后。吴回生陆终。陆终生季连。季连之苗裔曰鬻熊，为文王师。成王举文王之功臣，封其曾孙熊绎，居丹阳，国号曰荆，世以名称，皆无爵号。至熊达，始强盛，伐随，使随人为请于周，以尊爵号。王室不听。熊达怒曰：'吾先君鬻熊，文王师也，不幸早逝。成王举我先君，赐以子男之田。今居楚，蛮夷率服，而王不加位，我自尊耳！'乃自立为武王。武王卒，子文王立，始都郢。子成王立，结旧好于诸侯，使人献天子。天子赐胙曰：'镇尔南服，使夷越之乱无侵中国。'于是开地千里。昭王十年冬，伍子胥复父兄之仇，相吴王阖闾以伐楚，入郢。十二年，吴复伐楚，楚去郢，北徙都鄀。今襄阳宣城西南有鄀亭山，是其地也。怀王三十年，入秦不返，楚人立太子横为顷襄王。二年，怀王卒于秦，秦人归其丧。考烈王二十二年，秦王政立。楚与诸侯伐秦，不利，北徙寿春（今安徽寿县）。负（刍）五年，秦将王翦、蒙武破楚，虏王负（刍），灭之为楚郡。楚凡四十五世。其后以国为氏。"不难看出，芈姓出自上古时期的颛顼帝高阳氏，而颛顼帝系出黄帝之后裔，所以，楚氏是黄帝后裔，自此以楚氏世代相传至今。春秋时期，鲁国有个著名的掌卜大夫叫楚丘，就是该支楚氏族人。在秦始皇二十四年（公元前223年）楚国被秦军大将王翦所灭之后，楚氏家族沉寂了相当长的岁月。一直到了宋朝时期，楚氏族人才再度出头，时有尚书员外郎楚芝兰、枢密使楚昭辅、骁卫上将军楚公辅、史学家楚衍、祥符科进士楚咸等等；到了元朝时期，又有著名的楚鼎；明朝时期则有进士楚荆瑞、都御史楚书金，还有楚樟、楚淦等等一大批名人。芈姓楚氏族人大多尊奉熊绎为得姓始祖。

起源二：源于姬姓，出自春秋时期鲁国上大夫姬林楚，属于以先祖名字为氏。据史籍《通志·氏族略》《万姓统谱》记载：周平王庶子姬林开之后裔，鲁国上大夫林楚之后，以祖名为氏，称楚氏。著名姓氏学家郑樵在《通志·氏族略》中也记载："鲁有楚邱，又有林楚，是楚邱者，必林楚之后，以名为氏者。"在姬林楚的后裔子孙中，有以先祖名字为姓氏者，称楚氏，世代相传至今。姬姓楚氏族人大多尊奉姬林楚为得姓始祖。

起源三：源于改姓，出自唐朝时期重臣褚遂良之后，属于避难改姓为氏。唐朝时期，大臣褚遂良因反对唐高宗纳武则天为昭仪，被贬至越南爱州，其后裔唯恐株

连,遂将姓氏字"褚"改为谐音的"楚",称楚氏,世代相传至今。该支"褚改楚氏"族人人口繁盛,今主要居于河南省禹州市楚河村一带。

起源四:出自战国时期赵国大夫楚隆,属于以先祖名字为氏。楚隆,全名叫赵楚隆,是春秋末期晋国执政上卿赵襄子的家臣。由于赵襄子是晋国的六卿之一,因此楚隆也成为晋国大夫,他以谋略著称。周元王姬仁二年(公元前474年)农历十一月,越国围攻吴国,楚隆设计游说于晋国、吴国、越国之间,使晋国轻易摆脱了吴国这个包袱,由此彻底打击了吴国上下,为一年后越国彻底灭亡吴国扫清了障碍。楚隆后来还辅佐赵襄子成功地削弱了智氏家族势力,促进了赵、魏、韩三家结盟,为后来的"三家分晋"奠定了基础。周天子畏惧三家的实力,不得已下诏册封三国国君为诸侯,从此开始了齐、楚、燕、韩、赵、魏、秦七雄争霸的战国局面。在楚隆的后裔子孙中,有以先祖名字为姓氏者,称楚隆氏,后省文简化分衍为单姓隆氏、楚氏,世代相传至今。

起源五:源于蒙古族,属于汉化改姓为氏。据史籍《皇朝通志·氏族略·蒙古八旗姓》记载:一为蒙古族喀楚特氏,世居喀喇沁(今内蒙古赤峰喀喇沁旗),后有满族引为姓氏者,满语为 Kacut Hala。清朝中叶以后,蒙古族、满族喀楚特氏所冠汉姓多为楚氏、李氏等。二为蒙古族克穆楚氏,世居库昆果尔(今北京永定河流域),后有满族引为姓氏者,满语为 Kemucu Hala。清朝中叶以后,蒙古族、满族克穆楚氏所冠汉姓即为楚氏。

起源六:源于满族,属于汉化改姓为氏。据史籍《皇朝通志·氏族略·满洲八旗姓》记载:一为满族楚库勒氏,亦称车勒库勒氏、褚库尔氏、车克里氏,以居地名称为氏,满语为 Cukule Hala,世居楚库勒(今黑龙江黑河江北俄罗斯境内褚库尔村),清朝中叶以后多冠汉字单姓为楚氏、金氏、伊氏等。二为满族罕楚氏,亦称韩楚氏,满语为 Hancu Hala,世居长白山地区,后多冠汉姓为楚氏、张氏、李氏、韩氏等。三为满族蒙古楚氏,亦称孟郭绰氏,满语为 Menggucu Hala,世居乌喇蒙古楚山(今黑龙江牡丹江楚山)、叶赫(今吉林梨树)、沈阳(今辽宁沈阳)等地,所冠汉姓多为楚氏、蒙氏等。四为满族泰楚噜氏,亦称太楚鲁氏、台褚勒氏、泰楚拉氏,满语为 Taicuru Hala,源出秽貊后裔,明朝时期称兀良哈,东海库尔喀部库雅喇人,世居珲春(今吉林珲春)、音楚(今俄罗斯克拉斯基诺南部波谢特湾)等地,后多冠汉姓为楚氏、邰氏、卢氏、改氏、泰氏、鲁氏等。

起源七:源于傈僳族,属于汉化改姓为氏。傈僳族楚氏,源出傈僳族的害饶时氏部族,该支家族自称原为东晋五胡十六国时期的后赵政权中羯族石氏的后裔。后赵政权由著名的羯族英雄石勒在东晋元帝司马睿大兴二年(后赵高祖明帝石勒元年,公元 319 年)所建,建都于襄国(今河北邢台),后迁都至邺城(今河南安阳临漳)。后赵政权强盛之时,其疆域有今河北、山西、陕西、河南、山东及江苏、安徽、甘肃、辽宁的一部分,最强大的时候几乎统一了中国大部分地区,仅有淮南地区的东晋、河西走廊的前凉、辽东地区的慕容燕等地方小政权与之共存。后赵历七主,国祚三十二年,终因狂傲自大,横征暴敛,激发四处起义不断,被冉闵乘政局混乱,在东晋穆帝司马聃永和六年(后赵废帝石鉴青龙元年,公元 350 年)杀了后赵废帝,灭了后赵政权,大权皆落入冉闵之手,遂起建了著名的冉魏政权。东晋永和八年(后赵永兴三年,公元 352 年),称帝于襄国的后赵末帝石祗也被冉闵消灭。之后,在冉闵所颁布的著名《杀胡令》下,生息于邺城的羯族民众二十几万惨遭屠戮,只有一小部分族人迁逃至西南地区的四川、云南交界处金沙江流域一带,后迁徙到滇西怒江地区定居下来,成为今傈僳族的先民之一,逐渐成为害饶时氏部族。害饶时氏部族首领在宋、元时期中央政府推行的改土归流运动中,流改为汉字单姓楚氏,世代相传至今。

起源八:源于其他少数民族,属于汉化改姓为氏。今土家族、白族、苗族、傣族、彝族、回族等少数民族中,均有楚氏族人分布,其来源大多是在唐、宋、元、明、清时期中央政府推行的羁縻政策及改土归流运动中,流改为汉姓楚氏,世代相传至今。

起源九:传说,楚氏出自古代贤者楚老,当为楚氏之始。著名的姓氏学者郑樵在《通志·氏族略》中记载:"古有贤者楚老。"但"贤者楚老",到底是上古人氏,还是秦、汉以后人氏,郑樵没有任何交代,因此历来说法不一。据史籍《汉书·两龚传》的记载:"王莽篡汉,龚胜耻事二姓,坚不应莽征,绝食死。有老父来吊,哭甚哀,既而曰:'嗟乎!薰以香自烧,膏以明自销。龚生竟夭天年,非吾徒也。'遂趋而出,莫知其谁。"此老父隐居于彭城,彭城之地时属楚地,后因称之"楚老",列为八贤之一,常被士子们引为典据。将这样一个身世迷离之人称作"楚氏之始",显然是牵强附会之说,以其作为楚氏之一源,当值得商榷。

有专家考证后认为,楚氏祖先大多是与楚国有关系的汉人,在中原一带及南方居多,与北方蒙古、满族等少数民族中的楚氏流改非汉族姓氏不同源。

2.得姓始祖

熊绎,西周楚国建立者,文王师鬻熊之曾孙,熊盈族之裔。周初,熊盈族助纣王子武庚叛周,失败后被迫南下,辟荆山(今湖北南漳西)为根据地,另图发展。至熊绎时,成王念及鬻熊之功,封其都于丹阳,国号荆,爵同子男。后其迁都于郢,始改国号楚。楚于东周时为南方最大的诸侯国,曾一度十分强大。战国后期楚灭于秦,其后世子孙为纪念故国,有以国为氏者,称楚姓,并尊始建楚之熊绎为楚姓的得姓

始祖。据《寿州志》记载:寿州楚氏系楚的后裔,楚王子孙中均以国名为姓,熊绎为寿州楚氏得姓始祖。

3. 各支始祖

楚端,祖籍颍州(今安徽阜阳)颍上县黄土坡,明洪武十九年(公元 1386 年)以功授长沙衙千户。楚端的次子叫楚贤,随父任迁湘潭(今湖南湘潭),是为湘潭楚氏始祖;四子楚英随任迁居洪塘(今湖南长沙),是为洪塘楚氏始祖。

4. 历史迁徙

在熊绎之后的楚姓得姓之前,其他源流的楚姓人已播迁于今山东曲阜及山西、河南等地。历汉魏而降,楚姓大族繁衍于湖北江陵县与新平郡。南北朝隋唐间,楚姓人渐播迁于今湖南、四川、重庆、江西、安徽、河北等地。南宋至元,楚姓人有因战乱南迁于今云南、广东、广西者。明初,洪洞大槐树籍的楚姓人被分迁于今河南、山东、河北、安徽、北京、天津等地。明中叶以后,今甘肃、宁夏等地也有了楚姓人家,并有今西南地区的楚姓人入越南、缅甸等东南亚国家者,有沿海地区的楚姓人过海入台或徙居国外。明末,有今湖北、湖南等地的楚姓人入居今四川、重庆等地。清代,有今山东、河南的楚姓人入居今东北地区。

5. 人口分布

宋朝时期,楚姓大约 4.8 万人,主要分布在今河南、四川、河北、广西、江西等地。明朝时期,楚姓人口急剧减少,不足 1 万,主要集中于今山东、河北、湖南、河南、宁夏、辽宁等地。当代楚姓的人口大约有 28 万,为第 252 位大姓姓氏,大约占全国人口的 0.023%。自宋朝至今的千年中,楚姓人口增加率呈 V 形态势。楚姓人口主要集中于河南、河北、四川、湖南,大约占楚姓总人口的 73%,河南为楚姓的第一大省,约占全国楚姓总人口的四成;其次分布于江苏、陕西、黑龙江、山东、安徽等地。楚姓在人群中的分布频率示意图表明:在豫鄂渝,冀晋京津南部,陕宁大部,甘肃东南,四川东部,贵州北部,广西北部,湖南大部,江西西北,苏皖鲁大部,内蒙古东北,黑龙江、吉林大部,楚姓占当地人口的比例一般在 0.04% 以上,中心地区在 0.2% 以上,覆盖面积约占全国总面积的 26.2%,居住了大约 81% 的楚姓人群。纵观中国历史,楚氏人口虽然较少,但同样能做出惊天动地的大事,"楚虽三户,亡秦必楚",最后灭掉秦国的真是陈胜、吴广、刘邦、项羽等这些楚国人。寿州楚氏在《寿县姓氏谱》中排名第 100 位,全县现楚氏人口有 600 多人,占全县总人口的 0.42%,主要分布在寿春、板桥、迎河、保义、炎刘、隐贤、安丰、众兴、三觉、双桥、堰口等乡镇,为寿县人口稀少的姓氏之一。寿州楚氏人口较少的原因,可能是秦末民变和楚汉战争期间造成全国的社会经济生产受到严重破坏,大量人口死亡,民生凋敝,全国各地到处一片凄惨萧条,"千里绝烟,人迹罕至,白骨成聚,如丘陇焉"是当时境况的真实写照。特别是在秦灭楚期间,受楚国牵连,寿州楚氏或灭族或流徙,宗族人口急剧减少,侥幸活下来的楚氏人口寥寥无几。楚灭时,寿州楚氏子民和大量楚人出逃寿州,逸民(古代称节行超逸、避世隐居的人,也指亡国后的遗老遗少)四方,其中一部分徙至合肥等地,还有一部分远遁他乡。明洪武年间,为响应国家号召,有一部分楚氏子民从山东枣林庄(今兖州)陈家岗返回故土寿州,繁衍生息。因此,中国十大寻根之地的山东枣林庄成为寿州一部分楚氏宗支的又一寻根之所。

楚氏文化:古道热肠,尽忠报国,在时代的潮汐中泰然自若

1. 郡望堂号

郡望,江陵郡:原为春秋时期楚国的郢郡,汉朝时期置江陵县,为南郡治所。南北朝时期,齐国改置江陵郡,治所在江陵(今湖北江陵),其时辖地在今湖北省江陵县及川东一带地区。五代十国时期,南唐政权(丁酉,公元937年)以金陵府为江宁府。北宋朝与清朝时期亦为江宁府。江宁又为县名,或在城区,或在郊区,清朝时期与上元县同为江苏省城。民国时期废府及上元县,先以江宁县为江苏省省会,民国政府建都南京后,又移江宁县于南京市郊区一带。新平郡:隋朝末期以北地郡之新平县置新平郡。唐朝武德元年(戊寅,公元618年)改为豳州(豳州为古地名,在今陕西省旬邑一带),唐朝开元二十三年(乙亥,公元735年)改为邠州,后曾一度改为新平郡,治所在新平(今陕西彬县),下辖新平、三水、永寿、宜禄四县,其时辖地在今陕西彬县、长武、旬邑、永寿等地一带。

堂号,楚姓的主要堂号有"秉德堂""江陵堂""刚介堂""紫芝堂""听雪堂"等。

2. 家谱文献

湖南长沙洪塘房楚氏四修谱,(清)楚文藻等纂修,清道光五年(公元1825年)新平堂木刻活字印本3册,今仅存第五卷、第九卷、第十一卷,现被收藏在中国家谱网站档案馆。湖南长沙洪塘房楚氏五修谱,(清)楚振槐纂修,清咸丰八年(公元1858年)木刻活字印本3册,今仅存第五卷、第十三卷、第十九卷,现被收藏在中国家谱网站档案馆。湖南长沙洪塘房楚氏门修谱26卷,首一卷、末一卷,(清)楚自然纂修,清光绪十四年(公元1888年)新平堂木刻活字印本25册,今仅存第一至三卷、第五至二十六卷、卷首、卷末,现被收藏在中国家谱网站档案馆。江苏苏州楚氏续修宗谱6卷,(民国)楚宝莹纂修,民国六年(公元1917年)享裕堂木刻活字印本6册,现被收藏在江苏省苏州市图书馆。江苏锡山楚氏宗谱6卷,著者待考,民国

六年(公元 1917 年)享裕堂木刻活字印本 6 册,现被收藏在中国家谱网站档案馆。山东肥城榆山楚氏续修族谱,(现代)合族编修,1953 年手写本,现被收藏在山东省肥城市榆山乡楚氏宗祠。河南睢县 2 卷,(民国)楚莱峰续修,民国十二年(公元 1923 年)石印本。河南楚氏族谱现被收藏在河南省淮阳县豆门乡楚庄村。安徽肥西三河镇楚氏族谱民国时期 5 卷(收藏在楚大郢),2012 年重修族谱。寿州楚氏暂无族谱。

3. 字辈排行

河南荥阳、淮滨县、平顶山、巩义、禹州、漯河召陵、杞县、宁陵、扶沟、鄢陵,陕西大荔、蒲城、西安,江苏无锡、苏州楚氏字辈:"仁芳衍瑞书心正臻公储恒毓勤先兆恩泽继丰皁本固枝叶茂源洪溢阔江基厚佩紫远孝友和谐昌习思学力深品慧润溥欣钟秀栋梁材卓然华夏林"。河南洛阳楚氏字辈:"有芳衍瑞书心正至公初恒毓勤先兆恩泽继丰舒本固枝叶茂源洪溢流长秸后佩光远孝友端发祥"。河南宜阳楚氏字辈,本原主派:"仁芳衍瑞书心正臻公储恒毓勤先兆恩泽继丰舒";进义支派:"义伦冠高阳禄连发奇祥天开宏业广年永福寿长";进礼支派:"礼让大兴周文师儒道修锡宠表统绪前程万代留";进智支派:"智方登显荣郖邦达刚京德健生名俊灵杰培壮英";进信支派:"信宜禀忠全绍南进隆贤积善国家庆安定保宗传";合族新派:"本固枝叶茂源洪溢阔江基厚佩紫远孝友和谐昌"。河南淮滨楚氏字辈:"永尚,仁芳衍瑞书心正臻公储恒毓勤先兆恩泽继手居,本固族叶茂源洪溢流长积厚佩广远孝友端岁祥"。河南固始楚氏字辈:"峰新山志修德其世正光普道圆门喜笑"。河南淮滨固城乡楚氏家谱记河南宁陵楚氏字辈:"国中文维宗孝友传家宝"。河南民权楚氏字辈:"东玉翠延家士红黎茂安"。山东济南楚氏字辈:"建宗锡光焕惊济延同昭"。山东肥城楚氏字辈:"修配家庭道师孔庆振繁桂林鸿茂毓锡祚福荣传"。山东嘉祥楚氏字辈:"学德成克守善良尊孔现广远"。四川营山楚氏字辈:"宏莫照世开国家胜运新"。湖北楚氏一支字辈:"德后云昌长发其祥"。楚氏一支字辈:"永清(玉)善良遵孔孟广大法成康"。河北楚氏一支:"贵旺圣经达绕亭曾带贞子有斯成志文全本立修希常庆景永树士万棵松"。安徽合肥楚氏字辈:"少国善庆启"。寿州楚氏字辈:"本之仁登少,义成汝希广",其中"少"字辈又有玉、志、传等衍生字辈。在目前寿州楚氏现有人口中,"仁"字辈为最高字辈,在其下已有四世后裔延续繁衍。

4. 宗祠对联

四言通用联:"善知水道;熟习算经。"——佚名撰楚姓宗祠通用联。上联典指北宋楚执柔为江阴县丞,善知水道;下联典指北宋楚衍为司天监丞,凡诸算经尽穷其妙。

六言通用联：“春秋并列五伯；战国跃居七雄。”——佚名撰楚姓宗祠通用联。上联典指春秋时期“威动天下”的“五伯”之一楚庄王。五伯，为齐桓公、晋文公、楚庄王、吴王阖闾、越王勾践五人；下联“七雄”，典指战国时魏、赵、韩、秦、齐、楚、燕七大强国。

七言通用联：“江阴丞善知水道；司天监熟习算经。”——佚名撰楚姓宗祠通用联。上联典指北宋人楚执柔，政和年间官江阴丞，通晓治水之道。县内的各条河水经他治理后，疏通而不壅塞，节水而不泛滥，受益农田六千多顷；下联典指北宋开封人楚衍，研究《九章算术》《缉古算经》《缀术》《海岛算经》等算术经典，能得其奥妙，又善于推断阴阳、星历。他曾自己请求召试《宣明历》，被补为司天监学生。天圣初年，他制《崇天历》，官司天监丞，后著《司辰星漏历》十二卷。“司辰星漏传万世；姑苏台图焕千秋。”——佚名撰楚姓宗祠通用联。上联典指北宋数学家、天文学家楚衍，著有《司辰星漏历》等名著。下联典指唐代画家楚安，工人物楼台，有《吴王晏姑苏台图》等佳作传世。“宋朝炳炳转运使；元代彪彪大将军。”——佚名撰楚姓宗祠通用联。上联典指宋代陕西都转运使楚建中，字叔正，洛阳人，多谋善政，以正议大夫致仕；下联典指元代管军总管楚鼎，安徽蒙城人，曾被朝廷派去东征日本，渡海时他的船被风暴毁了，他抱着甲板漂了三昼夜，漂到朝鲜。他登陆后，沿着海岸去召集失散了的军队，后又回到朝廷向皇帝报告，被加授“怀远大将军”。“翰墨寄情风规远；金石铭志骨气清。”——楚图南撰楚姓宗祠通用联。此联为当代楚氏名人、著名书法家篆刻家、全国人大常务委员会原副委员长楚图南书赠中国书法协会会员、日本艺术研究会会员荣鸿钧联。

十言通用联：“出正词，决嫌疑，老当益壮；讲才干，善心计，介而不仅。”——佚名撰楚姓宗祠通用联。上联典指春秋时鲁国卜官楚丘事典；下联典指宋代枢密命使楚昭辅，字拱辰，宋城人，有才干，善心计，性刚介，人不敢干以私。

5.姓氏名望

楚衍：开封胙城（今河南延津）人，宋朝天文学家。少通四声字母。尤得《九章算术》《缉古算经》《缀术》诸算经之妙。明相法及《都利聿斯经》，善阴阳、星历之数。自陈试《宣明历》，补司天监学生，迁保章正。仁宗天圣初造新历，授灵台郎，制《崇天历》。进司天监丞，后又著《司辰星漏历》，官终管勾司天监。楚弁：安丰蒙城（今属安徽）人，元代将领。初仕金，为镇国上将军、寿春府（今安徽寿县）防御使。金亡，降宋，命守宿州。窝阔台汗十一年（公元1239年），以州降蒙古，命守之，宋兵来攻，城破战死。楚鼎：楚弁之子，官居元之怀远大将军，领兵镇宁国。后从范

文虎渡海侵日本,大风坏船,挟破板船漂流三昼夜至高丽。楚璋:山东省朝城人,明初官吏。通经书,仕元为翰林学士。洪武初以明经举,任儒学训导,升詹事府丞。楚智:明初将领。洪武时先后从冯胜、蓝玉出塞有功,官至都指挥。燕王朱棣起兵,其与李景隆率兵拒敌,以勇称,后与燕兵战死于夹河。楚烟:山东省曹州(今菏泽)人,明末官吏。天启五年(公元1625年)进士,授龙溪知县,迁户部主事,致仕归。崇祯末,清兵破城,力拒被杀。有《紫芝堂集》。楚芝兰:汝州襄城(今河南临汝)人,北宋官吏。初习《三礼》,忽自言遇有道之士,教以六壬、遁甲之术。适逢朝廷博求方技,遂自荐。以占候有据,擢为翰林天文。授乐源县主簿,迁司天春官正,判司天监事,官至尚书工部员外郎,后因事贬为遂平令。楚昭辅:宋州宋城(今河南商丘)人,宋代将领。初任军器库使,太祖外出征讨,委任其为京城巡检,累迁枢密副使。太宗时官拜枢密使。为将以才干称,性勤介,人不敢干以私,唯咨啬而已。楚建中:洛阳人,宋代大臣。出身进士,初官荥河知县,有治声。有远见,建议修筑抵御西夏之城防,西夏人闻有备果不敢犯。历夔路、淮南、京西转运使,累迁陕西都转运使,知广州、江宁、成德军,以正议大夫致仕。楚执柔:宋朝官吏。徽宗政和中任江阴丞,任内大力治水,使县内诸水道疏而不壅,节而不滥,六千余顷农田得益。

6.楚氏家训

楚氏家训,源远流长;学古鉴今,受益无穷;和谐世界,从家起始。孝敬父母,尊敬师长;父母在堂,心信相通;推诿虐待,天理难容。教育子女,敬老怀幼;崇尚科学,培养精英;宽严有度,切莫纵容。恩爱夫妻,互敬宽容;家务之事,力戒纷争;遇事商量,人格平等。兄弟姊妹,手足情深;慎重择友,患难与共;六亲相济,内外和睦。遵纪守法,尽忠报国;众善奉行,诸恶莫作;施恩无念,受恩必报。知足常乐,能忍自安;病从口入,祸从口出;家庭兴旺,我的责任。严以律己,宽以待人;集思广益,兼听则明;乖僻为是,悔误必多。防微杜渐,力改孬习;戒烟限酒,不含私欲;广种福田,积功累德。小事糊涂,堪称丈夫;教女择婿,重在人品;媳求淑惠,良母贤妻。和谐家庭,从我开始;积善之家,必有余庆;家训永在,万代兴盛。

寿州楚氏家训言简意赅,意切言尽,文从字顺,朗朗上口,通俗易懂,好记易诵,记录了许多治家教子的名言警句,成为楚氏后裔治家的良策和修身的典范。楚氏家训是家谱中的重要组成部分,也是中国传统文化的重要组成部分,字里行间情真意切,处处浸润着中国传统文化的芳华,对楚氏家族中个人的修身、齐家发挥着重要的作用,为在各时期稳定社会秩序做出了自己的努力。

7.家族精神

楚国作为春秋战国时期的大国和强国之一,在历史的长河中创造了灿烂辉煌的文明成果。楚人"筚路蓝缕"的进取精神,"鸣将惊人"的创新意识,"抚夷属夏"的开放气度和"深固难徙"的爱国情结,以及老子、庄子、屈原、宋玉等一大批名人,深刻影响着楚氏后人。寿州楚氏子民既有以身殉国的辞赋之祖屈原的爱国情怀,亦有千古无二的西楚霸王项羽的勇猛性格;既有主修芍陂的楚国令尹孙叔敖的刚毅个性,又有以身殉主的四杰之一春申君黄歇的忠义品格,以至于在秦国灭楚时,许多楚人冒着被杀头、灭族的危险,仍不避讳自己是楚国逸民的身份。在中国历史上,楚国独步一时的青铜器铸造工艺、技艺出众的丝织刺绣工艺、巧夺天工的漆器工艺、义理情深的哲学、汪洋恣肆的散文、精彩绝艳的辞赋、五音繁会的音乐、翘袖折腰的舞蹈、恢诡谲怪的美术,都凝聚着楚氏后裔的聪明智慧和辛勤汗水。公元前241年,楚国第四十五世国王考烈王将都城迁往寿春,直到公元前223年被秦所灭,在寿春经营18年。楚国的历史文化深刻影响着寿州楚氏一族,楚国人"敢为人先、追求卓越的精神,决不推诿、敢于承担的精神,坚守职责、不畏强权的精神,善于反思、痛改前非的精神,善于隐忍、不屈不挠的精神,心胸开阔、勇于接纳的精神,开拓进取、永无止境的精神,充满自信、浪漫情怀的精神"在寿地得到发扬光大,成为寿州楚氏一族强大的精神动力和智力支撑。寿州楚氏以楚人为傲,不论是远古,还是如今。现代的寿州楚氏人继承了楚人的优良传统和优秀品质,具有强烈的忧患意识和爱国情怀,具有宽容仁厚的态度和广阔博大的胸怀,具有强烈的本土自觉和民族意识。楚文化培养出来的现代寿州楚氏人,经过多年楚汉文化和淮夷文化的糅合和浸润,已具有"集南北之大成"的文化品质。

8.宗族特征

寿州楚氏人生长于野,安于世间,可素琴白马纵横四海,可心怀广宇爱人及人,可田间铺红展绿,可花间续写缠绵。寿州楚氏人拥有"一捧雪,恰似故人归"的怀旧情感。即使往事不断被提及,偶尔有伤疤展示,但很快就会云淡风轻,那些波澜壮阔与逼仄疼痛都同时属于寿州楚氏人。耽美于每个黄昏、清晨、器物的寿州楚氏人,活得像八公山上清丽的苍松,内心里充满热爱,甚至热爱生活中每一个刹那。寿州楚氏人拥有"从前慢,珍重待春风"的坚韧品质。不经历一些世事打磨、时光淬炼的寿州楚氏人,哪有这样凌厉的眼神?寿州楚氏人拥有"少年游,多情人不老"的浪漫情怀。寿州楚氏人在年轻时,心里是住着一头兽的。这头小兽,不知何时会疯掉,为青春,或为爱情。他们身体里一直有一根透明的、蓝色的骨头,招引他们一直向前、向前,那根始终都在的骨头,唤作情怀,就像瓦埠湖柔情四起、蜜意荡漾的一湖碧水。寿州楚氏人拥有"岁时记,山河故人来"的旷达心胸。寿州楚氏人早早晚晚会活成一块枯木,与江山无猜,与天地无猜,与时间无猜。没有锱铢较量了，没有风声鹤唳了，也没有花红柳绿了，只活成这有了风骨的枯木，心寂寂，身寂寂，但断然有了空间与时间的绝世风姿，端然于田野上，或者立于古塘畔，任雨打风吹。寿州楚氏人拥有"临风听，春风十里情"的精神图腾。寿州楚氏人毅然把光阴与岁月加进去，把挫折与伤痛加进去，去掉浮躁，秉承天真，乐天退闲，放浪物外，脱屣轩冕，恣肆捭阖，荣辱得失，自矜其达，保持独立的思想、人格、情怀，不攀附、不矫情、不做作，依靠自己的精神强度，不依赖那些空洞无物的外在来装饰内心，人格化作古都护城河边的一株弯柳。真正的情怀，是寿州楚氏每个人的精神图腾。

楚国缘何迁都寿春

楚国是周朝时期华夏族在中国南方建立的一个诸侯国。西周时立国于荆山一带,建都丹阳(今湖北秭归东南),常与周发生战争,周人称其为荆蛮。熊渠做国君时,疆土扩大到长江中游。楚文王时建都于郢(今湖北江陵西北纪南城)。春秋时,楚国兼并周围小国,不断与晋争霸,被称为"战国七雄"之一。楚庄王为霸主时,楚国疆域西北扩大到武关(今陕西商南南),东南到昭关(今安徽含山北),北到今河南南阳,南到洞庭湖以南。战国时,楚国疆域东北扩大到今山东南部,西南扩大到今广西东北角。楚怀王攻灭越国,其疆域又扩大到今江苏和浙江等广袤地区。在秦统一战争中,楚国屡次被秦打败,公元前278年郢失守,迁都陈(今河南淮阳),公元前241年又迁都寿春(今安徽寿县)。公元前223年,楚被秦所灭,在寿春建都18年。

楚,原为江汉间小国,与江淮地区的寿春相距千里。春秋以降,楚在南方崛起,北上中原,东进江淮,征战于江汉与淮水之间,争雄称霸,一跃成为南方大国。从楚入江淮,至迁都寿春(命曰郢),到为秦所灭,楚在江淮之间经营数百年。当年,楚在秦强大的军事重压下,迫不得已将都城步步东迁,最终选择寿春为都,直至灭亡。依当年楚地之辽阔,且江陵郢都城近在长江北岸,为何不渡江去东南一带寻个既远离秦人又有险可守的地方做都城,反而向东北方的沿淮一带去,最后迁到平畴千里、地势开阔的寿春呢? 本文根据有关文献并结合考古资料,对有关问题略作浅析,希冀解开这一千古之谜。

东渐江淮的历程

剖析楚国迁都寿春的缘由,必须要了解和掌握楚东渐江淮的历史。楚兴起与衰亡的过程,几乎与整个周代相始终。楚原为南方小国,在西周成王时,因举文武勤劳之嗣,封于子男之田,居丹阳。至西周晚期,"甚得江汉间民和,乃兴兵伐庸、杨粤,至于鄂,……皆在江上楚蛮之地"。进入春秋,周王室衰落,诸侯争霸,楚频繁征伐于江淮之间,北上中原与蔡、郑、许、申等诸侯强国或盟或伐,争夺霸主地位。公元前679年齐桓公称霸,楚亦始大,至楚文王时,已"兼国三十"。楚成王时,使人献周天子,周天子赐胙曰:"镇尔南方夷越之乱,无侵中国。"于是楚地达千里。由上可知,楚在春秋早期强大后迅速扩张,主要活动于江淮以西,北上中原图谋霸主地位的战略意图急剧膨胀。

楚东进江淮大约在春秋时期。其客观原因主要有二:一是楚北上争霸受阻。公元前679年,齐国取得霸主地位后,中原一些诸侯国因受楚威胁纷纷依附于齐,结盟抗楚。此外,江淮西部的江、黄、弦、柏等小国方睦于齐,采取联姻抗楚,对楚构成重大威胁。淮河流域诸国联合抗楚,又有强大的齐国做后盾,使楚北上图谋屡屡受阻。二是徐人取舒,削弱了江淮地区的偃姓方国势力。《绎史》卷六十六载:"舒势之分,盖始于徐人取舒之后(公元前657年)。"在徐人的侵扰下,偃姓群舒集团分裂,根本无力抗拒楚国强大的军事机器。

楚北上受阻后,转而东进。公元前655—公元前623年,先后灭弦、黄、江等小国,江淮西境诸侯小国或被楚所灭,或成为附庸。据《左传》记载,楚穆王四年(公元前622年),"六(今安徽六安)人不服楚即东夷,楚灭六。冬灭蓼(今河南固始)"。楚灭六事件,可看作楚东进江淮的重要标志。楚以六为据点,进驻江淮,开始了征服江淮的进程,楚穆王十一年(公元前615年),"群舒叛楚,夏,楚子孔执舒子,平宗子,遂围巢"。楚庄王元年(公元前613年),"楚子孔、潘崇将袭群舒,使公子燮与子仪守而伐舒蓼"。楚庄王十三年(公元前601年),"楚为众舒叛故,伐舒蓼,灭之。楚子疆之。及滑汭,盟吴越而还"。《绎史》卷六十六所载"舒在穆庄之际,咸与楚构怨",正反映了这段历史。从上述史籍记载来看,楚在春秋中期后段已进入江淮,至吴入江淮前,楚逐步征服了江淮,江淮诸小国纷纷沦为附庸或被灭国,楚东境已拓展至江淮大别山以东、以北地区。

春秋中晚期之交,吴在楚东境逐渐强大。据《左传》记载:公元前584年,"楚子重、子反杀申公巫臣之族,巫臣为晋使吴,教吴乘车,教之战阵,教之叛楚。吴始伐楚、伐巢、伐徐。马陵之会,吴入州来。蛮夷属于楚者,吴尽取之。是以始大,通吴于上国"。从吴始伐楚、伐巢进入江淮,至公元前473年越灭吴,吴楚在江淮的争霸战长达111年。这期间,蔡迫于楚的压力,于公元前493年从上蔡迁至州来,成为吴之附庸。寿春,春秋时为州来地。吴楚之争的结果,在客观上加强了楚在江淮的统治:其一是导致江淮方国阵营分化,沦为吴或楚之附庸,最终被灭国;其二是楚在江淮设立边邑,实行绥靖政策;其三是设立军事据点,加强军事能力建设。

战国初期,越灭吴后北上称霸江淮。《史记·越王勾践世家》曰:"勾践已平吴,乃以兵北渡淮","周元王使人赐勾践胙,命曰伯。勾践已去,渡淮南,以淮上地与楚。当是时,越兵横行于江淮东"。公元前447年,楚灭蔡。从越灭吴,至楚灭蔡,蔡在江淮仍延续了26年,其活动中心仍在寿春一带。公元前445年后,越在江淮失去重要属国支撑,已不能正视江淮北,楚广地至泗上,基本结束了江淮地区纷争的局面。楚在徐人取舒后进入江淮,经历了与江淮六国集团的征伐、吴楚之争、楚越蔡之战,逐步统一了江淮,并于战国晚期迁都寿春,至公元前223年被秦灭国,楚在江淮经营400多年。据史料记载,楚国从公元前1042年至公元前223年,存在时间约819年,其中在江淮地区就占了一半时间。

楚东进江淮的历程,是中国古代历史上的重大事件,具有非凡的意义和积极的作用。一是结束了江淮地区小国林立、纷争割据的局面。楚入江淮前,境内小国城邦纷杂;楚入江淮后,在其军事征服和强权统治下,结束了小国割据的局面,统一了江淮,也为后来的秦统一奠定了基础。二是促进了地区经济发展。楚入江淮后,兴修水利,重视农业生产,同时通过商贸活动,沟通了江淮与外界的联系,随着封邑、设县,促进了包括寿春城等一批城市的兴起,这对于促进本地区经济的发展具有重要的作用。三是推动了区域间文化交流与融合。楚与江淮地区原本属于两个不同的文化共同体,楚入江淮后,其"筚路蓝缕、追新逐奇、兼收并蓄、崇武爱国"的精神和先进的文化,逐步渗透并影响至这一地区,最终融合了当地的文化。这一方面反映了进步的文化扬弃落后文化的趋势;另一方面也可看到楚在更大范围内也不可避免地吸纳了当地文化的因素,形成具有一定地域性的文化特点,从而拓展和丰富了楚文化的内涵。尤其是战国晚期秦将白起拔郢(公元前278年),迫使楚东迁陈(今河南淮阳),楚政治、经济、文化中心也相应东移。至战国晚期后段,随着楚考烈王迁都寿春(公元前241年),江淮地区的寿春实际上已成为楚国东境的政治、经济、文化中心。

迁都寿春的缘由

　　据文献记载,在楚国800多年的历史中,先后建有丹阳、郢、鄀、鄢、陈、矩阳、寿春等8座都城,其中规模较大、颇有名气的都城有4座。早期的都城在湖北江陵的纪南城(郢都),从公元前689年楚文王迁都至此,前后400余年。至公元前278年,秦国大将白起拔郢,楚国都城被夷为平地,屈原闻讯愤投汨罗江,楚国也将都城迁往河南陈城(今河南淮阳)。公元前241年,楚国第四十五世国王考烈王将都城迁往寿春,一直到公元前223年,楚国第四十八世国王负刍被掳,楚国被秦国灭亡为止,前后不到20年。寿春作为楚国最后一座都城,历经楚考烈王、楚幽王、楚哀王、楚王负刍四王。其中楚考烈王在寿春为王2年,楚幽王在寿春为王10年,楚哀王在寿春为王仅1年,楚王负刍在寿春为王5年。

　　战国时期的楚国相当强大,有"楚地半天下"之称。《淮南子·兵略篇》中记载:"楚地南卷沅、湘,北绕颍、泗,西包巴、蜀,东裹郯、淮,汝、颍以为洫,江、汉以为池,垣之以邓林,绵之以方城。"当时,秦王嬴政手下有一个大臣说过两句非常有名的话:"横成则秦帝,纵成则楚王。"意思是说楚国撑天拄地、窜南跃北,犹如虎荡羊群。战国后期,尽管楚的国势已今非昔比,但瘦死的骆驼比马大,东渐后楚国国力仍然不可小觑。寿春是楚国最后的国都,也是战国后期中国南方的大都市。据《史记·楚世家》记载:"(考烈王)二十二年(公元前241年),与诸侯共伐秦,不利而去,楚东徙寿春,命曰郢。"《汉书·地理志》九江郡寿春邑下自注云:"楚考烈王自陈徙此。"后记又说:"后秦又击楚,徙寿春。"从史料记载上看,寿春为楚国国都的事实是毫无疑问的。

　　公元前278年(楚顷襄王二十一年),秦将白起拔郢,楚人未加抵抗就放弃本土东迁,"保于陈城",不想这一"保"竟达37年。到了楚考烈王"不利而去"之时,"战国四公子"之一的楚相国春申君和其门客朱英等人,向楚考烈王提出"徙都寿春"之议,而一生无子的考烈王居然二话不说,就爽快地答应了此事。"楚于是去陈,徙寿春,命曰郢"。从此,地处江淮地区的寿春就与楚国晚期的历史有了密不可分的联系,在中国五千年的历史长河中闪耀着夺目的光芒,缔造出了煌煌荧荧、炜炜艳丽的寿春楚文化。

　　那么,楚国为什么选择迁都寿春呢? 当时作为楚国国君的考烈王为何毫不犹豫地就应承下来了呢? 从历史文献资料中分析,楚迁都寿春,除迫于当时的政治、军事压力外,最主要的还是与寿春所处的地理位置有着至关重要的关系。在古代,都城的选址一般都要考虑如下一些因素:依山傍水,水陆交通便利;地势险要,有自然的阻隔屏障,具军事要隘;物产丰富,能供给足够的粮草,等等。当时的寿春,完全具备这些先决条件。

一是地势形胜。寿春,古为"江东之屏藩,中原之咽喉","有重险之固,得之者安"。《晋书·周馥传》载:"淮阳之地,北阻涂山,南抗灵岳,名川四带,有重险之固,是以楚人东迁,遂宅寿春。徐、邳、东海,亦足戍御。"《南齐书·志》卷十四,左仆射王俭启云:"江西连接汝颍,土旷民希,匈奴越逸,惟以寿春为阻。"《隋书》中说:"寿春形胜,建业之肩髀。"吕祉感叹说:"东南防守利便,寿春故城倚紫金山(今安徽寿县八公山)以为固,当徙据其地,因修复忠正军以控扼淮上,如正阳、古下蔡戍,皆沿淮立栅;如硖石可筑堡坞,以为防限。如是则寿春根势立矣。"寿春城北有八公山作为天然屏障,淝水自南向北流入淮河,良田沃野千里,有淮河、淝河作为天然屏障,还有江南南陵、铜陵丰富的铜矿资源,真可谓"控扼淮颍,襟带江沱,为西北之要枢,东南之屏蔽"的战略要地,历代为兵家必争之地。据清光绪《寿州志》记载:在从春秋战国到清咸丰时期约2500年的时间里,以寿春为战略中心的各种战争和兵事就有数百场之多,其中比较著名的战争有楚人灭六、王贲伐楚、曹操入淮、淝水之战等。顾祖禹在《读史方舆纪要》中记载:"谢玄淝水之战,却苻秦百万之师,刘仁赡坚壁自守,周世宗攻之三年不能下,寿春之形势亦可见矣。"但是,寿春如此显要的战略要地,最终却成为楚国灭亡的坟场。据《史记·楚世家》载:"(王负刍)四年,秦将王翦破我军于蕲(今湖北),而杀将军项燕(西楚霸王项羽祖父)。五年,秦将王翦、蒙武遂破楚国,虏楚王负刍,灭楚。"作为战国七雄之一的楚国,虽然国土最为辽阔,却是被秦国第一个灭掉的大国。在分析楚国灭亡的原因时,河南大学文学院教授王立群总结说:"改革不利、政治腐败、不明大势,这三点是导致楚国灭亡的最根本的原因。"

二是运漕四通。战国时,魏国为了进一步向中原地区扩张势力,开通了沟通黄河和淮河的鸿沟。鸿沟"通宋、郑、陈、蔡、卫,与济、汝、淮、泗会",沟通了今河南、江苏、安徽等省的航道,对魏国的政治、军事、经济的发展起到重要作用。然而,也正是由于邗沟、菏水、鸿沟的开凿,淮河流域一些主要河道沿岸,相继兴起了一批繁华的城市。像位于鸿沟岸边的大梁(今河南开封),菏水、济水之交的陶(今山东定陶),汝水岸边的陈(今河南淮阳),睢水岸边的睢阳(今河南商丘),丹阳和泗水交汇的彭城(今江苏徐州),尤其像地处淮河干流岸边且是淝水入淮口的寿春,遂成为南北水上交通要道,更是名极一时的大都市。《史记·货殖列传》中载:"郢之后徙寿春,亦一都会也。"《南齐书》中说:"寿春淮南,一郡之会,地方千余里,有陂田

之饶。"《陈书》云:"寿春者,古之都会,襟带淮汝,控引河洛,得之者安,是称要害。"清朝《江南通志》中也说:"长淮引桐柏之源横其北,石梁众水之流环其西。"晋时伏滔在《正淮论》中也有十分精到的描述:"寿阳南引荆、汝之利,东连三吴之富,北接梁、宋,平途不过七百,西援陈、徐,水陆不足千里,外有江、湖之阻,内有淮、肥之固。"北魏源怀感慨地说:"寿春之去建康(亦称建邺,今江苏南京)才七百里……乘舟藉水,倏忽而至。"从上述文献记载中,可见寿春当时水路交通十分发达,沟通了寿春这座区域中心城市与边鄙地区的联系,楚国选择迁都至此,应充分考虑到了寿春的交通优势,为增强楚在地缘上的政治统治和向心力奠定了基础。此外,寿县出土的"鄂君启金节"等文物,也证实了寿春当年的交通状况。"鄂君启金节"有车节、舟节两种,系楚怀王六年(公元前323年)为鄂君启贱贩鬻贵、负税通行、优惠招待所做通商之器。该节规定了鄂君启通商的水陆通行路线,反映了战国中期江淮地区与楚中心区域的交通商贸联系是十分紧密的。

三是物产丰饶。楚都寿春城地处黄淮平原最南部,东、西两面不远即为淮南丘陵地区,西面和西南面是淮河山丘区,北面与淮北平原相连,北面和东北与凤台、淮南、蚌埠、定远、嘉山等地相交处,分布有比较破碎的低山丘陵带,相对高差100—200米,著名的八公山就是北面丘陵中一座较高的山峰。淮河自西向东北从寿春城的西北面流过,淠河、东淝河(古肥水)等淮河南侧支流经古城区域向北汇入淮河。寿春处于南北气候的过渡地带,降水和地面径流丰富集中。寿春地区主要气候因素的变化均呈单峰型,有冬夏长、春秋短,四季分明的特点。优良的地理和气候条件,使寿春自古就物产丰富,富甲一方。伏滔在《正淮论》里记述道:"(寿春)龙泉之陂,良畴万顷,舒六之贡,利尽蛮越。金石皮革之具萃焉,苞木箭竹之族生焉。山湖薮泽之隔,水旱之所不害;土产草滋之实,荒年之所取给。"这里所说的虽是西晋时寿春的景况,但就其地理条件和区位优势来说,还是与楚被灭前大同小异的。《汉书·地理志》中记载:"寿春、合肥受南北湖,皮革鲍木之输,亦一都会也。"《唐书·地理志》土贡曰:"(寿春)丝布、绝、茶、生石斛。"清道光《寿州志》中说:"寿州向亦产茶,名云雾者最佳,可清融积滞,蠲除沉疴。"从上述记载中,可见寿春当时可谓是"鱼米之乡,米粮之川,畜牧之地",物产是何等丰饶,难怪宏徇在《谢公祠》一文中赞叹曰:"(寿春)其财力雄壮,独甲诸州而翼蔽长淮,固守国之奥区也。"更为重要的是,寿春受益于芍陂(今安丰塘),使周围区域内农业经济发达,这在当时以农耕经济为社会命脉的条件下尤为重要。史载芍陂是楚相孙叔敖建于楚庄王十七年至二十三年(公元前597—公元前591年),是我国古代著名的四大水利工程(安丰塘、漳河渠、都江堰、郑国渠)之一,千百年来,在灌溉、航运、屯田、济军等方面发挥了很大的作用。古人在《芍陂》一诗中描绘道:"因川成利费经营,遥望江南尽稻粳。支渠派引千畦润,陇亩村连百宝盈。流泽于今不未艾,试听放闸鼓歌声。"芍陂的修建,对楚国的经济繁荣和屯田济军发挥了极其重要的作用,使楚国得以聚草屯粮,整军经武,休养生息,养精蓄锐,为楚国晚期在寿春立足奠定了雄厚的物质基础。

从文献资料中分析,楚国迁都寿春,除上述几项建都的先决条件外,还有其他综合因素的考虑,主要有两方面:

一是立国不居中。立国居中,是我国古代一种颇为盛行的都市规划指导思想。《吕代春秋·慎势》说:"古之王者,择天下之中而立国。"《太平御览》卷中载:"王者受命创始建国,立都必居中土,所以控天地之和,据阴阳之正,均统四方,以制万国者也。""立国""立都",都是在自己的封域内营建城池,"居中"就是要选择适中的地点。《汉书·地理志》说:"昔周公营洛邑,以为在中土,诸侯蕃屏四方,故立京师。"春秋战国时期,在总结前代经验的基础上,产生了一种新的理论:"凡立国都,非于大山之下,必于广川之上,高勿近旱而水用足,下勿近水而沟防省,因天材,就地利。故城郭不必中规矩,道路不必中准绳。"从节约的观点出发,在选择有利地势的同时,充分考虑到用水和排水等一系列问题,这比起"立国居中"的思想来,确实略高一筹。楚是东周时期的大国,《战国策·楚策一》载:"楚地西有黔中、巫郡,东有夏州、海阳,南有洞庭、苍梧,北有汾泾之塞、郇阳,地方五千里。"从楚国当时建造的几座都城所处地理位置来看,不在大山之下,便在广川之上,为解决城市水源问题,多建于河流近旁。纪南城地处西部,陈城位于北边,寿春城偏居东方,前后三座都邑都是立国不居中。由此可见,楚人对于都城的建设比较讲究,完全是在一种务实思想指导下进行的。

二是立北不立南。据史料记载,中国古代立国都,都喜欢立在北方,而不立在南方。古代的时候,南方人口比北方多,立都在北方的原因是,古代把南视为至尊,而把北象征为失败、臣服。宫殿和庙宇都面向正南,帝王的座位也是坐北朝南,当上皇帝称为"面南背北,驾作九五之尊",打了败仗、臣服他人叫"败北""北面称臣"。正因为正南这个方向如此至尊,所以古时老百姓盖房子,谁也不敢取子午线的正南方向,都是偏东或偏西一些,以免犯忌讳而获罪。中原一直被认为是中华民族的发源地,因此中原在北方,也是直接令各代立都北方的原因。楚国迁都寿春后,这里人口和资源都很好,而且平原广大,地域开阔,作为帝王,不能故步自封在狭小的水域或者逼仄的山上,选择迁都寿春,也是顺理成章的事情。从地图上看,晚楚地域广大,寿春地处楚境的北部,在此建都可能就是出于"立北不立南"的

考虑。

纵观楚国迁都寿春的历程和轨迹,我们不难发现,当时的楚国虽然势穷力竭,为强弩之末,其状若蹈虎尾,如涉春冰,但随着其东渐江淮、楚地东扩,楚国王室的重器应该是无一例外地搬往寿春城,楚国几百年的文化艺术以及手工业的巧夺天工也随之沉淀在这里。楚国虽亡,然而楚人长期凝聚的艰苦创业、自强不息的进取精神,锐意进取、不断开拓的创新精神,融汇南北、海纳百川的开放精神,崇尚武装、热爱祖国的爱国精神,博采众长、为我所用的革新精神,脚踏实地、实事求是的务实精神,则垂世千秋,永放光芒。楚人创造的光辉灿烂的楚文化,是沾溉百代、流泽万世的,它必然成为人类文化史上的无价之宝。

春申君与楚考烈王的尔汝之交

春申君黄歇和楚考烈王熊完是春秋战国时期两个叱咤风云的风流人物,也是一对骇人视听的亘古奇人。一个是高爵显位、权倾朝野的楚国大臣,一个是屈一人下、伸万人上的楚国君主,两人在波涛汹涌的时代洪流中,身不由己地将个人命运和家国纠缠在一起,在漫长的交集、碰撞和共事过程中,君臣之间冲破纲常名教的樊篱,产生并建立起了情同手足、水乳交融的深厚友情。他们既有着廉颇和蔺相如式的刎颈之交,又有着孔融和祢衡式的忘年之交;既有着角哀和伯桃式的舍命之交,又有着伯牙和子期式的知音之交。两人交情亲密,不拘礼节形式,更多地显示出令人称道、心生羡慕的尔汝之交。这在等级森严的封建社会里,是难能可贵和异乎寻常的,也是从楚国深宫大院里投射到民间的一束阳光,在带给人们一丝温暖的同时,也带来了挥戈返日的希望。

生死与共的兄弟情

公元前 298 年,秦国大举出兵攻打楚国,秦昭王命令大将白起同韩国、魏国一起进攻楚国。正准备出发时,恰巧黄歇来到秦国,得知了秦国的这个计划。以辩才出众闻名的黄歇,立刻上书秦昭王说,秦国和楚国是最强大的两个国家,如果秦国攻打楚国,必然导致两败俱伤,很容易让韩、赵、魏、齐等国家坐收渔翁之利,不如让秦国和楚国结盟,然后联合起来对付其他国家。

秦昭王被黄歇成功说服,于是下令阻止白起出征,又派使臣给楚国送去厚礼,与楚国缔结盟约,互为友国。黄歇接受盟约回到楚国后,楚顷襄王为表示诚意,便

派遣黄歇和太子熊完作为人质去到秦国。在秦国当人质的10年里,黄歇无微不至地侍奉着太子的饮食起居,两人的关系超越左徒和东宫的职位界限和支配与从属的主仆鸿沟。两人相互依赖,相互信任,逐步发展成无话不谈的朋友和志同道合的兄弟。

公元前263年,楚顷襄王身染重病,秦国却不同意太子熊完回到楚国。黄歇知道秦国丞相范雎和熊完关系很好,便请求范雎在秦昭王面前求情,放熊完回国探视父王。而秦昭王害怕熊完一去不返,寻找各种理由扣留不放。此时,黄歇为太子熊完深深担忧,替他谋划说:"秦国之所以扣留太子不放,主要目的是借此索取好处。现在,太子想要使秦国得到好处,是无能为力的,我很是担心。而阳文君的两个儿子在国内,大王如果不幸辞世,太子又身在秦国,阳文君的儿子必定要立为继承人,太子就不能继承皇位了。你不如逃离秦国,跟使臣一起出去;让我留下来,以死来担当责任。"

太子熊完听从了黄歇的安排,换掉衣服,扮成楚国使臣的车夫得以顺利出关。黄歇自己则在住所留守,并以熊完生病为借口谢绝访客。等熊完走远了,估计秦国兵士无法再追上时,黄歇才向秦昭王说出实情。秦昭王听完暴跳如雷,但为时已晚,只得将怒气发泄到黄歇身上,下令让黄歇自尽。丞相范雎顺水推舟劝道:"大王息怒。熊完即位后,必定会重用黄歇,不如让他回去,以表示我们秦国的亲善。"秦昭王听从了范雎的意见,派人将黄歇送回了楚国。黄歇用偷梁换柱的计策,以命相抵送主归楚,自己也从虎口死里逃生。

辅车相依的君臣义

"相知在急难,独好亦何益。"(李白)这次在秦国的生死经历,让太子熊完进一步看清了黄歇的人格品质,对黄歇更是敬佩有加、情深义重。黄歇和太子熊完回到楚国三个月后,楚顷襄王去世,太子熊完即位,称为楚考烈王。公元前262年,为感谢黄歇的救命之恩,楚考烈王任命黄歇为楚国令尹,封为春申君,赐给淮河以北十二县(今河南信阳至江苏江阴地区)为封地。

春申君黄歇为报答楚考烈王的知遇之恩,尽心竭力辅佐楚王。黄歇除忙于政务外,还组织扩充"练卒"和"练士",研制打造铜戟、铜剑等兵器,并开始在战斗中使用铁兵器。司马迁在《史记》中记载:"楚之铁剑利。"此时的楚国可谓兵强器利。这时,齐国有孟尝君、赵国有平原君、魏国有信陵君,大家都在竞相礼贤下士,招徕宾客,辅助君王治理国政。

在黄歇担任楚国丞相的第四年,秦国坑杀了赵国长平驻军40多万人,次年又派兵包围了赵国都城邯郸。赵国危如累卵,邯郸向楚国告急求援。楚考烈王便派春申君带兵去解邯郸之围。黄歇不负楚王的重托,率领将士勇猛冲杀,打得秦军抱头鼠窜,落荒而逃。公元前256年,即春申君担任楚国丞相的第八年,楚考烈王派遣黄歇带兵向北征伐鲁国,次年黄歇灭掉鲁国。

春申君黄歇利用他的政治智慧以及长期积累的人脉资源,采取联合中原各诸侯国的策略,与秦国周旋,一度重现楚国强盛时期的风采。通过援赵灭鲁,黄歇在诸侯中的威望大增。从"楚益弱"到"楚复强",用了8年时间,春申君黄歇功不可没。楚考烈王为有黄歇这样的丞相辅国持权而暗自庆幸,黄歇也为有楚考烈王这样君王赏识自己而深感荣幸。渐渐地,两人成为谁也离不开谁的亲密朋友,共同为楚国的图强霸业,奉献着自己的智慧。

情理兼到的宾主恩

黄歇当初的受封地为寿春(今安徽寿县),其封号春申君与寿春有着十分密切的联系,也有着特别深刻的含义。"寿"为长远之义,"春"是万象更新的季节,表明楚国的新气象,寿春象征楚王朝永远保持下去。春申君黄歇受赐的淮北十二县包括寿春在内,寿春成为黄歇的封邑。黄歇受封后,选中依山傍水的寿春城这块风水宝地,开始正式经营西南小城。经过14年的兴建,最终建成占地总面积达26.35平方公里的寿春城,其地绵延曲折30余里,成为春秋战国后期中国南方的大都市。

寿春城建成时,正是楚国与秦国争霸交战最为激烈的时期。春申君黄歇深谋远虑,为楚国迁都及早做好了准备。秦国步步紧逼,形势对楚国十分不利,黄歇遂向楚考烈王提出"迁徙都寿春"之议,立即得到楚王的赞同。据《史记·楚世家》记载:"(考烈王)二十二年(公元前241年),与诸侯共伐秦,不利而去。楚东徙寿春,命曰郢。"《汉书·地理志》九江郡寿春邑下自注云:"楚考烈王自陈(今河南淮阳)徙此。"后记又说:"后秦又击楚,徙寿春。"

春申君黄歇为楚国迁都提前做了周密的安排。据史料记载,楚都寿春城建有金城、相国城。金城为楚考烈王之城,相国城(又称西南小城)为春申君黄歇所居。从现代考古发现来看,楚都寿春城不仅规模宏大,而且有很细致的功能区分,宫殿与国库、匠作等相对集中。如此规模,绝非仓促可成。一方面,寿春经历了淮夷人、蔡国以及春申君黄歇的长期经营,一直是淮南名城。另一方面,楚国人在与强秦对垒之时,已经为迁都做好了准备,依照都城的要求和规模对宫殿建筑区、仓储区、作

坊区等提前进行了建造。营建基本就绪，才徙都寿春，改称郢都。一时间，贵族士卿、将佐军吏、工商庶民纷至沓来，使寿春很快成为拥有 10 万人口的大都市。而国宝重器、金玉珠宝、甲车武器、日用器皿、文赋书简、工匠技艺等楚文化精华也全部集中到了淮南地区。

帮助楚考烈王完成迁都任务后，春申君黄歇深明大义，为楚国的江山社稷着想，请求楚王改封于吴，开发江东，楚王答应了他。公元前 248 年，已经 60 多岁的春申君黄歇献出楚王赐予的淮北地十二县，来到江东，将原吴都（今江苏苏州）作为自己的都邑。同时，为发展农业，使江东城邑免受水患，他带领民众兴修水利，主持疏浚东江、娄江、吴淞江，其中以开浚黄歇浦（黄浦江）最为著名，春申君成为上海有史以来记载的第一个政治、经济、文化名人。公元前 238 年，楚考烈王去世，春申君黄歇闻讯后悲痛欲绝，立刻乘坐马车，日夜兼程赶往都城寿春奔丧，不想，在寿春城棘门内被奸党李园的伏兵所杀，追随楚王而去。

似乎是上苍的有意安排，让春申君黄歇和楚考烈王走到一起，从此相随一生，直至终老。维系他们之间关系的纽带，除为楚国江山社稷所拥有的共同的雄心壮志外，还有情投意合、惺惺相惜的情感成分。春申君黄歇比楚考烈王年长 24 岁，可以说两人是莫逆之交。楚考烈王在位 25 年，加上在秦国当人质的 10 年，春申君黄歇和楚考烈王相处和共事 35 年。在此期间，春申君黄歇和楚考烈王同患难、共欢乐，为了楚国的家国民生呕心沥血，殚精竭虑，有过艰辛，也有过喜悦，君臣之间和谐如师长，融洽如兄弟。正如《史记》中所说："一死一生，乃知交情。一贫一富，乃知交态。一贵一贱，交情乃见。"世界之大，能相逢的人不多；人海茫茫，能相知的心很少。是缘分，牵引了春申君黄歇与楚考烈王两个人；是懂得，眷恋了春申君黄歇与楚考烈王两颗心。两个人相遇是命中注定的因缘，两颗心相惜是坦诚相见的真挚。春申君黄歇与楚考烈王的尔汝之交，演绎了一段千古佳话。

黄歇封号"春申"名称的由来

黄歇(？—公元前238年),战国时期楚国贵族。楚顷襄王时任左徒,考烈王即位,任令尹,封给淮北地十二县。考烈王十五年(公元前248年),改封于吴(今江苏苏州),号春申君。门下有食客三千,曾被派救赵攻秦,后又灭鲁。考烈王死后,在内讧中被杀。黄歇获封春申君,其名称还有一段鲜为人知的来历。

据史料记载,战国早期,楚惠王四十二年(公元前447年),拥有"带兵百万,车千乘,骑万匹"的楚国终于灭掉位于淮河中游地区外迁州来的蔡国,收复州来国故地(今寿县、凤台县),实现了江淮和淮北地区统一200多年。一个时期以来,州来故地一直作为楚国图谋北方的战略重邑,为了便于巩固和管控淮北地区,将州来故地一分为二,淮河以南地区称作寿春(今寿县),淮河以北地区称为下蔡(今凤台县)。公元前263年,考烈王熊完继位,以黄歇为令尹,封春申君于此,"赐淮北十二县",自此世称黄歇为"春申君"。

此时,在诸侯国之间流行着"四君子"之说,即魏国的信陵君魏无忌、齐国的孟尝君田文、赵国的平原君赵胜、楚国的春申君黄歇。当时,信陵、孟尝、平原等都是地名的称呼,春申也属于这样的地称。含"春"字的地称,在先秦时期的文献中鲜有记载。《康熙字典》里标注"春"为"昏,斗指东方曰春",即天色将暮时北斗七星的斗柄指着东方的时候是春季;《史记·天官书》中说"东方木主春"。

"申",在周封侯时期是一个颇有名气的古国,史料多有载及,传为姜姓,帝舜时为伯夷之后。其国先居于今之陕西、山西间,至周宣王时期一部分东迁,分封于谢(今河南南阳东南),至周庄王九年(公元前688年),被楚文王所灭。此后有东申国(今河南信阳),为楚国附庸。最后又有南申国,地望在冥厄关(今湖北广水和

河南信阳交界处)之北、淮水之南。申国在强秦悍楚之间,自春秋至战国,数度被秦、楚驱赶迁徙或吞并占领。最终,南申国便以楚国一个地区的名义保存下来,名之为"申",其地西北与楚都陈城(也称"郢",即今天的河南淮阳)衔接,地跨湖北、河南两地,东部进入安徽中部江淮间,接近今之六安、寿县一带。至黄歇获封"春申君"时期,所谓"申"地大概就是指这一地带。

综合上述史料分析,所谓"春"可能是东方的指代,所谓"申"是指地望,也就是说,"春申"即是东部申地的意思。"春申君"之封,也就表明黄歇是东部申地的领主。黄歇获封"春申君"这件事情,反映了当时楚考烈王对黄歇的信任和器重程,是一般人所不能比的。

炼丹修道：刘安和苏轼都曾痴迷的"长生术"

　　了解中国历史的人都知道，刘安和苏轼都是闻名遐迩、妇孺皆知的古代文化名流：一个生活在西汉年代，一个活跃于北宋时期，两者相距1000多年；一个是"好读书属文，喜立名誉"，一个乃"文星旷世，曜曜寰中；千古奇才，殊不复见"。他俩所处朝代不同，人生际遇有别，最终结局迥异。二人之间巨大的差异，让世人无法将其联系到一起，也不可相提并论。

　　但凡事皆有例外，正如孔子所说："天地睽而其事同也。"尽管在刘安和苏轼之间横亘着一条时代的鸿沟，但他俩在某些方面有着惊人的相似之处。其一，两人都是历史上著名的文学家，同属于天才级别的文学巨匠，在中国文学史上赫然在列。其二，两人都是当朝有名的炼丹家，都曾痴迷于炼丹修道，沉耽于长生不老之术。相比之下，刘安炼丹天下皆知，苏轼炼丹可能知之者甚少。

　　当下，世人可能对中国古代的"炼丹术"比较陌生和不解，普遍感到特别邈远、神秘，甚至觉得疑惑、搞笑、不屑、悲哀。其实，这"炼丹术"脱胎于古代的金属冶炼技术，同时也是制药化学的前身。战国时期，方士们为了迎合君王长生不老的愿望，利用冶金技术，炼制出所谓的"灵丹妙药"。司马迁《史记》中，就曾有秦始皇、汉武帝求仙的记载。这些古代的"不死药""点石成金"与"炼丹术"思维，也是中国文化的遗产。

　　"炼丹术"约在战国中期出现，秦汉以后开始流行，其中道家外丹黄白术在中国盛行了2000多年。在中国古代，上自君王，下至百姓，一向信奉神明，追求得道成仙，长生不老。历代文人雅士概莫能外，认为炼丹修仙乃是高端雅事。因此，"炼丹术"备受文士们的追捧和青睐，炼丹修道者趋之若鹜。刘安和苏轼就是在这种大

环境的影响下,不由自主地加入炼丹修道的队伍中而不能自拔。

淮南王刘安为汉高祖刘邦之孙。贵为皇族宗室的他,不仅有着十分深厚的文学造诣,也如古代的文人墨客一般,非常痴迷于炼丹药石之术。据《神仙传》记述,刘安为王期间,曾招揽数千宾客方士,其中苏非、李尚、左吴、田由、雷被、伍被、毛周、晋昌八人才高,被称为"八公"。刘安经常自王宫来到八公山,与八公集会论道,研修道法丹方,并且主持编纂了《淮南子》一书。他所著的《内书》21篇、《中书》8卷,说的都是神仙之术。

现在看来,刘安当初痴迷于炼丹修道,可能与八公的竭力劝诱有关。《历世真仙体道通鉴》卷五记载,八公曾告诉刘安说:"一人能煎泥成金,锻铅为银,水炼八石,飞腾流珠,乘龙驾云,浮游太清,任王所欲。"刘安大为惊诧,对此深信不疑,"安于是旦夕朝拜,身进酒果,先乞试之,变化风雨云雾,无不有效。遂受丹经及三十六水银等方,药成未服"。刘安按照经书上的方法把仙丹炼成了,但还没来得及服用就出了事。

刘安一生笃好神仙方术,民间相传,因其诚心打动了上苍,被赐予半仙之体。传说有一日登山大祭,刘安服用一剂丹药,随后飘然升天而去,即白日升天。剩余丹药,鸡犬舔啄,尽得升天。刘安与八公所踏山石,皆陷成迹,至今人马迹犹存。成语"白日升天""淮南鸡犬""一人得道,鸡犬升天",都由这一神话故事演变而来。李白曾赋诗曰:"八公携手五云去,空余桂树愁杀人。"宋代魏了翁在《西江月·曾记刘安鸡犬》中云:"曾记刘安鸡犬,误随鼎灶登仙。十年尘土涴行缠,怪见霞觞频劝。"

与刘安有所不同,1000多年后的苏轼之所以走上炼丹修道之路,完全是受他弟弟苏辙的影响。苏轼是北宋著名文学家,他学究天人,对道教也有深入的探究,他的诗赋绘画作品也染上了道教的色彩。他对寻求长生之术十分着迷,认为若经过适当的修炼,就可以返老还童,得享长寿。苏轼曾在《前赤壁赋》中写道:"哀吾生之须臾,羡长江之无穷。挟飞仙以遨游,抱明月而长终。"这反映了他对长生不老的追求。

他的胞弟苏辙从一个道士处学得"炼丹术"后,面色清润,目光炯然,元气焕发,令苏轼十分羡慕。于是,他也到一所道观闭关七七四十九天,练习打坐,还到天庆观修炼辟谷和气功。苏轼曾写信给武昌太守,向他请教炼朱砂的方子,并在临皋堂里辟室一间,架设炉火,以备炼丹之用。他写有两篇札记,一篇叫《阳丹》,一篇叫《阴丹》,详细地讲述了炼丹的方法。

林语堂在《苏东坡传》中记述,苏轼的丹药配方很有趣,药引子里居然还有母乳、枣泥。最有意思的是,服用丹药的时候,还必须要用酒一起服下。苏轼明明知道"汞"是一种危险有毒的重金属,但还是小心翼翼、乐此不疲地去尝试提炼。实在是万幸,苏轼炼丹修道没有出现诸如误服氯化汞而一命呜呼的悲剧,否则,那真是整个中国文坛的巨大损失。

　　虽然同样都是痴迷于炼丹修道的"长生术",但刘安和苏轼在某些方面有本质的区别。刘安炼丹修道可能是不甘心在平凡的人世中沉沦,希望借助炼丹修道来洗掉身上的污浊,用修炼的诚心去掉自身的庸俗浅薄,幻想着自己这个像螟蛉一样的小虫,能够像大雁般高飞入云。这对于处在西汉那个年代的刘安来说,兴许是一种精神慰藉和鼓舞,充满着理想主义的色彩。

　　苏轼则不然。如果说他幽默的性格是有趣的基础,爱吃的天性是有趣的延伸,那么痴迷于炼丹修道,则称得上是他趣味生活的调味剂了。苏轼最打动林语堂先生,同时也最打动许多人的,是他身处逆境时,仍具有胸怀天下的人格魅力。在壮年时期,他是以一种英雄的姿态出现在众人面前的。因此,苏轼的炼丹修道,也就充盈着浪漫主义的情调。

　　自古以来,中国历史上不乏想要得道成仙的皇室公卿、达官显贵,他们为了得道成仙、永生不死,不惜前仆后继、一往无前,而真正得道成仙者又有谁？在历代众多的炼丹修道者中,刘安可以说是首开文人雅士炼丹的先河,成了后世文人墨客效法的范例。苏轼也许是从刘安炼丹修道的经历中,汲取并找寻到了勇气和自信,步其后尘,范水模山,这才成了和刘安一样的丹术痴迷者。从这一点上说,刘安和苏轼虽然相隔上千年,但在炼丹修道的渊源上还是有一定关联的。

　　唐代王周曾在《金盘草诗》中告诫:"寄言好生者,休说神仙丹。"世上本来就没有什么可以让人长生不老的灵丹妙药,刘安和苏轼炼丹修道的亲身经历也充分证明了这一点。他们俩期望永生的幻想最终都化作了泡影,刘安因谋反自杀只活到57岁,苏轼也只活到64岁,两人都没有得道成仙。但刘安在炼丹的过程中,歪打正着地发明出千古美食——豆腐,因此成为豆腐鼻祖,寿春(今寿县)也就成了中国豆腐的发祥地。

　　"俗子仙丹判,诗人伎俩同。"刘安和苏轼都是历史上有名的文人雅士,同时又是古代科学技术的探索者、实践者。从目前有史可资、有据可查的典籍史料中,可以得出这样的结论:刘安和苏轼是中国古代文士中同时拥有文学家、炼丹家双重身份的仅有的两个人,他们俩同是特立独行、标新立异之人,因此也就有了等量齐观

的契合点。像他们这样对未知领域的探索者,今人都应该怀揣着一颗敬服的心,去尊崇他们。

试想一下,如果没有如同刘安和苏轼这样敢于大胆尝试的先行者,那我们今天的社会就难以得到进步。虽然未知的探索不一定能够收获美好的结果,但也正是有了这些先行者的牺牲,才有如今不断的革新与创造。从这个意义上说,刘安和苏轼炼丹修道所体现出的探索精神、无畏精神,也是值得我们敬重与学习的。

李白为寿州写过诗吗

相信,持有这种疑问和想法的人肯定不在少数,尤其是寿州当地人。现在可以告诉你,答案是肯定的,李白确实为寿州写过诗。能够把这一问号拉直的理由是,现有的研究资料证实,诗仙李白一生中不仅为寿州写过诗歌,而且不止一首。

李白为寿州写诗,或许是因为寿州的名气。寿州,是今淮南市寿县的古称,同时还有寿春、寿阳的称谓,名称中几乎都与"寿"字有关,表明这里自古就是一方富庶福寿之地。

寿州历史悠久,文化灿烂,物华天宝,人杰地灵,古往今来,名冠华夏。寿地形胜,纡金佩紫,为历代兵家必争之地。春秋战国时期,当时的寿春即是华南的交通大动脉,枢纽天下,临制四海,舳舻相会,赡给公私。

自秦代开始,寿州一直为江南诸地往来北方的通衢之地和必经之所。这里水陆辐辏,漕运四通,人流如织,热闹非凡,可以说是当时中国南方的一大都市。正如《史记·货殖列传》中所说:"郢之后徙寿春,亦一都会也。"

或许正是因为这如雷贯耳的名气,才让寿州一时间成为天下人心向往之的世外桃源。上自帝国重臣、文公武将,下至黎民百姓、士庶凡夫,无不在寿州大地上演绎过悲喜人生的大剧。

当然,争相竞往的还有无数骚人墨客,历代名家中就有韩愈、白居易、刘禹锡、欧阳修、王安石、苏轼等诸多诗人文豪,他们都为寿州写下了大量赞美的诗歌,屈艳班香,沉博绝丽,清香溢远,历久弥新。

与众多诗人文豪一样,李白也曾慕名游历、造访过寿州,为寿州写过赞美的诗作。据史料记载,唐开元十四年(公元 726 年)春,时年 26 岁的李白西出长安,"仗

剑去国,辞亲远游",泛舟淮水,前往扬州游历。

途经寿州时,李白弃舟登岸,来到向往已久的桃花源,怀着好奇之心和愉悦之情,在这里徘徊良久,游览寿州山水,寻访世风民情,拜谒故朋旧友,更少不了把酒言欢。他到八公山上寻仙,到淝水古战场旁凭吊,到寿州古城里游玩,一番游历,几多感慨,诗兴大发,文思泉涌,旋即写下了《送张遥之寿阳幕府》。全诗如下:

> 寿阳信天险,天险横荆关。
> 苻坚百万众,遥阻八公山。
> 不假筑长城,大贤在其间。
> 战夫若熊罴,破敌有余闲。
> 张子勇且英,少轻卫霍屏。
> 投躯紫髯将,千里望风颜。
> 勖尔效才略,功成衣锦还。

这是李白到寿州后,写下并送给年轻武将张遥的一首赠诗。从诗的标题上看,张遥是李白在寿州游历期间新结识的朋友,大诗人看重和欣赏他的能力和才干,爱慕之心油然而生。一个"送"字,表明了诗人和张遥之间的关系非同寻常。

该诗的前八句为第一部分,重点描写了发生在寿州历史上著名的淝水之战,借古喻今,直抒胸臆,表达了诗人愿为挽救国家危亡尽一份绵薄之力的雄心壮志,豪放之气,直冲干云。

第二部分为本诗的后六句,笔墨重点用在了诗中的主人公张遥身上。张遥具体情况不详,只知是当时驻守寿州的一员武将。但是,从大诗人李白能够为其赠诗这一点上看,张遥的身份肯定非一般人能比。

因此,诗人在这部分对张遥使用了大量溢美之词,"勇且英""少轻""望风颜"等赞赏之语,如行云流水般喷涌而出,极尽夸奖之意。诗的最后两句,是诗人对张遥的勉励之语,希望他施展雄才大略,报效国家。

《送张遥之寿阳幕府》是李白为寿州写下的数首诗歌中,最具有代表性的作品,其艺术成就亦最高。此外,李白还为寿州写下了《白毫子歌》《寄淮南友人》《淮南卧病书怀寄蜀中赵征君蕤》等诗作。

"笔落惊风雨,诗成泣鬼神。"作为唐代伟大的浪漫主义诗人,李白能够在英姿勃发的青年时代,为偏居淮域的古老寿州写诗赋文,实属文坛佳话,成为这一方土地上的寿州人倍感荣幸和骄傲的事情,千百年来,人们一直为此津津乐道。

庄芷：上书汉武帝的寿春第一人

说起寿县古代众多的历史人物，庄芷可能算是一个匿影藏形最为成功的风云人物了，其神眉鬼道的身份之谜和惊世绝俗的特异举动颇具传奇色彩。在想象中，他似乎是一介文士装扮，葛巾布袍，腰挂佩剑，眼神锐利如鹰，脸如雕刻般五官分明、有棱有角、俊美异常，却带着几分阴沉。他高深莫测，胸有城府，躲在历史深处的暗影里，一直屏息敛声地沉默了数千年，似乎压根儿就不想让人知道自己。对于后世的寿州人来说，他好像是一个永远让人捉摸不透的神秘之人。

尽管史籍中惜墨如金，仅仅一笔带过提到他的名字，却掩盖不了他非同凡响的人生经历。在 2100 多年前那个波诡云谲、兵连祸结的乱世里，像他这样一个平凡如草芥、普通如蝼蚁的无名小辈，却做下了一件惊天动地的大事情——上书汉武帝告发淮南王刘安谋反，由此改写了淮南王国的历史，也因此改变了刘安的人生轨迹。仅此一举，足见其胆识和气魄确实非同一般。

姓名之谜

庄芷，汉武帝刘彻时期寿春县（秦置，今安徽寿县）人，生卒年不详。由于年代久远以及相关文献史料的缺失，今人对其生平、心性知之甚少，亦无法进行考证。目前有据可查、相对可靠的事实是，庄芷为寿春人乃千真万确、毋庸置疑的。这一点，可以从西汉时期翔实、可信而又绵延的史籍中找到佐证，其中《史记》《汉书》中的记载最为明确，也最为清晰。相关史籍中对庄芷的籍贯认定比较统一，只是在姓名称呼上略有差异，《史记》中说是"寿春庄芷"，《汉书》中则说成"寿春严正"，清

光绪《寿州志》亦说是"寿春庄芷"。从这些史籍成书的时间上来推测,《史记》早于《汉书》,司马迁在书中对庄芷姓名的称谓最早,相对来说可信度较高,后世本地县志中也予以确认沿用。

至于班固在《汉书》中称其为"严正",可能是因为在古代"庄严为一家"之故。史载,东汉时为避明帝刘庄之名讳,全国庄姓民众遂以严为姓,因两姓原为一家,故有"庄严不通婚"的古训。因此,《汉书》中将庄芷改称为严正,也就不足为奇了。虽然史籍中对庄芷的姓名称谓不一,但对他上书汉武帝的历史记载却大同小异,如出一辙。

上书武帝

庄芷上书汉武帝的史实发生在元朔六年(公元前 123 年),上书直谏的人物牵涉淮南王刘安。刘安为汉高祖刘邦之孙,淮南厉王刘长的嫡长子,约生于汉文帝元年(公元前 179 年),汉文帝八年(公元前 172 年)封为阜陵侯,十六年(公元前 164年)改封淮南王。纵观《史记》《汉书》《本草纲目》所载,刘安一生较有影响的大事有三:一是编纂了鸿篇巨制《淮南子》;二是发明了中国美味佳肴豆腐;三是发动了一次所谓谋夺皇位的叛乱。

对于前两者,世人几无疑义。而对于后者,历史上则存在两种截然不同的看法,有的人认为其谋反是真,有的人则认为纯是一冤狱。尽管历史上对刘安谋反案存在极大争议,今人不应也无须去妄加置评,但回顾刘安谋反案的始末,可以说,寿春人庄芷在整个事件中扮演了一个十分重要的角色,有意或无意地起到了推波助澜的作用。

庄芷为何要上书汉武帝呢? 此事与其好友、即刘安之孙刘建有关。刘建为刘安庶出长子刘不害所生,因非正室,地位低下,刘不害不讨刘安喜爱,刘安的夫人荼、嫡出幼子刘迁都不把他视为儿子、兄长。自负有才气的刘建就怨恨刘迁,加之刘迁已是淮南国太子,而父亲刘不害没有封侯,因此,刘建便预谋暗中告发刘迁,让父亲取而代之。刘迁获悉此事,多次拘囚并拷打了刘建。此时,刘建也全部掌握了太子刘迁谋害朝廷使者的计划,他自己不便出面,就让好友庄芷向当朝皇帝上书一封,奏文如下:"毒药苦于口利于病,忠言逆于耳利于行。今淮南王孙建,材能高,淮南王王后荼、荼子太子迁常疾害建。建父不害无罪,擅数捕系,欲杀之。今建在,可征问,具知淮南阴事。"

其实,在庄芷上书告发刘安谋反一事之前,汉武帝刘彻对叔父刘安暗结宾客、图谋不轨、谋划叛逆之事已早有耳闻,只是缺少有力的证据,无法治刘安的罪罢了。汉武帝一向念及刘安是父辈,又加上自己也喜爱文学,对刘安尊重有加,也因此对刘安的所作所为睁一只眼闭一只眼。

此前,在查处刘安阻挠昔日属下雷被从军奋击匈奴一事时,负责此案的公卿大臣请求皇上判处刘安弃市死罪,汉武帝诏令不许;公卿大臣又请求废其王位,汉武帝同样诏令不许;公卿大臣再请求削夺其五县封地,汉武帝诏令只削夺二县。由此可见,汉武帝对刘安的礼贤和袒护是多么深厚、露骨,天下无人不知,用现代的话说,是相当"够意思"了。

不料想,庄芷的一纸上书如巨石投水,在汉朝皇室上下掀起滔天大浪,刘安谋反之事证据确凿,白纸黑字,一清二楚,其谋逆之心和一举一动均对当朝皇权构成严重威胁,汉武帝再想宽容和袒护已无可能。况且,像庄芷这样一个与皇室家族毫无相干的局外人都要上书告发,说明刘安谋反之事已到了火烧眉毛的危急时刻,再不查究无以向天下人交代。

于是,庄芷的书奏上达后,汉武帝将此事交付廷尉,廷尉令河南郡府审理追查,结果认定刘安谋反属实。西汉元狩元年(公元前 122 年),汉武帝以"阴结宾客,拊循百姓,为叛逆事"等罪名派兵进入淮南,从刘安府上搜出准备用于谋反的攻战器械,以及用来行诈而伪造的玉玺金印,自知罪不可赦的刘安被迫自杀,其夫人荼、儿子刘迁等被满门杀尽,参与此案的数千人全被处死,淮南国被废为九江郡。那个曾经属于刘安的王朝之梦从此灰飞烟灭,留给世人的是一种永恒的遐想。

成因分析

当初,可能连庄芷本人也未曾料到,自己的一纸上书会产生如此强烈的"连锁反应",竟将淮南王刘安和他的淮南国推向了覆灭的深渊。庄芷恐怕更不曾想到,在当时朝廷势力集团之间出现失衡的情况下,他在有意或无意间,被裹挟着卷入汉朝皇权与王权斗争的旋涡之中。尽管其有些身不由己,却是命运使然。

把庄芷推向汉室纷争风口浪尖的人,就是自己的好友,即刘安之孙的刘建。机心械肠的刘建出于一己之私,更为了撇清自己,便怂恿好友庄芷出面上书当朝皇帝,检举揭发刘安和儿子刘迁忤逆谋反之事,把庄芷这个外人拉入到皇族斗争的攻守同盟中来。从史籍中记载庄芷上书的前因后果来分析,庄芷或许是刘建扳倒刘安的一枚棋子,成为一颗攻击刘安父子的过河之卒,对淮南王刘安造成致命一击。一向以明智和果断著称的汉武帝,尽管对庄芷上书奏文中所说之事将信将疑,但还

是从中嗅出了潜在的威胁,遂派当朝有名的酷吏张汤查究此案,作为地方藩王、才高名重的刘安终遭身死国灭之祸。

庄芷上书告发刘安谋反之事,是汉武帝时期发生的一起震动朝野的重大事件,上书之人名义上是庄芷,背后操纵和指使者却是刘安之孙刘建。刘建唆使庄芷上书告发,无疑是为自己的爷爷送上了一道催命符,庄芷的上书最终成为压死骆驼的最后一根稻草。在整个事件中,庄芷在其中充其量不过是扮演了一个"枪手"的角色,在信任莫名的幌子下,被好友玩弄于股掌之中,最终成为汉室皇族斗争的帮手。

与春申君黄歇上书说服秦昭王放弃攻打楚国计划有所不同,庄芷上书汉武帝却是告发刘安叛逆谋反之事,两者在内容、性质及产生的结果等方面有着本质的区别。前者上书是春申君获取高位的基础,也是他能在此后做出杰出贡献的历史起点。而庄芷上书汉武帝,则多少带有一种行侠仗义的江湖义气,全然不知其背后隐藏的贪图、蓄意和狡计。在上书这件事情上,庄芷甚至有点头脑简单、思维粗略的愚钝与麻木,纵使被人利用还欣欣然、飘飘然,岂不悲乎?

客观评价

不论言何,寿春人庄芷的确做了一件石破天惊的大事情。尽管他的身份有些存疑,但从其上书渠道的极其顺畅,以及汉武帝采信的程度上来说,庄芷绝非等闲之辈。庄芷上书汉武帝告发刘安谋反一事本身,纯属特定时代的事件,作为今人,不能去横加指责,也不应去妄加揣测,而应客观面对,冷静分析,从中发现历史奥秘,吸取经验教训,修正人生航向,点亮生命之灯。

庄芷能够在 2100 多年前的汉朝历史上留下惊鸿一瞥,让世人印象深刻,不知是寿县人自古以来形成的"性率真直,人尚节气"(《太平寰宇记》)的性格特征深入骨髓所致,还是寿县人自古就有胸怀天下、参与国事的雄才大略得以施展使然。这一切,是非自有评说,历史自有公论。

对寿春人庄芷这样一位历史人物的评价,应该放在其所处时代和社会的历史条件下去分析,不能离开对历史事件、历史过程的全面认识和对历史规律的科学把握,不能忽略历史必然性和历史偶然性的关系。我们不能把汉武帝在历史顺境中的成功简单归功于其个人,也不能把刘安在历史逆境中的挫折简单归咎于其个人。同样,不能把庄芷在特定历史时期的所作所为归责于其个人,在主观与客观具体的历史的统一中,我们更需要用全面的观点来看待寿春人庄芷。

李宪：宁死不当皇帝的寿春郡王

"一虎怒时出万狼，霸业奋起天下亡。挥指雄狮三千万，踏平天下我最狂。"这首古风，描写的是中国古代"履至尊而制六合，执敲扑而鞭笞天下"的君王形象，其豪气干云、气吞山河的英风霸气令人望而生畏。

正如其中所形容的那样，在中国古代语法体系中，皇帝是至高无上、九五至尊的代名词。在普通百姓眼里，皇帝上承天命，下御黎民，统御四海，国之首善，担教化于一己，集生杀于一身，是皇权、神权、俗权的行使者，世世代代为人们所崇拜、所敬仰。

《说文解字》中曰："皇，大也，从自。自，始也。始皇者，三皇大君也。""帝，谛也。王天下之号也。"皇帝，是君主国的国家元首，世袭并终身任职，封建制国家统治阶级的最高代表。公元前221年，秦王嬴政统一六国后，王绾、李斯等根据三皇的名称，上尊号为秦皇。嬴政自以为"德兼三皇，功高五帝"，决定兼采帝号，称为始皇帝。从此，中国历代封建君主都称为皇帝。

在中国2000多年漫长的帝制社会里，皇帝是国家的最高统治者，是专制统治的象征和代表。据统计，我国自公元前221年秦王嬴政称皇帝始，到1912年最后一个封建皇帝溥仪在辛亥革命的枪声中宣布退位止，在2132年间共出现封建王朝皇帝494人，其中包括未在位、死后被追尊帝者73人，若加上在政变、夺权、农民起义中建立的政权，中国皇帝有1000多位。

皇帝一手掌握着国家的立法、行政、司法等全部大权，独断乾坤，君临天下，决定着国家的命运与臣民的生死荣辱。其中固然不乏一些英才明主，在一定历史时期内，为社会进步发展与人民生活安定做了一些好事。但是，由于专制政治的独裁

制、终身制、世袭制、嫡长继承制、等级特权制,以及阴谋争夺、血腥杀戮等本质特性的制约影响,出现了很多命运悲惨、死于非命的皇帝,给中国历史蒙上了一层阴森恐怖的阴影。

正是基于皇权的至高无上,皇帝地位的无人可及,所以皇位的更替就充满了尔虞我诈、血雨腥风,能够顺风顺水传承下去的可谓凤毛麟角。死亡、杀戮、政变,在皇宫内可以说几乎每天都在上演,每个人都怀有觊觎之心,希图攘夺其位,为了那把龙椅你争我夺,子弑父,兄鸩弟,父子反目,兄弟相残,生在皇家似乎已无亲情可言,只有权势和地位。这一切,都为中国 2000 多年的封建社会政治史增添了悲情的一笔。

在中国古代,令人垂涎的皇位可以说是充满了血雨腥风,凶险至极,皇位争夺战如狼似虎,龙血玄黄。历史上发生的皇位争夺事件,著名的就有玄武门之变、烛影斧声、靖难之役、夺门之变等等。粗略统计,中国历史上的皇帝被杀害率为31%,活不到 40 岁的高达 50%,皇帝的寿命比普通百姓还要低。可以这样说,皇帝是一种最危险的职业。尽管如此,仍然阻止不了怀有不臣之心、等夷之志的人想当皇帝的欲望。

常言道:"最是无情帝王家。"皇位争夺战,历朝历代都无法避免,即使那些大一统的王朝,也无法逃脱血腥权力之争的命运。唐朝的统治时间长达 289 年,然而它却堪称中国古代最血腥的王朝,几乎每次皇位更迭前后,都会伴随着流血事件的发生。然而,也有例外,李宪就把皇位让给其三弟李隆基,因此避免了一场可能发生的流血事件。

李宪(公元 679—742 年),本名李成器,陇西成纪(今甘肃秦安)人,唐朝宗室大臣,唐睿宗李旦嫡长子,唐玄宗李隆基长兄,母为肃明皇后刘氏。李宪少年时才气过人,成年后精通音乐,尤其对西域龟兹乐章有独到的见解,曾做过杨贵妃的首任音乐老师。唐高宗李治封李宪为永平郡王。唐睿宗文明元年(公元 684 年),被册立为皇太子,当时他才 6 岁。李旦被降为皇嗣后,武则天册授李宪为皇孙,与他的五个弟弟同一天离开朝廷到封地做藩王,开建府署,设置僚属。

据史料记载,长寿二年(公元 693 年),李宪被改封寿春(今安徽寿县)郡王,长安(公元 701—704 年)年间,调任左赞善大夫,并加银青光禄大夫。唐中宗李显即位后,改封李宪为蔡王,升任宗正员外卿,加赐实封 400 户,加上原来的共 700 户。李宪坚决辞谢,表示担当不起大国的封邑,依旧封寿春郡王。

景云元年(公元 710 年),李旦再次登基,李宪被授左卫大将军之职。当时要立皇位继承人,因李宪是嫡长子,而平王李隆基(唐玄宗)又有讨平韦氏的大功,故而久久不能确定。李宪辞让说："储副者,天下之公器也,时平则先嫡长,国难则归有功。先失其宜,海内失望,非社稷之福。臣今敢以死请。"意思是说,储君,是国家的职位,太平时节就以嫡长子为先,国难之时就应归于有功的。若处理不当,就会令海内失望,这不是国家的吉祥事情。臣斗胆以死请求不要立我为储君。李宪成天涕泣,坚决辞让,言语十分恳切。当时,诸王和公卿也说李隆基有社稷大功,适合做储君。李旦很赞赏李宪的心意,就同意了他的请求。

李隆基知道后,认为李宪是自己的长兄,理应为皇位的不二继承人,便上表予以推让。李旦不许,就下诏:"左卫大将军、宋王成器(李宪),是朕的长子,本当立为储君,但以三子李隆基有社稷大功,人神共睹,由此,我已其诚心让位,言在必行。天下大公,诚不可夺。从天人之愿,立隆基为储君,成器为雍州牧、扬州大都督、太子太师,另外加实封二千户,赐五色绸五千段,细马二十匹,奴婢十户,大住宅一区,良田三十顷。"

李宪对父皇的这些赏赐似乎并不在意,倒是对三弟李隆基对自己的情意深怀感激。先天元年(公元712年)八月,李隆基登基,是为唐玄宗。对于让出皇位的长兄李宪,李隆基对其加官晋爵,荣宠有加,两人手足情深,亲密无间。李隆基曾制了一床被子和长枕,常与李宪同床共枕,共申兄弟亲情。李宪去世时,李隆基得知噩耗号啕痛哭,次日便下诏,追怀高尚品德,追谥其为"让皇帝"。到出殡时,天正下着大雨,李隆基派庆王李潭下泥中步送十数里,并将李宪之墓命名为惠陵。

在玄武门之变的近百年之后,作为李世民后裔的李宪,有鉴于先辈的前车之鉴,主动让出理应由自己继承的皇位,实现储位和皇位的平稳交接,进而开创了大唐史上最强大的太平盛世。李宪面对皇位的诱惑,竟能做出明智抉择,拒绝太平公主的一再怂恿,力主立李隆基为太子,是值得称道的真正为皇族利益乃至整个大唐王朝着想的大智者。李宪这一让,让得了持续几十年的手足之情,让得了安宁美满的半生尊荣,也让睿宗李旦这一支、玄宗李隆基这一辈的众多兄弟,得以同享天伦之乐,是为刀光剑影司空见惯的大唐皇室中最难得的一抹暖色。

李宪以自己惊世骇俗的让位举动,书写了"宫中喋血千秋恨,何如人间作让皇"的人生传奇。这一壮举,也让当年他曾经做过郡王的寿春之地的百姓为之骄傲和敬佩。据史料记载,唐代时设置寿春郡,从长寿二年到长安年间,李宪被封为寿春郡王,任职时间长达11年,从16岁做到27岁,说明李宪对寿春之地怀有一种特殊的感情。虽然县志等史书典籍中鲜有对其在此地任职时功绩的记载,但李宪能够在关键时刻做出果断、明智的选择,寿春之地淳朴民风对其品德的影响和形成,或许有着一定的关系。

李崇:镇守寿春十年的扬州刺史

李崇(公元455—525年),字继长,小名继伯,黎阳郡顿丘县(今河南浚县)人。北魏外戚大臣,南朝宋济阴太守李方叔之孙,陈留郡公李诞之子,文成元皇后李氏之侄。14岁时被朝廷召拜为主文中散,袭爵陈留郡公,拜镇西大将军。历经孝文帝、宣武帝、孝明帝三朝,历治八州,五拜都督将军,政绩显赫,战功卓著,堪称一代名臣。孝昌元年(公元525年)去世,时年70岁,获赠侍中、骠骑大将军、太尉公、雍州都督,谥号"武康"。

时势造英雄。李崇一生中屡次加官晋爵,职位尊高。盘点他众多的官位,可能是扬州刺史这一职位,让他走上了人生的巅峰,创造了生命中最辉煌的时刻,也让统辖地区的百姓永远记住了他的名字。

古语有云:"腰缠十万贯,骑鹤上扬州。"在古人看来,扬州是一个为官从政的绝好去处。同样,李白也有诗云:"烟花三月下扬州。"人间繁华,莫过扬州,扬州是世人眼中的繁华之地。但此扬州并非今天属于城市概念的扬州,这个扬州是指西汉以来设置的13个刺史部之一,其范围包括今安徽、江苏淮河以南,浙江、福建、江西、上海全部,湖北、河南部分地区,相当于现在的一个省级行政单位,刺史是扬州刺史部的最高行政长官。当时,扬州刺史治所设在寿春(今安徽寿县)。

景明四年(公元503年)十二月,李崇因讨伐叛军樊安荣立大功,被宣武皇帝加封兼侍中、东道大使、征南将军、扬州刺史。了解中国古代官场制度的人都知道,刺史这个职位非同一般,乃是京辇重任,贯以诸王领之,统御一方,位高权重。李崇能够担任这一要职,除了其具有治理一方的能力外,还足以说明当朝皇帝对他的信任和器重。历史选择了李崇,李崇选择了扬州。在担任扬州刺史的10年间,李崇为统辖地区特别是寿春县的百姓做了很多事情,当地人民至今仍津津乐道。

报死守城

延昌元年(公元512年)五月,倾盆大雨连下13日,水淹寿春,房屋皆没。李崇不畏险恶,与兵泊于州城。下属劝李崇弃城上北山(今安徽寿县八公山),李崇曰:"吾受国重恩,忝守藩岳,淮南万里,系于吾身。一旦动脚,百姓瓦解,扬州之地,恐非国物……吾岂爱一躯,取愧千载。但怜兹士庶,无辜同死。可栫筏随高,人规自脱。吾必守死此城。"时州人裴绚乘大水作乱,李崇率众歼灭之。事后,李崇以洪水为灾请罪解任扬州刺史一职,宣武皇帝未准,且下诏慰劝曰:"卿居藩累年,威怀兼畅,资储丰溢,足制劲冠。然夏雨泛滥,斯非人力,何得以此辞解?今水涸路通,公私复业,便可缮甲积粮,修复城雉,劳恤士庶,务尽绥怀之略也。"

巧断争子

李崇在任扬州刺史期间,能力全面,既善于作战,又善于治理地方,战绩与政绩并重,而且极懂修身自处。据《魏书》记载,李崇在治理寿春期间,八公山顶有泉水涌出,寿春城中有无数的鱼从地里涌出,野鸭一群群飞入城,占领鹊的巢穴。这种异象虽然有些离奇,却从一个侧面反映出李崇镇守寿春时清风惠政,百姓安居乐业,到处呈现出一派祥和安宁的气象。

李崇足智多谋,贤明有才,洞察秋毫,巧于断案,是北魏时期著名的清官。他在镇守寿春时,曾遇到一件"二父争子"的案子。当地人苟泰有个3岁的儿子在战乱中丢失,过了好几年都不知道生死。后来见在同县富豪赵奉伯家里,苟泰就告到官府。他们二人都说是自己的儿子,都有邻居帮助做证,郡县无法判决。李崇说:"这很容易知道真相啊!"他命令把小儿带到别的地方,不让两个父亲见到他。几十天后,派人对他们说:"你们的小孩突然得病死了,你们的官司不用打了,回家给小孩办丧事吧。"苟泰一听当场放声痛哭,悲伤欲绝,而赵奉伯只是叹气罢了,一点也没有悲痛的样子。李崇观察到这种情景,心中自然明白,就把小孩归还给了苟泰,审问赵奉伯为什么要冒认小儿,赵奉伯这才承认说:"我先前也丢失了一个小孩,所以才冒认。"李崇略施小计,便将"二父争子"案审理得水落石出,足见其聪明才智非同一般。

讨击南梁

李崇深沉有将略，为人宽厚，善于统率部众，镇守寿春 10 年，常养精兵数千，每逢有贼寇入侵，李崇都能击败，号曰"卧虎"，敌人都很惧怕他。梁武帝萧衍厌恶李崇久在淮南，屡设反间计，想逼迫李崇退出寿春。而宣武帝一直十分信任李崇，使梁武帝的计谋无法得逞。梁武帝一计不成再生一计，以加封高官厚禄来引诱李崇。李崇将梁武帝许给自己的赏赐都上报朝廷，宣武帝曾赐玺书慰勉说："应敌制变，算非一途，救左击右，疾雷均势。今朐山蚁寇，久结未殄，贼愆狡诈，或生诡劫，宜遣锐兵，备其不意。崇可都督淮南诸军事，坐敦威重，遥运声算。"

熙平元年（公元 516 年），梁武帝遣游击将军赵祖悦袭据西硖石（今安徽凤台西南）魏军，又遣昌义之、王神念二将溯淮而上取寿春，田道龙攻边城，路长平攻五门，胡兴茂攻开霍，扬州诸戍皆遭攻击。李崇临危不乱，调兵遣将，分遣诸将与之相持，密装船舰 200 余艘，教以水战，以待南梁大军。梁国霍州司马率众攻建安，李崇遣统军李神轨率军迎战，又命边城戍主邴申贤堵其要路，破敌于濡水（今河北易县），俘斩 3000 余人。宣武灵太后玺书劳勉。许昌县令兼绥麻戍主陈平玉投梁，引军北进。李崇上表 10 余次请援。宣武皇帝遣镇南将军崔亮救硖石，镇东将军萧宝寅于梁境决淮东注，以尚书李平兼右仆射持节节度。李崇率军沿淮进击，策应李平、崔亮合攻硖石，大败赵祖悦。战后，朝廷嘉奖李崇，晋号骠骑将军，仪同三司。萧宝寅决淮堰未破，水势日增。李崇乃于硖石戍间编舟为桥，立船数十，各高三丈，十步置一篱，至两岸，又于楼之北连复大船，东西竟水，防敌火筏（古代水战中用以驰近并能焚毁对方战船的着火的木筏）。李崇又于八公山东南筑起一城，以防备大水淹没州治所在地寿春城，州人号曰"魏昌城"。

李崇一生经历繁多，战功赫赫，任职扬州刺史时镇守寿春长达 10 年之久，成为历史上任职扬州刺史并镇守寿春时间最长的一代名臣。与前朝时期曾镇守寿春的袁术、严象、刘馥等扬州刺史有所不同，李崇任职并镇守寿春时，以一腔热血，舍一己安危，守一方平安，硕德重望，济世爱民，因此深得寿春人民钦佩和爱戴。他忠君勤国，赤胆忠心，为将深沉有将略，宽厚善御众干；为官明镜高悬，断狱精审；为人持身做事，身正形端，实一方之表率，三军之司命也。南北朝时期著名的文学家、史学家魏收在《魏书》中评价说："李崇以风质英重，毅然秀立，任当将相，望高朝野，美矣。"

《水经注》里描述的寿州山水

与李白、刘禹锡、欧阳修等历代大诗人吟诵赞美寿州山水有所不同,北魏地理学家郦道元在《水经注》里记录的寿州山水若桃花流水,别有洞天。书中描述的寿州山水古拙质朴,深邃旷远,更带有一种混沌、原始的远古况味。时至今日,我们依然能够透过书中一个个温润华丽的文字,穿越千年时空,怀着一颗好奇和敬畏之心,去感受、体验、回味1600多年前寿州山水的古老模样和曾经风光。

《水经注》是6世纪前中国第一部全面、系统的综合性地理著作,对研究中国古代历史和地理具有重要的参考价值。全书共30多万字,记录的河流总数达1252条。其中在卷三十二标题下,共记载包括肥水在内的14条河流,是全书各卷中标题记载河流最多的一卷。

在此卷"肥水"条目中,郦道元不吝笔墨,用了将近2000字的篇幅,详尽地记录了肥水流经地域的地理、水文等情况,内容占了全书的近1%。仅此一点,足见肥水在全国众多河流中的显赫位置,也足以说明作者对寿州山水的青睐和钟爱。

肥水又称淝水,即今寿县东淝河,属于淮河水系。淝水源出肥西、寿县之间的将军岭,同源而异归,向西北流者,经200里,出寿县而入淮河;向东南流者,注入巢湖。淝水,是中国历史上一条因战扬名的河流。三国时,魏将张辽曾败孙权于淝水。东晋时,谢玄亦败苻坚于淝水,淝水之战因此成为我国历史上以弱胜强的著名战例,写入中外军事学院的教材之中。

兴许是出于对淝水古战场的向往,郦道元始终幻想着有朝一日能够到实地考察一番。由于年代久远,缺乏相关佐证材料,我们无从考证郦道元考察淝水的具体时间。但有一点可以肯定,郦道元确实来过寿州,真实考察过淝水,不然何来如此

翔实的寿州山水资料？

某年某月，郦道元终于实现了到淝水古战场游览的愿望。他风尘仆仆地来到这里，在古老的寿州大地上或跋涉郊野，寻访古迹，考察、追溯淝水的源头；或走访乡老，采集民间歌谣、谚语、方言和传说，然后把自己的见闻详细地记录下来。日积月累，他掌握了大量有关寿州地理情况的原始资料，为日后创作《水经注》打下了坚实的基础。

在《水经注》中，郦道元以淝水为纲，详细记述了寿州的地理概况。他不仅详述了淝水的水文情况，而且把淝水流域的地质、地貌、地壤、气候、物产、民俗、城邑兴衰、历史古迹以及神话传说等综合起来，做了全面的描述。

据粗略统计，《水经注·肥水》中提及和记录的人名、地名、典故、传说等有 70

多处,其中历史人物如刘安、孙叔敖、谢玄、苻坚等有 20 多个,历史地名如成德、浚遒、玄康等 11 个,芍陂、黎浆、东台湖等塘堰沟渠 19 处,历史遗迹如白芍亭、刘安庙、相国城等 20 多处,历史典故有一人得道、鸡犬升天和时苗留犊、淝水之战等 3 个,山川有良余山、八公山 2 处,古渡关津有长濑津 1 处。

寿州山水,是寿县沧海桑田的见证。由于历史和自然的原因,《水经注》中记载的寿州地理、水文已发生了很大变化。经过数千年的沉积、过滤和冲刷,寿州山水已不再是书中的模样,有的塘堰沟渠已经更名、改道,甚至淤塞消失,有的历史遗迹已坍塌、损毁,直至荡然无存,寿州大地上曾经叱咤风云的众多历史人物,也已化作一抔黄土,湮没在历史的尘埃之中。尽管世间万物如过眼云烟,但书中记载的八公山还在,淝水还在,寿州山水与不朽的经典《水经注》万古长青。

今天,我们研读《水经注》,从中还可以获得许多重要的历史信息。譬如郦道元登临八公山时,看到的是"山无树木,惟童阜耳",说明当时八公山是一座林木不生的光山。又比如,"东侧有一湖,三春九夏,红荷覆水",是说寿春外城东北角的东台湖一到夏日,红艳的荷花便盖满了湖面,真是美极了。还有,发源于八公山的北溪"泉源下注,漱石颓隍,水上长林插天,亭柯负日",说明当时的八公山山涧中泉水奔泻,密林插天,呈现出一派"山气陇巅兮石嵯峨,溪谷崭岩兮水层波"的胜景……这些信息,为当地更好地开展文化遗产传承保护、山水自然环境保护,提供了重要参考和原始证据。

故人不在,山河如昔,寿州山水山常青水长流,天长共地久。《水经注》是历史留给人类特别是寿州人民的一笔宝贵的文化遗产,从中我们可以了解到 1600 多年前寿州山水的原貌,也是中国杰出的地理学家郦道元留给寿州人民的一段真情告白,冥冥之中他似乎在说:"我所见到的寿州山水就是这个样子,希望后世子孙保护好她,让她一直保持下云,直到永远。"

以"寿"为名　一"寿"千年

——寿县地名探源

寿县,作为中国千年古县、国家历史文化名城,早在战国时期就有"寿春"之名,后又有"寿阳""寿州"之称。寿县以"寿"为名,一"寿"千年,是中国得名最早、沿用时间最长的古城。

梳理一下寿县的历史沿革,可以了解寿地名称发展演变的历程。夏禹定九州,寿地属扬州,殷商如制。夏、商时期,寿地属扬州。(西)周时,寿地为楚、吴、蔡等多国争夺之地。战国时,楚都为寿春。秦时置寿春县,为郡治。西汉时,淮南国都、九江郡治所为寿春。东晋时,为避孝武帝后郑阿春之讳,改"寿春"为"寿阳"。南北朝时,豫州治所睢阳(宋)、寿阳(南齐);扬州治兼淮南郡治所寿春(北魏);南豫州治所兼南梁郡治所安丰县(梁);扬州治所寿春(东魏);扬州刺史镇寿春(北宋);豫州治所寿春(陈);扬州治所和淮南郡治所寿春。隋时,淮南行台尚书省、寿州总管府、淮南郡治所寿春。唐代,淮南道、淮南郡、寿州。五代时,为南北寿春。北宋时,淮南西路寿州(太祖)、寿春府治所北寿春暨下蔡(徽宗)。南宋时,宋金以淮河为界,金称下蔡为寿州,宋以安丰为寿春。元时,安丰路总管府治所寿春。明清时期,多府轮替,均称寿州。1912年废道府,改寿州为寿县,直隶于安徽省。1949年1月,寿县和平解放。军管时期受中共江淮区党委二地委领导;同时,在寿县瓦埠湖以东与合肥、定远县毗连地区建置寿合县。1958年12月,将寿县真武庙至正阳关一线以南、瓦埠湖南部以西地区划分开来,建置安丰县,县治设石家集,隶属于六安专区;其余地区仍为寿县,改隶于淮南市。2015年12月3日,国务院(国函〔2015〕206号)批复同意,将六安市寿县划归淮南市管辖。

从中可以发现,寿县地名中无论是古称,还是今称,名称前都带有一个"寿"

字,2600多年的历史始终与"寿"息息相关。寿县地名与"寿文化"的联系,一直是特别紧密而又非常鲜明的。追根溯源,寿县当地长期以来一直流行着星次在寿、徙都命名、赐地祝寿等民间传说和历史故事。

寿县的地名,与星次在寿有关。在历史上,楚徙都"寿春"之前,因蔡国迁都于此历时47年,史称"下蔡"。"下蔡"之前,此地为淮夷部落所建的"州来"古国。寿春之"寿",是由淮夷部落所处位置与古天文学的星次分野相互结合而来。"州来"为古代淮夷部落所建氏族方国,历时600余年,是当时淮河中游地区的政治、经济、文化中心。古时"州"与"寿"音义相通,州即为寿。既是寿星分野之地,先民则以"寿"名其国土,上承天命,下应民意,以至于流传后世,沿用至今。

我国古代天文学将天上黄道带分为四象,即东方苍龙、北方玄武、西方白虎、南方朱雀。进一步细分,便有了寿星、星纪、大梁等十二星官即十二星次。古人认为天地之间处于一种相互映射的自然状态,"在天成象,在地成形",便将地上的州、国划分为十二个区域,使其与十二星次相对应。东方苍龙的三个星次是寿星、大火、析木,其中寿星与东夷的淮夷部落相对应。《新唐书》中就有"郑、汴、陈、蔡、颍为寿星分"的记载,所说的五个地方正好是过去淮夷部落活动区域,寿县正是处于这一地区,所以地名中带有一个"寿"字。

寿县的地名,与徙都命名有关。《史记·五帝本纪》中记载:舜"耕历山、渔雷泽,陶河滨,作什器于寿丘"。何为"寿丘"?《说文解字》中说:"寿,久也。"所谓"寿丘"即指年代久远的土丘。寿春之地在春秋后期曾被蔡国占据,蔡昭侯死后便葬在此地,即今寿县城内西区(墓葬于1955年被发掘),而"寿春"之城居其东。蔡昭侯的陵墓封土形成巨大的土丘,至楚国迁入该地区已历时200多年。年久为"寿","寿"之东为"春",故秦国建立郡县时便将其命名为"寿春邑",意思即"久远土丘东侧的一个城镇"。

寿县的地名,与赐地祝寿有关。寿县地名与"战国四君子"之一的春申君黄歇亦有很大关系。春申君,嬴姓,黄氏,名歇,古黄国后裔,战国时期楚国大臣,是中国古代著名的政治家、军事家,曾任楚相。楚考烈王元年(公元前262年),以黄歇为令尹,封为春申君,赐淮北十二县,"为春申君寿",所以这处封邑开始有了新名称"寿春"。

数千年来,寿县地名历经漫长的历史发展和时代变迁,纵横不出方圆,万变不离其宗,始终离不开一个"寿"字,并且一以贯之、一"寿"千年,足见寿地人自古以来对"寿"字的顶礼膜拜,赋予了"寿"字丰富的吉祥内涵,反映出"寿文化"在这里的传承与弘扬。

寿春楚国金钣反映出的古代通货体系

通货,是人类社会经济活动中作为流通手段的货币,起着交换商货、流通商货的作用,从古至今,概莫能外。《管子·轻重乙》中说:"黄金刀布者,民之通货也。"《史记·管晏列传》云:"通货积财,富国强兵。"唐代诗人刘禹锡在《令狐相公见示河中杨少尹赠答兼命继之》诗中曰:"四面诸侯瞻节制,八方通货溢河渠。"这些都说明通货在人类社会经济活动中的重要性。

春秋战国时期,寿县曾经为楚国都城,虽然只在此短暂经营了18年,却留下了大量珍贵的文化遗存,其中寿春黄金钣就是在国内极其罕见的珍奇遗物。宋人沈括曾在《梦溪笔谈》中记载:"寿州(今寿县)八公山侧土及溪涧之间,往往得小金饼。"从中可以了解到,寿县地域楚国黄金货币遗存数量众多。自20世纪50年代至今,以寿县为中心,在安徽境内陆续发现大批楚国黄金钣窖藏,同时还发现了鄂君启金节、铜贝蚁鼻钱等与楚国经贸活动相关的文化遗物。寿县出土的金币,数量多、品质高、种类全,具有极其重要的研究价值、艺术价值和观赏价值,是了解和探究楚国通货体系的重要实物。

《管子·轻重甲》中记载:"楚有汝、汉之黄金。"在春秋战国时期,楚国不同于其他各国,它以黄金作为通货,这主要取决于楚国拥有十分丰富的黄金资源。根据商贸交易活动规模的大小,通货分为高额辅助称量黄金钣货币和普通蚁鼻铜钱主流货币两种体系。贵族间的大宗商贸活动和跨国贸易,多采用称量黄金兑值;民间百姓通常的买卖交易活动,主要以铜币"殊布当忻"、铜贝蚁鼻钱兑值。

考古发现,出土的寿春楚国金钣有龟板形、楔形和圆形,多在正面钤有方形或圆形"郢爰""盧金""陈爰""専爰金"等阴文印记。其天然含金量在85.89%—96.

19%之间,作为楚国高额辅助称量货币,用于大宗商贸活动的兑值,主要为楚国王族和高等贵族所垄断,是我国最早的黄金通货。

楚国金钣在安徽的合肥、霍邱、庐江、望江、巢湖、凤阳、全椒、临泉、阜阳、六安、怀远、寿县等地都有发现。寿县博物馆收藏的楚国金钣除少量零星出土外,大多是在郢都寿春城遗址门朝西、周家油坊、阎家圩等地发现的窖藏,数量总计 195 件,重量近 20 千克。寿县博物馆是全国楚金钣收藏量最多的博物馆。

2013 年 3 月 19 日,安徽博物院文物科技保护中心通过采用便携式光谱测定分析仪,对寿春城遗址内 3 次出土的楚国金钣进行抽检检测,发现除"卢金"和"陈爰"金钣含金纯度略低外,分别为 85.89% 和 88.62%,其余 7 件金钣含金纯度都在 92.59%—96.19% 之间,反映出一般标有"郢爰"字样的金钣,含金纯度要高于其他金钣,足见其天然的含金纯度之高。

寿春楚国金钣是一种称量货币,在交易活动中根据需要数量,使用天平砝码,并借助于切凿工具切割等量支付。在春秋战国时期,楚国称量金钣的衡器天平主要由衡杆、秤盘与砝码组成。考古发现,称量金钣的砝码多成套出土,为圆环形,最多的有 10 件一套,常见有 6、7、9 件一套,形制大小、重量依次递减。1933 年,寿县楚王墓出土的 6 件砝码,各自重量分别为 3.7、7.6、15.6、31.4、62、125.5 克,外径分别为 1.4、2、2.5、3.1、3.9、4.9 厘米。寿县博物馆现收藏有"贤子之官环"环形铜砝码、"王"字铜衡杆、天平铜秤盘等战国时期的文物复制品,我们从中可以了解古代商贸活动中的黄金兑值情况。

铸史千秋东津渡

紫金迭翠看秋枫,硖石量岚对峙雄。

古洞三茅留胜迹,八公仙境乐无穷。

东津晓月晨多趣,西望湖光晚照红。

串串珍珠泉水涌,寿阳烟雨似琼宫。

这是清代诗人概括千年古都寿春的一首诗,寥寥数语,把"寿阳八景"尽收文中。其中的东津晓月,与寿阳烟云、硖石晴岚、八公仙境、三茅古洞、珍珠涌泉、紫金迭翠、西湖晚眺,并称古寿春城著名的"外八景"。

东津渡为淝水入淮要津,自古繁华。舟楫南来北往,车马东去西行,商贾云集,万货咸备,茶楼酒肆,乐奏宫商,一派繁华景象。夜阑人静,石桥高卧,扁舟横眠。东山之上,冰轮转腾,朗朗乾坤,如沐清泉。远村鸡啼,惊起水浦飞鸿、城郭乌龙一条。晓气浸润,野芳沁脾;水中举棹,平畴初耕。回首长空,依稀晓月,已渐隐晨曦之中。此情此景,真乃一幅恬淡清丽、至净至纯的绝美画面,东津古渡美名传扬四海。

东津渡位于今淮南市谢家集区唐山镇和寿县寿春镇交界的东淝河上,古名长濑津,是寿县宾阳门外的淝水古渡,离寿州古城约2公里。

三国时期曹魏有王粲者,在其所著的《浮淮赋》中云:"迅风兴潭濄,波涛动长濑。"这是最早言及"长濑"这一地名的记载。其后,北魏郦道元所著的《水经注》中有"肥水"一节记述,又云:"肥水自黎浆北经寿春县故城东为长濑津,津侧有谢堂北亭,迎送所薄,水陆舟车,是焉萃止。"载文的大意是:肥水自黎浆来,流经寿县古城东侧,有渡口叫"长濑津";渡口之上设有谢氏家族的亭子,专门迎送往来贩运木料柴草的客商,水路来的舟船和陆行的车辆都到这里停靠。

王粲著《浮淮赋》距今已有 1800 多年,郦道元著《水经注》距今也有 1600 多年,可见"长濑津"这一地名的历史是源远流长的。无论是按《水经注》所云,还是参阅以后的有关史料,都可以看出,被称作"长濑津"的东津渡,一直都是东淝河上一个十分重要的渡口,一个热闹繁华的地方。这是一个历史悠久的渡口,人来车往,川流不息,有着与古代寿春城共同兴衰的重要地位。

宋代以前,寿春城址在今之柏家台,紧邻东淝河西岸。东淝河水来自瓦埠湖,半绕寿春古城流向淮河。在陆地运输工具相对落后的古代,水上舟船运输至为重要。由于与淮河相通,东淝河为此提供了极大的便利,是为古地淮南地区周边贸易交流的坦途。东淝河是一条具有战略意义的河流,同时又是一道翼护寿春古城的天然屏障。古人云:"夺江必夺淮,夺淮必夺淝。"故而每有战事发生,必先以东淝河为争。与巨鹿之战、官渡之战、赤壁之战、萨尔浒战役并称为中国历史上以少胜多五大著名战役的淝水之战,就发生在寿春古城东淝河上的东津渡附近。

太元八年(公元 383 年),前秦苻坚强征各族人民,组成 80 余万大军南下,他自称投鞭可以断流,企图一举灭晋。晋相谢安使谢玄等率北府兵 8 万迎战,在洛涧(即洛河,在今安徽淮南东)大破秦军前哨。苻坚登寿阳城,见晋军严整,遥望八公山(安徽寿县北)上草木,以为都是晋兵,始有惧色。晋军进至淝水东津渡一侧,要求秦兵略向后移,以便渡河决战。苻坚想待晋军半渡时猛攻,乃挥军稍退。因各族士兵不愿作战,一退即不可止;鲜卑族和羌族的将领希望苻坚战败,以便割据而独立;在襄阳(今湖北襄阳)被俘的晋将朱序也大呼秦军已败。晋军乘机渡水攻击,于是秦军大败,溃兵逃跑时耳闻风声鹤唳,都以为是追兵。谢玄乘胜攻占洛阳、彭城(今江苏徐州)等地,苻坚逃至关中(今陕西中部),后为姚苌(羌族,十六国时期后秦政权的开国君主)所杀。后世人们耳熟能详的"投鞭断流""八公山上,草木皆兵""围棋赌墅""风声鹤唳""草行露宿"等成语典故便出自这里。

淝水之战是东晋时期北方的统一政权前秦,向南方东晋发起的侵略吞并一系列战役中的决定性战役,前秦出兵伐晋,最终东晋仅以 8 万军力大胜 80 余万前秦军,秦军一路败逃仅剩 10 万之众。拥有绝对优势的前秦败给了东晋,国家也因此衰败灭亡,北方各民族纷纷脱离了前秦的统治,分裂为以后秦和后燕为主的几个政权。而东晋则乘此北伐,把边界线推进到黄河以南地区,并且此后数十年间东晋再无外族侵略。

发生在寿春大地上这场以少胜多、以弱胜强的著名的淝水之战,被载入中国古

代军事史册,成为美国西点军校经典的军事教材。战争发生地寿春淝水和东津渡也由此蜚声海内外。

硝烟渐渐散去,历史相去久远,今人已无法得知是谁最初开辟了东津渡这个渡口,什么时候在这个渡口架设了桥梁,又有几度被毁。但是相关的史料尚可表明,至少在五代时期(公元907—960年)东淝河上就已经有了东津渡桥,只是后来被战争摧毁了。寿春归属南唐管辖的时候,后周的大军数次来犯,在东淝河上的东津渡两侧打了好几年的恶仗,破坏极其严重。

据《资治通鉴》记载:"(显德三年)三月,甲午朔,上(周世宗柴荣,五代时期后周皇帝)行视水寨,至淝桥,自取一石,马上持之至寨以供炮,以官过桥者人赍一石。"《寿州志》亦曰:"周世宗征淮南至淝水,亲取一石马上,持以供炮,从官过桥者,人负一石。即此。复倾圮,以舟济。"此史料证明,历史上淝水有桥,后毁于战争。

《寿州志》又云:"清顺治十年(公元1653年),兵备道沈秉公驻寿,复创建之。乾隆五十九年(公元1794年),州人孙蟠与侄孙克任捐资重修,于桥西南增筑长堤。嘉庆五年(公元1800年),复于西南增建一桥。道光元年(公元1821年),孙克任弟克依与侄等捐资作举本,以供岁修之费。光绪元年(公元1875年),候补道任兰生筹款重修,并修西南小桥。"

清咸丰状元、清末大臣、一代帝师孙家鼐撰文曰:"东津渡汇东南之水,由城东绕而北循山麓,西与淮水汇,州之东门为往来孔道,旧有桥,今且圮。修治之桥长七十二丈,宽二丈三尺,往来行人得以遵坦途。"州人孙蟠等在修复淝水桥后,又在唐山镇境内修建一座长八十九丈八尺,宽一丈六尺的杨家桥,与淝水桥相连,在今淮南市谢家集区施家湖乡邱岗村古寿春至泸州(今四川泸州)的鄂君启车节道上修建西南桥。

东淝河的水源来自大别山,是一条状态极不稳定的河流,大水来袭,急流湍急,浩浩荡荡,常常淹没沿岸的庄田,卷走房屋人畜,十分凶险。光绪《寿州志》称:清顺治十年(公元1653年),东津渡即开始创建淝水桥,但后来的一场大水,将桥梁冲毁。至乾隆七年(公元1742年),署寿州知府孔传檀与凤台县知县鹿谦吉捐个人的俸银为资,令乡绅孙珩监办,在东津渡口修建较大的桥梁。该桥修完一孔后资金用尽,工程只好终止。此后到了乾隆三十五年(公元1770年),乡绅郑纯(文颖)捐银千两助修东津桥,修桥工程复工,于是又修成一孔。乾隆四十二年(公元1777年),大水屡发,冲击东津桥,导致桥墙坍塌。

历史上的淝水桥,"上行车马,下通舟楫",由于连年黄泛,到新中国成立前夕已经淤塞不能通航。20世纪50年代,在毛主席"一定要把淮河修好"的号召下,国家为了根治淝水水患,在淝水入淮口处的五里庙兴建一座大型节制闸,防御淮水倒灌。同时,由瓦埠湖至淝水入淮口,新挖一条与淝水平行的新河,以扩大淝水下泄流量,并在淝水新河上重建一座三孔石拱桥。20世纪60年代末,国家又在淝水上兴建全长5000多米的钢筋混凝土公路桥,于20世纪70年代初竣工通车。原石桥拆除。从此,东津古渡荡然无存,淝水上的水陆交通进入一个崭新的时代。

如今,虽然东津古渡已为现代桥梁所替代,但它依然是淮南市通往寿县及六安市的重要交通枢纽、咽喉要地。东津渡因淝水之战而彪炳史册,东津地名被保留下来,一直沿用至今。现在,寿县寿春镇有些居民小区、教育机构仍然保留或使用"东津"名称,例如东津花园、东津小学等。

名冠华夏古寿春

楚山重迭蠹淮溃,堪与王维立画勋。

白鸟一行天在水,绿芜千阵野平云。

孤崖拂阁晴先见,极浦渔舟晚未分。

吟罢骚然略回首,历阳诗社久离群。

宋代诗人林逋这首《寿阳城南写望怀历阳故友》,以简洁洗练的笔触、流畅优美的词句,细致准确地描绘了寿春古城清新迷离的晚间风景和古貌古风的自然人文。诗中雕章镂句描摹的寿阳古城,就是历史上闻名遐迩的五朝古都——寿春。

寿春历史悠久。早在 4000 多年前,寿春就在神州大地上占有一席之地。夏禹定九州,寿地属扬州,殷商如制。周时此处为六、蓼国地,襄王三十年(公元前 622 年)楚灭六、蓼,地入于楚;景王十六年(公元前 529 年)吴略州来,并占寿地;敬王二十七年(公元前 493 年)蔡避楚求吴翼护,迁都州来,州来改称下蔡,寿地属蔡;贞定王二十二年(公元前 447 年)楚灭蔡,地复入于楚。秦王政六年、楚考烈王二十二年(公元前 241 年),楚"东徙都寿春,命曰郢"。秦王政二十四年(公元前 223 年)秦破楚克郢,虏楚王负刍,楚亡;越二年秦划江淮及其以南地区为九江郡,置寿春县,为郡治。汉高祖四年(公元前 203 年)封英布为淮南王,都于六(今安徽六安),寿春为淮南王国地;英布叛死,高祖立子刘长为淮南王,都寿春;刘长废死,文帝立刘长子刘安为淮南王,仍都寿春;武帝元狩元年(公元前 122 年),刘安谋叛死,国除,寿春为九江郡治所;元封五年(公元前 106 年)汉置十三州刺史部,寿春为九江郡治所。九江郡属扬州刺史部。三国时,江淮为战冲,寿春为魏淮南郡治所,兼扬州治所。西晋初,徙扬州治所于建邺(今江苏南京)。永嘉时划扬州西部地区为豫州,寿春为淮南郡治所,隶于豫州。东晋孝武帝时,因避帝后郑阿春讳改寿春为寿阳。太元八年(公元383年)前秦苻坚将兵攻占寿阳,淝水之战中晋师大破秦兵,收复寿阳。南北朝时,宋改寿阳为睢阳,为豫州治所,兼南梁郡治。南齐取代宋,复称寿阳,为豫州治所。北魏略淮南,再称寿春,为扬州治兼淮南郡治所。梁克寿春,为南豫州治所兼南梁郡治所,并析寿春南部地置安丰县。东魏据淮南,寿春复为扬州治所。北齐代东魏,扬州刺史镇寿春;及陈,复以寿春为豫州治所。北周拔寿春,为扬州治所和淮南郡治所。隋开皇八年(公元588年)置淮南行台尚书省,治所寿春;次年灭陈,改行台省为寿州总管府。大业三年(公元607年)改置淮南郡,寿春为郡治所。唐武德三年(公元620年)改淮南郡为寿州,隶于淮南道,领三县。天宝元年(公元742年)复改寿州为淮南郡,领五县。乾元初再为寿州,隶于淮南节度使。天复二年(公元902年),唐封淮南节度使杨行密为吴王,都扬州,寿州为吴国地。五代初,吴王天祐四年(公元907年)置寿州忠正军节度使。吴王天祚三年(公元937年),南唐代吴,以寿州置清淮军节度使。后周显德四年(公元957年),世宗拔寿州,置忠正军节度使,徙军治、州治于下蔡,称北寿春,原寿州地称南寿春。北宋太祖时,寿州(治下蔡)隶于淮南西路。徽宗政和六年(公元1116年)升寿州为寿春府,府治所在北寿春(下蔡),领五县,南寿春为其一。南宋绍兴十一年(公元1141年),金兵渡淮陷寿春、安丰,下庐州,宋军克之。次年,宋金相约以淮河为界,淮北属金。金以下蔡为寿州,置防御使,隶于汴京路(后改称南京路);宋则置安丰军,军治在安丰县,寿春隶之;绍兴三十二年(公元1162年)复置寿春府,隶于淮南西路,寿春为府治,领四县,兼制安丰军。乾道三年(公元1167年)改寿春府为淮南西路安丰军,治所寿春。开禧二年(公元1206年),金兵复下淮南,占寿春等地;嘉定初,宋金议和,仍以淮水为界,寿春归于宋。元初,置中书省与十一行中书省,淮南各府、县均隶于河南行中书省。至元十四年(公元1277年)置安丰路总管府,治所寿春,领五县。次年改寿春为散府,领三县;二十八年复为总管府治,领一州、五县。元至正二十四年、宋(韩林儿)龙凤十年(公元1364年),朱元璋据江淮称吴王,以寿春为寿州治,隶于临濠府(后更名为凤阳府,治今安徽凤阳县)。明代,寿州属南直隶凤阳府,明太祖洪武二年(公元1369年)以寿州直隶于京师中书省;四年(公元1371年),以寿春、安丰、下蔡三县,合并为寿州,领二县,隶于中都临濠府(后改为凤阳府)。永乐十九年(公元1421年)成祖迁都北平府(迁都后更名为顺天府),凤阳府直隶于南京。

寿春地势形胜。寿春古为"江东之屏藩,中原之咽喉","有重险之固,得之者

安"。《晋书·周馥传》中载:"淮阳之地,北阻涂山,南抗灵岳,名川四带,有重险之固,是以楚人东迁,遂宅寿春。徐、邳、东海,亦足戍御。"左仆射王俭启云:"江西连接汝颍,土旷民希,匈奴越逸,惟以寿春为阻。"《隋书》中说:"寿春形胜,建业之肩髀。"吕祖感叹地说:"东南防守利便,寿春故城倚紫金山(今安徽寿县八公山)以为固,当徙据其地,因修复忠正军以控扼淮上,如正阳、古下蔡戍,皆沿淮立栅;如硖石可筑堡坞,以为防限。如是则寿春根势立矣。"寿春城北有八公山作为天然屏障,淝水自南向北流入淮河,良田沃野千里,有淮河、淝河作为天然屏障,还有江南南陵、铜陵丰富的铜矿资源,真可谓"控扼淮颍,襟带江沱,为西北之要枢,东南之屏蔽"的战略要地,历代为兵家必争之地。据清光绪《寿州志》记载:从春秋战国到清咸丰时期约2500年的时间里,以寿春为战略中心的各种战争和兵事就有数百场之多,其中比较著名的战争有秦将王翦破郢(寿春)灭楚,汉高祖取寿春,袁术称帝于寿春,魏将据寿春讨司马氏,晋祖约镇寿春,淝水之战,南北朝寿春争夺战,隋据寿春谋伐陈,唐末寿州割据,周世宗征伐淮南,南宋、金、元战于寿春,朱元璋率师救安丰,明末农民军攻寿州等。顾祖禹在《读史方舆纪要》中记载:"谢玄淝水之战,却符秦百万之师,刘仁赡坚壁自守,周世宗攻之三年不能下,寿春之形势亦可见矣。"

寿春运漕四通。战国时,魏国为进一步向中原地区扩展势力,开通了沟通黄河和淮河的鸿沟。鸿沟"通宋、郑、陈、蔡、卫,与济、汝、淮、泗会",沟通了今河南、江苏、安徽等省的航道,对魏国的政治、军事、经济的发展起到了重要作用。然而,也正是由于邗沟、菏水、鸿沟的开凿,淮河流域一些主要河道沿岸,相继兴起了一批繁华的城市。尤其像地处淮河干流岸边且是淝水入淮口的寿春,遂成为南北水上交通要道,更是名极一时的大都市。《史记·货殖列传》中载:"郢之后徙寿春,亦一都会也。"《南齐书》中说:"寿春淮南,一郡之会,地方千余里,有陂田之饶。"《陈书》云:"寿春者,古之都会,襟带淮汝,控引河洛,得之者安,是称要害。"清朝《江南通志》中也说:"长淮引桐柏之源横其北,石梁众水之流环其西。"晋时伏滔在《正淮论》中也有十分精到的描述:"寿阳南引荆、汝之利,东连三吴之富,北接梁、宋,平途不过七百,西援陈、徐,水陆不足千里,外有江、湖之阻,内有淮、肥之固。"北魏源怀感慨地说:"寿春之去建康(亦称建邺,今江苏南京)才七百里,乘舟藉水,倏忽而至。"从上述文献记载中,可见寿春当时水路交通十分发达,沟通了寿春这座区域中心城市与边鄙地区的联系。历史上各政权多次建都于寿春均充分考虑到了此地的交通优势,为增强国家政权在地缘上的政治统治和向心力奠定了基础。此外,从寿县出土的"鄂君启金节"等文物上,也证实了寿春当年的交通状况。"鄂君启金节"有车节、舟节两种,系楚怀王六年(公元前323年)为鄂君启贱贩鬻贵、负税通行、优惠招待所做通商之器。该节规定了鄂君启通商的水陆通行路线,反映了战国中期江淮地区与中国中心区域的交通商贸联系是十分紧密的。

寿春物产丰饶。楚都寿春城地处黄淮平原最南部,东、西两面不远即为淮南丘陵地区,西面和西南面是淮河山丘区,北面与淮北平原相连,北面和东北与凤台、淮南、蚌埠、定远、嘉山等地相交处,分布有比较破碎的低山丘陵带,相对高差100—200米,著名的八公山就是北面丘陵中一座较高的山峰。淮河自西向东北从寿春城的西北面流过,淠河、东淝河(古肥水)等淮河南侧支流经古城区域向北汇入淮河。寿春处于南北气候的过渡地带,降水和地面径流丰富集中。寿春地区主要气候因素的变化均呈单峰型,有冬夏长、春秋短,四季分明的特点。优良的地理和气候条件,使寿春自古就物产丰富,富甲一方。伏滔在《正淮论》里记述道:"(寿春)龙泉之陂,良畴万顷,舒六之贡,利尽蛮越。金石皮革之具萃焉,苞木箭竹之族生焉。山湖薮泽之隅,水旱之所不害;土产草滋之实,荒年之所取给。"这里所说的虽是西晋时寿春的景况,但就其地理条件和区位优势来说,还是与楚被灭前大同小异的。《汉书·地理志》中记载:"寿春、合肥受南北湖,皮革鲍木之输,亦一都会也。"《唐书·地理志》土贡曰:"(寿春)丝布、绝、茶、生石斛。"清光绪《寿州志》中说:"寿州向亦产茶,名云雾者最佳,可清融积滞,蠲除沉疴。"从上述记载中,可见寿春当时可谓是"鱼米之乡,米粮之川,畜牧之地",物产是何等丰饶,难怪宏徇在《谢公祠》一文中赞叹曰:"(寿春)其财力雄壮,独甲诸州而翼蔽长淮,固守国之奥区也。"更为重要的是,寿春受益于芍陂(今安丰塘),使周围区域内农业经济发达,这在当时以农耕经济作为社会命脉的条件下尤为重要。芍陂为春秋时期"楚相孙叔敖所造",已有2600多年的历史,史载是楚相孙叔敖建于楚庄王十七年(公元前597年)至二十三年(公元前591年),是我国古代著名的四大水利工程(安丰塘、漳河渠、都江堰、郑国渠)之一,千百年来,在灌溉、航运、屯田、济军等方面发挥了很大作用。古人在《芍陂》一诗中描绘道:"因川成利费经营,遥望江南尽稻粳。支渠派引千畦润,陇亩村连百宝盈。流泽于今不未艾,试听放闸鼓歌声。"芍陂的修建,对国家的经济繁荣和屯田济军发挥了极其重要的作用,使国家得以积草屯粮,整军经武,休养生息,养精蓄锐,为国家在江淮地区立足奠定了雄厚的物质基础。

拂去历史云烟,触摸时代脉搏,可以感受到寿春在数千年中华文明中强劲的生命律动,在华夏浩瀚无垠的历史天空中闪耀着夺目的光芒。如今,踏着时代的节拍,寿春大地一路高歌猛进,跨入崭新的发展时代。

晚楚遗珠寿春城

淮水汤汤,楚山巍巍,世界的目光投向这片古楚大地。波谲云诡的历史风烟散去,留下一处令世人瞩目的春秋战国遗迹——寿春城。

寿春城,是楚国 800 年历史终结的凄美之作。公元前 241 年,为强秦所迫,楚考烈王东渐江淮,"徙都寿春,命曰郢"。皇皇郢都,气势恢宏,布局方整规矩,形制别具一格,规模仅次于燕下都,时为中国东南地区最大的都会。

如此高墙深垒、固若金汤的都城,也未能扭转楚国日暮西山的颓势,18 年后,在秦国铁蹄的横扫下,国破城毁,灰飞烟灭。颓圮的城墙,檐头的瓦菲,镌刻着曾经的辉煌。

拂去历史的烟尘,寿春城遗址留给后人太多的迷雾和困惑。透过这层神秘的面纱,人们探寻楚国城市发展的轨迹,比较战国时期中国南北方都城建制的异同,研究中国都城从周制向汉制转变的过程,其历史价值、学术价值、艺术价值、社会价值无与伦比。

秉持"考古先行"理念,寿春城遗址的考古工作从 20 世纪 80 年代开始,历经 30 余年,不断有惊世发现。1986 年发掘的柏家台大型楚国宫殿建筑基址,被列为当年中国十大考古发现之一。楚金币、鄂君启金节、大府铜牛等一大批珍贵文物的陆续出土,使寿春城遗址无愧于"地下博物馆"的美誉。

寿春城遗址,是泱泱楚国留给后人的一份极其珍贵的历史文化遗产。寿县县委、县政府以坚定的文化自信和高度的文化自觉,持续加强对寿春城遗址的保护和利用。2001 年 6 月,寿春城遗址被国务院公布为第五批全国重点文物保护单位,后被列入全国"十二五"期间 150 处、"十三五"时期 152 处重要大遗址。

自2008年起,遵循《寿春城遗址保护总体规划》,牢固树立"保护古城、建设新城、提升名城"的理念,十年内寿县政府累计投资近百亿元,推动机关事业单位外迁,带动古城内人口出城,大力整治遗址环境,促进遗址景观环境提升。2016年底,寿县政府委托相关单位编制完成《寿春城国家考古遗址公园总体规划》。2017年12月2日,国家文物局公布寿春城列入全国第三批国家考古遗址公园立项名单。

规划中的寿春城国家考古遗址公园,占地1413.79公顷,总体呈现寿春城核心展示区、寿州古城展示区、淝水湿地展示区等"一带三区五片多点"的宏大格局,力争逐步建成集遗址保护、考古展示、科普宣传、滨水景观为一体的晚楚文化考古遗址公园。

目前,寿春城考古遗址公园建设已进入实质性阶段,投资0.5亿元的游客次服务中心主体工程竣工,投资3.2亿元的安徽楚文化博物馆暨寿春城遗址博物馆开工建设,西圈蔡楚贵族墓群科学发掘,出土了"蔡侯产之用戈"等一批重要文物,正在推进寿州古城保护利用重点工程、汉墓展示、寿春城核心区展示等项目。

展望未来,建成后的寿春城国家考古遗址公园,南连新城区,北依八公山,合阜、德上高速、商合杭高铁纵横外围,江淮运河穿越其间,寿春城这颗晚楚遗留的明珠,定会重焕光彩,辉耀华夏。

古城和诗城的渊源

　　那淡蓝色的思绪,绵邈,如游弋的音符。我来到马鞍山,一直往前走,便是重峦叠翠的仙境。追溯往昔,我在云雾环绕的采石矶,看到诗仙,太阳鸟在高处闪耀,却不见,千年古树,那抚琴而歌的精灵。

——题记

　　"策行宜战伐,契合动昭融。"冥冥之中,似乎是上苍的有意缔结,这两座城市竟有着如此神奇的契合之处、共同之点,演绎着天造地设般的城市之缘。两座城市天南地北,相隔遥远,一个在淮南,一个在江东,地缘关系却割舍不断;两座城市天各一方,雄踞一隅,一个是国家历史文化名城,一个是中国诗歌之城,文化渊源息息相通。两座城市宛若江淮大地上两颗璀璨的明珠,一起闪耀辉映着华夏的文明之光。

　　历史上的古城和诗城,产生过密切的地缘联系。春秋战国时期,寿县和马鞍山同属于楚地。据《左传》记载:楚穆王四年(公元前622年),"六(今安徽六安)人叛楚,即东夷。秋,楚成大心、仲归率师灭六",自此开启楚国东进江淮的征程。楚国进入江淮后,经历了与江淮六国集团的征伐、吴楚之争、楚越蔡之战,逐步统一了江淮,并于战国晚期迁都寿春(今安徽寿县),至公元前223年被秦国所灭,楚国在江淮地区经营400多年。马鞍山西周时属于吴国,春秋战国时期先属越国,楚灭越后属于楚国。公元前202年,西楚霸王项羽兵败垓下,自感无颜见江东父老,拔剑自刎于乌江(今安徽和县),北宋宰相吕蒙正曾叹曰:"楚霸英雄,败于乌江自刎;汉王柔弱,竟有万里江山。"相对于马鞍山来说,寿县的历史地位在同时期更为显赫和突出,尤其是战国晚期秦将白起拔郢(公元前 278 年),迫使楚东迁陈(今河南淮阳),楚国政治、经济、文化中心也相应东移。至战国晚期后段,随着楚考烈王迁都寿春(公元前 241 年),江淮地区的寿县已成为楚国东境的政治、经济、文化中心。

历史上的古城和诗城,发生过相似的军事战争。马鞍山自古就有"金陵屏障、建康锁钥"之称,战略地位十分重要,历来为兵家必争之地。三国时期,东吴和魏晋在芜湖和采石一线进行过长期的拉锯战。公元 1161 年(南宋绍兴三十一年,金正隆六年),南宋文臣虞允文率领军民于采石矶(今马鞍山市西南)阻遏金军渡江南进,打响了江河防御战。采石之战是南宋抗金斗争的重要战役,南宋军民以劣势兵力力挫南侵金军主力,打破了完颜亮渡江南侵、灭亡宋廷的计划,加速了完颜亮统治集团的分裂和崩溃,使宋军在宋、金战争中处于极为有利的地位。无独有偶,寿县历史上也发生过相似的军事战争。寿县,古为"江东之屏藩,中原之咽喉","有重险之固,得之者安"。据清光绪《寿州志》记载,在从春秋战国到清咸丰时期约2500 年时间里,以寿春为战略中心的各种战争和兵事就达数百场之多,其中比较著名的战争就有楚人灭六、王贲伐楚、曹操入淮、淝水之战等。公元 383 年,前秦出兵伐晋,东晋大将谢安临危不乱,凭借淝水(今安徽寿县东南)天险,与不可一世的苻坚决一死战,晋朝最终大获全胜。淝水之战挫败了前秦肆意扩张的锐气,前秦也因此衰败灭亡,而东晋则趁机北伐,把边界线推进到黄河以北地区,并且此后数十年间再无外族侵略。采石之战和淝水之战,都是中国历史上以少胜多、以弱胜强的著名战例。采石之战中,南宋一介书生虞允文率领 1.8 万残兵打败金国完颜亮的40 万大军,真是"羽扇纶巾,谈笑间,樯橹灰飞烟灭"(苏轼)。淝水之战中,东晋征讨大都督谢安以 8 万兵力大胜苻坚 80 余万前秦军,真乃"昔周瑜赤壁之举,笑谈而成;今谢安淝水之师,指挥而定"(徐梦莘)。这两场战争虽然相距近 800 年,但都是历史上发生在江淮之间的著名战役,其共同特点是恃水为险,以水为固,凭借长江、淝水天堑进行决战,弱势一方最终取得决定性胜利,从而载入中国军事史册。

历史上的古城和诗城,流淌过共同的文化源流。诗仙李白是马鞍山的文化象征和精神标识,"中国诗歌之城"因此得名。马鞍山是李白多次游历之所和最后的终老之处,大诗人在这里度过了人生的最后岁月。有专家研究,李白晚年之所以选择马鞍山当涂作为终老之地,其理由有四:一是寻找知音,李白曾多次登临青山凭吊山水诗人、宣城太守谢朓;二是托付诗文,李白将毕生创作的诗文托付给当涂县令李阳冰;三是迷恋山水,李白在马鞍山地区的游踪遗迹有 30 多处;四是怀念乡亲,李白关于马鞍山地区的 55 篇诗文中,涉及当地近 20 人。因为有了李白,中国人增加了多少民族自豪感;因为有了李白,诗城人民的文化生活增加了多少丰富的内容。李白与现代,李白与世界,这两条线索贯穿并交织在一起,展示了一个横跨1300 多年的李白,一个永远活在诗城人民心里的李白。同样,淮上古都寿春也是诗仙李白"人至山水处,寄情山水间"的向往之地。唐开元十四年(公元 726 年)春,时年 26 岁的李白西出长安,"仗剑去国,辞亲远游",泛舟淮水,前往广陵(今江苏扬州)游历。李白在途经淮南道寿春郡时,弃舟登岸,慕名造访,登八公山,观东淝河,一路兴致盎然,一路诗兴勃发,在寿期间写下了《送张遥之寿阳幕府》《白毫子歌》《寄淮南友人》《淮南卧病书怀寄蜀中赵征君蕤》等四首诗作。其中《送张遥之寿阳幕府》是李白吟诵寿春诗歌中最富有代表性的作品,艺术特色亦最鲜明,表达了诗人对寿春山水和人文景观的钟爱之情,也抒发了诗人为挽救国家危亡尽一份绵薄之力的雄心壮志。在古城和诗城秀美的山水间和广袤的大地上,都留下了诗仙李白游历的踪迹和吟诵的诗作。李白是两座城市共有的文化源流和文化标识。

"古木有缘归净土,章台无分集寒鸥。"古城和诗城之间虽然山水阻隔、南船北马,在行政级别、经济水平、生活习惯等方面亦有不同,但两座城市同流同宗,同根同源,地缘相近,人缘相亲,文化相通,血脉相承,那浓厚的历史感和民族感不会因空间的距离而产生隔膜,也不会因时间的改变而改变,相反却会像浓浓的"楚井坊""鼎盛李白"酒一样令人心驰神往,越发浓烈。正如余光中先生所说的那样:"纵的历史感,横的地域感,纵横相交而成十字路口的现实感。"(《白玉苦瓜》序)。历史文化在古城和诗城的天空中相互交融,熠熠生辉。历史是古城和诗城共有的根,文化是古城和诗城共有的魂,历史是渊,文化是源,缔结了古城和诗城的历史之缘、文化之缘。

"使万物各复归其根"

——浅析《淮南子》中的生态自然观

作为一部集大成的哲学著作,《淮南子》中蕴含着极其丰富的伦理思想。其清静恬适的人性论、无为而治的政治伦理、和谐统一的生态伦理思想,是我国古代伦理思想的精华和重要财富。尤其是其"使万物各复归其根"的生态自然观念,对于今天我们的经济发展和社会进步,仍有着十分重要的指导意义和启示作用。

以清静无为为主旨的《淮南子》一书,为世人构建了人与自然生态环境和谐、统一的完美体系。在人与自然的关系上,《淮南子》认为人在大自然面前不能任意妄为,背离天道,必须顺应自然,服从自然,遵循万物的固有规律。《淮南子·主术训》中云:"禹决江疏河,以为天下兴利,而不能使水西流;稷辟土垦草,以为百姓力农,然不能使禾冬生。岂其人事不至哉?其势不可也。"旗帜鲜明地指出此举是"诡自然之性",违背了大自然的法则,即使是神圣之人也不能成就功业,更何况是当今的主人呢?《淮南子·原道训》又说:"今夫徙树者,失其阴阳之性,则莫不枯槁,故橘树之江北则化而为枳;鸲鹆不过济,貈渡汶而死。形性不可易,势居不可移也。"这些都表明,大自然对于人类的实践活动具有决定性的作用与影响,告诫世人千万不能违背大自然的规律。

《淮南子》中还特别强调,人类要遵守事物的客观规律。《原道训》所云:"天下之事不可为也,因其自然而推之;万物之变不可究也,秉其要趣而归之。"大概意思是说,天下的事不可人为地去做,要顺应自然规律去推动。万物的变化不能探究明白,但抓住要旨便能使其归于"道",即把握规律,固其自然,从而推动事物向有利于人类自身的方向发展。我们在认识事物的时候,只有排除主观臆测,才能按照事物固有的特性来判断,使客观事物为己所用。客观事物的这种自然法则,不是任何

人所规定的,也不是任何人所能改变的。因此,人类在对待自然万物上要"遵天之理""遵天之道""以天为期""从天之则"。

对于如何发挥人的主观能动性,改造自然生态环境,更好地保护人类赖以生存的空间,《淮南子》中给出了明确的答案。这就是"因"字,一方面表现为"因""自然之势";另一方面,人因万物之性而用之,亦"自然"也。《淮南子·时则训》篇中根据自然界生物的生长、发育的规律,阐发了一年 12 个月保护生态的主张。在《淮南子·说山训》中还提到:"欲致鱼者先通水,欲致鸟者先树木;水积而鱼聚,木茂而鸟集。"唯有如此,才会出现"禽兽之归若流泉,飞鸟之归若烟云"这样的人与自然和谐共生的美好景象。因此,人类只有遵循"上因天时,下尽地财,中用人才"的万物之根本,才是人与自然和谐、统一的理想模式,才会取得"群生遂长,五谷蕃殖"的预期成效。

自然界和人类唇齿相依,休戚与共,人类若"诡自然之性",则必然要遭受大自然的惩罚。正如《淮南子·览冥训》中所说:"夫道者,无私就也,无私去也;能者有余,拙者不足;顺之者利,逆之者凶。"人类如果偏执地违背"天道",买妻耻樵、坐井观天,仅考虑眼前的利益,只顾及局部的发展,完全凭主观意志去轻举妄动,肆意而为,无疑是一种愚蠢的行为,即便可以满足某些人一时的欲望,却往往事与愿违,与其初衷背道而驰,严重时会导致灾难性的后果。

总之,《淮南子》一书的生态自然观启示我们,只有"行自然无为之道",按自然规律办事,"使万物各复归其根""全性保真""至虚无纯一",才能促进人类社会的安定和发展。

寿县成语典故的地域特色及文化意义

　　寿县历史文化底蕴深厚,是中国成语典故重要的发源地之一。诞生于这片土地上的数量庞大的成语典故,是中华文化体系中的重要组成部分,并以其丰富的内容、独有的特点,成为中华民族典故文化中最为耀眼的一颗明珠。淮南市之所以被中国民间文艺家协会命名为"中国成语典故之城",与寿县数量众多、影响广泛的成语典故有着十分密切的关系,很大程度上是因为在国内很难再找到一个城市或地区的成语典故文化,能与寿县的这种文化相比拟。作为寿县历史文化典型代表的成语典故文化,所彰显的地域文化特色卓尔不群,与众不同,对弘扬优秀传统文化、促进寿县转型发展,加快寿县文化旅游融入长三角区域一体化发展,具有十分重要的历史意义和现实意义。

　　作为历史文化的典型代表,寿县成语典故文化具有以下几个方面的鲜明特色:一是条目众多,内容丰富。据不完全统计,源于寿县的成语典故就有 528 条,其中舆地类 5 条,兵事类 14 条,人物类 37 条,著作类 472 条,其数量之多、内容之丰富在全国是不多见的。寿县成语典故文化,散见于多种形式的典籍记载中,其内容涉及寿县的政治、经济、军事、文化、科技、风俗、人物等诸多方面,集寿县古今成语典故研究之大成,熔淮南古今历史于一炉,可以说是寿县成语典故文化特征的一个系统诠释。二是使用广泛,通俗易懂。广泛性与通俗性,是寿县成语典故文化的又一个特征,也是现今大众文化的一个典型特征。在草根阶层广泛参与文化消费的新语境下,寿县的这种成语典故文化广为传诵,许多成语具有鲜活的生命力,像"风声鹤唳、草木皆兵""一人得道、鸡犬升天""老当益壮""人心不足蛇吞象",常在当地人们的日常生活中使用,并随着时代的发展,又赋予了新的内容,拓展了使用范围。

三是彰显时代,传承性强。寿县成语典故既是时代的产物,又反映着历史与时代,无不打上时代的烙印。像"淮南鸡犬""优孟衣冠""功败垂成"等一系列成语典故,无不隐藏着历史的风云,从而把一幅幅波谲云诡、波澜壮阔的历史场景,在当代人们面前徐徐地展现出来。这种成语典故文化,既是对寿县历史文化的浓缩,又体现着时代的鲜明特征,被人们从历史中牵引出来,并对经济社会发展产生积极的作用。四是寓意深刻,教育性强。寿县成语典故文化不仅寓意深刻,而且哲理性强,已成为人们行为和思想的座右铭,无论是对今天的人还是对后来的人,都有着强烈的教育意义和鼓舞作用。像"时苗留犊""忧国忘私""奉公守法""廉俭守节"等一系列成语典故,时时提醒人们,如果不能接续历史,就不能开辟未来。这种接续的愿望和能力,使人类得以发展,也使得这种文化在寿县有了永恒不变、生生不息的力量。五是遗迹横陈,可考性强。寿县除了拥有博大的精神文化,还有着丰富的物质文化遗存。这些遗存都是寿县历史的见证,也是历史留给后人的一份宝贵财富。就寿县成语典故而言,其有着印证实物的意义。像诞生和遗留众多成语典故的寿州古城、八公山、《淮南子》等文化遗产,人们在闲暇之余,会徜徉在山水城之间,或是访古,或是问幽,在古今间享受着成语典故文化的盛宴。寿县成语典故文化凝结着历史真实,使人浮想联翩,这在其他城市中是不多见的。

历史证明,寿县的成语典故文化是中国历史文化的重要组成部分,祖祖辈辈的寿县人以持续不断的生命实践,铸就和享有寿县文化的灵魂。文化使寿县的发展薪火不断,文化使寿县人民紧紧地凝聚在一起。文化是寿县生命体内的血液,包含着独特的遗传基因。人类历史中的一切,终将化为过眼云烟,湮没于漫长的历史尘埃中,唯有文化长存不朽,这是一个历史的结论。因此,研究和推广寿县成语典故文化,对于弘扬和培养寿县的城市文化精神,推动寿县经济社会可持续发展,促进寿县人民形成良好的人文修养,增强寿县文化的吸引力、竞争力、凝聚力、永恒力,提升寿县城市文化品位,加快寿县文化旅游融入长三角区域一体化发展等,有着深远的历史意义和重要的现实意义。总之,寿县成语典故文化培育出的文化精神和文化灵魂,必将对寿县城市精神的形成和经济社会的发展,产生越来越显著的影响。

秦晋淝水之战相关成语与典故的异同

"寿阳信天险，天险横荆关。苻坚百万众，遥阻八公山。"李白在诗中描述的秦晋淝水之战，是东晋时期北方的统一政权前秦，向南方东晋发起的侵略吞并一系列战争中的决定性战役。太元八年（公元 383 年），前秦与东晋于淝水（今安徽寿县瓦埠湖一段）交战，最终东晋仅以 8 万军力大胜号称 80 万的前秦军。占有绝对优势的前秦败给了东晋，国家也因此衰败灭亡。东晋则乘机北伐，把边界线推进到黄河边上，从此数十年间再未受外族的侵略。此次战役，使得流落到南方的汉族中原文化、淮夷文化得以延续和发展，并且直接影响到了此后隋唐等统一王朝的精神实质。可以这样说，淝水之战有力地保住了中华文化的核心部分，并使中华文化在"中原沦陷""五胡乱华"之后得到喘息安定和重新崛起的机会。

历史总是这样诡谲怪诞，变化无常。玄妙莫测的秦晋淝水之战，一度让古今中外无数的政治家、军事家和历史学家百思不得其解，万般难究其因。这场战役，是中国历史上以少胜多、以弱胜强的著名战例，颠覆了世人对于战争精神和战略战术固有的思维方式和习惯。开国领袖毛主席在《中国革命战争的战略问题》《论持久战》中，曾经两次提到秦晋淝水之战，将其与楚汉成皋之战、韩信破赵之战、新汉昆阳之战、袁曹官渡之战、吴魏赤壁之战、吴蜀彝陵之战等中国古代著名大战相提并论，等量齐观，以此为例证，阐述革命战争的战略防御问题和抗日战争中以劣势对优势的战术应用问题。秦晋淝水之战的胜负，决定了中国历史未来的走向，是世界战争史上的一大奇迹，交战双方兵力上的悬殊和战略计策的使用，明确记载在了中国的战争史上，被美国西点军校奉为经典。

同样载入史册的，还有秦晋淝水之战中诞生和遗留下的成语典故。笔者曾做过粗略统计,与这场战役直接关联或间接相关的成语典故,就有"八公山上,草木皆兵""风声鹤唳""投鞭断流""围棋赌墅""东山再起""成败在此一举""草行露宿""功败垂成""过目不忘""矫情镇物""屐齿之折""乐而忘返""卑躬屈膝""天壤王郎""徒乱人意""敌众我寡""一草一木""踉踉跄跄"等近20条。其中"风声鹤唳""草木皆兵""投鞭断流""围棋赌墅"等成语典故,在中国文学史及文化史上影响巨大,交战双方的主人公苻坚、苻融、谢安、谢石、谢玄等人物的事迹也因此得到广泛传播。此中的"风声鹤唳""草木皆兵"等历史故事,成为中国文化史上使用频率高、传播范围广的成语典故。这些成语典故的广泛传播,使得秦晋淝水之战的发生地寿县备受关注,八公山、淝水、寿阳等"一山、一水、一城"也因此蜚声海内外。

这些成语典故都具有历史的源流性,真切、客观地反映了1600多年前那场以一当十、气壮山河的秦晋淝水之战的历史场景和真实故事。也就是说,这些与秦晋淝水之战相关的成语与典故都是"于古有征"的。同时,这一部分成语或典故自从生成后,是以"经典"语汇的身份一代一代被传承下来的。如"八公山上,草木皆兵""投鞭断流""徒乱人意"等成语典故,出自于唐房玄龄等《晋书·苻坚载记》;像"东山再起""矫情镇物""功败垂成"等成语典故均出自唐房玄龄等《晋书·谢安传论》;还有像"风声鹤唳""卑躬屈膝""天壤王郎"等成语典故,均出自唐房玄龄等《晋书·谢玄传》、宋魏了翁《江陵州丛栏精舍记》、南朝宋刘义庆《世说新语·贤媛》等古代典籍。判断与秦晋淝水之战相关的成语与典故之间的异同,首先要明确成语主要源自历史文献,也就是现存的书面语的实证。而判断这些相关的语词是不是典故,主要看它们有没有故事。这些与秦晋淝水之战相关的成语典故的共同特点是,形式上是严格意义上的成语,意义上又有典故的内涵,兼具成语与典故的双重属性。因此,前文中提到的与秦晋淝水之战相关的词语既可以称作成语,也可以叫作典故。除此之外,像"乐而忘返""一草一木""踉踉跄跄"等词语应列入成语的范畴。

成语"淮橘为枳"反映的气候特点

成语"淮橘为枳"的意思是,淮河以南的橘子树,移栽到淮北就变成了枳树,比喻人或事物因环境不同性质就会改变。该成语出自2300多年前齐国官书《周礼·考工记序》,原文为"橘逾淮而北为枳"。这则成语说明了不同地域的差异性,揭示了环境对人和事物的重要性,同时也客观地反映了淮河—秦岭一线气候特征的独特性。

淮河,古称淮水,是我国内陆七大河流之一,与长江、黄河、济水一起,被《山海经》等古籍文献并称为"四渎"。自古以来,淮河—秦岭一线不仅是中国南北方的地理分界线,还是我国南北方气候的分界线。

最早提出这一学说的,是我国著名地理学家张相文。他在1924年发表的《佛学地理志》一文中说:"唯淮水发源于北岭之支麓。实继北岭之正干,而为南北之界线。"这里明确说出淮河为南北之界线,说明张先生早在90多年前就用秦岭淮河给中国分出南北。自此,我国就有了南方、北方之称。

淮河—秦岭一线位于中国南北分界带上。在此线的南面和北面,自然条件、地理风貌、农业生产、生活习俗等,都存在着明显的差异,其中最明显的就是气候方面的不同。

在降雨量上,淮河—秦岭是800毫米等降水量线的界线,线南年降水量大于800毫米,线北降水量小于800毫米。在雨季长短上,线北地区雨季主要集中在7、8月份,而线南的雨季要长得多。同时,淮河—秦岭又是湿润区和半湿润区的分界线。

气象学考证,淮河—秦岭一线还是1月0℃等温线的界线,线南1月平均气温

在0℃以下,冬季基本上不结冰;而线北地区1月平均气温在0℃以上,冬季一般都结冰。这一线,还是暖温带和亚热带的分界线,线南为亚热带,线北为暖温带。同时,这一线也是亚热带季风气候和温带季风气候的分界线,夏季线南线北都是高温多雨,冬季线南温和少雨,线北则寒冷干燥。

早在古代的时候,中国的先民们就已经对淮河—秦岭一线南北地区所出现的差异有了一些明确的认识,只是当时因为生产力落后,没能进行进一步的研究。时至今日,至少可以这样明确,淮河—秦岭一线的确是中国南北气候的分界线。以"橘逾淮而北为枳"为例,由于我国东部地区冬季南下冷空气比较强烈,常常给柑橘带来致命的降温。因此,现今即使淮河以南的长江两岸,除了少数区域,一般都没有种植柑橘的气候条件。

"羌笛何须怨杨柳,春风不度玉门关。"淮河—秦岭一线作为南北气候分界线,吸引了无数人进行研究、探索。2100年前,西汉淮南王刘安在古都寿春为王时,组织门客编纂完成《淮南子》。书中在总结春秋时期节令经验的基础上,依据淮河流域特别是寿春地区的地理和气候特征,第一次完整、科学地总结出二十四节气。

成语"淮橘为枳"不仅反映了古人认识自然、顺应自然、尊重自然的求实精神和勇气,也体现出《淮南子》中所倡导的"贯而多通"的整体观念、道法自然的科学态度和"法与时变"的创新精神,在当代仍有重要的指导意义和现实价值。

一语连城落杂弹

——寿县成语与淮南文化

　　成语,是中国汉字语言词汇中一部分定型的词组或短句。成语,是中国传统文化的一大特色,有固定的结构形式和固定的说法,表示一定的意义,在语句中是作为一个整体来应用的。成语,是表示一般概念的固定的词组或句子。任何一种语言都有成语,但与其他语言相比,汉语中的成语不仅数量众多,而且历史更悠久、运用更广泛、地位更突出,民族文化的特征也更鲜明。

　　中国成语以4字居多,也有少数3个字或5个字以上的,如"莫须有""闭门羹""解语花""化干戈为玉帛""成也萧何,败也萧何"等。这与汉语本身句法结构和古汉语以单音词为主的语言习惯有关。例如范仲淹《岳阳楼记》中的"先天下之忧而忧,后天下之乐而乐",因其语句过长且不易改为4字句而没能成为成语,只是作为名言警句使用;而同出此篇的"百废待兴",经过时间的沉淀则形成了成语。

　　成语大多是从古代寓言、历史事件、诗文和俗语中产生的,有着深厚的历史背景和丰富的文化内涵。它们大都有一定的出处,比如"画蛇添足"出自《战国策·齐策》,"庖丁解牛"出自《庄子·养生主》,"破釜沉舟"出自《史记·项羽本纪》,"八公山上,草木皆兵"出自《晋书·苻坚载记》等。

　　虽然年代久远,但不少成语至今仍有极强的生命力。因为它们言简意赅,生动形象,富有表现力,只用简单的几个字就能表现出丰富而深刻的内容。同时,流传至今的数千条成语,又衍生出18000多条现代成语,蕴含着中华民族数千年的文化传统,包含着古人的生活体验,也浓缩着时代的风云变幻。所以,了解成语的故事渊源和历史背景,也是体悟历史、感受文化、传承智慧的重要途径。

　　成语,蕴藏着生活的智慧。语言离不开生活,成语更不是"无源之水",它从古

人的生活中来,凝结着古人的智慧与哲思。诸葛亮"开诚布公"的待人之道,成就了他千古贤相的美名;孙膑用"围魏救赵"之法,帮助赵国脱离险境,并打败了对手庞涓;正因为冯谖有"狡兔三窟"的危机意识,预先留了后路,孟尝君才得以渡过难关……这些发生在古代的故事,对我们今人仍然有不少启迪。熟知成语故事,我们便能从中汲取智慧,更好地处理工作和生活中的点点滴滴。

成语,能引起情感的共鸣。虽然社会环境发生了翻天覆地的变化,但是古人和今人的情感,却是共通的。齐宣王对孟子的责问,无言以对,只能"顾左右而言他";张俭遭到宦官的迫害,不得已只能"望门投止";杜宣在应郴家宴上不得不把酒喝下,却对杯中的"小蛇"心存疑惧,以致成疾……结合我们每一个人的现实生活,谁又能说自己不曾有过这样的尴尬、狼狈与狐疑呢?

成语,描绘了历史的众生相。中华五千年文明,流传下来的成语数以千计,把这些成语连缀在一起,就组成了一幅壮阔的历史画卷,一部厚重的历史典籍,其中有"乐不思蜀"的亡国之君刘禅,有"运筹帷幄"的智谋之臣张良,还有"揭竿而起"的农民领袖陈胜、吴广……阅读这些成语故事,我们就能重温历史上一幕幕令人或感慨,或悲叹,或振奋的画面,感受形形色色历史人物的喜怒哀乐,从中看到历史发展的脉络和王朝兴衰的轨迹。阅读这些成语故事,我们就能够忘情于这些历史故事中,体味古人生命的优美与悲怆,感知中国历史的曲折与辉煌。

翻开厚厚的《中国成语大词典》,遨游在浩瀚无垠的中国成语海洋里,宛若穿越时空隧道,与历史和古人进行一场乾坤轮回、时易世变的心灵对话,感受历史演进的跫跫足音和东海扬尘的时代变迁。挖掘研究和分析鉴赏中国成语,从中淘挖和翻检出与地缘相亲、与历史相近的成语,去探寻身边的历史和文化密码,对增强文化自信、推进时代发展具有重要意义,同时也对促进地域文化的衣钵相传具有重大价值。

地处淮河南岸的国家历史文化名城寿县,历史悠久,文化灿烂,汇集了璀璨辉煌的中华五千年文明史的精华,浓缩了诡谲怪诞的中国历史风云的变幻,秉承和沿袭深厚历史文化的浸润和影响,在古老的寿州大地上,诞生和推衍出众多光芒四射、炳如日星的成语,成为中国成语海洋中的华彩珠贝,也是中国成语大家庭的重要成员之一。据不完全统计,目前有据可查、有史可证的出自寿县或与寿县有关的成语有 500 多条,这些成语大多与寿县的山川地舆、风俗民情、历史事件、历史人物、诗文著作等有着密切联系,从一个侧面反映出寿县历史文化的源远流长和博大精深,寿县当之无愧是"中国成语典故之城"。

2017 年 6 月,"文化寿州丛书"之《典藏寿春·寿县成语 500 条》,由安徽文艺出版社出版发行,洋洋十数万言,一经投放市场即带来良好的阅读效应,《今日寿州》报及有关微媒体连续刊载,使其蜚声淮河南北,成为寿县又一处文化"地标"。

"典藏寿春"一词意味深长,"典藏"解释为"收藏典范性书籍",寿春为楚文化、淮南文化的积淀地,成语典故俯拾皆是,但分散在各类典籍或民间口头语言当中,如何串珠成线,彰显寿春一地的成语魅力,就需要收集汇聚的功夫。其实,《典藏寿春》一书早在几年前就被县文广新局局长李延孟同志预先冠名,李延孟同志敏锐地觉察到古城寿春完全有理由成为"中国成语之城",可在茫茫的书海当中捕获并收集这些成语典故当非易事,这项浩繁的工作就落在了我们文化工作者身上。

《典藏寿春·寿县成语 500 条》一书,按照志书的体例进行编排,共分为舆地类、兵事类、人物类、著作类等 4 类。500 多条成语的分布,舆地类 5 条,兵事类 14 条,人物类 37 条,著作类 472 条,合计 528 条。其中著作类占总数的约 90% 。可见,《典藏寿春》的编纂工作是一项卷帙浩繁的工程。其所参选援引的著作最重要的是《淮南子》一书,在第四部分概述中指出,"《淮南子》是一部'牢笼天地,博极古今'的'绝世奇书'","据初步统计,《淮南子》中使用的成语至少在 570 条以上,其中《淮南子》中首次使用的原创性成语就有 310 多条","《淮南子》中还有大量引申、沿用前代文献资料中使用过的成语或成语资料,其中引用较多的文献资料有《老子》《庄子》《左传》《吕氏春秋》《管子》《韩非子》《荀子》《列子》《诗经》等"。

其实,对照"中国成语之乡"邯郸的成语特点,寿县成语亦有其独特性,通过对各成语出处及词频分析,寿县的成语当有三个"母题":楚国考烈王迁都寿春、淮南王刘安及其皇皇巨著《淮南子》以及影响中国历史的淝水之战,而《淮南子》成书的独特性成了寿春典藏的总汇。发散开来说,除成语以外,后世有关寿春的诗词文章也皆由这三个"母题"而生发,或取其故事,或取其意象,或取自得失,所以在数载的阅读和遴选中,参考书目以《辞海》、《成语大辞典》、《淮南子》、光绪《寿州志》为最多。《典藏寿春·寿县成语 500 条》的编纂工作看似面面俱到、漫天撒网,其实是有规律可循的。

从《典藏寿春·寿县成语 500 条》的编排上看,它在知识性方面堪称一本类书。本书开篇有前言,总论成语的形成和意义以及寿春成语的特色;后有"凡例"方便读者阅读、检索和查阅;每章节前有概述,对本章节成语形成特点进行了分析和研究;每一则成语(或文中生僻字词)都有汉语拼音注音并进行详细解释。显见,这是一本既丰富又老少咸宜的工具书,开卷有益。除知识性以外,本书更体现了编者浓浓的爱乡情结。寿春乃一古城,千百年来文明璀璨,那整齐排列的成语典故无不突显出文化的厚重。其舆地"优良的地理和气候条件,使寿春自古就物产丰富,富

甲一方";其兵事"在寿县曾发生过中国历史上以少胜多、以弱胜强的著名战例——淝水之战";其人物"寿县人杰地灵,人才辈出。汉魏以来,荐辟名贤200余人",楚相孙叔敖、令尹春申君、淮南王刘安、寿春令时苗,俊彩星驰,星光灿烂;著作类"《淮南子》不仅思想内容博大精深,丰富多彩,而且在行文语言上直接秉承了先秦散文的文学手法,具有很强的文学特色";文末附录《古代名人咏寿春》,不仅突出寿春成语的文学运用,还试图用那些优美的诗词文赋昭示作者本人在词语的世界里探幽取胜、光大寿春文化的初心。

三载的谋划,三个月的集中编纂,终于圆满完成了这项神圣而光荣的任务。由此看来,此书尤显沉实丰厚。该书出版之际,淮南市申报"中国成语典故之城"工作正如火如荼,《典藏寿春·寿县成语500条》的面世,以地域文化的视角,全面系统地收集整理了与寿县有关的成语典故,将许多湮灭在历史长河中的珍贵文化碎片集纳起来,部分改观了当前淮南成语典故资料较为零散的现象。众多成语典故构筑的千年古寿州形象,为研究淮南乃至安徽地区成语典故文化提供了很好的素材,是一部具有一定史料价值的淮南乃至安徽地域文化研究专著,对探索、传承寿县历史文化具有十分重要的意义,也对促进淮南市顺利申报中国成语典故之城具有独特的理论价值和现实意义,同时也对弘扬传承寿县历史文化和普及推介寿县历史文化知识发挥着重要的载体作用。

寿县地理气候特征与二十四节气关系探究

寿县位于淮河之南,八公山之阳,春秋时为州来国地;战国末,荆楚徙都于此,始号寿春;秦统一中国后设九江郡;秦以后为历代郡、州、府治所;1912 年改州为县。寿县地势显要,为古代军事重镇,《方舆纪要》称之为"西北之要枢,东南之屏蔽",魏晋用兵,江东争雄,必先夺寿春。寿县四季分明,气候宜人,土地肥沃,物产丰饶,民风淳朴,民性强悍。寿县地处我国南北气候分界线淮河—秦岭一线,其气候、物候、耕作(农事)具有极其广泛的代表性。西汉淮南王刘安组织编纂的《淮南子》即诞生于此,书中记载的二十四节气符合古寿春的地理和气候特征。

一、寿县地理环境的特征

1. 地理环境的独特性。"仰以观于天文,俯以察于地理。"(《易·系辞上》)寿县山清水秀,河网密布,汇天下自然景观于一域,集世间地理事物于一隅。寿县位于东经 116°27′—117°04′、北纬 31°54′—32°40′之间,地形具有东南高、西北低的特点,由东南向西北呈现出岗地、平原、山地(残丘)三种地貌。东南部岗地属于剥蚀沉积台地,地形波状起伏,自东南向西北倾斜,海拔高程在 25—75 米。岗地分高岗、低岗,高岗地貌特点是起伏明显,冲岗绝对落差大,水土流失严重;低岗地势坡度较小。中部平原、淮淠平原为 Q3 时期(第四纪的一个地层)黄土剥蚀沉积物,地势平坦,地面高程 21—27 米,相对高差在 5 米以下。中部平原占全县土地面积的 41.4%,是重要的粮油生产基地;淮淠平原呈带状分布于淠河、淮河沿岸的冲积平原,占全县土地面积的 8.8%。八公山脉属于大别山余脉,地处淮北平原与大别山区的过渡地带,面积3万亩,海拔高度20—241米,大小山峰50余座,多为裸露的石灰岩、白云质、石灰岩风化物组成的石灰岩、白云岩残积物和坡积物地貌,碎石与浅薄土组成顶脊部丘体,坡度20—50度;水土流失严重,多干旱缺水,丘麓多由石灰岩、紫色页岩及黏土等风化物堆积,紫红色土呈坡积特征。流经县域的河湖均属淮河水系,湖泊、河渠及库、塘、沟、堰星罗棋布,纵横交错,境内有淮河、淠河、瓦埠湖、安丰塘、淠东、瓦东、瓦西干渠等。河湖属于雨源型,地表径流深度130—290毫米,径流总量8.45亿立方米,可供调解利用的约4亿立方米,降水及引水量可基本满足全县农田灌溉。

2. 区域位置的代表性。寿县疆域辽阔,地大物博,据光绪《寿州志》载:"寿州东界定远,西界颍上,南界六安,北界凤台,东西广百五十里,南北袤百五十里,东南至西北斜纵百八十里,东北至西南斜纵百六十里,周围六百里。"寿县山川形胜,地势显要,自古为兵家必争之地,《史记·货殖列传》云:"郢之后徙寿春,亦一都会也。"明万历四十一年(公元1613年)进士、寿州爱国志士方震孺曰:"寿春,中都支邑,西控荆楚,北负彭城,南阻吴会,如昔所称左冯翊者,盖汤沐重地也。"寿县地控南北,区位优越,既有"走千走万,比不上淮河两岸"的沃土千里、农产丰富的景象,又有"橘生淮南为橘,橘生淮北则为枳"的地域差异;既有"山重水复疑无路,柳暗花明又一村"的丘陵地区地貌特点,又有"木落雁南度,北风江上寒"的候鸟迁徙方向和季节,是我国地理环境的典型代表区。

二、寿县气候环境的特征

1. 四季分明。"莫道烟波一水隔,何妨气候两乡殊。"(唐·白居易《雪中即事答微之》)寿县地处淮河流域中段南侧,为华北气候区、华中气候区的中间地带,属亚热带北缘季风性湿润气候类型。各主要气候要素的变化呈单峰型,有冬夏长、春秋短、四季分明的特点。冬季,淮河、淠河等河间有结冰现象;春夏秋受长江中下游气温和湿润气候影响,又有江淮分水岭的阻隔,气候要素呈现出地温高于气温、蒸发量大于降雨量的特点。雨量北少南多,气温北低南高,易涝易旱,淮湖洼地渍涝时有发生。县内气温季节性变化十分明显,春季(3—5月)气温逐渐回升,雨量增多,气流交变频繁,冷暖无常。夏季(6—8月)天气炎热,雨量充沛,南来的副高压暖空气与北侵的冷空气交融,造成长时间的梅雨季节。小暑过后,梅雨结束,进入炎热的伏天。秋季(9—11月)气温下降,由夏天的炎热渐变为秋高气爽,冷热适中,但时间不长,北方冷空气南压,气温下降明显。冬季(12月—次年2月)天气寒冷干燥。境内由北向南降雨量逐渐增多,各季节降雨量年际间的变幅以夏季为最大,春秋次之,冬季量小,月季间降雨量悬殊,一年中为7月份降水量最多。县内历年平均日照总时数达2298.6小时,年平均日照率53%,年太阳辐射时总量达每平方厘米124.7千焦。县内属季风气候,冬季常有北方冷空气侵袭,最多为东风,东北风次之。历年平均无霜期达213天,最长无霜期236天,最短179天。

2. 气候适宜。"南中气候暖,朱华凌白雪。"(南朝·江淹《杂体诗谢临川灵运游山》)寿县气候舒适,冷热适中,通过对近50年二十四节气中的各节气初、终日的平均气温和节气内平均气温分析研究,县内二十四节气和各节气初、终日的平均气温,均呈准正态分布的单峰型特点。大暑是全年最热的节气,平均气温为28.3℃,小暑节气次之,为27.5℃。小寒是全年最冷的节气,平均气温1.3℃,大寒节气次之,为1.4℃。在立春至小暑节气,各节气的平均气温均为初日低于终日;在大暑至冬至节气,各节气的平均气温均为初日高于终日;而小寒、大寒的平均气温,初日和终日平均气温相近。相邻节气的平均气温大致呈现单峰单谷型,升温幅度最大的是在清明节气,气温的节气变量为3.8℃,降温幅度最大是在立冬节气,气温的节气变量为−4.0℃。节气内降水量最大出现在夏至节气,降水量为117.5毫米,小暑降水量次之,为116.2毫米,芒种、夏至、小暑、大暑、立秋、处暑平均降水量大于50毫米。降水量最小的是冬至和大雪节气,为8.4毫米。夏至和小暑节气正处于6月下旬和7月上旬,正是寿县的主汛期,与江淮地区的梅雨季节相对应。雨水节气,雨量逐渐增多,在立冬节气过后直到雨水节气降水量首次超过20毫米。谷雨时节,雨量增多,谷雨节气平均降雨量超过35毫米,较前期又有一次明显增多,此时雨量的增多有利于农作物的生长。大雪至大寒节气这段时期降水量较少,均低于12毫米。大雪节气降水量减少,大雪出现才显得更为珍贵,同时冬季大雪能降低农作物病虫害,有利于农业生产。县内节气平均日照时变化最大值出现在大暑节气,平均日照时数为8.0小时;小满节气次之,为7.4小时。小满节气过后,适逢梅雨季节到来造成芒种、夏至、小暑节气日照时数的回落;最小值出现在冬至和小寒节气,平均日照时数为4.6小时。日照与农事关系非常密切,小满时节是夏季作物的籽粒开始灌浆时期,但还未成熟,光照充足,有利于籽粒饱满。大暑节气是一年中最热的季节,气温最高,光照最充足,农作物生长也最快。

三、与二十四节气的关系

1. 符合古寿春的地理环境和气候特征。二十四节气的形成,经历了漫长的历

史阶段,至《淮南子》臻于完善。《淮南子》是西汉淮南王刘安组织门客在寿春(今寿县)历时不到一年时间编纂而成的,其中在《天文训》中记载的二十四节气,是对寿春或淮南国地区的气候、物候和农事的总结。有学者指出,《淮南子》对当地当时语言的直接应用即是佐证。当地当时的语言为楚语,因此顾炎武有"《公羊》多齐言,《淮南》多楚语"之说,罗常培、周祖谟先生也说:"《淮南子》所代表的语言可能就是当时江淮一带的楚音。"当代《淮南子》研究学者陈广忠教授在其《〈淮南子〉的倾向性和淮南王之死》里也认为:"从《淮南子》中亦可以看出,书中引用的楚国史实、人物事件、风土人情、方言土语是非常多的。可见楚文化对成书影响之深。"《淮南子》中二十四节气与寿县的地理气候特征有着密切的联系。刘安组织编纂《淮南子》是为了给登基不久的汉武帝提供一套治国安邦的政治纲领,书中记载的二十四节气所对应的候应,一方面要能代表西安或江淮平原地区的候应;另一方面,若将来作为国家历法,颁行天下,指导具体的农业生产,则需要更广泛的代表性。从西汉时期全图来看,当时郡县密集分布的区域是在现在的西安以东、长城以南和江淮之间的广大地区,这也说明当时这一区域的农耕文明程度相对较高,二十四节气要想成为国家历法,必须最大限度地代表这一区域。而寿春正处于这一核心区域,《淮南子》编纂成书之地亦是寿春。从不同时期的气候、物候、耕作(农事)来看,现在的寿县和西安有着极大的相似性。如果近 2000 年来,地球大气环流和东亚季风格局以及地球的地形地貌没有大的变化,西汉初期的寿春和长安在二十四节气的候应上,同样有着极大的相似性。据此推论,二十四节气产生于淮河流域的淮南地区,符合古寿春的地理环境和气候特征。

2. 与寿县有着最大的交集。二十四节气第一次系统完整地被记载的文献是《淮南子》,这也是记载刘安及其门客学术研究成果的代表文献,代表着汉代的最高科技成就。二十四节气建立在道论、宇宙论和无为论之上,《淮南子》为其基础。在其中的《天文训》《时则训》里,以适应自然变化、利用自然规律为人类服务为准则,对人类活动如农事、政事、祭祀、官制和节气、气候、物候相适应给出了具体的做法,并意欲成为治理天下的依据。其"五位"(东南中西北五方之定位)、"六合"(孟春与孟秋为合、仲春与仲秋为合、季春与季秋为合、孟夏与孟冬为合、仲夏与仲冬为合、季夏与季冬为合)、"六度"(天为绳,地为准,春为规,夏为衡,秋为矩,冬为权),则是对其自然天道观的进一步概括,也是二十四节气的进一步延伸。几千年来,二十四节气家喻户晓,保证了中国始终以发达的农业文明著称于世,所产生的经济效益不亚于四大发明。二十四节气之所以能够在我国的农业生产上发挥巨大作用,还应和其具有深厚的理论基础有关。因此,可以对二十四节气的形成有一个初步的地理定位。正是因为二十四节气在《淮南子》里才臻于完善,与寿县的历史事件、地域文化、自然气候等有着最大的交集,其具体内容符合古寿春的自然地理环境,且建立在《淮南子》道论、宇宙论和无为论的基础之上,因此可以说寿县是二十四节气的发祥地,是大启而宇、长发其祥之地。

寿县作为我国南北气候自然分界线,淮河受东亚季风影响显著,是我国梅雨系统主要活动区和降水变率较大的地区之一。寿县有着大片农田下垫面,是我国黄淮农业生态区的典型区。特殊的地理位置和气候特点,使寿县成为人类活动影响下地气之间相互作用的理想观测区和试验区。寿县位于我国南北气候过渡带之中,各类天气系统种类繁多,在此能够感受到影响我国的主要天气系统,这为气候变化观测提供了优良的自然条件。2012 年设立的寿县国家气候观象台,是全国仅有的 8 个国家级气候观象台站之一,足以说明寿县的地理位置和气候特征在全国气象领域基础数据和气象服务中的关键作用,也从一个侧面证明寿县与二十四节气的形成有着十分密切的关系。

寿县节气民俗的地域特征和文化意蕴

二十四节气,是古人依据黄道面划分制定,反映了太阳对地球产生的影响。它是中华民族悠久历史文化的重要组成部分,凝聚着中华文明的历史文化精华。2016 年 11 月 30 日,二十四节气被正式列入联合国教科文组织人类非物质文化遗产代表作名录。二十四节气的形成经历了漫长的历史阶段,至西汉淮南王刘安编纂《淮南子》时臻于完善。二十四节气产生于淮河流域,完全符合古寿春的地理环境。同时,二十四节气建立在道论、宇宙论和无为论之上,《淮南子》为其确立了基础。因此,二十四节气与寿县的历史事件、地域文化、自然气候等客观条件,有着最众多的交集和最紧密的联系,可以说寿县是二十四节气的发祥地,是二十四节气大启而宇、长发其祥之地。围绕着二十四节气的主要节点,寿县民间形成了众多与信仰、禁忌、仪式、节日、养生、礼仪等相关的民俗活动,至今仍在影响着当地的农时生产和人们的工作生活。

春雨惊春清谷天:春季节气民俗

立春,是二十四节气中的第一个节气。寿县民间又称"打春"。立春后,大地开始解冻,万物渐渐苏醒,标志着春天已经到来。北宋诗人张栻在《立春偶成》中描述:"律回岁晚冰霜少,春到人间草木知。便觉眼前生意满,东风吹水绿参差。"立春节气每年都在 2 月 4 日或 5 日,适逢中国传统节日——春节。祭灶(小年)前,寿县民间有扫尘的风俗,寓意除陈(尘)布新。扫尘一般都在腊月十八、十九进行,民间有顺口溜说:"要想发,扫十八;要想有,扫十九。"除夕这天,在寿县,无论是城镇还是农村,家家户户都要贴春联、贴福字、贴门神,祝愿美好的未来。农村有些家庭还要摆上供桌,祭神、祭祖、接财神和喜神,祈求一年喜事不断。除夕之夜,家家户户都要守岁,长辈或一家之主要给晚辈发"压腰钱",预示着迎新贺岁。年初一早上,寿县民间都要吃水饺、汤圆,寄寓新年团圆发财。过去在年初一清早,晚辈都要给长辈拜年,祝福长辈健康长寿、万事如意。现在,随着科技的进步,拜年形式也与时俱进,人们互相用电话、短信、微信、电子邮件等进行拜年。在立春节气,寿县民间有许多禁忌,如正月初一忌杀鸡、正月初一不吃稀饭、正月不剃头、非立春年不宜结婚、立春日忌讳挑水和掏灰、立春日忌讳吵架等。寿县民间有关立春的谚语有很多,诸如"一年之计在于春""早春孩子脸,一天两三变""误了一年春,三年理不清""春打六九头,家家使老牛;春打五九尾,叫花跑断腿"等。

雨水,是二十四节气中的第二个节气。雨水,表示降水开始,雨量逐渐增多。唐代诗人杜甫在《春夜喜雨》中云:"好雨知时节,当春乃发生。随风潜入夜,润物细无声。"雨水节气一般适逢传统节日元宵节,寿县民间有闹元宵、猜灯谜、放烟花、吃元宵、喝元宵酒、耍龙灯、踩高跷、舞狮、划旱船、走百病、送花灯等民俗,期望吉祥如意,团圆喜庆,消灾祛病,平安健康。雨水节气,寿县民间过去还有撞拜寄(认干爸干妈)、妇女回娘家、转九曲(祭祀老子)、占稻色、照田蚕、天穿节(纪念女娲补天)、填仓节(纪念冒死开仓放粮的仓官)等民俗。元宵节这天,新媳妇观灯有讲究,要受到一些约束,即大家都在观灯,而她们却要躲灯。在寿县一些地方还有"出嫁闺女不看娘家灯"的习俗,民间有"看见婆家灯,方死老公公"之说。雨水节气当日,寿县民间忌讳不下雨,还有忌讳水獭捕不到鱼等禁忌。寿县民间与雨水节气相关的谚语有"春雨贵如油""雨水不落,下秧无着""雨水明,夏至晴"等。

惊蛰,是二十四节气中的第三个节气。这时气温回升,土壤开始解冻。春雷响动,气温迅猛回升,雨水增多,正是大好的"九九"艳阳天。唐代诗人韦应物在《观田家》中写道:"微雨众卉新,一雷惊蛰始。田家几日闲,耕种从此起。"惊蛰节气农历节日有中和节(春龙节),俗称"二月二龙抬头"。寿县保义镇每年都要举办龙灯会,吸引四面八方的人前往观赏。这一天,民间有"剃龙头"、妇女不做针线(避免针线刺伤龙眼)、引线龙(用灶灰画一条龙,祈求祖先驱赶虫灾)、敲财(敲打门框,期望财源滚滚而来)、试犁、下菜种等民俗。同时,还有吃梨(寓意跟害虫分离、离家创业、努力荣祖等)、射虫、扫虫、炒虫、吃虫(寓意除百虫)、祭虎爷(生意人和小孩祭拜虎爷求吉利)、敲梁震房驱赶蝎子蜈蚣等害虫的风俗。惊蛰之日盼打雷,寿县民间有"雷打惊,稻米贱""惊蛰闻雷米如泥"之说,意思是惊蛰时打雷,当年雨水就多,有利于农业生产,预示着一年风调雨顺、五谷丰登。惊蛰前忌讳打雷,民间有

"正月打雷人成堆"(死人多)、"未蛰先蛰,人吃狗食"的说法。寿县民间与惊蛰节气有关的谚语有"不用算,不用数,惊蛰五日就出九""过了惊蛰节,耕地莫停歇""惊蛰不过不下种""惊蛰点瓜,遍地开花"等。

春分,是二十四节气中的第四个节气。这时候的寿州大地上到处是草长莺飞、柳暗花明的新春景象。正如唐代诗人王勃在《仲春郊外》一诗中所描写的那样:"东园垂柳径,西堰落花津。物色连三月,风光绝四邻。"春分期间,寿县民间有吃春菜(即野苋菜,寓意家宅安宁,身强力壮)、送春牛图(寓意丰收的希望)、竖鸡蛋(庆贺春天的来临)、插柳条(防备火患)、粘雀子嘴(用煮熟的汤圆置于田边地坎,以此粘住雀子嘴,祈求庄稼丰收)、放风筝等民俗活动,现在大部分已失传。春分之日,寿县民间栽树时忌讳晴天,所栽树苗要么半死不活,要么阴死阳活。寿县与春分节气有关的谚语有"春分麦起身,雨水贵如金""春分麦梳头,麦子绿油油""春分有雨家家忙,先种豆子后育秧""吃了春分饭,一天长一线"等。

清明,是二十四节气中的第五个节气。人们常说:"清明断雪,谷雨断霜。"时至清明,寿州大地上气候温暖,春意正浓。正如唐代诗人韩翃在《寒食》中所说:"春城无处不飞花,寒食东风御柳斜。日暮汉宫传蜡烛,轻烟散入五侯家。"清明节气农历节日有清明节和寒食节,由于清明节与寒食节日期相近,寿县民间也有把清明节称为寒食节、禁烟节的,甚至还有"寒食清明"的说法,因此寒食节和清明节一样,民间有荡秋千、蹴鞠等丰富多彩的娱乐活动。清明时节,寿县民间有祭扫(纪念祖先、先烈的日子)、烧纸钱(送给先人在阴间用的货币)、折柳赠别(祝颂平安)、荡秋千(增强健康,培养勇敢精神)、拔河、拜城隍爷(天旱求雨,出门求平安)、标祀(祭扫完毕,在坟前或坟头插竹子或柳条做的标杆)、吃清明饭(祛风祛湿、驱除肠道寄生虫)、吃鸡蛋(婚育求子)、吃螺蛳等风俗习惯。清明节期间,寿县民间有盼晴天、躲清明的宜忌,清明节忌讳天阴、下雨和刮风。寿县民间传说,清明不明是荒年之凶兆。清明有风,夏天会闹大旱;清明夜落雨,对麦子极为不利,故民间谚语云:"麦子不怕四季水,只怕清明一夜雨。"清明节忌讳不戴柳、不插柳,寿县民间有"清明不戴柳,死了变成狗"之说。从柳树在民间信仰中具有驱邪的效用来看,戴柳、插柳主要是以防不测,是为了驱邪、避煞、消灾和解祸。寿县民间视清明节为鬼节,是祭奠故人的特殊时候,此时不吉利,忌讳探亲、访友、嫁娶等事宜。寿县当地有关清明节的谚语有"清明刮坟土,庄稼汉真受苦""二月清明一片青,三月清明草不生""清明要晴,谷雨要雨""不用问爹娘,清明前好下秧""清明冷,好年景"等。

谷雨,是二十四节气中的第六个节气。顾名思义,谷雨就是播谷降雨,同时也是播种移苗、种瓜点豆的最佳时节,这时候雨生百谷,禾苗苗壮成长。唐代诗人张志和在《渔歌子》中说："西塞山前白鹭飞,桃花流水鳜鱼肥。青箬笠,绿蓑衣,斜风细雨不须归。"谷雨农历节有上巳(地支的第六位)节,俗称"三月三",寿县开荒乡等地每年都举办传统庙会,民间也有戴荠菜花(祈祷身体健康)、欢会游春(青年男女结伴对歌,私订终身)等风俗习惯。谷雨时节,寿县民间还有杀五青(消灭虫害,盼望丰收与安宁)、赏牡丹、走谷雨(野外散步,走出五谷丰登、六畜兴旺年成)、洗桃花水(可消灾避祸)、喝谷雨茶(清火、辟邪、明目)等风俗。谷雨期间,寿县民间过去忌讳野外放火、气温偏高、阴雨连绵、见到蝎子等。寿县民间与谷雨节气有关的谚语有"谷雨前和后,种瓜又点豆""谷雨不种花,心里像蟹爬""谷雨下秧立夏栽""谷雨南风好收成"等。

夏满芒夏暑相连:夏季节气民俗

立夏,是二十四节气中的第七个节气。每年到了此时,春天播种的植物都已长大,炎热天气临近,农事进入繁忙阶段。唐代诗人高骈在《山亭夏日》中云:"绿树阴浓夏日长,楼台倒影入池塘。水晶帘动微风起,满架蔷薇一院香。"立夏期间,寿县民间有吃立夏蛋(谚语说:立夏吃个蛋,力气大一万)、称体重(祈求好运)、吃糯米饭(祈祷无病无灾)、喝冷饮(用消暑的形式迎夏)、尝三新(芥菜、莴苣、咸蛋等应季食品)、吃摊粞(即苜蓿,俗称金花菜、草头)等风俗。立夏这天,寿县民间忌讳当日无雨,有谚语说:"立夏不下,犁耙高挂。"其意思为假若立夏之日天不下雨,那么农作物就会减产,即使再怎么管理也是歉收。在寿县民间,人们最忌讳立夏日坐门槛,否则会一年都精神不振。寿县民间有关立夏的谚语有"立夏无雷声,粮食少几升""夏三朝,遍地锄""多插立夏秧,稻子收满仓""立夏不热,五谷不结"等。

小满,是二十四节气中的第八个节气。小满时节,小麦等夏熟作物相继成熟,进入多雨潮湿时段。宋代诗人翁卷在《乡村四月》中描述:"绿遍山原白满川,子规声里雨如烟。乡村四月闲人少,才了蚕桑又插田。"在小满节气,寿县民间过去有祭车神(即水车,祝福水源涌旺)、祭蚕(用面粉制成蚕状,象征蚕茧丰收)、夏忙会(交流和购买生产用具等)、狗沐浴(给狗洗澡,以此祭祀狗神)、求雨、吃油茶面(品尝当年新面)、抢水(旧时一种仪式)等传统民俗。寿县民间有小满时节忌讳天不下雨的说法,因为小满时稻田里如果蓄不满水,就可能造成田地干裂,甚至芒种时也无法栽插水稻,正如人们常说的"小满不满,芒种不管"。在寿县还有小满过后"夏不坐木"的说法,意思即小满过后,气温升高,雨量增多,空气湿度大,木头尤其是久置露天的木器,经过露打雨淋,含水分较多,表面看上去是干的,可是经过太阳暴晒

后,温度升高,潮气会向外散发,如果久坐会引发皮肤病、痔疮、关节炎等疾病。从现代医学角度,"夏不坐木"是有一定科学道理的。寿县民间有关小满节气的谚语有"秧奔小满谷奔秋""小麦到小满,不割会自断""小满割麦家把家,芒种割麦普天下""小满三天遍地锄"等。

芒种,是二十四节气中的第九个节气,也是进入夏季后的第三个节气。芒种字面的意思是"有芒的麦子快收,有芒的稻子可种"。此时我国长江中下游地区也即将进入多雨的黄梅时节。宋代诗人范成大在《芒种后积雨骤冷》中说:"梅霖倾泻九河翻,百渎交流海面宽。良苦吴农田下湿,年年披絮插秧寒。"芒种期间适逢中国传统节日端午节,寿县民间有吃粽子、赛龙舟的习俗,以此纪念战国时期楚国诗人、政治家屈原。钟馗捉鬼,也是端午节的习俗,寿县民间过去家家都悬挂张贴钟馗像,用以镇宅驱邪。在寿县民间,人们在端午节时,还有在门口挂艾草、菖蒲(蒲剑)、石榴,戴香包,喝雄黄酒,采百药(防御疾病),吃腌蛋(寓意逢凶化吉、免除灾祸)等习俗,祈求全家平安。端午时节,寿县民间过去还有送花神(表达对花神的感激之情)、斗草(民间游戏)、送扇子(用来扇风降温)等风俗,现已基本失传。芒种时节,在寿县民间有"芒种打雷年成好"之说,意思是芒种时节打雷,说明会有雷阵雨天气,它来得快,去得也快,对夏收一般影响不大,但它带来的雨水会对夏播作物的出苗极为有利。芒种时节的民间禁忌一般都与气候有关,寿县民间忌讳刮北风,认为这时刮北风,夏天会发生旱灾,就会严重影响农作物的收成。寿县民间与芒种节气相关的谚语有"雷打芒种,稻子好种""芒种不种,过后落空""芒种田里无青麦""芒种一半茬"等。

夏至,是二十四节气中的第十个节气。夏至也是二十四节气中最早被确定的节气之一。唐代诗人权德舆在《夏至日作》中写道:"璇枢无停运,四序相错行。寄言赫曦景,今日一阴生。"夏季时节正是江淮一带的梅雨季节,空气闷热、潮湿,冷暖空气团在此交汇,并形成一道低压槽,导致阴雨连绵天气。在这样的天气下,器物发霉,人体也觉得不舒服,蚊虫快速繁殖,一些肠道性的病菌也很容易滋生。田间农作物生长旺盛,杂草和病虫害迅速滋长蔓延,进入田间管理的重要时期。夏季时节,寿县民间有"冬至饺子夏至面""吃过夏至面,一天短一线"之说,故有吃夏至面(天渐短、三伏将到)、吃鸡蛋(治苦夏)、吃狗肉(可避邪)、求雨(祈求风调雨顺)、戴枣花(避邪、治腿脚不适)等风俗习惯流传至今。寿县民间有句谚语说:"夏至五月头,不种芝麻也吃油;夏至五月终,十个油坊九个空。"不种芝麻也吃油,说明其他庄稼长得好,丰收了;十个油坊九个空,表示整个年景的歉收、萧条,所以有夏至之日忌讳为农历五月末之说。寿县民间与夏至节气有关的谚语有"长到夏至短到冬""夏至东风摇,麦子水里捞""夏至闷热汛来早""夏至无云三伏热,重阳无雨一冬晴"等。

小暑,是二十四节气中的第十一个节气。此时,梅雨季节结束,极端炎热天气开始,进入雷暴最多的季节。正如宋代诗人陆游在《苦热》一诗中所说:"万瓦鳞鳞若火龙,日车不动汗珠融。无因羽翮氛埃外,坐觉蒸炊釜甑中。"小暑时节的农历节日有六月六天贶节,即回娘家节,寿县民间过去有回娘家(寓意消仇解怨、免灾去难)、盘伏(晒书、晒粮、晒衣,防霉除虫)、翻经节(保护珍贵文化遗产)、六月六求平安、虫王节(祈求人畜平安、生产丰收)等民俗习惯。在民间还有食新(尝新米)、吃饺子(消除苦夏)、吃面条(辟恶)、吃藕(时令食品)、吃黄鳝(有益健康)等风俗习惯。小暑之日,寿县民间忌讳刮西南风和打雷,认为小暑这天如果刮西南风,则预示着这一年将年景不好,庄稼歉收;如果打雷,则预示着黄梅天气又将走回头路,重返闷热潮湿的天气。寿县民间与小暑节气有关的谚语有"小暑天气热,棉花整枝不停歇""小暑交大暑,热得无处躲""坏了小暑,淹死老鼠"等。

大暑,是二十四节气中的第十二个节气。《月令七十二候集解》中记载:"六月中(农历)……暑,热也。就热之中分为大小,月初为小,月中为大,今则热气犹大也。"宋代诗人陆游在《六月十七日大暑殆不可过然去伏尽秋初皆不过数日作此自遣》中说:"赫日炎威岂易摧,火云压屋正崔嵬。嗜眠但喜蕲州簟,畏酒不禁河朔杯。"大暑正值"中伏"前后,是一年中最热的时间,气温最高,农作物生长最快,旱、涝、风灾也最为频繁,抢收抢种、抗旱排涝、防台风和田间管理任务很重。大暑期间,寿县民间过去有斗蟋蟀(一种娱乐活动)、吃羊肉(祈求免除牲畜疫疫)、吃童子鸡(进补)等风俗习惯。在寿县民间,大暑之日忌讳无雨或天不热,农民们认为大暑不下雨,稻子在生长期将会得不到充分地生长,秋后稻谷就会干瘪;大暑之日天不热,庄稼就会歉收。寿县与大暑有关的谚语很多,诸如"大暑不割禾,一天少一箩""大暑天,三天不下干一砖""大暑到立秋,割草沤肥正时候""大暑连阴,遍地黄金"等。

秋处露秋寒霜降:秋季节气民俗

立秋,是二十四节气中的第十三个节气。宋代诗人刘翰在《立秋》中说:"乳鸦啼散玉屏空,一枕新凉一扇风。睡起秋色无觅处,满阶梧桐月明中。"立秋时节,田野里的水稻已开始逐渐褪去绿衣,换成斑驳的金黄。一颗颗稻粒慢慢地变得饱满,这是春天播下的希望,如同与季节约定的那样,开始兑现春天的承诺:禾熟立秋。立秋时节,适逢中国农历传统节日七夕节,是我国独有的"情人节",寿县民间过去有吃饺子、针线活比赛、拜织女、拜魁星、吃巧果、青苗会(期望当年好收成)、七夕夜听悄悄话、送巧人(希望孩子心灵手巧)等民俗。立秋时节,寿县民间过去还有戴楸叶(即楸树,落叶乔木,寓报秋意)、贴秋膘(大鱼大肉进补)、摸秋(立秋之夜摸秋,摸秋不算偷,丢秋不追究)、咬秋(吃西瓜防病,吃饺子五谷丰登)、吞服红豆(补秋屁股)、尝秋鲜(面条、茄饼)、秋社(祭祀土地神)等风俗。在寿县民间,立秋之日有很多忌讳,如立秋之日忌讳打雷、忌讳下雨、忌讳彩虹等。农民们认为,立秋之日听到雷声,则有可能发生水灾;立秋之日下雨,将会发生旱灾,民间有"立秋雨打头,晒死黄鳝头"之说;如果在立秋之日见到彩虹,预示着农作物将会减产。寿县民间与立秋节气相关的谚语有"棉花立了秋,高矮一起揪""立了秋,便把扇子丢""立秋十天遍地黄""立秋拿住手,还收三五斗"等。

处暑,是二十四节气中的第十四个节气。处暑出伏,处暑之后,温差增大,秋凉也时常来袭。宋代诗人张嵲在《七月二十四日山中已寒二十九日处暑》中写道:

"尘世未徂暑,山中今授衣。露蝉声渐咽,秋日景初微。"此时昼暖夜凉的气候条件,对农作物体内干物质的制造和积累十分有利,庄稼成熟较快,民间有"处暑稻田连夜变"之说。处暑节气,适逢农历节日中元节(俗称鬼节、七月半),寿县民间有烧七月半(祭奠新故去的亲人)、祭祀祖先(保佑五谷丰登)、中元普度(祈求平安顺利)、放河灯(美好祝愿)、抢孤(一种庙会活动,即抢夺祭祀用的供品)等风俗习惯。处暑时节,寿县民间还流传着吃鸭子的习俗,防止秋燥。处暑时节,正好是农历七月,传说农历七月跟鬼和亡灵有着难分难离的纠结,因此寿县民间的禁忌也很多,例如,中元节当日忌讳串门访友、夜间忌讳单独行走,因为当天是鬼节,走亲访友不吉利,入夜后在外面行走就有可能与鬼相遇的危险。此外,许多事情都不宜七月去做,比如,七月间不宜下河游泳或进行各种水上运动,以防被"水鬼"拉走;七月避免搬家;婚娶也不宜在七月进行;七月不宜开市、讨债,免得落个发鬼财、讨债鬼之嫌;小孩若是生于七月十五日,做父母的一定会将其生日改为七月十四或七月十六等吉利日子;若有长者亡于七月十五日,家人往往会大不高兴,认为长者不善长寿,死了还要"与鬼同去"。总之,七月是一个多事之月,在一些迷信人眼里是"八公山上,草木皆鬼"的月份,是一个"凶"月。寿县民间与处暑相关的谚语有"一场秋雨一场寒""处暑白露节,夜凉白天热""处暑不出头,拔了喂老牛""处暑高粱遍地红""处暑萝卜白露菜"等。

白露,是二十四节气中的第十五个节气。唐代诗人杜甫在《月夜忆舍弟》中云:"戍鼓断人行,边秋一雁声。露从今夜白,月是故乡明。"此时是一年中温差最大的时节,夏季风和冬季风将在这里激烈地相撞、频繁地邂逅,说不清谁痴迷谁,谁又留恋谁,难分难解,纠缠不休。白露临近中秋,自然容易勾起人们的无限离情。白露,注定是思乡的时日。白露含秋,滴落三千年的乡愁。白露时节秋高气爽,既是收获的时节,也是播种的季节。在寿县民间,过去有白露节吃番薯(消除胃酸、胃涨)、喝白露茶(清香甘醇)、喝白露米酒(风味独特、营养丰富)、吃龙眼(大补)、祭禹王(祭祀治水英雄大禹)等民俗。白露之日,寿县民间忌讳下雨、刮风,认为白露之日正是收割、播种庄稼的好时节,此时如果遇上阴雨天气,就会严重影响农作物收成,因此当地有农谚说:"白露日下雨,到一处坏一处。"民间传说,白露之日如果刮风,就会给棉花造成伤害,因此白露日最忌讳刮风,正如当地谚语所说:"白露日东北风,十个棉桃九个脓;白露日西北风,十个棉桃九个空。"这个时节正是棉花生长的关键时刻,一旦刮大风就会严重影响棉花结桃的质量。寿县民间与白露节气相关的谚语有"白露天气晴,稻米白如银""白露白露,四肢不露""白露无雨,百日无霜""白露看花,秋后看稻"等。

秋分，是二十四节气中的第十六个节气。清代诗人柴静仪在《秋分日忆用济》中说："遇节思吾子，吟诗对夕曛。燕将明日去，秋向此时分。"秋分是美好宜人的时节，此时秋高气爽，丹桂飘香，蟹肥菊黄。秋分平分秋色，万山红遍，层林尽染。秋分带走初秋的淡雅，迎来深秋的斑斓。秋分时节，凉风习习，碧空万里，农村进入秋收、秋耕、秋种的"三秋"大忙时间。秋分节气，适逢中国农历传统节日中秋节，寿县民间有中秋之夜赏月、望月、拜月、吃月饼、吃团圆馍、走月亮（联姻、求子）、玩花灯（秉灯夜游，灯来灯往）、供奉玉兔（祈求中秋顺遂吉祥）、舞火龙（俗称玩火把，驱除瘟疫）、摸秋等风俗习惯。秋分期间，寿县民间还有吃秋菜（即野苋菜，象征家宅安宁、身强力壮）、送秋牛（送秋牛图）、粘雀子嘴（全家吃汤圆，并将煮好的汤圆置于田边地头，寓意是阻止雀子破坏庄稼，保佑当年五谷丰登）等民俗。秋分之日，寿县民间的人们最希望能下雨，认为天晴将会发生旱情，有民谣说"秋分天晴必久旱"。秋分这天，寿县民间忌讳电闪雷鸣，据说秋分之日要是遇到电闪雷鸣，就会影响到秋天庄稼的正常生长发育，导致农作物减产，稻米的价格就会飞涨。寿县民间关于秋分的谚语有"秋分无生田，不熟也得割""秋分不起葱，霜降必定空""秋分冷得怪，三伏天气坏""秋分出雾，三九前有雪"等。

寒露，是二十四节气中的第十七个节气。寒露时节，是大地上景观差异最大、色彩最为绚丽的时间。寒露来临之时，也是枫叶飘红、菊花飘香的时节；寒露菊芳，清秋多了一缕缕冷香，正如唐代诗人戴察在《月夜梧桐叶上见寒露》一诗中所说："萧疏桐叶上，月白露初团。滴沥清光满，荧煌素彩寒。"寒露时节，昼暖夜凉，晴空万里，农田秋收、灌溉、播种进入繁忙时间。寒露节气正值中国农历传统节日重阳节，寿县民间在九月九日重阳节这天，有插茱萸（又名越椒、艾子，一种常绿带香的植物，祈求避难消灾）、饮菊花酒（辟邪祛灾）、登高望远（远避不祥、求取长寿之意）、赏菊花、吃重阳糕（寓意步步高升、祛病健身）等风俗习惯。寒露时节，气温由凉爽转为寒冷，此时养身应养阴防燥、润肺益胃，寿县民间有"寒露吃芝麻"的习俗，比如芝麻馍、芝麻酥、芝麻糖、芝麻烧饼等时令食品。在寒露时节，寿县民间忌讳刮风和霜冻，认为如果寒露刮风和霜冻，地里的庄稼就会遭殃，水稻就会减产。寿县民间常说："白露身不露，寒露脚不露"，这是在提醒人们，白露、寒露时节天气变凉了，要注意穿衣保暖，不能像夏天那样穿着随意了，否则有可能患病。寿县民间与寒露节气有关的谚语有"寒露不摘棉，霜打莫怨天""八月寒露抢着种，九月寒露想着种""吃了寒露饭，单衣汉少见""寒露柿子红了皮"等。

霜降，是二十四节气中的第十八个节气。霜降是秋季最后一个节气，书写着沧桑。霜降一过，虽然仍处于秋天，但已经是"千树扫作一番黄"的暮秋、残秋、晚秋。

唐代诗人温庭筠有诗云："鸡声茅店月，人迹板桥霜。槲（一种木质像松的树）叶落山路，枳（落叶灌木或小乔木，通称枸橘）花明驿墙。"霜降，是天气渐冷、开始下霜的意思。古籍《二十四节气解》中说："气肃而霜降，阴始凝也。"可见，霜降表示天气逐渐变冷，露水凝结成霜。霜降时节，农事上的秋收、秋耕、秋播、秋栽进入收尾阶段。霜降期间，适逢中国农历节日祭祖节。每年农历十月初一这天，寿县民间过去有烧寒衣（也叫送寒衣、烧冥衣）的风俗，在纸糊的衣服鞋帽上写上死者的姓名，在坟前焚烧，寓意送去御寒的衣物，寄托着今人对逝去之人的怀念，承载着生者对逝者的悲悯。在霜降节气，寿县民间还有赏菊（表达对菊花仙子的崇敬和爱戴）、摘柿子、摞桑叶（寓意事事平安）等民俗活动。霜降这天，寿县民间忌讳当天不下霜和秋冻，认为霜降日不下霜，对在地过冬农作物不利，来年有可能闹饥荒。霜降之时已进入深秋，民间历来有"春捂秋冻"之说，如果昼夜温差过大，很容易引发心脑血管疾病等病症，所以这个时节最忌讳秋冻。寿县民间与霜降有关的谚语有"霜降杀百草""几时霜降几时冬，四十五天就打春""霜降不刨葱，到时半截空""霜降南风连夜雨，霜降北风好天公"等。

冬雪雪冬小大寒：冬季节气民俗

立冬，是二十四节气中的第十九个节气。"立冬为冬日始"，立冬不仅预示着冬天的来临，而且有万物收藏、规避寒冷之意。古人对"立"的理解与现代人一样，是建立、开始的意思。但"冬"字就不那么简单了，《月令七十二候集解》中对"冬"的解释是，"冬，终也，万物收藏也"，意思是说秋季作物全部收晒完毕，收藏入库，动物也藏起来准备冬眠。因此，立冬不仅代表冬天的来临，也是冬季开始、万物收藏、规避寒冷的时节。流传于民间关于"立冬"的谚语，不仅极富情趣，饱含民众智慧，而且也足见世人对"冬天到来"的重视。宋代诗人陆游在《立冬日作》中写道："方过授衣月，又遇始裘天。寸积篝炉炭，铢称布被绵。"在立冬节气，寿县民间有补冬（冬天进补）、养冬（饮食保养）、腌菜（腌制过冬蔬菜）等风俗习惯。在寿县民间有不少关于立冬宜忌方面的谚语，如"立冬晴，五谷丰""立冬晴，养穷人"等说法，意思是说，立冬如果天气晴好，这年的收成就不错，穷人才能够得以休养生息；如果立冬下雨，则预示这一年的冬天将会多雨、气温寒冷。此外，寿县民间对立冬补冬也有很多讲究，忌讳盲目进补，提倡进补时少食生冷，荤素搭配，均衡营养，尤其不宜过量地补，否则将惹病上身。寿县民间关于立冬节气的谚语还有"立冬前翻田犁金，立冬后翻田犁银，立春后翻田犁铁""立了冬把地耕，能把地里养分增""立

冬前不结冰,立冬后冻死人""立冬白菜赛羊肉"等。

小雪,是二十四节气中的第二十个节气,传统上称为冬季第二个节气。《月令七十二候集解》中曰:"十月中,雨下而为寒气所薄,故凝而为雪。"小雪表示降雪的起始时间和程度,此后气温开始直线下降,开始降雪,但还不到大雪纷飞的时节,故称小雪。宋代诗人释善珍在《小雪》中描述道:"云暗初成霰点微,旋闻蔌蔌洒窗扉。最愁南北犬惊吠,兼恐北风鸿退飞。"在小雪节气,寿县民间有腌菜(腌制鸡鸭鱼肉等过年腊物)的风俗习惯,无论是城镇还是农村,家家都要腌制一些腊物。天气晴好的时候,家家都把腌制好的腊物拿到室外晾晒,油光闪亮、肉香扑鼻的腊物成为遍布城乡的独特风景。寿县民间忌讳小雪时节不下雪,农谚中有"小雪不见雪,来年长工歇"之说,认为到了小雪时节还不下雪,冬小麦可能缺水受旱,病虫害也易于越冬,影响小麦生长发育而歉收,这也从另一个角度说明了"瑞雪兆丰年"的道理。寿县民间有许多关于小雪节气的谚语,如"小雪花满天,来岁必丰年""小雪不封地,不过三五日""小雪节到下大雪,大雪节到没了雪""小雪不下看大雪,小寒不下看大寒"等。

大雪,是二十四节气中的第二十一个节气。大雪时节的降雪天数和降雪量,比小雪节气明显增多,地面渐有积雪。《月令七十二候集解》中说:"至此而雪盛也。"唐代诗人岑参在《白雪歌送武判官归京》一诗中曰:"北风卷地白草折,胡天八月即飞雪。忽如一夜春风来,千树万树梨花开。"大雪的意思是天气更冷,降雪的可能性比小雪时更大了。大雪时节,寿县民间有堆雪人、打雪仗、赏雪景等风俗习惯。大雪期间,如恰遇天降大雪,这里的人们都热衷于在冰天雪地里堆雪人、打雪仗、赏雪景。南宋周密《武林旧事》卷三有一段描述人们在大雪天里堆雪山雪人的情形,正是真实的写照:"禁中赏雪,多御明远楼,后苑进大小雪狮儿,并以金铃彩缕为饰,且作雪花、雪灯、雪山之类,及滴酥为花及诸事件,并以金盆盛进,以供赏玩。"寿县民间忌讳大雪时节无雪,农谚中有"冬无雪,麦不结""大雪兆丰年,无雪要遭殃",这是辛勤劳作的农民千百年来农事经验的总结,也是对"大雪"作用的概括。寿县民间有关大雪节气的谚语有几十条之多,其中耳熟能详的谚语有"麦盖三床被,枕着馒头睡""冬有三尺雪,人有一年丰""腊雪是被,春雪是鬼""大雪不冻倒春寒"等。

冬至,是二十四节气中的第二十二个节气。冬至,是中国农历中一个非常重要的节气,也是中华民族的一个传统节日。冬至,俗称"冬节""长至节""亚岁"等,早在2500多年前的春秋时代,中国就已经用土圭观测太阳,测定出了冬至,它是二十四节气中最早制定出的一个,时间在每年的阳历12月21日至23日之间。冬至以后,北半球白昼渐短,气温持续下降,并开始进入数九寒天,故民谚说"冬至连九数"。而冬至以后,阳光直射位置逐渐向北移动,北半球的白天就逐渐变长,有谚云:"吃了冬至面,一天长一线。"唐代诗人白居易在《邯郸冬至夜思家》中曰:"邯郸驿里逢冬至,抱膝灯前影伴身。想得家中夜深坐,还应说着远行人。"冬至是我国一个传统节日的名称,在民间仅次于农历新年,寿县民间有"冬至大过年"之说。冬至节这天,民间过去有占卜(对未来的美好期盼)、数九(传统的智力游戏)、祭祖、祭天、祭窑神(保佑窑下平安)、拜师祭孔(最早的教师节)、吃"捏冻耳朵"(即饺子,祈求耳朵不被冻烂)、送鞋敬老(献鞋袜于尊长)、吃馄饨、吃菜包(象征团圆)、吃狗肉(祈求好兆头)、吃年糕(年年长高)、吃火锅等风俗习惯。冬至之日,寿县民间忌讳不吃饺子和无雨,认为冬至不吃饺子,会冻掉耳朵,且对农事收获不利。农谚说:"立冬无雨看冬至,冬至无雨一冬晴",意思是说冬至不下雨,将意味着来年天将大旱。旧时民间在冬至这天忌讳甚多,如忌骂人、吵架、说不吉利的话;忌屠宰;忌戴孝之人进家门;忌摔坏东西,打碎碗碟;忌妇女不归宿,出嫁妇女务必回夫家,不得在娘家过夜;长辈会嘱咐小孩不可啼哭,大人也不可打骂小孩等。寿县民间关于冬至的谚语有"冬至数头九,九九八十一""不到冬至不寒,不到夏至不热""冬至夜最长,难得到天光""冬至后头七期霜,一个稻把两人扛"等。

小寒,是二十四节气中的第二十三个节气,也是一年二十四节气中倒数第二个节气。此时,是一年中最寒冷的阶段。《月令七十二候集解》中说:"月初寒尚小,故云。月半则大矣。"由于小寒处于"二九"的最后几天,小寒过后才进入"三九",并且冬季的小寒正好与夏季的小暑相对应,故称为小寒。宋代诗人杜小山在《寒夜》中写道:"寒夜客来茶当酒,竹炉汤沸火初红。寻常一样窗前月,才有梅花便不同。"这首诗是诗人在深冬小寒之夜招待来客时的即兴之作,表现了一种"有朋自远方来,不亦乐乎"的喜悦心情。小寒期间,正赶上中国汉族传统的腊八节。在这一天,寿县民间有喝腊八粥、祭祀(年的气氛越来越浓)、吃冰(祈求来年风调雨顺)、赏梅、喝蜡梅花茶(祈求全年不生病)等风俗习惯。在小寒节气,寿县民间还有杀年猪(小寒大寒,杀猪过年)、磨豆腐等风俗,准备过年的吃食。在小寒时节,寿县民间忌讳天暖和无雪,民间谚语说"小寒天气热,大寒冷莫说",意思是说如果小寒天暖的话,大寒会更冷;小寒节气忌讳不下雪,农谚说"小寒大寒不下雪,小暑大暑田开裂",如果小寒节气不下雪,来年会出现干旱。寿县民间与小寒节气相关的谚语有"到了小寒,预防严寒""小寒不寒寒大寒""小寒冻土,大寒冻河""小寒大寒寒得透,来年春天天暖和"等。

大寒,是二十四节气中的最后一个节气。《授时通考·天时》引《三礼义宗》中说:"大寒为中者,上形于小寒,故谓之大……寒气之逆极,故谓大寒。"大寒时节,寒潮天气频繁,是江淮地区一年中最冷时期,大风,低温,地面积雪不化,呈现出冰天雪地、天寒地冻的严寒景象。大寒就是天气寒冷到极点的意思,大寒前后是一年中最冷的季节。大寒正值"三九",故民间有谚云:"冷在三九。"同小寒一样,大寒也是表示天气寒冷程度的节气。宋代诗人陆游在《大寒出江陵西门》中描述:"纷纷狐兔投深莽,点点牛羊散远村。不为山川多感慨,岁穷游子自消魂。"大寒期间,适逢中国农历传统节日小年(祭灶),这一天,寿县民间有祭灶(送灶王爷)、赶婚(请神上天,百无禁忌,宜于婚嫁)、梳洗(不留一点污秽)、腊月扫尘(驱除穷运、晦气)、贴窗花(民间艺术)、蒸供品(待过年祭神用)等风俗习惯。在大寒节气,寿县民间还有赶年集(置办年货)、办年菜(将各种菜肴制成半成品,为年前的重头戏)、写春联、扫尘洁物(除旧布新)等习俗。在大寒时节,寿县民间忌讳天晴无雪,农谚说:"大寒三白定丰年。""三白"指下三场大雪,大雪冻死地里的蝗虫,次年不闹虫灾,庄稼自然丰收在望。寿县民间关于大寒节气的谚语有"大寒大寒,冷成一团""大寒不冻,冷到芒种""大寒东风不下雨""大寒雾,春头早;大寒阴,阴二月"等。

"古人立国,以测天为急……察悬象之运行,示人民以法守。"二十四节气既是国家行政的时间准绳,也是农业生产的指南针,日常生活的风向标,而其中蕴含的尊重自然、效法自然、爱护自然、利用自然的天人合一思想,更是中国文化的精髓。寿县节气民俗表现出来的独特地域性和文化多样性,是中华优秀传统文化的重要组成部分,也是古代寿县劳动人民遗留下来的极其珍贵的精神财富和文化遗产。在推进社会主义文化繁荣兴盛的新时代,我们要坚定文化自信,增强文化自觉,弘扬传承寿县地域优秀传统文化,推进寿县节气民俗文化创造性转化和创新性发展,对其文化内涵和表现形式进行补充、拓展和完善,赋予其新的时代内涵和现代表达形式,充分展示寿县节气民俗文化的独特魅力和时代价值,进一步增强寿县传统文化的影响力、感召力和塑造力。

化民成俗唱大风
——寿县节气民俗文化管窥

俗话说："离家三里远，别是一乡风。"民俗，是劳动人民在长期的生产实践和社会生活中逐渐形成并世代相传、较为稳定的文化事项。它既是社会意识形态之一，又是一种历史悠久的文化遗产，早在《汉书·王吉传》一书中就有"百里不同风，千里不同俗"的记载。国家历史文化名城寿县，民俗文化底蕴深厚，尤以节气民俗文化独具特色，异习殊俗，薪火相承，绵延不息。

吃夏至面和盘伏。夏至是二十四节气之一，每年 6 月 22 日前后太阳到达黄经90°（夏至点）开始。《白虎通·日月》中记载："夏节（端午节）昼长，冬节（长至节）夜长。"《月令七十二候集解》曰："五月中……夏，假也，至，极也，万物于此皆假大而至极也。"崔灵恩在《汉学堂经解·三礼义宗》中云："夏至为中者，至有三义：一以明阳气之至极，二以明阴气之始至，三以明日行之北至。故谓之至。"夏至，是"阳极则阴生"的季节，也是民间的重要节日之一，早在周代就已经有相关的仪式。在这一天，寿县民间有着吃夏至面的传统习俗，多年来一直流传着"冬至饺子夏至面"的谚语。

蕃秀之际夏三月，养生在"夏长"。清代潘荣陛在《帝京岁时纪胜》中记载："是日，家家俱食冷淘面，即俗说过水面是也。"寿县民间普遍有"夏至饮食面为首"的传统养生观念，觉得夏季多吃面对健康很有益处，尤以面条为最佳。中医认为，面条味甘、性温，能够补虚养气，长时间食用可使人肌肉结实，养肠胃，增强气力，有助于五脏。夏季多吃面条，对人体是非常好的。每年夏至这一天，寿县民间家家都要吃上一顿面条，据说有"辟恶"之意。面条有肉丝面、青菜面、三鲜面、凉面、阳春面

等,品种丰富,各取所需。

夏至来,伏天到。三伏时节光照强烈,暑气极盛,"其在天为热,在地为火……其性为暑",是一年中的极热季节。在伏天里,寿县民间有盘伏的传统习俗。对农民来说,盘伏是伏天必做的大事,具有很强的仪式感。每年入伏天气晴好时,家家户户不约而同地都要把屋子里的粮食、衣服等物品,能搬的尽量搬出来,统统放在太阳底下曝晒。这样,衣服才不会发生霉变生虫,粮食也能保存更长久。盘伏习俗不仅在农村广泛流行,现在在县城、集镇一般家庭中,每年伏天都有盘伏的习惯,渐成风俗,遍及城乡。

玩火把和摸秋。秋分亦是二十四节气之一,每年9月23日前后太阳到达黄经180°(秋分点)开始。班婕妤在《怨歌行》中有"常恐秋节(中秋节)至,凉飙夺炎热"的描述。《月令七十二候集解》中曰:"八月中,解见秋分。"《春秋繁露·阴阳出入上下篇》中云:"秋分者,阴阳相半也,故昼夜均而寒暑平。"秋分期间适逢中秋佳节,寿县民间一直流行着玩火把和摸秋的传统习俗。

容平之际秋三月,养生在"秋收"。中秋节是一个古老的节日,早在《周礼》中就有记载。到唐代,中秋节成了固定的节日,延续至今。"八月十五谓之中秋,民间以月饼相遗,取团圆之义。"在中秋节晚上月亮升起的时候,寿县民间众多家庭在露天的地方设案,将月饼、石榴、大枣等供在桌案上拜月。

除赏月吃月饼外,寿县民间特别在农村,还有中秋节晚上玩火把和摸秋的习俗。每当中秋佳节来临之际,农村一些年轻人和小孩子们都跃跃欲试,赶制火把,提前做好准备。火把原料就地取材,一般用秫秸秆或麻秸秆包裹着碎草、稻壳、麦穰等填料,外面再用稻草绳、山芋藤茎等捆扎起来,一个三四米长的火把就制作完成了。到了中秋夜晚,与家人吃过"团圆饭"之后,便齐聚到空旷地带和稻场上,一齐点燃火把,呐喊着奔向村外。一时间,田埂上星光点点,火龙逶迤,村里庄外,喊声震天,甚是壮观。玩火把的习俗,源于我们祖先对火的崇拜,他们以宗教的形式完成心理上的追求。延续至近现代,玩火把已经成为人们驱邪避灾、庆祝丰收的习俗。

到了中秋深夜子时之后,火把已经燃烧得差不多了,人们才开始陆续返回。这个时候,还有一件事情要做,每个人都要随意从任何人家的地里摘取一些庄稼的果实回家,寿县民间叫作"摸秋"。这种行为不会被主人责怪,因为"摸秋不算偷",有些人家还对这种行为表示欢迎。据说,摸秋的人可保来年不患眼疾。

"坤维以文瑞,民俗本柔淑。"寿县是一个历史悠久的节气民俗文化大县,节气民俗文化是历史的延续,还将会继续延续下去。正是这种节气民俗文化,在它形成和发展的过程中,造就了寿县节气民俗文化的精神传统和人文性格。因此,弘扬寿县节气民俗文化传统,对增强寿县乃至淮南人民的凝聚力,有着十分重要的意义。

寿县民间盘伏习俗中蕴含的天道自然观

俗话说："冷在三九，热在三伏。"三伏天是出现在小暑与处暑两个节气之间的气候现象，是一年中气温最高而又潮湿、闷热的日子。伏，即为潜伏的意思。三伏天的"伏"就是指"伏邪"，即所谓的"六邪"（风、寒、暑、湿、燥、火）中的暑邪。三伏天既是雨量集中、全年最热的季节，也是阴起阳降的时候。《淮南子·天文训》中说："日夏至则斗南中绳，阳气极，阴气萌，故曰夏至为刑。阴气极，则北至北极，下至黄泉。"是说夏至之后乃是肃杀之气产生之时，三伏天尤甚。

"造化钟神秀，阴阳割分晓。"一阳来复，阳解阴毒，寿县劳动人民在长期的生活实践中，逐步探索出了一些趋利避害、去危就安的排解阴毒之法，盘伏即是其中行之有效的方法之一。这里的"盘"是搬动、搬运、盘点的意思，与"伏"连起来的解释是，在三伏天里盘点晾晒物品，也就是俗称的"三晒"。

"六月里正三伏，天长夜短日光毒。"每年一到伏天，寿县民间特别在农村都有盘伏的习俗。对农民来说，盘伏是夏天必做的大事，具有很强的仪式感。入伏后天气晴好时，家家户户不约而同地都要把屋里的粮食、衣服等物品，能搬的尽量搬出来，统统放在太阳底下曝晒。这样，衣服才不会发生霉变生虫，粮食才能够保存更长久。

盘伏是讲究次序的，一般先盘口粮，在稻场上经过毒辣辣的太阳曝晒后，粮食里的虫子逃得无影无踪，趁粮食还是滚烫时，赶紧装袋搬进屋里堆好。接下来是盘衣服，在当院里放上几块门板，或支上几张秫秸箔，把全家人的四季衣服分档归类，把内衣外套鞋袜分门别类地摆放开来，直到把衣服鞋袜晒得焦干才收进屋里。盘伏的时间不等，一般家庭两三天即可完成，有些殷实的家庭要盘上十天半月方可完工。盘伏时间的长短,可以看出一个家庭的生活水平。

春风风人,夏雨雨人。寿县民间盘伏习俗的形成和发展,与其所在的地理位置和气候条件有着十分密切的关系。寿县地处淮河流域中段南侧,为华北气候区、华中气候区的中间地带,属亚热带北缘季风性湿润气候类型。这里四季分明,气候呈现出地湿高于气温、蒸发量大于降雨量的特点。进入夏季,天气炎热,雨量充沛,南来的副高压暖空气与北侵的冷空气在此交汇,形成长时间的梅雨季节。"黄梅时节家家雨,青草池塘处处蛙",持续的阴雨天气使房屋、场院等到处都是湿漉漉、水淋淋的,衣服、器物等极易发霉,让人极不舒服。出梅后,寿县地区由阴雨绵绵、高温高湿的天气,开始转为晴朗炎热的盛夏时节。此时,人们便利用这难得的响晴天气,抓紧晾晒长期处于潮湿环境下的粮食、衣服、书籍等物品,久而久之,逐渐形成盘伏习俗。

盘伏的习俗古已有之,只是不叫"盘伏"罢了。《帝京景物略》云:"六月六日,晒銮驾,民间亦晒其衣服,老儒破书,贫女敝缊,反覆勤日光,晡乃收。"农历六月初六是中国汉族的传统佳节天贶节,民间称作洗晒节。因为这时天气已非常闷热,再加上正值雨季,气候潮湿,万物极易霉腐损坏,所以在这一天从皇宫到民间,从城镇到农家小院都有洗浴和晒物的习俗。寿县民间传说六月六是龙晒鳞的日子,因此有"六月六晒龙衣"的谚语。六月六前后正是出梅时节,梅雨季节宣告结束,随后进入大暑节气,三伏天气全面开启,进入一年中最热的季节。由于三伏天骄阳似火,暑热难当,强烈的紫外线有利于除虫、除菌、除湿,寿县民间逐步将洗晒之类的事情放在伏天进行,久积成习,渐成民俗。

岁月不居,时节如流。随着时代的发展,寿县城乡人民的生活水平和居住条件发生了陵谷沧桑的巨变,居住在高大宽敞、通风干燥的楼房里,无须再担心粮食、衣服、书籍等器物受潮发霉,也无须再去盘伏了。在寿县城乡,现在除了一部分老年人还承续传统、保持盘伏的习俗外,年轻一代对盘伏的概念、习俗等知之甚少,更别说去实践和尝试了。在当下大力弘扬传承中华优秀传统文化的新时代,期待有更多人去重新感知和认识寿县民间盘伏习俗中所蕴含的天道自然的文化意义和人文情怀,不断去弘扬传承地域优秀传统文化。

在节气的智慧中徜徉

比起日历中跳动更换着的冷冰冰的数字,中华传统的二十四节气所勾勒出的和煦春风、缤纷夏雨、晶莹秋霜和飘飞冬雪,是否更能牵动你的情怀? 在这熙来攘往的现代生活中,二十四个蕴含着悠久文化气息的节令,是否能给予你诗意的触动,是否能引起你心底对自然万物久违的感知?

二十四节气是中国人认知天象、物候、时令和大自然变化规律的认知体系和社会实践。作为农耕文明的优秀代表,其影响力覆盖全国,千百年来,一直深刻影响着人们的思维方式和行为准则。在国际气象界,二十四节气作为时间认知谱系,曾被认为是中国的第五大发明,2016 年被正式列入联合国教科文组织人类非物质文化遗产代表作名录。

触摸四季的脉动,感受时间的韵味,我们的祖先最早在神州大地上,进行了实践、探索和总结。二十四节气便是中国先民贡献给人类的智慧之作。二十四节气所记录下的,不只是日升月落、春华秋实的自然现象和物候变化,更多的是表现出人们在这莽莽尘世中,对生活所怀有的一丝不苟的态度和赤诚真挚的心意。

返璞归真,方能永续发展。作为中华优秀传统文化的瑰宝,二十四节气的文化价值体现在,于季节的更替中迂回流变而保持永生。莫断旧根,方有前路,拭去灰尘,重新雕琢,二十四节气这一文化遗产才能重焕光彩,最终定格成一道亮丽的风景线。

寿县是二十四节气创立、流行的重要地区之一,二十四节气的文脉在这里生生不息,历久弥新。诞生于此的鸿篇巨制《淮南子》,不仅对二十四节气"上循天道、下应地理"的特征进行了规律性总结,而且在对人类认识自然的实践中激发出强大的内生动力。

寿县地处我国南北气候分界线的淮河—秦岭一线,为华北气候区、华中气候区的中间地带,四季分明,气候特征明显。全国24个国家气候观象台之一的寿县国家气候观象台,通过长期对当地大气成分、近地层通量、地基遥感、基准气候、农业气象的观测,证明寿县的气候特征符合二十四节气的自然地理环境,寿县是名副其实的二十四节气发祥地。

作为中华优秀传统文化的精华,千里长淮地域文化的代表,寿县大力传承、弘扬节气文化的灵魂,在时代变迁的惊涛骇浪之中,始终怀着一颗虔诚和敬畏之心,从容不迫地传承着最美、最永恒的节气智慧。弘扬与传承,是二十四节气永葆生命力的汩汩血脉。二十四番花信风,十二候应姊妹花,季节之美诗意地呈现在古老的寿州大地上。春节、清明、冬至等一大批建立在节气基础上的传统节日,既有虔诚庄重的仪式感,又有推陈出新的现代感。与惊蛰、芒种、夏至等节气相关的民俗文化活动,更是层出叠见,如日月经天,历久不衰。

"草木萌动鸿雁来。"惊蛰节气,是寿县地区春耕大忙时节的开始,农民们动手对农作物进行除草、浇水、施肥,期望以辛勤的劳作,换取一年的丰收果实。

惊蛰时节,正值农历二月初二的"中和节",俗称"龙抬头",寿县民间普遍认为这一天剃头,会让人红运当头,福星高照,有民谚说:"二月二剃龙头,一年都有精神头。"民间一直保持着"二月二剃龙头"的习俗。

"龙抬头"这天,寿县保义镇每年都要举行热烈隆重的耍龙灯民俗表演。由本地洪、黄、张、常、夏五大姓氏家族成员,组成舞龙队伍,举行庄重的祭拜仪式后,依次在大街小巷"赛演",声势浩大,万人空巷。

"收割播种鹭助兴。"芒种节气,寿县地区即将进入多雨的黄梅时节,农事活动进入一年中最为繁忙的三夏季节。在芒种节气,正值农历五月初五端午节。每到这一天,寿县民间家家户户都要炸鬼腿(油条)、包粽子、挂艾叶、吃咸蛋、戴香包、做虎头鞋、游百病等。

寿县全面保留和活态传承着中国端午文化的精髓,2014年被文化部公布为全国端午节民俗集中分布区。寿县是安徽省唯一在列地区,标志着寿县是全国端午节习俗原生态地区之一。

"一九二九,扇子不离手。三九二十七,吃茶如蜜汁……"这是《豹隐纪谈》中关于"夏至九九歌"的记载。《淮南子·时则训》也说:"命有司为民祈祀山川百源。大雩帝,用盛乐。"每年夏至时节,在淮上名镇正阳关,民间都要举行盛大隆重的迎龙祈雨仪式,祈求龙王降下甘霖,保佑一年风调雨顺,再获丰收。祭祀供品以面食为主,蕴含让龙王尝新之意。《管子·轻重己》中记载:"以春日至始,数九十二日,谓之夏至,而麦熟。天子祀于太宗,其盛以麦。"

二十四节气发祥地寿县,正在着手制订和实施五年保护计划,内容包括建立研究机构、出版学术专著、实施活态传承、规划建设展馆等,一个薪火传承二十四节气的保卫战,正在古老的寿州大地上打响。

"万物静观皆自得,四时佳兴与人同。"走在光阴的路上,季节与寿州的岁月同行,带着我们去细细赏读节气的万种风情,让每一个季节都开出最美的花朵。

锣鼓咚锵

苍茫淮水，神秀淮山，风烟楚都，筚路楚风。锦绣河山的自然造化，万古千秋的历史积淀，孕育了一个古老幽深而又充满动感的奇特文化景观，诞生了繁花似锦的地域民间艺术瑰宝。

寿州锣鼓，是众多民间艺术奇葩中的傲雪红梅，以其独树一帜、卓尔不群的艺术语言和表现形式，在八公山下、安丰塘畔，演绎着悲喜相交、忧乐相伴、苦甜相依的风雨人生和时代大戏。

寿州锣鼓，就像一位饱经世事、历经沧桑的老人，既有着蒙昧之初的智慧之光，又有着神秘之中的天真烂漫；既有着血与火的壮怀激烈，又有着生与死的一往无前；既有着威严与瑰丽，又有着欢乐与平凡。

寿州锣鼓源远流长，积厚流光。锣鼓是中国最古老的乐器，4000多年前的"鼍鼓"，公元前16世纪甲骨文中大同小异的35种"鼓"字，汉代的铜锣，魏晋时期的铜钹，都足以佐证其悠久的历史。我国最早的一部诗歌总集《诗经》中，就有"鼓钟将将，淮水汤汤，忧心且伤。淑人君子，怀允不忘"的记载。

寿州锣鼓，是从楚音乐中发展演变而来的艺术形式。寿县，战国时为楚地，《史记·楚世家》记载："（考烈王）二十二年，与诸侯共伐秦，不利而去。楚东徙都寿春，命曰郢。"在寿春为都18年期间，楚国的音乐艺术呈现出丰富多彩的动人景象，《楚辞·招魂》中描述："肴羞未通，女乐罗些。陈钟按鼓，造新歌些。"

在楚国众多的乐器中，锣鼓占有重要地位，仅鼓就有悬鼓、手鼓、木鹿鼓三大类，广泛用于军事对垒、宫廷宴饮、外交礼仪、祭祀诸神等社会生活的许多方面。自古就是音乐之乡的楚国，先民们能歌善吟、崇尚艺术的楚地风尚代代相袭，千百年

来一直伴随和影响着楚国后裔的生活。寿州锣鼓,是中国上古文明之花楚文化积
淀的历史产物,也是楚国音乐艺术的一大文化遗存。

寿州锣鼓出神入化,技艺超群。寿州锣鼓,带着楚文化的显著特征和流风遗韵
一路走来,经过千百年来的承风希旨、化铁为金,这朵生长在古寿州大地上的艺术
奇葩,枯木逢春,重现生机,逐步形成独特的艺术语言和表演特色。

寿州锣鼓演奏的乐器有钢锣、大筛锣、大小钹、中鼓等,主奏乐器为锣和鼓。演
奏乐谱综合了江淮地区传统的【十八番】【花鼓歌】【凤凰三点头】【兔子扒窝】【长
流水】【大绞丝】【小绞丝】【双绞丝】【小五番】等锣鼓乐谱的精华。所使用的主锣
体积虽小,但厚重,音频与其他铜器有明显区别,打击时如同敲击空缸发出独特的
声音,因而称之为"钢锣"。钢锣演奏时,声音洪亮、清脆,穿透力强,声播数里,具
有情如烈焰、激昂悠扬、扣人心弦、令人沉醉的楚乐特质,在沿淮地区一枝独秀。

寿州锣鼓演奏时的指挥形式也别具一格。北方锣鼓多以旗手为指挥,寿州锣

鼓则以钢锣、沙锣为首轮流指挥,再辅以鼓手、锣手交替指挥,配合默契,水乳交融,错落有致,浑然一体。这样的指挥形式,避免了常规演奏时动作单调、机械呆板、表演僵化的现象,构成协同相契、遥相呼应的大一统演奏格局。寿州锣鼓兼收并蓄,博采众长,在演奏形式、曲牌节奏、乐器使用等方面,逐步形成特有的艺术风格和艺术特色。既有我国南方锣鼓节奏舒缓、音色柔和的特点,又有北方锣鼓热烈活泼、粗犷豪放的特性。简单的节奏与丰富的曲牌,形成深邃的简约,演绎和传递着百卉千葩、包罗万象的艺术内涵,被誉为"会说话的锣鼓"。

寿州锣鼓兼容并包,掇菁撷华。寿州锣鼓的崛起,与中国锣鼓的兴盛有着最直接的关系。锣鼓造价低廉、节奏激越,给了民间舞蹈艺人以生存的凭借和艺术实践的依托。锣鼓的声响宏大,便于掌握,给了平民百姓和民间艺人以抒发情感的机缘。寿州锣鼓的表现手段和艺术特色,真实地反映了劳动人民的生活风貌和精神面貌,是艺术美和生活美的完美结合。

寿县民间艺术种类繁多,形态各异,有着数千年的历史传承,并在此过程中形成了具有浓郁地域特色的锣鼓文化和民间艺术。锣鼓表现力极强,被称为"群音之长""八音之领袖"。近年来,寿县在鸟语花香、清风徐来的文化生态中,积极探索寿州锣鼓与正阳关肘阁抬阁、龙灯、民俗表演等其他民间艺术的组合、兼容和共享的艺术结合之路。寿州锣鼓的配合和参与,增强了表演的节奏感和动作的准确性,在引导现场秩序、表现人物情绪、点染演出色彩、烘托和渲染舞台气氛上发挥了不可替代的作用,使其他众多的民间艺术老树新枝,重焕光彩,与寿州锣鼓一起花开并蒂,比翼齐飞。

寿州锣鼓薪火相传,腾蛟起凤。锣鼓,是寿县历史上延展最为广阔的乐器,有"无鼓不成乐""民间无乐不锣鼓"之说,具有深厚的基础性和广泛的群众性。寿州锣鼓,是俗文化和雅文化完美结合的产物,也是艺术领域与非艺术领域交相互动的成果,具有独特的文化个性和无穷的艺术魅力,成为古城寿县璀璨夺目、光芒四射的一大文化品牌。

传承意味着发展,发展依托着传承。寿州锣鼓这朵民间艺术奇葩,沐浴着新时代社会主义文化建设的阳光雨露,在传承发展的征途上高歌猛进,一路锦绣,使这一优秀民族艺术破茧成蝶,浴火重生,始终伴随着古城人民的生活与思想感情,不断繁衍、传承和发展,成为人民群众喜闻乐奏的艺术品种,深深扎根于民间音乐沃土之中,发挥着不可替代的社会精神效应。

寿州锣鼓的传承发展,需要创造性转化、创新性发展。近年来,寿县坚持"保护为主、抢救第一、合理利用、加强管理"的方针,积极构建民间文化艺术保护体系,通

过设立项目名录、保护项目传承人、加快人才培养、加大资金投入等方式,全力开展创作、提升、展示、培训、交流等活动,推进寿州锣鼓进校园、进社区、进乡村,使寿州锣鼓这一具有代表性的民间文化艺术得到有效保护。目前,寿州锣鼓已形成罗西林、宋廷献等三大鼓乐谱系,现有省级传承人 2 名,市、县级传承人 30 多人,锣鼓队70 多支,成员 2000 多人,成为活跃城乡群众文化生活的一支文艺轻骑兵。

2006 年,寿州锣鼓被列入安徽省第一批非物质文化遗产代表性项目名录,展示的舞台更为广阔,走出去的步伐更快。近年来,寿州锣鼓南下北上,东奔西走,先后参加上海国际旅游节、央视心连心艺术团、中国农民歌会等 20 多场国字号大型演出,分别在"远中杯"全国鼓王邀请赛、第八届中国民间艺术节等全国性大赛中,斩获"最佳鼓王奖""山花奖"等各类奖项 10 多个。2017 年 10 月,寿州锣鼓作为安徽省唯一代表队,参加在陕西省洛川县举办的"我们的节日·喜迎十九大·全国优秀民间欢庆锣鼓展演"活动。寿州锣鼓已走出安徽,走向全国。

"棹影斡波飞万剑,鼓声劈浪鸣千雷。"寿州锣鼓强劲刚烈的鼓点,酣畅淋漓的鼓姿,如万马奔腾,呼啸而来,似春雷滚滚,震耳欲聋。痛苦和欢乐,现实和梦幻,摆脱和追求,都在这曼妙的动作和激越的鼓点中旋转、凝聚、升华,容不得束缚,容不得羁绊,容不得闭塞,激情澎湃地回荡在寿州深邃旷远的古老大地上。

寿州锣鼓这朵民间艺术奇葩,几千年来一直伴随着寿县的文明史而隆隆作响。如今,中华优秀传统文化和民间艺术前所未有的发展形势,预示着明天更加灿烂辉煌,寿州锣鼓一定会在新时代的征程上,敲得更响。

留住最后的乡愁

——浅说寿县方言土语的文化价值和传承保护

寿县方言土语,是中华汉民族语言中的地方性、区域性变体,是中华汉语分化裂变的结果,是中华汉语体系中不可分割的重要组成部分。寿县方言土语,在语音、词汇、语法上有着独到的特点,历史上曾在寿州大地上的原始部落和族群中广泛使用。千百年来,通过糅合、兼收、借鉴、吸纳周边其他部落和族群的语言精华,逐步形成具有寿县地域特色和独立完整的本土语言体系。寿县方言土语经过长期的历史积淀、发展演变,最终在近现代约定俗成,相沿成习,在某种范围内彰显出这座国家历史文化名城独特的风情神韵。然而,随着时代的发展和社会的进步,城镇化步伐加快,人口流动频率增加,加之普通话的推广普及和影响力的日益扩大等因素,寿县方言土语的使用空间和功能作用正在逐渐萎缩,走向衰退。因此,加强寿县方言土语的研究挖掘、开发利用和传承保护已刻不容缓,迫在眉睫。

一、寿县方言土语的地域特色

寿县方言土语,是在原始中原汉语迁徙的过程中逐渐形成的一种地方性流行语言,是语言发展的不平衡性在寿县地区的集中反映,是寿县地方民俗、习惯、文化、传统的积淀,也是寿县劳动人民灵感的源泉、创造力的体现和文明的传承载体。其语言使用的地域特色具体表现在:1.在选择共同语的词语或句式时带有明显的寿县用语习惯。2.某些词语或句子格式的高频率使用。3.常用具有明显寿县语言特征的固定熟语、句子格式等。4.常用具有寿县语言特点的表达方式和修辞手段

等。5.见到或听到某种现象和情况时,会自然地发出特有的带有寿县色彩的言语反应。6.语句衔接方式、会话方式、会话含义的推导等具有一定的地域性习惯。7.口语表达时带有与言语相伴随的具有明显寿县特点的表情和动作等。寿县方言土语的语用特征与方言词语、方言句式等一起,共同营造出浓郁的寿县方言土语的地域特色。

寿县方言土语属于中原官话(以之为母语的汉语一级方言),但古入声字在今寿县方言土语的归类中,并不与中原官话的分派规律一致,而呈现出自己独有的特点。寿县方言土语可分为两大类:县域中部、北部、西部一致性较强,属于中原官话。南部、东部部分乡镇有"十里不同音"的现象,属于江淮官话和中原官话的混合音,但是从声调方面更接近中原官话,从区域完整性上来说,仍属于中原官话信(阳)蚌(埠)片。

(一)语音特点

1.寿县大部分地区 h 与 f 不分,例如:风 = 轰、飞机 = 灰鸡、付 = 护、房 = 黄等。

2.东部和南部(炎刘、双庙集、刘岗、三觉、茶庵、众兴等乡镇)n 与 l 不分,例如,电脑 = 点老、老牛 = 脑瘤等。

3.平翘舌音不分,在整个寿县地区基本上都是平翘舌不分,而且差不多都是以平舌为主,翘舌音极少,这与普通话里翘舌为主、平舌音少正好相反。

4.前后鼻音不分,主要是 ing = in,部分字句中存在 en = eng 的现象。

5.在很多字句中存在 un = en 现象,例如,桥墩(qiáodēn)、吨(dēn)等。

6.在声调上,寿县方言土语作为中原官话的一部分,有着其共同的声调特点,与共同语普通话有着较大的对应关系。寿县话的第一、二、三声,依次对应普通话的第二、三、一声,第四声和普通话一致,但也有少量不规范字词和变声调现象,例如:七在"七十"中读第三声,但在"七个"中读成第一声。

7.寿县瓦埠湖以东地区,由于靠近以下江官话为主的合肥、淮南等地,当地的方言土语受到下江官话的影响较大,声调中仍保留了大量的入声字,例如,吃(入声)饭、喝(入声)水等。

8.正阳关镇的方言土语语音同皖北地区的霍邱、颍上、凤台、淮南接近,但同县内周边地区以及寿春镇的江淮官话差异较大。由于当地历史上来自山东鲁南的移民较多,无论语音还是词汇上,都保留了很多山东鲁南地区的特点。

9.寿县方言土语有着独特的声韵拼合规律,声母中有 18 个辅音,1 个零声母;韵母中有 21 个元音,11 个鼻化韵母,3 个后鼻音韵母;声调为 4 个单字调,分别为212、55、24、53。

（二）词汇特点

1.寿县方言土语中多为单音词，普通话则说成双音词，例如，嘴—嘴巴、牙—牙齿、席—席子、塘—池塘、锉—锉子、杏—杏子、枣—枣子等。

2.寿县方言土语中的双音词，普通话则说成单音词，例如，青鱼—鳖、吃呼—喊、提溜—提、老鹅—鹅、马虾—虾、吊斥—训、冰凌—冰、土垃—土等。

3.寿县方言土语中为多音词时，普通话中通常说成双音词，两者相比，寿县方言土语更具形象性，例如，寡汉条子—鳏夫、肩膀头子—肩膀、下马颏子—下巴、额勒头子—额头、土垃头子—土块、癞呆猴子—蟾蜍、蛤蟆蛄嘟子—蝌蚪、鲇鱼胡子—鲇鱼、鲤鱼拐子—鲤鱼、泥巴狗子—泥鳅、螺蛳头子—螺蛳、手巾头子—手帕。

4.寿县方言土语中有一些双音节联绵词，是由分解单音词的声母和韵母形成的，例如，不拉 pu 212 21la 扒，把席子上晒的粮食不拉一下；木拉 mu 212 21la 抹，吃过饭嘴一木拉就走了，连句客气话都不讲；轱轮 ku 212 21lun 滚，火车轱轮子是钢铁造的；扑隆 pu 212 21log 打，鸡在灰里洗澡扑隆到处都是灰。

5.寿县方言土语中有很多词，是采用修辞手法构造的，其中最常见的，有比喻造词和避讳造词两种。比喻造词例如，盐粒子—冰雹、长虫—蛇、吊瓜—茄子、锁爪子—钥匙、半桩子—少年、火链虫—萤火虫、地梨子—荸荠、藏老猫—捉迷藏等。避讳造词，多用于船民的避讳词汇，如姓陈说姓"耳东"，船帆叫"船篷"，开船叫"走船""行船"，盛饭说"加饭""添饭"；饭馆里常把猪舌头叫作"赚头"，汤勺叫"调羹"，猪耳朵叫"顺风"，豆角儿叫作"龙爪"，萝卜叫"顺气丸"。日常生活中，人们常用的方言土语还有，人生病了大都说"不伸坦""不好过"或"不得过"；治病说"瞧病""瞧先生"；买中药说"拾药""捏方子"；老年人去世通常说"老了""过背""归山""谢世"等；小孩夭折常说"跑了""丢了""没抓住"等；"棺材"叫作"寿材""老堂屋"；生意没做成叫作"走手了"；抽烟人向别人借火用说成"借红子"。

6.寿县方言土语中对于不同性别的畜类，大都用不同的语素进行表示，例如，公马叫"臊马"，母马叫"骒马"；公驴叫"叫驴"，母驴叫"草驴"；公牛叫"牤牛""老犍"，公水牛叫"臊牯子""大牯子"，母水牛叫"牸牛"；公羊叫"羯子""臊羯子"，母羊叫"水羊"；种公猪叫"臊猪"，种母猪叫"老母猪"；阉过的公猪叫"牙猪"，阉过的雌猪叫"豚猪"；公狗叫"牙狗"，母狗叫"草狗"或"老母狗"；公猫叫"郎猫"，母猫叫"咪猫"。

7.寿县方言土语对于人和其他动物生殖时，大都根据不同对象而采用不同的动词，不可随便乱用，否则就有可能闹出大笑话。例如，人可以说"生孩子""添孩子"，牲畜则喜欢说"过小牛""过小猪"，鸡鸭鹅则常说"抱小鸡""抱小鸭"等。

8.寿县方言土语对于购买不同的物品,通常采用不同的动词表示"买"的意思,例如,买布说"扯布""撕布",买电影票说"打票"等。

9.在结婚这件事上,由于男方和女方的不同,寿县方言土语中也是采用不同的词语来进行表述,例如,男的结婚喜欢说"娶亲""娶新娘子""娶老嫲子",女方成亲常说"出嫁""给婆家""出阁""嫁侬"等等。过去对于童养媳来说,通常说"圆房""磕头",沿淮一些地方则说"并亲"。

10.寿县方言土语对呼唤不同的畜禽,采用不同的声音形式,例如,唤鸡:咯咕咕;唤鸭:咿咿咿,来吧来吧;唤鹅:鹅伊伊;唤猪:啰啰啰或咛咛咛;唤牛:咩油啊;唤羊:咩咩咩;唤狗:哦哦哦;唤猫:咪咪咪。

11.寿县方言土语中,有些词语在书写形式上与普通话相同,但在词义上却有很大差别,外地人一般不好掌握和理解。这里有以下三种情况:第一种是词形相同,词义相反,例如,"排场"在寿县方言土语中的词义是漂亮、好、能干,含褒义,普通话的词义却是铺张、奢侈,含贬义;"失色"在寿县方言土语中的意思是关系破裂、恼掉了,普通话的词义却是失去本来的色彩和光彩;"爹爹"在寿县方言土语中称祖父,但在普通话中称父亲。第二种是词形相同,词义不同,例如,"蹚蹚"在寿县方言土语中的词义是试一试,普通话的词义是蹚一蹚水;"眼子"的方言土语词义是常做吃亏事的人,普通话义则是小洞。第三种是词形相同,词义大小范围不同,例如,"肉"在寿县方言土语里的词义不仅指肌肉,还有动作慢的意思;"口"在寿县方言土语中除了指嘴巴以外,还有凶狠、嘴不饶人的意思。

12.有些曾是舶来品的名称,至今在寿县老辈人的话里还残留着历史的印记。当地人都习惯在物品名称前加个"洋"字,例如,洋柿子(西红柿)、洋火(火柴)、洋油(煤油)、洋钉(铁钉)、洋面(面粉)、洋灰(水泥)等。随着时代的发展,现在这些词语已逐渐退出历史的舞台,很少出现在寿县人的口中。

寿县人现代生活中常用词汇很多,例如,可吃过饭嘞(吃过了吗)、弄么子(干吗)、可照(行不行)、照(可以)、咸吃萝卜淡操心(瞎操心)、去球(滚蛋)、就的(是的)、也熊吧(算了吧)、过劲(厉害)、总搞滴个(怎么回事)、胡扯(胡说八道)、可得空聊聊(有空聊聊)、搞哄幌子(搞啥东西)、跌摆怂个(得意什么)、表酱紫(不要这样)、不管经(不管用)、烤殃喽(完蛋喽)、我滴孩嘞(我的孩啊)、怪好滴(特别好)、孬子(傻子)、明个见(明天见)、阔睡了(困了)、你搁哪来(在哪)、咯饭(吃饭)、杠家(回家)、你腌喳我吧(瞧不上)、一板脚踩死你(踢你)、可是滴该(真的吗)。

另外,还有一些在日常生活中高频率使用的方言土语,例如,洋丈(非常)、麻缠(特别)、瓦水(舀水)、扯呼(打鼾)、皮(淘气)、活逗猴(瞎弄)、页辟(完蛋了)、歪一时(躺下休息一会)、板掉(扔掉、丢弃)、屁人(骗人,欺骗)、变人(讨厌人)、砸磨(脾气大)、二兴头(神经病、不理智)、皮老腰(流氓)、冲等(打瞌睡)、格啦词(腋窝)、跌相(丢脸)、冷活(暖和)、赛脸(脸皮厚)、对色(相同,一样)、毛刺(厕所)、巴意(故意)、疼嘴(接吻)、可疼(可爱)、撑杆子(雨伞)、老疙瘩(小儿子)、好吃猫(贪吃,馋嘴)、戈实(结实)、接下壳子(多嘴)、则该(假装)、爹拉(撒娇)、磨牙(小孩子发生了纠纷,吵架)、呼水(游泳)、瘊芦(玉米)、气道(难闻的味道)、板砸(沉稳、老练)、利浪(宽敞)、包坦(埋怨)、出出(看看)、毛掉了(生气,发怒)、刀菜(㨪菜)、作假(客气)、葛巴(锅巴)、高头(上面)、光唐(光滑)、败寺(不要紧)、火掉(倒掉)、捣巧(占便宜)、精马急凉(光膀子)。

(三)语法特点

1. 在词句中加"子"字。寿县方言土语中习惯在词句中加"子"字,并且后缀词非常丰富。它不仅可以出现在物名词后面,而且还可以出现在人名、地名、时间名词、指代词和数量词后面。例如,在物名后带"子"缀的有:桌子、刷子、针尖子、粉皮子、豆芽子、羊羔子、蝎虎子、黄鼠狼子、油果子、地梨子、夜猫子、土垃头子等。人名和乳名带"子"缀的有:祥子、钢子、阳子、红子、梅子、来福子、太平子、小癞子等。地名中方位词组带"子"缀的有:东头子、里首子、旮旯子、拐头子、那沿子、王郢子、李台子、团城子、叶圩子等。时间和数量词带"子"缀的有:今年子、明年子、挨晚子、这咱子(现在)、下晚子、一卷子、一摞子、一墒子、一歇子等。这些"子"缀词在普通话里很多都是没有的,但在寿县方言土语中却比较常用,其中乳名带"子"字后缀词的,还可以表现亲切的感情色彩。

2. 特殊的"个"字后缀和丰富的"老"字前缀。"个"字除具有与普通话相同的用法外,在寿县方言土语中还常用在时间后面作为"个"缀,表示"日"的意思。例如:今个(今天)、明个(明天)、后个(后天)、昨个(昨天)、前个(前天)、大前个(大前天)、大后个(大后天)。"老"字在普通话里可以充当前缀,但在寿县方言土语中用"老"字做前缀的词更多一些。例如,老鸹(乌鸦)、老鳖(甲鱼)、老雁(大雁)、老猫(大猫)、老犍(大公牛)、老公鸡(大公鸡)、老母鸡(大母鸡)等。这些词中"老"字前缀,有的只是名词的标志,有的具有"大的、成熟的"的意思,但都没有年岁大和时间长久的意思。

3. 能够表示亲昵感情的前缀"俺"字。寿县方言土语中的"俺"字,既可以表示第一人称"俺"(我)和"俺们"(我们),还可以用在亲属称谓词前,充当表示亲昵感情色彩的前缀。例如,俺奶、俺爹爹、俺妈、俺伯、俺老娘(小姑母)、俺姥(外婆)、俺舅、俺妗(舅母)、俺老姨(小姨)。当地人这样称呼已成习惯,并无"不是别人的,而

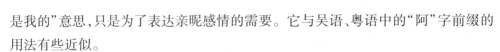

是我的"意思,只是为了表达亲昵感情的需要。它与吴语、粤语中的"阿"字前缀的用法有些近似。

4."名词 + 拉碴的"后缀结构。这种后缀在寿县东部地区习惯说成"拉塔的",西部地区则习惯说成"拉碴的"。它们的说法虽然有些区别,但它所要表达的语法意义却是一致的。这有两种情况:其一,对物品凌乱不堪现象表示较强的厌恶感,例如,这个人胡子拉碴的;这孩子鼻子拉碴的;床上衣裳堆得支离拉碴的。其二,对从事某些职业的人流露出较强的不满情绪。

5."动词 + 着玩"后缀的说法。这用以说明比较随便消遣消遣的意思,例如,这家伙就好跟人家乱着玩;他哪会唱歌,只能哼着玩;他只能画着玩,叫他真画就不照了(不行了);得闲的时候,他喜欢上街遛着玩;你没事拿本小人书看着玩,也比到处戳包(惹事)好哇! 这种句子里的动词,必须是表示行为动作的单音动词。

6.形容词后面三种缀词结构。寿县方言土语中,有些形容词后面可以出现"不唧的""不唧歪的"和"不拉唧的"三种词缀,构成"X + 不唧的""X + 不唧歪的""X + 不拉唧的"三种语句形式。前一种表示"有一点儿"的意思,程度较轻,后两种不仅表示意思的程度很重很强,而且还带有鲜明的不满意的感情色彩。例如,白不唧的(脸色有点白),白不拉唧的、白不唧歪的(脸色苍白,很难看);瘦不唧的(有点瘦),瘦不拉唧的(很瘦,瘦得很难看);愣不唧的(有点呆傻),愣不拉唧的(傻乎乎的,令人讨厌)。

7.形容词前面的三种前加形式。通常为:AX、A 巴 X、A 巴子 X,例如,通红,通巴红,通巴子红;齁咸,齁巴咸,齁巴子咸;温臭,温巴臭,温巴子臭;稀烂,稀巴烂,稀巴子烂。这三种形式中,"AX"可以看成是词义的一级加强式,"A 巴 X"可以看作是略带不满情绪的二级词义加强式,"A 巴子 X"是带有很不满感情色彩的二级词义加强式。

8.寿县瓦东话里有谓语动词 + "子(着)在"和动词 + "子(着)" + 受事宾语 + "在"的说法。例如,书还看子(着)在(书还在看;书还看着呢);馍馍烤子(着)在(馒头正在烤;馒头正在烤呢);下子(着)雨在(正下着雨;雨正在下呢);开子(着)花在(正在开花;开着花呢)。这两种说法,都表示动作行为正在进行或现象仍继续保持着原来的状态。

9."连" + 动词 + "是" + 动词的句子形式。例如,我连讲是讲还有两个问题没讲完;我连跑是跑才撵上他;我连写是写还剩一道题没有做完。这种说法在普通话里是没有的,它主要可以表现出心情急迫和动作迅速。

10."可"构成的问句。普通话里的正反问句和问结果的句子,在寿县方言土

语中大都习惯使用"可"问句的形式。例如,你可去(你去不去)? 你可上班(你上班不上班)? 你可见到他啦(你见到他没见到他;你见没见到他)? 你可给他发微信啦(你给他发微信没给他发微信;你给他发没发微信)?

11.特殊形式的肯定句和否定句。寿县方言土语中肯定式为"就的",否定句为"不的"。这两个句子都是由副词＋助词构成的,前者相当于普通话"就是的",后者相当于普通话的"不是的"。例如,问:他是你的学生吗? 肯定答:就的。否定答:不的。这两种回答方式,都缺少了表示判断的动词"是"。这种不合逻辑的句子的形式,可以理解为当地人在长期使用过程中形成的一种习惯性省略。

12."知不道"和"认不得"句式。"知不道"在普通话中说成"不知道","认不得"在普通话里说成"不认得"或"不认识"。寿县方言土语和普通话的说法不同,主要是在于副词"不"的位置不同。寿县方言土语中将"不"嵌在双音节动词之间,表示否定的意思,而普通话却是将其作为状语附加在双音节动词前面,也表示否定的意思。例如,他的名字我知不道(他的名字我不知道);他认不得你哥哥(他不认得你哥哥;他不认识你哥哥)。

二、寿县方言土语的文化价值

一方水土一方音。方言土语承载着一个地方的文化走向,反映着一方人的价值取向,凝聚着一方人的身份认同。方言土语传承着中国古典文化,是地域文化的直接标志,它可以拉近人与人之间的距离,比普通话表达的含义更丰富。寿县方言土语,是当地的人们感受和认识自然现象和社会生活的思维结晶,其语言系统中的语音、语汇、语法特点,不管是形象的还是抽象的,都蕴含着、概括着当地一定的社会内容,因而都具有多方面的研究价值。寿县方言土语中的语词和语句,除了其作为语言单位所体现的语言学研究价值之外,还有其所概括的社会生活内容所显示的社会文化学研究价值。在学习研究寿县方言土语的过程中,除可以看出使用它的当地民众的言语方式、思维方法,还可以看出使用者所具有的认识水平、思想感情、聪明智慧,以及与此紧密联系着的价值取向和审美观念。

(一)方言土语是一种文化古迹,负载着寿县地区的社会历史文化内容,可以更好地创造新的生产生活

千百年来,方言土语一直是寿县地区民众所喜欢使用的本土专用语言,负载着很多寿县地区的社会历史文化内容。从群体智慧的形成和发挥的角度来说,寿县方言土语所表现的文化负载作用,是其他物质和非物质载体所不可比拟的。仅仅是寿县方言土语中所传承的古代词语,就包含着非常丰富的民族历史文化内容。寿县方言土语,可以说是显现于民众口头上的"活化石""活古迹"。从某种意义上来说,它是比从地下发掘出来的和地面上能看见的历史古迹更重要的"历史古迹"。寿县方言土语不仅能证实、说明、丰富地上留存的和地下发掘的古迹所说明的历史内容,而且还能证明许多后者没有或者不能说明的多种社会历史文化问题。同时,寿县方言土语在概括民俗、表现民俗、巩固民俗、解释民

俗、传承民俗中所起的作用，则更是其他任何物质的和非物质的载体都不能相比的。

毫无疑问，一个地区民众的物质创造和精神创造活动的过程和结果，都会反映在本土的方言土语中。寿县也不例外，当地民众可以用自己独有的方言土语，对本地人从过去到现在的一切生产劳动创造、社会生活状态、精神生活内容，做出准确而细致的描述和解释。换句话说，寿县方言土语可以对寿县人的一切物质生活和精神生活发展的历史和现状，做出圆满的、恰如其分的解说，可以帮助寿县人更好地去创造新的生产生活，这个作用是其他任何非语言事物都不能代替的。总之，寿县方言土语几乎承载了当地历史文化的全部信息，并且集中、具体地突显着该地区文化的地域性、历史性、丰富性和创造性，全面地反映着当地广大民众基本的认知方式和认识成果，集中地体现着当地民众的聪明智慧，鲜明地显示着该地区文化发展的来龙去脉，因而成为寿县地区最为重要的文化标志。

（二）方言土语是一种文化载体，真实地记录着寿县当地的文化，能够有助于保护文化的多样性

语言是一种独特的资源，文化是人类共同的财富，二者不可或缺。语言是文化的载体，是思想的外衣，语言记录文化，是表达和传播文化的重要工具。文化是人们长期社会实践的结果，语言是文化的最直接体现，任何一种文化都是特定民族和社会团体的特有文化。语言作为文化的重要载体，它的消亡也就意味着某些文化的丧失。中华五千年的灿烂文明，留下了悠久的民族文化，语言文化是中华民族传统文化的重要组成部分，它的发展延续对地域文化意义重大。中国人自古就有文化寻根的传统，这种寻根文化正是通过不同的方言土语得以体现。无论是南方方言土语，还是北方方言土语，无不是以其独特的发音诠释着地域文化特点，体现着民族性格特征。方言土语承载、蕴藏着各地丰富的历史文化，正是它的存在，才让文化更为生动立体。保护汉语中的方言土语，不仅仅是保护中华文化的载体，也有助于保护中华传统文化的多样性。

语言多样性的存在，正是一个国家乃至整个民族内部独特传统、国有文化的体现，了解一个国家，就要从研究这个国家地域文化传统入手。同样，探寻一个地方，也要从熟悉和掌握这个地方的语言文化开始。这既是学习地域文化的需要，也是对当地人类文明的尊重。寿县历史文化极具地域特色，其语言文化更具地域代表性、独特性。寿县具有 2600 多年的悠久历史，1986 年被国务院公布为国家历史文化名城，文化底蕴深厚。历史上，寿县地区战事频仍、环境恶劣，当地先民们在长期艰苦的生存环境中，养成了积极乐观、豁达开朗的性格，这是寿县人民勤劳智慧品

质的展现。作为寿县历史文化的重要载体,寿县方言土语以其直白、通俗、幽默、风趣、朴实、土味十足的表达方式,让世人看到了寿县人耿直、宽厚、豪爽、诙谐、可爱的一面。正是通过这些朴拙生硬、土得掉渣的方言土语,人们才有机缘得以重新审视寿县文化,对寿县文化有了更深层次的了解,寿县文化也通过寿县方言土语的传播得以传承。

(三)方言土语是一种文化资源,可以促进寿县经济社会发展,丰富人民群众的物质和精神生活

恩格斯的《自然辩证法》中有关于语言的论述,他认为,语言几乎就是伴随着人类社会的经济活动而产生的。语言是一个民族的标记,方言土语是一个社群的标记。语言是文化的重要传播方式,不同群体、不同文化的传播与交流,都是通过语言彼此交流、增进感情。语言是民族和族群的徽章,是民族和社群彼此认同的标记,是增进了解、促进交流的纽带。即使是不熟悉的人,身处异地他乡,听到有人使用母语或家乡方言土语,都会感到特别亲切,人与人之间的空间距离、亲疏关系、心理感受,通过同样的语言音调、语言词汇、语言符号的使用得以拉近、缩短和舒缓,语言的凝聚价值、认同价值、地域价值得以体现,文化自信得以提升。"少小离家老大回,乡音无改鬓毛衰。"唐人贺知章的诗句,正是通过乡音表达了诗人对故土的殷殷之情。语言和方言甚至还可以显示身份,选用社会认可度高的语言和方言,作为主要的交际工具就是有力证明。20世纪80年代粤语的盛行,正是得益于广东地方经济的快速发展,能说上几句粤语不仅代表着身份地位,也丰富了人民群众日常的语言交流方式。

语言是一种珍贵的文化资源,作为一种非物质形态的社会存在,应该积极开发并更好地利用,以促进经济社会发展、丰富人民群众的文化生活。近年来,借助网络媒体、影视平台,带有寿县地域特色和语言特质的影视文化节目,通过网络大众传媒得以更大范围、更宽领域地传播,使得寿县地域文化特别是语言文化得以推广和延续。寿县方言土语,是寿县人民长期创造、不断创新而形成的地域语言文化,它全面深刻地反映着寿县的历史文化。在融入长三角区域一体化发展的国家战略下,大量带有寿县地域特色和语言特质的影视文化作品不断涌现,不仅丰富了广大人民群众的精神文化生活,同时还影响和带动了寿县文化事业、旅游产业的发展,在当前和今后一个时期,将会继续发挥这一文化资源的承载作用。

三、寿县方言土语的传承保护

"江河若断流,吾辈何以对子孙。文化若断流,吾辈何以见祖先。"胡适先生曾经说过,方言土语是最自然的语言,"是真正活的语言"。寿县方言土语,积淀着悠久的岁月痕迹,深受当地百姓的喜爱。近年来,随着寿县城市的发展、普通话的推广和普及,以及不同文化之间的相互影响,给方言土语造成了巨大冲击。方言土语使用范围多以农村区域为主,年龄结构则以中老年人为主,寿县方言土语所承载的传统文化传承发展逐渐变得令人担忧。这些现状和问题都明确表明,增强方言土语保护意识,加强方言土语传承保护已刻不容缓。

(一)正确处理好方言土语与普通话的关系,给予寿县方言土语合理宽容的文化生存空间

中共中央办公厅、国务院办公厅印发的《关于实施中华优秀传统文化传承发展工程的意见》中明确提出:"大力推广和规范使用国家通用语言文字,保护传承方言文化。"寿县方言土语作为文化传承的载体或工具,是重要的非物质文化遗产,理应得到精心保护和充分利用,努力延续寿县本土文化的 DNA。要端正对寿县方言土语的认识,当前出现的唯普通话是尊,杜绝公共传媒出现方言土语的态势则有失偏颇。普通话的优势和作用无可厚非,但是普通话毕竟也有其不足,尤其是某些文化情景下的表现力,比起方言土语来要贫乏苍白得多。普通话代表着一个城市或地方与外界的交往程度、外来人口的规模、城市的宽容度等,方言土语则代表着一个地域的向心力和凝聚力以及历史的悠久程度。作为语言使用的主体,每个人都有权利使用自己选择的语言,特别是用自己的母语来表达思想、交流感情、进行创作和传播自己的作品。因此,对待二者不应厚此薄彼,而应采取公允的取长补短的态度。任方言土语自生自灭的做法是不负责的,而强迫使用或推广方言土语的做法,也是不符合现代发展趋势的。因此,切不可顾此失彼、左支右绌,不能因为学习使用推广普通话,就放弃世代相承的"地气"与文脉。对寿县方言土语多一些尊重,这既意味着尊重说话人的话语权,又意味着对寿县地域文化的尊重。

(二)有体系、有重点、有计划地保护寿县方言土语

首先,寿县各级政府要对方言土语保护传承予以关注,组织力量,深入挖掘当地方言土语,借助现代科技手段抢救记录方言土语,留住乡愁记忆,促进非遗保护。在录制中,可以选择文化素质高的人用纯正的寿县方言土语对话,也可以选择一批会用寿县方言土语的老年人进行对话录制。对寿县方言土语的保护,当务之急是

要加大抢救性挖掘录制力度,并加以文字材料对照,最后将这些方言土语音像资料报县文旅部门进行收藏、保管,使寿县方言土语这一民族语言瑰宝千秋万代得以妥善、安全保护,在社会应用中实现语言的主体性与多样性的和谐统一。其次,组织专家对寿县方言土语进行系统整理,并成立专门的机构,加强方言土语保护。再次,在推广普通话的同时,加大对保护寿县方言土语多样性的宣传力度,让寿县文化真正传承下去。最后,通过多种方法挖掘、保护寿县方言土语,例如在本地各类"送戏下乡"语言类节目中融入方言土语元素,在淮词、锣鼓歌、寿州大鼓书等地方说唱类曲艺节目中保留使用原汁原味的寿县方言土语,通过对庐剧、推剧等传统地方戏剧的声腔、对白、唱词等进行融入式、贴近式改造提升,抢救保护挖掘方言土语,在创作文学作品中有选择地使用寿县方言土语等。

(三)学校、家庭教育应重视方言土语,积极鼓励青少年学习寿县方言土语这种民间文化载体

学生时代是学习语言的最佳时期,如果在这个阶段不能系统地学习本地方言土语,对寿县方言土语的生存、延续来说,无疑是灾难性的。教体部门既要提倡使用普通话,也要看到寿县方言土语的重要性。校方可以着手搜集、整理一些寿县方言土语童谣、儿歌等普及资料。家庭教育对寿县方言土语的传承保护也至关重要,学生家长要改变观念,重视寿县方言土语中包蕴着的丰厚的文化价值,积极支持鼓励子女学习寿县方言土语,努力成为民间文化的传播者和传承者。寿县籍在校大学生在说好普通话与他人进行更好交流的同时,也要通过发掘寿县方言土语的特点去推广寿县特色文化。期待更多的人尤其是年轻人、孩子们爱上寿县的方言土语,成为寿县方言文化的保护者、传承者,让寿县方言文化的 DNA 永远充满生机与活力。

第二辑

修文化人

震撼与反思

——西安、敦煌两市文化旅游产业发展对寿县的启示

西安市是 1982 年国务院公布的首批国家历史文化名城之一,敦煌市和寿县于 1986 年被国务院同时公布为第二批国家历史文化名城。三座城市地处天南地北,风格迥异:西安市属于古都风貌型城市,十三朝都城的历史遗存众多;敦煌和寿县同属于特殊职能型城市,某些职能在历史上占有极为突出的地位。三座城市的共同特点是历史积淀丰厚,文化底蕴深厚,在华夏五千年文明史中占据重要位置。近年来,西安、敦煌两市与时俱进,更新观念,抢占先机,充分发挥历史文化资源优势,强力推进文化旅游产业发展,其规模之大、势头之强、速度之快、创意之新、效益之高令人震撼。"他山之石,可以攻玉。"西安、敦煌两市发展文化旅游产业的奏效做法和先进经验,是同为国家历史文化名城的寿县可兹仿效、可以复制的。

一、两市文化旅游产业发展的情况及特点

(一)发展文化旅游产业的理念新

西安、敦煌两市文化旅游产业发展之所以取得了巨大成功,一个重要原因是他们冲破了思想观念的束缚,真正把文化旅游当作一项产业来经营,在实践中不断谋求创新与突破。

一是发展思路新。思路决定出路。西安、敦煌两市以文化基础设施和旅游景观设施为核心,对城市建设进行规划布局,同时以市场运作为手段,以做大做强文化基础设施核心项目建设拉动相关产业集聚。两市围绕发展文化旅游产业配置土地资源,在城市建设、开发、经营、管理等各个环节,广泛吸引社会资本参与,实现资

产商品化、土地资本化、操作公司化,带动周边更广阔空间的土地增值。反过来,再用土地升值收入组建投资基金,更大规模地投资文化旅游产业基础设施与旅游景观设施建设,形成良性循环,实现城市经营与文化旅游产业发展相互促进和可持续发展。两市崭新的思路,不但解决了文化旅游产业发展所需的基础设施配套和资金问题,而且实现了城市建设提质扩容,还减轻了政府的投入负担,不失为落后地区发展文化旅游产业的一条重要途径。

二是思想观念新。思想观念决定着文化旅游产业的发展思路和工作力度。西安、敦煌两市上下充分认识到,文化不仅具有意识形态属性和宣传教育功能,而且具有产业属性和消费娱乐功能。在投入上,破除了文化建设就是花钱,只投入不产出或投入产出比低、投资收益周期长的旧观念,树立起文化旅游产业就是现代服务业的核心,就是区域经济发展新的增长点的新观念。在具体工作上,坚持"量力而行,尽力而为;有所为,有所不为;统筹规划,合理开发"的原则,将市场需求旺、竞争实力强、经济效益好、发展潜力大、产业关联度高、能够代表城市形象的产业领域作为突破口,举全市之力在局部实现率先突破。

三是发展理念新。文化旅游产业既讲产业集聚、项目集群,更讲规模经营和抱团发展。从文化旅游产业发展的这一特殊规律出发,西安、敦煌两市在项目规划、运作和建设上坚持做就做大、做就做精、做就做出高水准,按照"赢家通吃"的原则,鼓励文化旅游企业集团优先发展,走兼并重组之路,通过极化效应推动产业集聚,形成品牌,实现超速发展。

(二)规划文化旅游产业的起点高

发展文化旅游产业的视野,决定着文化旅游产业发展的速度和规模。西安、敦煌两市立足于高水准规划,为文化旅游产业发展奠定了坚实基础。

一是规划目标高。两市都把文化旅游产业列为推动当地经济社会发展的主导产业,制订了切实可行的文化旅游产业发展规划。西安市把文化旅游产业作为五大主导产业之一来重点发展,敦煌市把发展文化旅游产业作为建设大敦煌文化旅游经济圈的重要内容来加快发展。

二是发展定位高。两市始终站在国际国内发展前沿的高度,制订总体发展战略。西安市的发展定位是,发挥"世界古都、华夏之根"的资源优势,着力打造以"扬秦·兴唐"文化遗产旅游为主题的多元化产品体系,巩固旅游业作为全市国民经济支柱产业的地位,提升西安在国家和世界范围内的文化旅游城市地位,实现"西方罗马、东方西安"的宏伟战略目标。敦煌市文化旅游发展定位是,以文化旅游作为抢占"一带一路"文化制高点的首要支撑,到2020年将全市建设成"极具跨文化魅力的国际遗产旅游目的地城市"。

三是建设起点高。两市突出表现为以大手笔、大气魄出大思路、做大文章。西安市唐都长安旅游区、临潼秦唐文化旅游区、曲江故址游憩商务区、浐灞城市滨水游憩区、"西安·秦岭"生态旅游区等在建和拟建项目70多个。敦煌市在加快推进大敦煌文化旅游经济圈6个重点景区项目建设的基础上,筛选确定了17个总投资达20亿元的文化旅游项目,一并推进实施。

(三)发展文化旅游产业的创意新

文化旅游产业的发展,离不开独辟蹊径的创意。两市坚持"做不活不做,做不绝不做,做不精不做",要做就做到"一鸣惊人,一飞冲天"的发展理念,秉承"前超古人,后无来者"的发展思路,坚持"在国内100年不落后,在国际50年不落后"的标准,在文化旅游产业项目建设上可谓独树一帜。如西安市曲江新区的大唐不夜城,富丽堂皇、美妙绝伦,拥有世界上最大的水幕电影;大唐芙蓉园则富集唐韵盛景和古典皇家园林,集人工与自然、传统与现代于一体,更是完美地融合了古今艺术,使人震撼,令人流连。敦煌市坐拥莫高窟、玉门关遗址、悬泉置遗址三处世界文化遗产,该市组建成立文化创意公司,在甘肃主要机场、全市各个景区以及天猫、京东开设了连锁品牌店,销售各种独具敦煌风味又不失设计感的文化旅游必购商品,通过文化创意,让进来的游客带走敦煌,形成创意经济,打造创意之都、设计之都。

(四)文化旅游产业的品牌意识强

文化旅游产业的影响力和竞争力,关键因素之一是品牌。西安、敦煌两市在发展文化旅游产业的运作方式上,都注重有针对性地选择一些品牌项目,集中全力实施品牌战略。西安市在巩固兵马俑、华清池、古城、皇帝陵墓等老品牌的基础上,近年来又不断创新,打造出大唐芙蓉园、大唐不夜城、大明宫国家遗址公园等一大批相互呼应的文化旅游品牌,构成了更大的产业集群效应,全面提升了西安市在国际上的形象。敦煌市大力实施文化旅游名牌发展战略,建立品牌建设工作长效机制和良好环境,莫高窟、"鸣沙山·月牙泉"风景名胜区、雅丹国家地质公园、阳关文物旅游景区等被国家质检总局授予"全国敦煌文化旅游知名品牌创建示范区"。

(五)文化旅游产业的经济效益高

一是旅游收入高。2018年,西安市接待海内外游客超过2.4亿人次,同比增长36.73%;旅游业总收入达到254.81亿元,同比增长56.42%,城市形象的提升带来了旅游产业的"真金白银",这座《史记》中记载的正版"天府之国"与"中原龙首"正焕发着无限生机和蓬勃张力。敦煌市以莫高窟为代表,博大精深的文化为该市赢得世界级知名度、影响力和品牌价值,2018年全市旅游接待人数和旅游收入分

别达 1077 万人次和 115 亿元,首次突破了"千万人次"和"百亿元"大关。

二是土地增值大。2002 年,西安市曲江新区每亩土地 20 万元;2006 年,每亩土地已达 180 万元;2007 年,每亩土地已上升到 260 万元。目前,西安核心城区楼面地价已达每平方米 1 万元,在西安东大街一宗商业用地挂牌出让中,竞爆出每亩 3028 万元的单价地王。近年来,随着敦煌市文化旅游产业的蓬勃发展,该市地价也一路飙升,创下历史新高。

三是财政增收快。按现行的土地价格,西安市曲江新区 47 平方公里(可开发 30 平方公里)全部开发完后,可获得 120 亿元的收益,若土地经营中的 20% 上缴市财政,该市每年将获得 24 亿元的非税收入(不含基础设施投资及在建过程中应上缴的各种税费)。

四是经济效益好。据估算,仅大唐芙蓉园的建成使用,每年就为西安市增加 300 万人的游客量,延长游客在西安滞留至少 1 天,保守估计可为西安市年增加 GDP(国内生产总值)100 亿元以上。

二、两市文化旅游产业发展的做法与经验

(一)领导重视是关键

在西安、敦煌两市,当地不少人嘴边经常念叨的是,文化旅游产业是一项"一把手"产业,没有党委、政府的重视,根本不可能取得现在的成绩。两市对文化旅游产业的重视,最直接地体现在负责文化旅游产业发展的工作班子配备规格高。如曲江集团刚成立时,董事长就由西安市副市长兼任,保证了工作的高效开展和运作。为了及时解决文化旅游产业发展中遇到的困难和问题,甚至实行省、市、县三级联动。可以说,文化旅游产业的兴与衰,领导是否重视是关键。

(二)摆正关系是前提

文化往往涉及宗教和旅游,正确处理好旅游、宗教与文化之间的关系,做到三者和谐发展、健康发展、同步发展非常重要。一是处理好旅游业与文化产业的关系。旅游业必须依靠有地方特色的深厚丰富的文化内涵,文化产业又以旅游为重要依托和载体,并得到持续传承。西安、敦煌两市将文化与旅游紧密结合,推进深度融合发展,使"古"的"新"了起来,使"死"的"活"了起来,实现了历史文化资源的创造性转化、创新性发展。二是处理好文化与宗教的关系。宗教与文化是互相联系、相辅相成,又是互相影响的。开发宗教文化资源,是文化旅游产业发展不可或缺的重要方面;而文化旅游产业的发展,也有利于宗教文化的继承、传播、交流和

创新。三是处理好旅游和宗教之间的关系。两市在处理两者关系上,既注重保护宗教文物古迹原有的形态、价值和特点,保证宗教活动的正常开展,又有利于文化旅游活动的持续推进。

(三)机制创新是重点

在管理机制上,两市采用了不改变现有行政区划和行政隶属关系的做法,合力推进文化旅游产业发展。如西安市曲江新区与雁塔区交织在一起,在某些方面势必产生歧义,为促进新区的开发,实行了"共建双赢"的机制,即投资由曲江管委会负责,收益在上缴市政府 20% 后,余下的两家平分,税收留成五五开。在资金筹措上,坚持多元化融资战略。再如法门寺佛教文化旅游景区建设,从地域上说法门寺属于宝鸡市,但按照"谁有能力谁开发"和"利益共享"的原则,景区开发由曲江文化产业园区负责,有效打破了地域限制,促进文化旅游景区的共同开发、共同建设、共同获益。

(四)策划包装是基础

在文化旅游产业发展策划上,两市坚持邀请业界资深专家进行策划,确保其唯一性、权威性和排他性。曲江大唐芙蓉园由工程院院士张锦秋担纲规划和建筑,由日本国宝级园林大师秋山宽先生担纲园林景观设计;文化人王志刚、周勇、贾平凹、陈忠实及西北大学、陕西师大的 30 多位博导参与策划,并且每一个规划方案都要经过三轮以上的专家论证,最多的达到十几次,务求做到尽善尽美。敦煌市委托北京东方园林规划设计院策划编制完成了《敦煌市国家级全域旅游发展总体规划》,形成了科学完备的文化旅游经济圈核心规划体系。

(五)政策支持是保障

西安、敦煌两市对文化旅游产业发展都制定出台了许多优惠政策。各地都设立了文化旅游发展专项资金,采取奖励、补贴、贴息等方式,扶持支持有发展前景和竞争力的文化旅游产业项目。西安市曲江新区设立了 10 亿元的风险基金,用于为相关文化旅游企业提供投资。同时建立了人才创业基金、文化原创基金、非物质文化遗产保护基金、电影电视新人新作助推基金、秦腔艺术发展基金、会展产业发展基金等六项基金共计 6.5 亿元,全面加大了对文化旅游产业的扶持力度。

(六)旅游演艺是特色

旅游演艺是文化旅游产业的重要组成部分,文化旅游消费升级带来的市场需求更为明显。西安、敦煌两市积极发挥资源优势,拓展旅游演艺演出,让文化旅游活了起来,让文化旅游体验更加丰富。来过这两座城市的游客,通过观看旅游演艺节目,发现了城市里不一样的魅力。西安市继 1988 年相继推出唐乐宫《大唐女皇》

《长恨歌》《梦长安·大唐迎宾盛礼》《驼铃传奇》等旅游演艺节目后,近年来又在大唐芙蓉园等景点精心打造推出了360°沉浸式实景演出《大唐夜宴》、大型游船式实景演出《大唐追梦》和大型梦幻诗乐舞剧《梦回大唐》等系列旅游演艺节目。敦煌市也相继推出由"印象"系列和"又见"系列著名导演王潮歌创排的《又见敦煌》《丝路花雨》《敦煌盛典》《敦煌神女》等旅游演艺演出。这些系列演艺演出,是西安、敦煌两市每个景点最吸引游客的旅游项目,成为游客滞留过夜的重要原因之一。

三、对寿县文化旅游产业发展的启示及建议

西安、敦煌两市文化旅游产业繁荣发展的成功做法和经验,给同为国家历史文化名城的寿县以深刻启示。与西安、敦煌两市相比,寿县文化旅游产业虽然有了一定的发展,也具有发展文化旅游产业的有利条件,但总体上来看,尚存在不小的差距,还有待进一步加强和改进。

一是要进一步更新思想观念。观念决定行动。西安、敦煌两市文化旅游产业繁荣发展的事实,充分说明这一点。两市在文化旅游产业发展上,有着一种"只有想不到,没有做不到"的勇气和智慧,有着一种"讲发展不需要任何理由"的责任感和紧迫感,有着一种"要做就做最好"的胆识和干劲。按照旅游规划,要把寿县打造成为"新皖北历史文化旅游"重要基础,长三角、省会经济圈后花园和华东地区重点旅游目的地,成为安徽省重要旅游城市。这是一个宏伟的发展目标,需要文化旅游产业提供强大支撑。面对艰巨的发展任务,寿县应认真学习西安、敦煌两市发展文化旅游产业的先进理念,努力实现文化与经济发展、城市发展和社会需求的有机结合,转变"文不经商"的落后观念,树立文化旅游产业是全县新的区域增长点、增长极、增长带的观念,强化抓产业、兴事业的意识,推动全县文化旅游产业发展迈出新的步伐。

二是要进一步推进体制创新。加快体制创新,是文化旅游产业发展的重要保障。文化具有最厚重的历史、最丰富的资源、最低成本的经济价值。与西安、敦煌两市相比,寿县的差距不在基础,而在对文化资源的挖掘、开发和利用。寿县发展文化旅游产业,一定要坚持走与旅游休闲相结合、与新农村建设相结合、与休闲商务相结合的一体化发展道路。要进一步理顺文化市场管理体制,尽快形成大流通、大市场、大文化的文化旅游产业化发展格局。建议学习西安、敦煌两市的做法,设立一个涵盖文化娱乐、新闻出版、影视传媒、文博旅游等的文化旅游产业高层权威协调机构,全面负责文化娱乐、演出、音像、影视、文博、展览等文化旅游产业的市场

培育、管理、调控和监督。同时,要尽快建立多元化的文化旅游产业投融资体制,发挥金融投资、社会融资的作用,努力实现文化旅游产业资源的优化升级。

三是要进一步实施项目带动。文化旅游产业发展,离不开项目的强力推动与有力支撑。西安、敦煌两市的经验说明,文化旅游产业必须走集约化、规模化发展和经营之路,形成以产业集团为龙头、各类中小文化企业优势互补的文化旅游产业格局。西安市曲江集团的运作与发展过程,就是不断实施项目带动战略,促进文化旅游产业发展的过程。寿县在发展文化旅游产业的过程中,一定要借鉴西安、敦煌两市的经验,实施项目带动战略。通过大抓项目、抓大项目,促进全县文化旅游产业又好又快发展。

四是要进一步优化人才环境。人才是文化创新的内在要求,文化旅游创意产业是知识密集型产业,增强文化旅游产业的创新能力,不仅需要艺术人才、技术人才,而且需要懂管理、善经营的人才。要加快引进既懂意识形态,又懂经营和现代管理,既能把握国内市场,又能把握国际市场的复合型文化旅游产业高级经营管理人才和发展文化旅游产业急需的高科技专业人才,以及具有国际视野的职业文化经纪人才。同时,加快培养寿县本地的文化艺术人才和文化经营人才,不断增强寿县文化发展的原动力和竞争力。

推动寿县传统文化创造性转化创新性发展的对策和思路

党的十九大报告中指出:"推动中华优秀传统文化创造性转化、创新性发展,继承革命文化,发展社会主义先进文化,不忘本来、吸收外来、面向未来,更好构筑中国精神、中国价值、中国力量,为人民提供精神指引。""我们要以更大的力度、更实的措施加快建设社会主义文化强国,培育和践行社会主义核心价值观,推进中华优秀传统文化创造性转化、创新性发展,让中华文明的影响力、凝聚力、感召力更加充分地体现出来。"这些阐述高屋建瓴,高度概括了在新时代我们对待中华优秀传统文化的科学态度,是继承发展中华优秀传统文化的基本方针,具有重要的现实指导意义和深远的历史影响。作为国家历史文化名城的寿县,如何结合实际,研究探索和积极实践推进传统文化创造性转化、创新性发展的新路子、新方法,是摆在我们面前的一项重要使命和重大课题。

一、推进寿县传统文化"双创"的现实意义

寿县是楚汉文化的积淀地、中国豆腐的发祥地、淝水之战的古战场,2000多年的悠久历史沉积下灿烂辉煌、光耀神州的文化脉系,成为中华优秀传统文化的重要组成部分。深邃的文化底蕴,是寿县最深厚的文化软实力,是寿县精神之根和文化之魂,其内容博大精深,生生不息,历久弥新,在当前仍有着重大的现实意义。

一是传统文化"双创"可以承载寿县人的人文情怀。寿县不仅是一个文明古都,更是一个文化传承从未中断过的城市。在数千年的历史长河中,寿县人民以自己的勤劳和智慧,创造出独树一帜的古城文化。从世界首支管状射击武器突火枪

（步枪前身）的发明到脑体激素药物的发现，从中国豆腐制法的发明到"天下第一塘"安丰塘的人工开掘，一项项发明记录着寿县人的科学实践与理性睿智；寿字淮词、寿州锣鼓、正阳关肘阁抬阁，持续不断的文脉滋养着生生不息的文艺与感性传统；老聃、孙丘、庄周、韩非诸子争鸣生辉，儒、释、道和谐共生，修身、齐家、治国、平天下浑然一体；孝悌忠信、礼义廉耻、内圣外王、天人合一、仁者爱人、与人为善等思想观念，成为寿县人的道德规范与人格准则；建设五大发展美好寿县所需要的"位卑未敢忘忧国"的爱国精神，"先天下之忧而忧，后天下之乐而乐"的忧患意识，"民为邦本，本固邦宁"的民本思想，"与时俱进、自强不息"的进取精神，"德惟善政""为政以德"的德政文化，"协和万邦""兼爱非攻"的和平共赢诉求，"不患寡而患不均，不患贫而患不安"的公平正义的价值取向，"富贵不能淫，贫贱不能移，威武不能屈""出淤泥而不染"的高尚品格等，均能在寿县传统文化中找到话语依据和精神支撑。

二是传统文化"双创"可以塑造寿县人的时代精神。寿县传统文化深深植根于中国传统文化的肥壤沃土之中，它浓缩了五千年中华文明的优秀文化基因，承载着寿县古老而又常青的光荣与梦想，培养了寿县与时俱进的时代精神。从历史上楚国人"筚路蓝缕，以处草莽"的奋斗精神，到"三年不鸣，一鸣惊人"的民族自信，从淮南王刘安"谓学不暇者，虽暇亦不能学"的求索精神，到"攻城略地，莫不降下"的英雄气概，从孙叔敖"纳言"时"甚善，谨记之"的谦逊态度，到"举于海"的责任担当，从时苗"少清白，为人疾恶"的耿直性格，到"及其去，留其犊"的清廉风范……一个个历史人物的精神风貌，影响和导引着寿县人的人生方向和精神坐标，培育和塑造了寿县人以爱国主义为核心的团结统一、爱好和平、勤劳勇敢、自强不息的伟大民族精神，以改革创新为主体的与时俱进、开拓进取、求真务实、奋勇争先的时代精神。

三是传统文化"双创"可以汇聚寿县人的思想力量。传统文化是寿县人的精神家园，是寿县独特的文化系统。寿县传统文化强调人在社会中的地位与责任，注重自强不息、刚健有为的理想信念和道德追求。特别是儒家所倡导的讲仁爱、重民本、守诚信、崇正义、尚和合、求大同等思想理念，深深地影响着每个寿县人的思维模式和行为方式。可以说，传统文化是寿县的根基和血脉，是每一个寿县人共有的精神家园，是寿县生命力、凝聚力、创造力的重要源泉。寿县传统文化无论是在思想共识形成、精神力量汇聚，还是在社会风尚引领、文化繁荣发展上，都发挥着重要的作用。在数千年的历史长河中，寿县人始终心怀梦想、不懈追求，不仅形成了小康生活的理念，而且秉持天下为公的情怀，盘古开天、女娲补天、伏羲画卦、神农尝

草、夸父追日、精卫填海、愚公移山等古代神话,成为寿县人拼搏奋进、勇往直前的精神动力和思想支撑。

二、推进寿县传统文化"双创"的基本思路

寿县传统文化已成为全县社会主义文化的重要思想资源,已被视为地域主流文化意识形态的重要组成部分,体现了县委、县政府在思想文化建设特别是复兴寿县优秀传统文化方面所展示出的前所未有的主动性和能动性。在新的历史时期,推进寿县传统文化创造性转化、创新性发展,必须厘清思路,明确创造性转化、创新性发展的努力方向和奋斗目标。

一是抓牢"一个重点"。这个重点就是全面贯彻落实创造性转化、创新性发展的基本方针。寿县传统文化历经世代传承积淀,又在不断推陈出新中赓续绵延。"双创"方针与我们党所倡导的"古为今用、推陈出新""取其精华、去其糟粕"等一脉相承、一以贯之,同时又结合新的时代要求做出了新的理论概括,是我们正确对待寿县传统文化的"总开关",也是新形势下处理"守"和"变"关系的科学指南。"双创"方针与"为人民服务、为社会主义服务"的"二为"方向和"百花齐放、百家争鸣"的"双百"方针各有侧重,相辅相成,构成了一个有机整体。其中,"二为"方向深刻回答了文化发展的目标方向问题,"双百""双创"方针深刻回答了文化发展的路径方法问题,三者都是管根本、管长远的,集中体现了党和国家对文化建设规律认识的不断深化。在推进寿县传统文化"双创"实践中,必须将创造性转化、创新性发展作为指导思想,深刻领会"双创"方针的重大意义、基本内涵和实践要求,用以指导寿县传承发展传统文化的全部工作。

二是抓住"三个环节"。首先要尊重传统。寿县文化传统是与生俱来的精神标识、文化血脉和价值系统,只有从传统文化的母体中汲取丰富营养,才能惠及当代、泽被后人。历史上,秦一统天下后,废文用暴,"焚书坑儒",二世而亡;汉以秦为鉴,尊儒重文,以礼仪治天下,开创了400多年盛世。这就是对待传统文化不同态度导致的不同后果。"双创"方针的基本前提,就是要自觉礼敬、尊崇传统文化,从内心深处强烈认同寿县传统文化承载的价值理念。其次要古为今用。尊重传统不是仅仅将其作为文字存放在图书馆里,也不是将其作为文物收藏在博物馆里,而是要让其活起来、用起来,达到经世致用、学以致用的目的。"双创"方针的重要内涵,就是要积极运用古人的智慧解决当下的问题,发挥以文化人的教化功能,使之有益于个人、社会的教化和社会的治理。再次要推陈出新。运用传统不能食古不

化，"一股脑儿都拿到今天来照套照用"，更不能作茧自缚。文化的生命力在于创新。在每个时代，文化在适应时代发展需要、解决所面临新问题、与其他文化碰撞交流的过程中，与时迁移、应物变化，必然从传统中孕育出新的文化形态。"双创"方针的鲜明指向，就是立足实践，把跨越时空、超越国度、富有永恒魅力、具有当代价值的文化精神弘扬起来，以兼收并蓄的包容精神，借鉴其他优秀文明成果，通过转化再造、丰富发展，让寿县传统文化焕发新的生命力。

三是抓好"四个融入"。一要融入国民教育。把寿县传统文化教育贯穿国民教育始终，贯穿启蒙教育、基础教育、职业教育、高等教育、继续教育各领域，进入课堂教学和教材体系，提升全县青少年的传统文化涵养。注重把知识教育和文化熏陶结合起来，推动戏曲、书法、武术、寿州锣鼓等非遗项目进校园，让青少年在寿县传统文化的沐浴中健康成长。加强寿县传统文化的社会普及，发挥博物馆、文化馆、图书馆、纪念馆等文化场所的作用，推出更多《成语大会》这样的节目栏目，广泛开展"经典诵读"等实践活动，为民众传习寿县传统文化创造便利条件。二要融入道德建设。深入挖掘寿县传统文化中的道德教化资源，进行合乎时代精神的阐发运用，使之成为涵养主流价值、涵育美德善行的重要源泉。大力弘扬寿县传统美德，将其纳入全县思想道德建设和精神文明创建全过程，深入实施公民道德工程建设，广泛开展爱国主义教育，不断深化孝老爱亲教育、诚信教育、勤俭节约教育，培育传承优良家风家训、企业精神、新乡贤文化，培育积极健康的社会风尚。三要融入文化创造。珍视先人创造的文化遗产，加强对诗词、书法、绘画、音乐、舞蹈、曲艺、杂技等传统文学艺术的扶持，着力振兴推剧、庐剧等传统戏曲，积极发展民族民间文化，重现寿县传统文化的魅力。善于从传统文化中提炼题材、激发灵感、汲取养分，创作更多体现寿县文化精髓、反映寿县人审美追求、传播当代寿县价值观念的优秀文艺作品，使当代文艺创作具有更加鲜明的寿县风格。四要融入生产生活。强化实践养成，注重把传承寿县传统文化贯穿融入全县人民的生产生活各个方面，与法律法规、节日庆典、礼仪规范、民风民俗相衔接，与文艺体育、旅游休闲、饮食医药、服装服饰相结合，让寿县传统文化内涵更好地融入生活场景，弘扬寿县传统建筑美学，延续城市文脉，建设美丽乡村，让全县人民瞧得见山、看得见水、望得见城、记得住乡愁、留得住文脉。

三、推进寿县传统文化"双创"的重点工作

传统文化是一个复杂的矛盾体，需要具体分析，分类施策。全面认识寿县传统

文化,取其精华,去其糟粕,使之与当代社会相适应,与现代文明相协调,保持民族性,体现时代性,在中国特色社会主义的伟大实践中进行文化创造,倡导和发展寿县文化事业。

一是牢牢把握发展这一主题。必须抓住和利用寿县发展的重要战略机遇期,在坚持以经济建设为中心的同时,自觉把传统文化"双创"作为坚持发展是硬道理、发展是党执政兴国的第一要务的重要内容,作为深入贯彻党的十九大精神的重要抓手,进一步推动全县文化建设与经济建设、政治建设、社会建设协调发展,为继续解放思想、坚持改革开放、推动科学发展、促进社会和谐提供思想保证、精神动力、舆论支持和文化条件。

二是牢牢把握引领这一核心。社会主义核心价值体系是兴国之魂,是社会主义先进文化的精髓,决定着中国特色社会主义发展方向。必须把社会主义核心价值融入国民教育、精神文明建设和党的建设全过程,贯穿改革开放和五大发展美好寿县建设各领域,体现到精神文化产品创作生产传播的各个方面。坚持用社会主义核心价值体系引领社会思潮,在全县上下形成统一指导思想、共同理想信念、强大精神力量、基本道德规范。要坚持马克思主义指导地位,坚定中国特色社会主义共同理想,引导全县人民弘扬以爱国主义为核心的民族精神和以改革创新为核心的时代精神,树立和践行社会主义荣辱观。

三是牢牢把握保障这一使命。维护全县人民群众的文化权益,不断满足人民群众多层次多方面的文化需求,让全县人民共享文化创造性转化、创新性发展的丰硕成果。人民群众是传统文化"双创"的主体,也是文化消费的主体。寿县传统文化"双创"不仅要体现在文化发展的良好环境和氛围、出人才出精品上,还要体现在人民群众的文化消费数量增加、质量提升、内容充实、形式多样,全县人民群众呈现出良好的精神风貌和文化形象上。

四是牢牢把握创新这一动力。要以更大力度推进传统文化"双创"工作,必须加快文化体制改革,加快构建公共文化服务体系,加快发展文化事业和文化产业。要推进文化观念创新,文化内容创新,文化业态创新,文化机制创新,不断激发全县人民群众的文化创造活力,推动社会主义文化大发展大繁荣,让寿县传统文化绽放新光彩。

五是牢牢把握传承这一根本。寿县文化遗产众多,物质文化遗产和非物质文化遗产是传统文化中世代相传、弥足珍贵的文化表现形式。引导物质文化和非物质文化活态传承,让传统文化活起来,呈现新样式,焕发新活力,实现寿县文化遗产弘扬传承的创造性转化和创新性发展。要善于把弘扬传统文化和发展现实文化有机统一起来、结合起来,在继承中发展,在发展中继承。要坚持古为今用、以古鉴今,"以古人之规矩,开自己之生面",使之与现实文化相融相通,共同服务以文化人的时代任务。要系统梳理传统文化资源,创新传统文化表现和承载方式,进一步挖掘和释放文化产品活力,让书写在古籍里的文字活起来、流行起来,让收藏在博物馆里和陈列在广阔大地上的文物活起来,让国宝说话。

六是牢牢把握挖掘这一基础。坚持以习近平总书记关于"四个讲清楚"的重要讲话精神为引领,坚持马克思主义的方法,立足寿县,着眼全省,放眼全国,采用现代化、数字化、网络化手段,利用高等院校、科研院所、文化协会等机构的学术研究优势,加强对寿县传统文化的研究挖掘。阐发寿县传统文化对中华文明延续发展与国家民族和合一体、社会治理与科技进步、个人道德修养与品行锤炼、地域文明交流等方面的巨大作用和重要贡献,彰显寿县传统文化的思想精华和道德精髓,夯实创造性转化、创新性发展的基础。

推进中国二十四节气展览馆建设的方法及路径

二十四节气是中华民族优秀传统文化的重要组成部分,也是中国浩若繁星的非物质文化遗产家族中的杰出代表。加快推进中国二十四节气文化传承展览馆建设,对于传承人类文明智慧、讲述好中华文化故事、推进淮河文化的历史传承和深入研究,具有深远的历史影响和重要的现实意义。推进中国二十四节气展览馆建设,必须把握优势,增强信心,明确方法,找准路径,促进项目尽快落地。

一、优势分析

一是具有典型性的气候特征。淮南市地处中国南北方地理气候分界线的淮河—秦岭一线,属于江淮分水岭的北岭。这里的地理环境具有独特性和代表性,气候四季分明,冷热交替,兼有我国南北气候的显著特征。冬季平均气温在零摄氏度左右,年降水量800毫米分界线穿城而过。淮南市地域特征明显,《淮南子》中的记载与该市的地理坐标完全符合,气候条件基本吻合,交节之时变化明显,历史文献记载最早,农耕文化传承有序,底蕴深厚。这里山水相依,河网纵横,地理环境优越,农业资源丰富,优质果蔬四季不断,水产资源丰富,"淮王鱼"为地方特色珍稀鱼类,瓦埠湖银鱼、白虾品质优良,誉满江淮。

二是具有地域性的历史渊源。淮南市是"牢笼天地,博极古今"的鸿篇巨制《淮南子》的诞生地,二十四节气与淮南的关系源远流长,书中第一次完整、科学地记载了二十四节气的运行体系,其中记载的气候、物候、耕作(农事)等特征,与该市古寿春的地理环境、气候环境有着极大的相似性,可以说淮南市寿县是二十四节气大启而宇、长发其祥之地。在全市各地,至今仍保留和传承着二十四节气活态民俗文化。例如,在夏至入伏后,各地都保留着盘伏的习俗,家家户户会把储存的粮食、衣服、书籍等物品,统统放置在阳光下暴晒,以达到除虫、除菌、除湿的目的。秋分时节,各地准备秋收,农谚有"秋分不分,拿刀砍根"之说,且常与中秋节摸秋、玩火把等习俗融为一体。目前,夏至和秋分民俗已被批准为市级非遗项目,正在申报省级和国家级非遗(扩展)项目。

三是具有代表性的文化资源。淮南市本土专家学者多年来一直致力于二十四节气相关学术的研究与普及宣传工作,全市现有《淮南子》、二十四节气和楚文化、楚淮文化研究所等研究机构16家,专家学者200余人。本土成长起来的学者陈广忠教授出版了《二十四节气与〈淮南子〉》《全本全注全译丛书·〈淮南子〉》《淮南文集》等一批含金量较高的学术成果,对二十四节气的保护、传承与发展起到了积极的促进作用。据不完全统计,全市目前已出版二十四节气、《淮南子》研究等相关专著、文学作品30余部,发表二十四节气相关研究论文50多篇。

四是具有基础性的传承成果。开发了一系列二十四节气题材的艺术创作和创意文化产品。市邮政局分别于2015年2月4日(立春)、2016年5月5日(立夏)、2018年8月7日(立秋)、2019年11月8日(立冬)等季节节点,先后举办了以二十四节气为主题的《二十四节气(一)—(四)》特种邮票原地首发式。2017年2月4日,市邮政局创办了全国唯一一家二十四节气邮局。同年按照国家邮政总局安排,市邮政局专门举办了《二十四节气》特种邮票姊妹篇《春夏秋冬》特种邮票的发行。同时,应邀前往北京参加了由中国农业博物馆和中国非遗保护中心联合主办的《二十四节气》特种邮票专题展,受到国内外观众的青睐。近年来,该市还先后推出了《风生水起二十四节气》童话图书,动画片《风生水起之二十四节气的故事》,制作了一批以二十四节气为主题的音乐、剪纸、书画、雕塑、石刻等艺术品,并组织开展了以二十四节气为主题的豆腐美食制作、经典诵读演出、民俗文化讲座和节气图片展览等文化传承活动。

二、推进措施

一是落实项目选址。中国二十四节气展览馆建设项目已提上市委、市政府的重要议事日程,当务之急是要抓紧落实好项目选址工作。根据实地考察结果,综合多方意见,中国二十四节气展览馆馆址放在寿县有着很大的比较优势,原因有三。其一,有深厚的历史文化底蕴。寿县是国家历史文化名城、千年古县、中国书法之

乡、全国文化百强县,是千古奇书《淮南子》和二十四节气的诞生地及发祥地。域内与二十四节气相关的历史遗址、遗迹独具特色,其中正在申创全球重要农业文化遗产的安丰塘、正在申创世界文化遗产的寿县古城墙、正在申创世界非物质文化遗产的八公山豆腐传统制作技艺等文化遗产保存完好。其二,有现成的展览展示场所。安徽楚文化博物馆于2021年10月建成使用后,原寿县博物馆将整体搬迁至新馆,完全可以利用老馆改造建设中国二十四节气展览馆。老馆地处寿县古城历史文化街区的核心地段,占地近2万平方米,建筑面积6558平方米,陈列布展面积2650平方米,基本可以满足中国二十四节气展览馆的陈列布展需要。同时,老馆与古城墙、清真寺、寿州孔庙、寿春城遗址等全国重点文物保护单位空间距离很近,位置适中,交通便捷,建成后可与古城区的文化遗产、遗迹融为一体,成为寿县古城内新的公共文化服务设施。利用老馆建设中国二十四节气展览馆,可以减少或避免用地审批、房屋征迁、资产闲置、重复投入、重复建设等问题和弊端。其三,有丰富的文化旅游资源。寿县现有AAAA级景区2个,AAA级景区8个,历史文化禀赋和旅游资源优势明显。近年来,随着"北旅"进程的全面提速,寿州古城创建AAAAA级旅游景区步伐不断加快。中国二十四节气展览馆在寿县建成后,将大大促进周边城市及长三角地区游客的文化旅游消费,全面提升全市文化旅游的经济效益和社会效益。

二是丰富展陈内容。其一是突出主题。中国二十四节气展览馆项目,要边建设边同步进行展陈内容设计、实物搜集整理等工作。展览要体现全国性、突出地域性,围绕"传承节气文化,弘扬科学精神,坚定文化自信"主题,融二十四节气知识普及与文化传承于一体,面向社会公众,特别是青少年进行弘扬传承二十四节气文化的宣传教育,增强公众和青少年的民族自豪感和文化自信心。其二是突出特色。展陈内容应包括节气综述、节气与天时、节气与农事、节气与生活等方面,重点讲述二十四节气与天时、农事和人们日常生活的密切关系。同时,充分利用现代科技手段,通过激发、调动观众视、听、触、嗅等感觉,让观众现场体验并领悟节气艺术与文化的魅力。其三是突出功能。要注重展示展览馆宣传普及节气知识的基本功能,把握观众对节气相关知识可视可触、形象直观的参观需求,让与节气相关的实物说话,缩短观众与节气的心理距离。提前开展与二十四节气相关的实物搜集和仿制工作,重点搜集和仿制与节气相关的观测、生产、生活工具,进一步丰富展陈内容。

三是构筑共建氛围。其一是合理规划,专业设计。将中国二十四节气展览馆项目建设列入全市"十四五"文化旅游发展规划,在市一级层面联合相关景区建立共建机制,寻找专业机构、旅游规划公司进行统一设计规划,设定分期发展目标,统一进行开发利用。深化产品精细度,做好线路设计,成系统地规划出一整套二十四节气旅游产品。其二是重点投入,优先开发。着力建设中国二十四节气文化旅游目的地,依托中国二十四节气展览馆建设,打造全市节气文化旅游项目。要做好市场调研,结合现有二十四节气理论、内涵研究成果,以满足当下游客文化体验的需求为目标,确立市场定位,进行节气景区建设。其三是全民参与,利益共享。改变传统节气宣传模式,建立全民共享导向,促进节气文化旅游品质提升。要在中国二十四节气展览馆项目建设的同时,推进公共服务体系建设,加快道路、通信、设施配套、创业扶贫、美丽乡村等建设,建立合理有效的利益分配机制,促使项目实施地周边群众和全市人民都能参与到项目建设中来,形成全民参与、共建共享的合作机制。

四是建立推进机制。其一是建立领导包抓项目机制。推进二十四节气展览馆项目建设,要按照"一个项目、一名市领导牵头、一个工作责任部门、一套工作班子、一套推进措施"的"五个一"工作机制,牵头市领导为第一责任人。按照"一包到底"的要求,定期检查、定期协调、定期调度,坚持一月一通报、一季一会商、半年一分析、年终一考核,针对展览馆建设项目中存在的问题,有针对性地提出对策和措施,促进中国二十四节气展览馆项目建设取得实质性进展。其二是建立部门联动机制。市直各部门及选址拟建单位要有担当担责的魄力和能力,从思想上扭转"各自为政"的想法,从行动上增强主动作为的能力。通过强化中国二十四节气展览馆项目建设责任落实,不断形成项目推进的整体合力。其三是建立项目调度机制。通过召开项目调度会、市领导专题调度会等形式,全面了解和把握展览馆项目建设情况,协调解决项目建设中存在的突出问题,推进中国二十四节气展览馆项目建设尽早落地。

寿州锣鼓民间艺术创新发展的实践与思考

寿州锣鼓是安徽省淮河流域流传 2000 多年的一种锣鼓乐艺术形式。历经千百年的融合发展,寿州锣鼓逐步形成了别具一格的淮河风情和地域特色,薪火相传,生生不息。近年来,寿县坚持创造性转化、创新性发展,加大对寿州锣鼓民间艺术的抢救保护、传承发展力度,使这一优秀传统文化艺术重现生机和活力,探索出一条传统文化创新发展的新路子。

一、寿州锣鼓民间艺术创新发展的实践成果

（一）面临的难点问题

一是发展空间受限。寿县是一个农业大县,民间艺术与农耕文明有着内在的关联。寿州锣鼓民间艺术是当地人民在过去庆祝丰收、表达喜悦心情时的一种自发、即兴的民俗活动。改革开放以来,寿县成为劳务输出大县,当地的青壮年劳力主要以外出打工为谋生手段,不再从事农业劳动,大量土地由留守家里的老人耕种,农耕文明因人们生产和生活方式的改变而逐渐萧条。同时,外出务工的年轻人逐渐被所在城市的流行音乐文化所陶醉,从意识上已经完全抹去了老家传统文化的印记。由于传统文化氛围的缺失以及在农耕文化影响下人们意识的改变,作为民间艺术的寿州锣鼓发展空间一度受到很大限制。

二是传播范围变窄。改革开放以来,港台流行音乐充斥大陆的文化市场,快餐文化被大众所接受,一首首充满激情和情爱的流行歌曲,成为众多年轻人追捧的时尚。从寿县走出去的青年务工人员,很快接受了城市里的新生事物,家乡的传统音

乐文化也同时被忽视。寿县的打工青年原本完全可以将寿州锣鼓这一文化产品带到异乡发扬光大，但在"土"和"洋"之争中，"洋"占据了绝对优势，寿州锣鼓民间艺术对外传播的途径一直没有得到拓展。

三是传承人才断档。传承人是承载一项传统技艺的重要载体。进入21世纪，在新媒体环境下，寿州锣鼓可以通过网络、手机和数字媒体等手段予以传播。由于寿州锣鼓的传承人大多年逾古稀，甚至有的已经离世，年轻一代大都喜爱当下的流行音乐，对老家的传统文化产品不感兴趣，使寿州锣鼓表演技艺人才出现严重断层。

(二)采取的创新举措

一是在"挖"字上突出保护。一个时期以来，寿州锣鼓的乐谱以口耳相传为主，随着传承人和民间艺人的年事渐高，不少锣鼓乐谱面临失传的危险。为抢救和传承寿州锣鼓，寿县进一步加大对寿州锣鼓乐谱抢救挖掘力度，组织县文化馆、非遗保护中心人员，深入乡镇、社区遍访传承人和民间艺人，采取音像记录、文字描述、现场观摩相结合的方法，抢救、整理、挖掘《压条鼓》《连锤锣》《雁落沙滩》等10多个民间锣鼓传统乐谱。在此基础上，编创、丰富、发展了《长流水》《双绞丝》《小五番》《龙腾虎啸》《欢欣鼓舞》等20多个锣鼓新乐谱，使寿州锣鼓的演奏乐谱和表演曲牌更加丰富多彩。

二是在"提"字上体现传承。随着社会的不断发展进步，人们对精神文化生活有了更高的要求，寿州锣鼓过去率性散漫、自娱自乐的表现形式已与现代人的欣赏要求相去甚远。为满足人民群众对传统艺术出新出彩的诉求和愿望，进一步提升寿州锣鼓民间艺术的感染力，寿县文化部门先后邀请央视导演、安徽省歌舞团编导等艺术专家，对寿州锣鼓进行艺术提升和技艺打磨，围绕表演的协调性、队伍的整齐度等问题找症结、动刀子，着重在鼓点、打法、动作、表情、队形、服饰等方面加以完善和改进。同时，努力增强寿州锣鼓民间艺术的审美功能，通过对锣鼓的提升、创新，在传统的演奏形式中增加一些新颖的艺术元素，增添一些现代化音乐形式，创作出一大批优秀的锣鼓乐曲，借助舞台表演、荧屏展演等方式，使寿州锣鼓民间艺术不断发扬光大。

三是在"建"字上推进发展。寿县坚持把寿州锣鼓民间艺术创新发展与品牌建设一体规划、协同推进，通过打造非遗传习、文化传播、文化交流三大平台，实施资源抢救、技艺培训、设施建设三大工程，着力构建非遗名录、设施网络和交流传播三大体系。第一，构建起寿州锣鼓非遗名录体系。开展寿州锣鼓资源普查，对传承人和民间艺人进行口述史调查和文本归档，建立寿州锣鼓非遗项目数据库，全面掌

握寿州锣鼓非遗资源和生存状态。第二,构建起寿州锣鼓设施网络体系。依托乡镇综合文化服务中心、村级文化活动室等公共文化服务设施,建成一批镇、村非遗展示室,为寿州锣鼓展演、培训、研究和交流提供了更多载体和平台。第三,构建起寿州锣鼓交流传播体系。充分利用民间艺术节、锣鼓展演等国内大型文化节庆和各种展会,开展寿州锣鼓民间艺术的展示宣传活动,增强寿州锣鼓民间艺术的社会认同度和品牌影响力。

(三)取得的初步成效

一是传承队伍不断壮大。第一,在申报评选上"推"。持续加大寿州锣鼓各级非遗代表性传承人的推荐力度,向上成功申报寿州锣鼓非遗代表性传承人省级2名,市、县级4名,县内挖掘评选骨干传承人30多人,锣鼓队70多支,队员2000多人。第二,在管理机制上"促"。不断完善寿州锣鼓非遗代表性传承人管理制度,先后制定出台了寿州锣鼓非遗代表性传承人认定、管理、考核及补贴办法,每年从文化发展专项资金中拨出专款,对寿州锣鼓非遗代表性传人进行补助,有力地促进了寿州锣鼓非遗传承人的"选、管、用"。第三,在传承传播上"牵"。积极支持鼓励非遗代表性传承人开展寿州锣鼓传承传播活动,通过"名师带徒"形式、非遗"七进"(进机关、进校园、进社区、进农村、进企业、进家庭、进公益)活动及锣鼓传承(教学)基地建设,为传承人收徒授艺牵线搭桥,进一步壮大寿州锣鼓民间艺术传承队伍。

二是交流活动连续开展。第一,展演活动常态化。多年来,寿州锣鼓先后在首届中国福保乡村艺术节、第三届淮河风情、上海国际旅游节、数届安徽省花鼓灯会中登台亮相;参加过央视心连心艺术团、《欢乐中国行·魅力六安》、第一至第三届中国农民歌会、第一至第二届中国大别山山水文化旅游节开幕式暨"十大华语电影"颁奖盛典等国字号大型演出;随央视旅游频道"六安之旅"和安徽卫视"鼓舞天下"及凤凰卫视走向国内外;2017年10月,寿州锣鼓作为安徽省唯一代表队参加在陕西省洛川县举办的"我们的节日·喜迎十九大"全国优秀民间欢庆锣鼓展演活动。第二,比赛活动经常化。2009年,寿州锣鼓在山西洪洞举办的"远中杯"全国鼓王邀请赛中,一举夺得"最佳鼓王奖";2016年参加在陕西韩城举办的中国"司马迁杯"第三届锣鼓大赛暨"伟力远大杯"鼓王争霸赛获入围奖;2017年2月参加在广东东莞举办的第十三届中国民间文艺山花奖·优秀民间艺术表演(民间鼓舞鼓乐)活动中,斩获"山花奖";2019年9月参加在江苏苏州举办的"山花绽放　天工江南"首届长三角民间艺术节(民间文艺展演)中荣获"最佳表演奖"。

三是艺术价值逐步提升。第一,恢复了自然之美。寿州锣鼓是寿县人民在漫长的生活实践中创造的融音乐、舞蹈于一体的民间表演艺术形式,是人们在自然环境与生产劳动相互影响下,形成的原汁原味、淳朴自然的民间艺术,热情奔放,气氛热烈,具有独特的艺术感染力。第二,再造了民族精神。寿州锣鼓是人们生产生活的伴生物,是具有原生态的音乐文化。寿州锣鼓经过一代又一代的延续与传承,不断完善,日趋成熟,成为中国民间音乐的重要组成部分,从不同方面显示出自己的民族特征与个性特色。寿州锣鼓就是民族精神在音乐艺术上的体现,为寿县人民确立了正确的艺术审美观和价值观。第三,重现了艺术特色。寿州锣鼓拥有自己独特的艺术特色,在动态性、民族性、习俗性、广泛性和多层文化内涵上表现突出,在一定程度上反映了寿县人民的宗教信仰、价值观念、思维方式、审美趣味、道德情操、社会制度、历史传承等。

二、寿州锣鼓民间艺术创新发展的有益启示

(一)寿州锣鼓创新发展的特色和亮点

一是在表现形式上进行包装改造,使乐队的装扮更富特色。寿州锣鼓作为安徽省较有影响的锣鼓艺术之一,其表演形式丰富,地方特色鲜明,以其独特的表现形式和鲜明的艺术风格,长期流传于民间,深受广大群众喜爱。过去,寿州锣鼓在服装方面要求比较自由,演奏人员大多来自于农村地区,在农闲、节假日或者喜庆场合都可以随时组合进行演奏,少则三五人,多则数十人不等。通过对县文化馆专业锣鼓队和城乡民间业余锣鼓队进行包装改造,寿州锣鼓逐渐形成了一套比较固定的演出行头。最常见的服装常用红黄两色为主色调,灯笼裤,或者宽腿裤,夏天上身为短坎肩,并束腰,头扎红色头巾,前额饰以黄色绒球,整个造型颇具京剧武生特色。这套装束与火热高亢的锣鼓演奏相匹配。同时,寿州锣鼓最为明显的装扮,是增加了一对竹篾编制的锦鸡模型作为乐队的标志,取自楚国"虎座鸟鼓架"造型,这是寿州锣鼓队与其他锣鼓队最明显的不同之处。锦鸡具有统领全队的作用,是一个乐队的象征,代表了寿州锣鼓的历史渊源和时代精神,由两名专门的乐手把持,分别演奏钢锣和大筛锣,轮流充当整个乐队的指挥。

二是在乐器使用上进行丰富改造,使乐队的配器更具魅力。寿州锣鼓演奏的乐器不限于鼓、锣和钹等常规品种,近年来增加了大筛锣、大腰鼓、大钹、小钹、小锣、云锣等乐器。寿州锣鼓使用的主锣为钢锣,由于寿县曾经为楚国都城,钢锣在楚地音乐史上具有很重要的地位和意义。钢锣体积虽小,但声音厚重,打击时如同敲击空缸发出"缸、缸、缸"的声音,演奏时声音洪亮,清脆悦耳,穿透力强,声播数

里,极富表现力和感染力。通过改造后,寿州锣鼓的指挥形式别具一格,以钢锣、筛锣手轮流指挥,再辅以鼓手、锣手交替指挥,避免了过去演奏时动作单调、表演僵化的现象,形成动静交替、配合默契的表演格局。寿州锣鼓的演奏效果更具艺术魅力,不仅有我国南方锣鼓特别是江浙一带十番锣鼓舒缓、柔和的特点,也具有北方中原地区威风锣鼓高亢、激昂的特性,被誉为"会说话的锣鼓",成为当地群众文化、精神、社会认同的象征,逐步形成寿县地域文化中一个拉得出、叫得响的驰名品牌。

三是在表演手法上进行提升改造,使乐队的演奏更有激情。寿州锣鼓经过提升改造后,其整体的演奏风格更加热烈而激昂,锣鼓节奏急促紧密,互动性极强。主锣手与旗手轮流统领全队,站在整个队伍的中心点,其他乐队成员则基本环绕主锣手,形成扇形分布。演奏时每样乐器都有自己的声部和节奏点,与主锣形成很好的交流对比和互动效果,错落有致,有条不紊。在节奏上,主锣与其他乐器形成模进(模仿进行)节奏型,出现紧密的十六分音符和大小切分音节奏,生动热烈,情绪高涨,从头至尾一气呵成。寿州锣鼓演奏时,采用了一个比较特殊的手法,大小锣手将左手从锣链中间穿过,将锣绳套于左手手腕处。这样的执锣方式,其优点在于充分解脱了左手手掌,从而可以使左手手腕在悬挂锣的同时,腾出手掌辅助演奏,进而能够利用左手手掌对锣面进行切音,极大地丰富了整个寿州锣鼓的节奏,使过去不擅长演奏休止符的铜锣实现了各种不同休止符的演奏,极大地拓展了寿州锣鼓的节奏空间。

(二)寿州锣鼓创新发展的扩展和启示

启示一:吹响文化自信的集结号,引领寿州锣鼓守正创新。寿县注重以取精用宏的态度和立场对待地域特色文化,用改革创新的思路和举措发展优秀民间艺术。县委、县政府站在"五位一体"总体布局的高度,充分认识到加强文化建设的重要性,切实把寿州锣鼓创新发展和品牌建设摆上重要议事日程,纳入全县文化建设的重要内容,纳入文化改革发展考核评价体系,及时研究解决寿州锣鼓创新发展和品牌建设中遇到的一系列实际问题,引导寿州锣鼓守正创新、与时俱进,实现创造性转化、创新性发展,切实让寿州锣鼓这一优秀地域民间艺术老树发新枝,重焕新光彩。

启示二:筑好政策保障的压舱石,保证寿州锣鼓行稳致远。寿县注重研究把握新时期人民群众对优秀地域文化和民间艺术的新要求、新期待,努力适应传统文化创新发展的新形势、新业态,不断强化政策保障措施,及时完善和落实文化发展配套政策,进一步加大对寿州锣鼓创新发展和品牌建设的资金投入,确保寿州锣鼓这一优秀民间艺术实现科学化、可持续发展。近年来,寿县整合利用文化发展、传承保护、非遗展演等各种文化项目资金,累计投入100多万元,专门用于寿州锣鼓的抢救挖掘、传承保护、打造提升、展演展示、文化交流等活动,确保寿州锣鼓发展经费有保障、锣鼓队员有补助、外出演出有保险,进一步提高了寿州锣鼓队员的积极性和创造性。

启示三:打造人才培养的孵化器,推进寿州锣鼓永续发展。寿县牢固树立人才是第一资源的理念,在充分发挥传承人、民间艺人在寿州锣鼓队伍中支撑作用的同时,制订人才梯队培养计划和执行方案,创新人才培养模式,加大人才培养力度,逐步建立起老少结合、专兼结合的锣鼓人才队伍。树立唯才是举、唯才是用的用人导向,注重从民间发现使用锣鼓人才,通过举办寿州锣鼓大赛、开展文化交流展演、动员民间艺人推荐等方式发现人才,进行重点培养。树立锣鼓人才从"从娃娃抓起"的理念,与安徽省职业技术学院、寿县实验小学等院校进行锣鼓人才培养合作,从品学兼优、富有兴趣的在校学生中遴选出100多名培养对象,利用课后、周末和节假日时间进行培训,由省、市、县非遗传承人现场传授寿州锣鼓表演技艺,采取"师带徒、老带新"方式,加快锣鼓人才培养,确保寿州锣鼓民间艺术后继有人,绵延不绝。目前,全县已基本形成锣鼓人才不断涌现、结构不断优化、层次不断提升、技艺不断精进的良好局面,为寿州锣鼓创新发展和品牌建设提供了持续有力的人才支撑。

返本开新路　薪火存文根

——浅析传统诗词楹联文化在提升公民人文素养中的作用和路径

近年来,中国发展令世界瞩目,支撑古老中国骐骥一跃的,有道路选择、有理论引领、有制度优势,也有文化力量。中国古代有"九鼎"之说,这些国之重器,不仅是政权象征,更是文化的赓续、文化的传承。由商周而汉唐、而宋明、而今日中国,中华文明源远流长,精神九鼎传承不绝,成为中华民族的血脉和基因。没有文化的继承和发展,没有文化的弘扬和繁荣,就没有中国梦的实现。

传统诗词楹联文化是中国优秀民族文化的重要组成部分,是中华文化的主脉,中华民族伟大复兴必然包括传统文化的复兴。当前,在新的历史时期和新的世界格局下,急需我们重新定义自身,回首审视传统文化弘扬传承的历程,坚定文化自信,增强文化自觉,从更高层面上加深对中华优秀传统文化的认知和理解,自觉担负起弘扬传承中华优秀传统文化的神圣职责,登高望远,立足当下,研究探索中华优秀传统文化弘扬传承、繁荣发展的方法、路径和对策,对更好地发挥文化引领风尚、教育人民、服务社会、推动发展的作用,具有重要的现实意义和深远的历史影响。

随风潜入夜:
传统诗词楹联文化在提升公民人文素养方面发挥的作用

人文素养是人的内在品质修养的体现,修于内而形于外,主要表现为品格、气质、修养等,是人的综合素养的组成部分。传统诗词楹联文化作为我国古典文学中的瑰宝,对公民人文素养的提升有着显著作用。很多人喜欢读诗、背诗,是出于古典诗词楹联中所蕴含的一种感发生命时自己的感动和召唤。在这种感发生命中,蓄积了古代伟大诗人的智慧、品格、襟怀和修养,所以中国传统一直有"诗教"之说。

一是有助于塑造公民的人文精神和文化品格。黑格尔指出:"诗的对象是精神的无限领域,它关心的是精神方面的旨趣。"中国传统诗词楹联注重缘情而作,这个"情"不仅指情绪、情感,还包括作者深广的生命体验。这种生命体验正是对人的精神层面的注重和体现。古典诗词楹联中的意境与意象,正是对人的精神和生命体验的反映与传达。在传统诗词楹联中,诗人自觉地将个体的生命体验与国家、民族、命运紧密相连,在内歌以咏志、洞察人生,在外心忧天下、针砭时弊。读者在吟诵欣赏的过程中,与诗人的情感体验产生强烈共鸣,与作者进行心灵对话。这体现了诗词楹联的"风教"功能。因此,传统诗词楹联被称为"经国之大业,不朽之盛世",它深刻地塑造了中华儿女的人文精神和文化品格。传统诗词楹联文化与社会生活的方方面面息息相关,渗透在人们生活的每一个角落。人们在工作之余,吟诵传统诗词楹联,如果能够做到写诗填词作联,不仅是一种高雅的消遣方式,更能提升个人的学识和才华,陶冶性情和品格,增加才情,逐渐培养出对生活的感知能力,促使读者像诗词楹联作者那样去思考生活、感悟生活,甚至将所感所思形成文字,"腹有诗书气自华"是诗词楹联对一个人人文素养的展示和提升的最鲜明的表达。

二是有助于表达公民的思想感悟和情感世界。传统诗词楹联中大量使用赋、比、兴的表现手法,使诗词楹联在表达情感、传递信息、交流思想方面,显得生动活泼,极具感染力,给人以更多的感受和体验。因此,人们在诵读和欣赏传统诗词楹联时,能够仔细品味其语言的美感、意境的深远、感情的充沛,可以充分享受到传统诗词楹联所带来的欢愉和畅快。在日常的写作中引用传统诗词楹联表达思想情感,既能够鲜明准确地表情达意,又能展示其个人独特的语言风格和人格魅力。诗人即兴创作、有感而发,是一种心理调整的过程,通过诗词楹联写作,使人心灵宁静、忘却烦恼、排解烦忧,丰富了现代人思想感情的表达。在当前的信息化时代,互联网、微博、微信等传播媒介的介入,拓展了人与人交流的机会和方式,方便了传统诗词楹联作品的扩散与传播,也拓宽了人们利用传统诗词楹联进行情感交流的方式和平台。诗人通过诗词楹联唱和、互相交流,在与诗词楹联相会的过程中丰富了精神生活,充盈了精神世界,让心灵空间更饱满,让精神家园更丰富,让自己的人生更充实。

露重飞难进：
传统诗词楹联文化在提升公民人文素养方面面临的困境

　　传统诗词楹联文化是中华优秀传统文化的集中代表。她简洁厚重，韵律优美，易读易记易吸收；她内涵丰富，博大精深，是中国独有的珍贵文化遗产。但是，由于受时间、空间的限制和时代发展的冲击，传统诗词楹联文化裹挟在现代文化的洪流中，正日益呈现出"玉露凋伤枫树林，巫山巫峡气萧森"的衰微趋势，万民诵读诗词的鼎盛场景已风光不再。

　　一是快捷多变的社会环境，使得现代社会缺乏欣赏古典诗词楹联的氛围。在当今这个信息爆炸时代，一方面随着工作、生活节奏的加快，人们的欣赏需求逐渐趋向"短平快"，对"高大上"传统文化缺少欣赏的时间和空间。另一方面，网络小说、言情小说、电视剧等文化形式日益多元化、快捷化，极大地改变了人们的文娱生活方式，这都导致众多年轻人更喜欢直白简单的"快餐文化"和通俗文学。中国传统诗词楹联本身所提倡的"慢节奏"和"格式化"，与当今社会总体呈现的快节奏、多样化的模式有点格格不入。在寿县调查时发现，65％的公民认为节奏较快的社会，导致人们更喜欢简单多元的"快餐文化"，以宣泄和释放为目的的消费文化席卷而来，严肃题材的文化产品在中国文化群体中属于边缘地位，在这样一个大众文化的时代，对传统文化有兴趣的人越来越少。调查也显示，年轻一代人喜欢诵读欣赏传统诗词楹联的不足 30％，这也折射了当前传统诗词楹联文化传承发展的窘境。

　　二是时间、空间的差距以及诗词的蕴藉性和含蓄性，使传统诗词楹联文化不容易被理解欣赏。传统诗词楹联是我国古代的书面语言形式，所反映的内容、思想、情感与当代人的生活形态存在一定的间隔，有着上千年时空的距离，诗词楹联作品中所描绘的曼妙风景，在现代人眼里如"雾里看花"，似是而非，似懂非懂。对中国传统文化、古典文学没有一定的理解和修养，欣赏传统的诗词楹联会有些难度。再加上传统诗词楹联语言晦涩、感情含蓄，更加深了读者欣赏理解的难度。当前，主动学习欣赏传统诗词楹联的人较少，学生是学习传统诗词楹联的主要力量。很多学生为了应付考试，机械地背诵传统诗词楹联，而忽视了对诗词楹联表达内容和意境的理解，使本该丰富而有趣的诗词楹联学习，变成枯燥乏味的死记硬背，完全谈不上对诗词楹联优美之处的感受和领悟，影响了学生的学习兴趣。而已经参加工作的群体，除了工作性质的需要，真正对传统诗词楹联有兴趣的人不多，对传统诗词楹联的格律和创新要求了解不够,因此对隐晦曲折的传统诗词楹联的理解和领悟也有局限,影响了对传统诗词楹联的诵读和欣赏兴趣。

云霞出海曙:
传统诗词楹联文化在提升公民人文素养方面应对的措施

党的十八大以来,党中央高度重视中华优秀传统文化的传承和发展,立足国家战略高度将其视为提高公民人文素质和推动中华民族伟大复兴的精神动力和不竭源泉。2017年春节前夕,中办、国办印发了《关于实施中华优秀传统文化传承发展工程的意见》,从国家层面进一步明确弘扬传承中华优秀传统文化的目标任务,力求让传统文化焕发新的光彩。中华诗词楹联文化源远流长,是民族文化的精髓,蕴含着深厚的人文精神。传统诗词楹联文化所蕴含的鲜活思想和人生智慧,在当代仍具有永恒魅力和时代价值。习近平总书记曾明确指出:"我很不赞成把古代经典诗词和散文从课本中去掉,'去中国化'是悲哀的,应该把这些经典嵌在学生脑子里,成为中华民族文化的基因。"传统诗词楹联文化具有极强的教化作用,"诗教"自古便是我国传统教育的重要组成部分。在全民人文素养提升的呼声日益高涨的今天,进一步弘扬诗词楹联文化传统,在公民中大力提倡诵读欣赏传统诗词楹联,传承诗词楹联文化,是时代的呼唤,也是民族精神的需要,更是提升公民人文素养的需要。

一是发扬诗词楹联文化传统,在学校大力提倡学习欣赏传统诗词楹联。中华传统诗词楹联是美的宝藏,但是语言隐晦、感情含蓄,不容易被理解。所以从中小学的基础教育到高等教育,各级各类学校都应该大力开展传统诗词楹联的教育和学习,加强对学生读诵方面的指导。读诵得法,有助于学生欣赏古典诗词楹联优美的意境,让学生对诗词楹联体其情、悟其理、明其志、冶其性,领会和理解作者的思想感情,从而提高人文素养。利用课堂的主渠道,推进传统诗词楹联文化"进教材",开发课本和开设课程,强化传统诗词楹联的学习,促使学生加深对中华民族优秀传统文化的了解,充实文化底蕴,形成正确的人生观、世界观、价值观。推进传统诗词楹联文化教学"进课外",构建传统诗词楹联学习的第二课堂,开展和打造学生喜闻乐见、易于接受的传统诗词楹联学习和欣赏的系列文化品牌活动,引导学生将传统诗词楹联的学习与个人的兴趣爱好相结合,培养学习传统诗词楹联文化经典的良好习惯和浓厚兴趣,提升文化品位。

二是利用报纸、电视、网络平台等媒介,大力开展传统诗词楹联文化欣赏与普

及活动。大力集聚优质社会教育资源,努力打造传统诗词楹联文化学习的各种媒介聚集起的"社会教育大课堂",着力打造类似《中国诗词大会》的文化类节目,推出宣传普及传统诗词楹联文化的报刊和栏目,以传统诗词楹联文化为核心的媒体形式,通过传统诗词楹联知识的比拼及对诗词楹联的赏析,唤醒人们对中国传统诗词楹联阅读、理解和鉴赏方面的能力,从古人的智慧和情怀中汲取营养,涵养心灵。针对当前我国网民群体庞大的情况,人们更依赖于从网络上获取信息的特点,推进传统诗词楹联文化"进网络",牢牢占领线上阵地。推出更多的传统诗词楹联文化学习资源,把传统诗词楹联文化的普及和学习内容,落细为多项线上线下的资源和各类活动,落小为各种应用功能、讨论议题和网络产品;依托各种网络资源进行线上线下联动,为公民学习传统诗词楹联文化提供丰富的诗词楹联网络资源库,搭建网民交流诗词、分享心得的平台。通过开展各种"互联网 + 传统诗词楹联"等活动,引导公民利用网络平台进行传统诗词楹联的分享和赏析,讲述自己与传统诗词楹联的故事,感受"诗和远方"的沉静,重温传统诗词楹联的古典美。

三是多渠道、多平台开展各类文化普及活动,宣传传统诗词楹联文化。创新思路,大力开展传统文化进机关、进乡村、进社区、进学校、进企业、进军营、进单位等活动,通过开办各类丰富多彩的传统文化知识讲座,宣传普及传统诗词楹联文化,以文化滋养人,以文化熏陶人。有效发挥图书馆、农家书屋的文化传播和推广平台作用,在各级图书馆、博物馆等公共文化场所,开展各类传统诗词楹联文化的普及和宣传等交流活动,通过专家公益讲座、传统诗词楹联书法展、传统诗词楹联吟诵、图书馆诗词公开课直播、传统文化体验活动等形式,充分发挥图书馆、博物馆等作为传承、传播优秀传统文化的重要场所的平台作用,开展传统文化宣讲和普及,使公民与经典同行,感受中华传统文化的魅力,颐养身心。

四是开发传统诗词楹联文化和旅游产业项目,在娱乐身心中提升公民素养。文化是旅游资源根本的精神魅力。寿县乃至淮南不少文化旅游资源,略加开发就能成为富有吸引力的产业。大量的诗词楹联文化资源都具有吸引人的特质,如刘安、吴均、宋之问、李白、韩愈、白居易、刘禹锡、欧阳修等历代名家吟诵寿县山水胜景的诗词等。通过传统诗词楹联带动文化交流,使旅游业实现社会效益与经济效益的双丰收。引导旅行社开发一些寿县居民比较欢迎的诗词楹联之旅、诗词楹联夏令营、诗词楹联自驾游等文化旅游线路和项目,使居民在娱乐中欣赏传统诗词楹联文化的魅力,开阔眼界,增长知识。开展"寻找古诗词中的寿县游之美"活动,引导人们追随古诗词楹联中那些描写寿县风光的经典诗句,寻找身边的美景。如赴八公山去领略吴均《八公山赋》中"峻极之山,蓄圣表仙"的雄奇,到安丰塘去感受王安石笔下"鲂鱼鲅鲅归城市,粳稻纷纷载酒船"的场景……这样既可以使寿县居民在美好的风光中感受家乡之美,提升人文素养,又可以使寿县旅游接轨传统诗词楹联文化,彰显寿县的文化特色,激活文化和旅游产业的资源,提升寿县文化旅游的品位。

中华优秀传统文化的寿县实践和战略思考

　　寿县是中国传统文化传承连续性较高的地区之一,文化底蕴较为深厚,随着时间的推移,中国优秀传统文化在这里逐渐得到沉淀,在漫长的历史长河中焕发出无限的光彩。寿县浩瀚多姿的历史文化是中华优秀传统文化的缩影和代表,彰显着中华民族不屈不挠的时代精神,凸显着中华民族蓬勃旺盛的生命活力。可以说,寿县文化历史悠久,底蕴深厚。现如今,文化的兴盛以及时代的更迭,使得中华优秀传统文化更能发挥出其优秀的内涵,不仅可以提升人民群众的文化修养,还可以推动其精神涵养得到进一步升华。本文以寿县弘扬传承中华优秀传统文化的生动实践为案例,通过对中华优秀传统文化传承与区域经济社会发展的关系、作用、路径等的思考,希望能够促使中华优秀传统文化在寿州大地上得到进一步传承与弘扬。

一、寿县传统文化资源的基本概况

　　寿县历史悠久,文化灿烂,1986 年被国务院公布为国家历史文化名城。这里是楚文化的故乡,中国豆腐的发祥地,淝水之战的古战场,中国古代百科全书《淮南子》的诞生地。发端于此的世界管状射击武器、垂体激素药物、中国豆腐制法以及开掘的"天下第一塘"安丰塘,被世人称为"四个世界之最"。寿县有 2600 多年的历史,积淀了深厚的优秀传统文化资源,其主要特点有:
　　一是文化源远流长。以楚文化为显著标志,寿县优秀传统文化源远流长,在中华优秀传统文化长河中闪耀着璀璨夺目的光芒。楚文化是古代楚人所创造的一种具有自身特点文化遗存,是中国古代文化的重要组成部分。战国晚期秦将白起攻城拔郡(公元前278年),迫使楚东迁淮阳,楚政治、经济、文化中心也相应东移。至战国晚期后段,随着楚考烈王迁都寿春(公元前241年),寿县实际上已成为楚国东境的政治、经济、文化中心,真正高度成熟的楚文化最终沉淀于此。寿县楚文化同吴越文化和巴蜀文化一起,被誉为"盛开在长江流域的三朵上古区域之花",对中国优秀传统文化和世界历史文化产生过巨大影响。

二是历史遗存众多。寿县古称寿春、寿阳、寿州,州来国、蔡国、楚国、西汉淮南国、东汉袁术先后建都于此,素有"地下博物馆"之称。全县现存文物古迹160多处,其中全国重点文物保护单位6处(安丰塘、古城墙、寿春城遗址、寿州孔庙、清真寺、淮南王刘安家族墓地),省级文物保护单位9处(报恩寺、斗鸡台遗址、青莲寺遗址、廉颇墓、中共一大旧址、刘备城遗址、刘少海故居、正阳关城门、孙蟠大夫第),县级文物保护单位239处,数量居淮南市之首。古城区现存古建筑、古民居81处,具

有代表性的有清真寺、寿州孔庙、报恩寺、状元府、刘少海故居、大夫第等建筑群。寿县博物馆(寿春楚文化博物馆)馆藏自新石器时代以来的各类藏品近万件,其中国家一级文物220多件,位居安徽省第二位,三级以上文物2000余件,楚金币、越王者旨于赐剑、金棺等均为代表性藏品。

三是非遗资源丰富。寿县拥有丰富的非物质文化遗产资源,全县现有国家级非物质文化遗产代表性项目2个(抬阁[芯子、铁板、飘色]·肘阁抬阁、豆腐传统制作技艺),省级名录8个(寿州锣鼓、紫金砚制作技艺、大救驾制作工艺、四顶山庙会、寿州大鼓书、淮词、安丰塘的传说、二十四节气),县级项目34个。这些非物质文化遗产,是寿县人民千百年来在社会生活实践活动中的智慧结晶,在推动社会主义文化繁荣兴盛中蕴藏着巨大的潜力。

四是名人荟萃之地。寿县钟灵毓秀,人杰地灵,群星璀璨,名人辈出,楚相孙叔敖,春申君黄歇,昆曲创始人张野塘,北大创始人、清帝师孙家鼐,淮上军总司令张汇滔,民国英杰柏文蔚,铁笔张树侯,北伐先烈曹渊,抗日名将方振武,以及原地质矿产部部长孙大光等一大批仁人志士,或生于斯,或长于斯,或终老于斯,或供职于斯,或驰骋于斯,或遗恨于斯,与寿县结下了不解之缘,在中国历史的天空中熠熠生辉,从一个侧面充分反映出寿县在中国历史上的重要地位、深远影响及独特魅力。

寿县文化是中华优秀传统文化的组成部分,其蕴含的审美、欣赏、愉悦、借鉴以及史料等内容,是打造"文化高地"的宝贵资源。加大对寿县传统文化资源的传承保护工作力度,是传承传统文化、提高寿县知名度、促进文化事业和文化产业繁荣兴盛的需要,也是提升文化软实力和城市竞争力,打造世界文化遗产旅游城市和历史文化名城品牌的需要,在推动寿县经济社会发展、丰富文化名城内涵、塑造文化名城形象、提升文化名城品位、增强文化名城集聚效应、提升文化名城综合实力等方面,将发挥愈来愈重要的作用。

二、寿县传统文化传承的做法成效

近年来,寿县认真贯彻落实党的十八大及十八届三中、四中、五中、六中全会和习近平总书记系列重要讲话精神,大力实施"南工北旅"战略,高度重视中华优秀传统文化传承,围绕"留住历史记忆,存续文化密码"主线,不断加强中华优秀传统文化的传承保护,加快文化基础设施建设,深化文化体制改革,全力构建覆盖城乡的公共文化服务体系,有效推动了全县文化事业和文化产业较好较快发展。

一是保护文化遗产,创新传承手段。善做加法促保护,寿县以保护古城为重点,多渠道筹集资金 20 多亿元,先后整修了古城墙、报恩寺、清真寺、孔庙古建筑群、留犊祠巷历史文化街区,重修了北门靖淮城楼、东门宾阳城楼、南门通淝城楼等。严格古城建设管理,城市规划区内禁止个人新建、扩建、改建房屋。对不符合规划要求的已批未建项目,按照新的规划标准重新规划建设。对在建项目按照新的标准调整建设或予以拆除,在县财政十分困难的情况下,赔付 3600 万元,将原为 7 层的十字街老百货大楼改造项目降为 3 层;赔付 1100 万元,搬迁了迅飞金属制品厂;补偿近 2000 万元,搬迁了华祥食品公司;及时停止西大街原第一建筑公司地块改造项目和西大寺巷改造工程建设,确保名城风貌不被破坏。巧做减法促保护,加大新城区建设,实施机关和人口出城,减少古城区人口压力。近年来,寿县已投资 80 亿元,完成城市建设重点工程 32 项,新城区道路框架基本形成,一批安置小区、商住小区全面建设并投入使用。按照"保护古城,建设新城,提升名城"的思路,有序引导老城区人口出城,减少古城区人口压力,县四个班子及县直 40 余家单位已经入驻新城区办公,县一中、县医院等教育、医疗机构全面出城。

二是建设文化设施,构建传承网络。全县累计投资 2739 万元,完成广播电视村村通工程点建设 2901 个,安装直播卫星 2.6 万套(户),有效解决了全县 5 万多农户收听收看广播电视难问题。寿县广播电视台节目编辑、制作实现数字化,全县城乡数字电视用户发展到 3.5 万户。投资 3400 万元建成的寿县博物馆(寿春楚文化博物馆),被评定为国家二级馆、4A 风景区、全国科普教育基地和全省爱国主义教育基地。投资新建寿县文化艺术中心。县文化馆、县图书馆晋升为三级馆,建成文化信息资源共享工程县级支中心和 9 个公共文化服务信息点。组建 40 支农村电影放映队,投放高清数字电影放映机 25 台,实现数字电影放映全覆盖。建成 25 个乡镇综合文化站和 323 个农家书屋,全面实现乡乡有文化站、村村有农家书屋和文化广场的目标,全县基本形成以县文化馆、图书馆、博物馆为龙头,以乡镇综合文化站、农家书屋、农村电影放映队为基础的社会文化活动网络。

三是打造文化品牌,提升传承档次。组织寿州锣鼓、正阳关抬阁肘阁参加全国鼓王邀请赛、中国农民歌会、中国民间艺术节、欢乐中国行等大型演出,寿州锣鼓先后荣获全国鼓王邀请赛"最佳鼓王奖"、第八届中国民间艺术节展演银奖、中国民间艺术"山花奖"等,正阳关抬阁肘阁获得第七届中国民间艺术节"山花奖"金奖。加大文化产品研发推介力度,"八公山泉"牌豆制品荣获上海世博会安徽周主题博览会金奖;紫金砚"龙凤古琴"被人民大会堂珍藏,紫金砚"莲池九龟""独傲寒雪"在上海世博会展出,紫金石砚已成为重要的文化旅游产品。成功申创"中国书法之

乡"。加强文化遗产申创工作,寿县古城墙于 2012 年 11 月正式列入中国世界文化遗产更新预备名单,安丰塘(芍陂)入选中国灌溉农业文化遗产名录。

四是发展文化产业,完善传承体系。积极依托历史文化资源发展文化产业,全县现有新闻出版服务、广播电视电影服务、文化艺术服务、网络文化服务、广告会展服务、文化设计服务、文化旅游休闲娱乐服务、工艺美术品制造销售、文化用品生产销售、文化产品生产销售、文化产品代理服务等 14 个门类文化企业,2019 年全县文化产业生产总值 3.2 亿元,占全县生产总值的 4.3%。

三、寿县传统文化弘扬的战略思考

党的十九大报告中发出了"坚定文化自信,推动社会主义文化繁荣兴盛"的号召,弘扬传承中华优秀传统文化任重道远。在当前和今后的传承工作中,寿县要坚持顶层设计与项目带动并举,以中华优秀传统文化核心思想理念、中华传统美德、中华人文精神为主要内容,精心组织实施"九大工程",形成以研究梳理为基础,以融入国民教育、融入道德建设、融入文化创造、融入生产生活为支撑的工作格局,推动寿县优秀传统文化传承发展工作各项任务落到实处。

一是传统文化挖掘阐发工程。实施寿县优秀传统文化基础研究工程,开展寿县优秀传统文化专题研究。加强《淮南子》和楚汉文化的创新研究,深入挖掘、提炼其积极的思想内容和艺术价值。传承弘扬《淮南子》的法治思想,打造寿县法治文化品牌。深入挖掘寿县历史名人文化资源,编辑出版《寿县历史名人故事》。支持建设人文社科研究基地,努力推出能在全市、全省产生影响的研究成果和普及读物。积极做好中华文化资源普查工程相关工作。继续编著出版"文化寿州丛书"等传统文化普及读物,出版科普读物《中国豆腐文化》。加强史志及相关档案编修,挖掘史志价值,丰富文化内涵。

二是传统文化教育普及工程。以中小学为重点,完善中华文化课程体系,加强地方文化校本课程建设,探索中华文化地方课程,强化中华文化教育。以课堂教学、主题活动、校外实践等多种形式开展青少年传承中华传统美德系列教育活动。积极支持安徽现代信息工程职业学院开设中华优秀传统文化必修课,在哲学社会科学及相关学科专业和课程中增加中华优秀传统文化的内容。探索创建一批优秀传统文化传承学校。推进庐剧、推剧等传统戏曲和书法、高雅艺术、传统体育、非物质文化遗产项目等进校园。推进全县优秀传统文化数字化,建设网上博物馆、图书馆。实施中华经典诵读工程,组织开展"书香寿县"全民阅读活动。开设中华文公开课,抓好传统文化教育成果展示活动。做好典籍选编、品读以及乡土教材编写等工作。配合做好安徽方言保护项目及基础数据库建设工作。

三是文化遗产保护利用工程。全面贯彻"保护为主、抢救第一、合理利用、加强管理"的方针,加强文物保护利用工作。加强对历史遗迹遗存资源的动态调查研究,适时更新登记建档,分类制定保护规划,重点做好国家文化遗产、国保省保单位的保护管理工作。以各级文物保护单位为责任主体,全面保护与优秀传统文化、历史名人相关的遗迹遗存,对重要遗迹遗存特别是重大濒危文物予以抢救性保护。积极推进寿县古城墙、安丰塘等国保单位的保护、维修和展示项目。重视新型城镇化和新农村建设中的文物保护,加强重大建设工作中的文物保护工作。实施中国传统村落保护工程,做好传统民居、历史建筑、革命文化纪念地、灌溉遗产保护工作。加快推进安徽楚文化博物馆工程建设及寿州窑遗址公园建设。加大寿春城遗址保护利用工作力度,积极推进国家考古遗址公园建设管理。推进地名文化遗产保护。实施非物质文化遗产记录工程,对国家级非物质文化遗产代表性传承人实行抢救性记录。加强非物质文化遗产整体性保护,重点推进八公山豆腐地理标志、寿县端午习俗集中分布区保护工程。积极做好安丰塘(芍陂)水利工程申报世界灌溉工程遗产、全球重要农业文化遗产"双申遗"工作。加入全国"二十四节气"保护联盟,积极参加联盟的相关传承与保护行动。实施非物质文化遗产传承人群研修研习培训计划,加强对非物质文化遗产保护利用。

四是民间文化传承发展工程。加强对民间文学、民俗文化、传统音乐舞蹈戏曲的研究整理和保护。深入挖掘城市历史文化价值,结合寿县自然、历史、文化、建筑、园林等特色资源,确定城市特色定位,注重城市特色要素表达,延续城市历史文脉。以淮南市被命名为"中国成语典故之城"为契机,积极推动寿县成语典故研究、宣传和推广,加大《典藏寿春·寿县成语500条》普及读物的发行范围和成果转化。进一步加大历史文化名城和隐贤、瓦埠、正阳关等历史文化名镇名街名村、历史文化街区、传统村落保护力度,维护好整体风貌和特定环境。实施乡村记忆工程,挖掘整理传统建筑文化。加强"美丽乡村"文化建设,建设一批特色文化小镇,打造一批民间文化艺术之乡。用优秀传统文化的精髓涵养企业精神,培育现代企业文化。实施中华老字号保护发展工程,支持"聚宏盛""小而真"等一批文化特色浓、品牌信誉高、有市场竞争力的中华老字号、安徽老字号、寿县老字号做精做强。推进老字号创新发展,支持老字号企业产品、技术和经营创新,提高竞争能力。加强对传统历法、节气、生肖和饮食、医药等文化的研究阐释、活态利用。大力发展文化旅游,充分利用历史文化资源优势,规划设计推出一批专题研学旅游线路。发展

传统体育,把传统体育项目纳入全民健身工程。开展以陶店回族乡等为重点的少数民族特色文化保护和特色村镇建设。

五是传统工艺保护振兴工程。实施传统工艺振兴计划,让现代设计走进传统工艺,让传统工艺融入现代生活,推动书画、剪纸、紫金石雕刻、寿州窑等传统工艺与现代艺术的融合创新。加强传统工艺的挖掘、记录和整理,对濒危传统工艺项目,加快实施抢救性记录,落实保护与传承措施。举办非物质文化展演,推动与省内外博物馆之间馆际交流。提升传统工艺产品的整体品质,培育书画、剪纸、紫金石雕刻、寿州窑等具有民族特色的知名品牌。举办中国寿县观赏石博览会、研讨会和精品展。举办寿县大鼓书等曲艺大赛,推动寿州锣鼓、正阳关抬阁肘阁等具有寿县地方特色的民间艺术发展,加强对地方曲艺扶持展示和对民间曲艺工作者的培养。建设传统工艺传习基地和技能大师工作室,大力培养各领域能工巧匠。

六是传统美德培育弘扬工程。围绕"践行核心价值,打造好人寿县",注重文化熏陶,凝聚美好寿县向上向善的强大力量。加强国民礼仪教育。利用公益广告、微电影、广播剧等形式,大力普及文明礼仪规范。加大对国家重要礼仪的普及教育与宣传力度,在国家重大节庆活动中体现仪式感、庄重感、荣誉感,彰显中华传统礼仪文化的时代价值。研究提出承接传统习俗、符合现代文明要求的社会礼仪、服装服饰、文明用语规范,建立健全各类公共场所和网络公共空间的礼仪、礼节、礼貌规范,推动形成良好的言行举止和礼让宽容的社会风尚。弘扬孝敬文化、慈善文化、诚信文化、君子文化等,开展节俭养德全民行动,广泛开展学雷锋志愿服务活动,大力推进志愿服务制度化、常态化。组织评选寿县道德模范。开展文明家庭创建活动,评选寿县文明家庭,大力宣传文明家庭建设先进典型。挖掘和整理家训、家书文化,用优良的家风家教培育青少年。培育和扶持乡村文化骨干,推动有条件的地方建设一批家风家训馆。实施传统节日振兴工程,深化拓展"我们的节日"主题活动,丰富春节、端午等传统节日文化内涵,通过民俗传承、经典诵读、文艺展演等群众性文化活动,推动寿县地方民俗文化活动与中华优秀传统文化理念相融合,培育和形成积极健康文明的节日习俗。

七是红色文化保护展示工程。实施红色文化保护、传承和弘扬工程,加强资源保护、设施建设、展示传播和实践体验。扎实做好革命遗址、遗迹及有关重要纪念设施的保护和利用工作。实施革命旧址维修保护行动计划、馆藏革命文物修复计划。重点做好寿县小甸集特支纪念馆、八公山革命烈士陵园等维修保护和展示利用工作。组织开展红色文化主题活动,建设"寿县爱国主义教育基地网上展馆",充分利用"安徽红色文化网上展馆",扩大寿县红色文化的传播力和影响力。积极推动红色文化与旅游深度融合,加强精品线路建设。发挥全国爱国主义教育示范基地、全国红色旅游经典景区等的作用。

八是文艺精品创作生产工程。善于从中华文化资源宝库中提炼题材、获取灵感、汲取养分,科学编制重大革命和历史题材、现实题材、爱国主义题材、青少年题材等专项创作规划,提高创作生产组织化程度,推出一批底蕴深厚、涵育人心的优秀文艺作品。以"大淮河采风"为抓手,引导文艺精品创作和帮扶,举办各种层级文艺展演和展示活动。加强对中华诗词、音乐舞蹈、书法绘画、曲艺杂技和历史文化纪录片、动画片、出版物等的扶持,举办书画精品巡展。实施戏曲振兴工程,建立戏曲分级保护机制。扶持戏曲团体发展、戏曲剧本创作、戏曲人才培养、戏曲市场培育等,推动戏曲创新发展,形成有利于传统戏曲活起来、传下去,出精品、出名家的良好环境。加大推剧、庐剧、黄梅戏精品剧目创作扶持力度,推动推剧、庐剧、黄梅戏向更高水平发展。举办八公山梨花诗会、京剧票友大奖赛。支持寿州锣鼓精品、新品创作。开展送戏进万村活动。实施网络文艺创作传播计划,推动网络文学、网络音乐、网络剧、微电影等传承发展优秀传统文化。组织创作生产一批传承中华文化基因、展示寿县历史文化的动画片、纪录片和节目栏目。调整充实寿县作家协会等文艺团体机构,成立寿州作家书屋理事会,办好《今日寿州》《寿春》等报刊。

九是优秀传统文化交流工程。加强对外文化交流合作,创新人文交流方式,丰富文化交流内容,不断提高文化交流水平。积极支持寿州锣鼓、正阳关抬阁肘阁等地方文化品牌和民间艺术走向全国,进行文化交流合作。围绕寿县重大对外文化交流活动,策划实施一批新闻出版、视觉艺术、舞台艺术、文化贸易等具有引领性、带动性的重点项目。积极扶持具有影响力的文化出口企业,拓展对外文化交流渠道。积极加强与寿县驻外机构(办事处)和国内文化中心、孔子学院等国内文化传播机构联系,充分利用寿县国内知名人士和海外华侨华人等资源优势,不断提升寿县文化影响力。

试析中华传统家训中的互助伦理观念

在家国同构的乡土社会中,在血缘亲情的基础上,以仁为美的道德准则,以和为贵的处世原则,以义为重的人生智慧,以天下大同为至善的济世情怀,以及善恶果报论,共同成为传统家训互助伦理的文化基因。这种互助伦理体现在经济施与、人才培养、共御外侮和投身公益等层面,对于个人生存、家族繁荣、社会稳定均具有积极的影响。

家族互助伦理,是指家族内部为调节家族成员之间的关系,特别是为扶助家族弱势群体而产生的道德意识、道德行为的总和。在"仁爱""中和""大同"等伦理文化的熏陶下,中国传统家训以"睦宗族、和邻里"为互助伦理原则,提出了周贫济弱、重学劝学等施与和扶持相结合的互助伦理实践路径。在家国天下的政治制度之下,济危扶困、乐善好施等互助伦理不仅成为家族内部成员共同遵守的义务以及维护家族利益的手段和途径,而且成为中华民族的传统美德,普遍存在于中国传统乡村社会,从而成为维护地方稳定,保持国家安定的重要保障。

一、传统家训互助伦理的基本内涵

中国传统伦理道德蕴含着丰富的互助伦理教化理念。这种以仁为美的道德准则,以和为贵的处世原则,重义轻利的人生智慧,与天下大同的至善目标结合在一起,共同成为传统家训互助伦理的文化土壤。在家国同构的乡土社会中,传统互助伦理道德准则与家族道德规范的内在共通性引发了家族成员强烈的共鸣。这种共鸣因家族成员的血缘关系而带有更加深刻的情感体验。

（一）以仁为美

"仁"是中国传统儒家思想的核心。孔子所提倡的"仁者爱人"以及孟子所倡导的"仁政"，不仅指向了当政者所应具备的政治伦理，而且涵盖了民间社会的互助伦理。在儒家看来，恻隐之心人皆有之，慈善互助是人之本能。"仁爱"便意味着超越一己私欲。为人处世要遵守"己欲立而立人，己欲达而达人"的推己及人之道。同时，爱的对象不仅包括家族内部成员，而且包含四海之内的兄弟。不过，儒家"仁爱"的思想带有古代宗法礼制的烙印，具有差等之别。墨家所倡导的"兼爱"则将"仁爱"发展至人与人之间平等、无差别的博爱。墨家关怀下层民众，提倡"强不执弱，众不劫寡，富不侮贫，贵不敖贱"的处世原则，希望能实现"饥者得食，寒者得衣"的理想。在家族内部，爱家族成员即是仁。唯有先从血缘亲情出发，奉行"孝父母""友兄弟"，才谈得上推己及人，才能做到"睦宗族""和邻里"。

（二）以和为贵

"万物负阴而抱阳，冲气以为和。""和"乃调和阴阳、凝聚力量的法则。《论语》言："礼之用，和为贵。"《孟子》亦言："天时不如地利，地利不如人和。"因此，追求世间万物的和谐发展，是中华民族一以贯之的处世原则。"和"包括人与人之间、人与自然之间、人与社会之间的和谐与平衡，指向同一系统中不同因素、不同倾向之间的对立统一。这些不同的要素不是截然相反的，而是可以相互转化的共存体。家族内部经济、地位上的强弱差别，如贫与富、贵与贱亦是如此。今之富贵之家抑或贫穷低贱之人，难料他日祸福。正如陇西《鲜氏家训》所言："今日之为人所求者，又安知他日不转而求人也？"唯"家和万事兴"。欲达到和谐平衡的状态，必以中道和合为方法。何谓中道和合？《中庸》言："喜怒哀乐之未发谓之中，发而皆中谓之和。中也者，天下之大本也；和也者，天下之达道也。"《管子》亦言："畜之以道则民和，养之以德则民合，和合故能谐，谐故能辑。"可见，中道和合便意味着在体察阴阳两端中，平衡和调节阴阳之别。

（三）以义为重

义与利的关系一直是传统文人关注的焦点。遵循"以和为贵"，除了在人际关系中把握分寸，也需要在"义"字面前舍得出让自己的既得利益。在孔子眼中，君子与小人对"义"与"利"的态度和选择截然不同，"君子喻于义，小人喻于利"。孟子更甚，认为若"生"与"义"不可兼得，应勇敢地舍生取义。庄子所提倡的"富而使人分之"同样指向让利于他人。对家族而言，贫富悬殊乃内部不和谐的重要因素，若任由其发展，必然激化家族矛盾，进而影响整个家族的长久发展。正如山东章村《吕氏家谱》所言："若多蓄之是贪，一毫之不拔是吝，乃怨之招也，是为盗之资也。"

因此,获"利"看似是施行"义"的前提。但是,"义"实质是家族长治久安的保障。重义轻利,让利于人,意味着克服不合理的私欲。这既是家族成员必须遵循的道德规范,又是其内在道德的自省与提升,亦是调节宗族内部贫富悬殊、维护血缘群体稳定的手段。

(四)以平天下为至善

《大学》首章言:"大学之道,在明明德,在亲民,在止于至善。""止于至善"与"平天下"相连。"修身、齐家、治国、平天下"的人生理想自产生起一直是中国传统文人崇信的信条。至善又与"仁"紧密相连,乃"天下同仁"。在传统文人眼中,安定和谐的社会乃天下为公的大同社会。人与人之间不分亲疏,互助互爱,"不独亲其亲,不独子其子",从而使"鳏寡孤独废疾者,皆有所养"。这种大同理想虽然至上,但是难以真正实现。孟子的态度则是"穷则独善其身,达则兼善天下"。这种乐观积极的态度将至善的达成建筑在个人的独善之上。因此,"平天下"需以修身为基础。"修身"为独善,是传统文人实现政治理想,达成"平天下"这一至善的起点。"齐家"则为传统文人实现理想的另一关键环节。君子在自我完善的基础上,治理家庭,直至安定天下。

(五)以血缘为纽带

在小农经济社会中,家庭是社会的基本细胞,是个体生存的主要庇佑所。人们习惯聚族而居。因此,中国人的社会交往活动并不局限于家庭,而是沿亲属差序向外扩展到家族,甚至乡党范围。作为中国乡村社会的基本社群,大家族往往具有政治、经济等复杂的功能。家族范围内的每个家庭以及每个个体共同肩负着本族的兴衰荣辱,可谓一荣俱荣,一损俱损。因此,制定本族成员共同遵守的互助伦理规范,并使之贯彻到家族成员的道德行为中,便成为族长凝聚力量、维护家族兴旺发达的重要保障。族人之间的守望相助,有无相通,便作为家族门风的文化基因,传承到后世家族成员的深层意识中。

(六)以善恶因果报应论为利诱

综观家训史,互助伦理的提出和遵守也带有一些功利主义色彩。儒家的"善恶报应"、佛家的"业报轮回"以及道教的"天道承负说"等均强调了善恶因果报应,将扬善去恶与现世利益、后世境遇,甚至子孙福报联系在一起。如《易·坤·文言》云:"积善之家,必有余庆。"佛教主张三世轮回的因果报应学说,进而提倡养老、赈济等慈悲之事。《老子》亦言:"善建者不拔,善抱者不脱,子孙以祭祀不辍。"即认为积善行善之人,享受后世子孙时时祭祀。道教早期经典《太平经》在描绘天下太平与共乐的理想世界时,提出了善恶报应的"承负说"。"承"为今人所承担的先人善恶行为的后果，"负"乃今人行为对后人产生的影响。善恶行为的影响可前后延续到上下五代。因此，在家族内部，在邻里之间，均应乐善好施，仗义相助。若家财万贯，却不救穷周急，致人饥寒而死，则"罪不除也"。这些因果报应说虽然在判定善恶标准、果报方式等方面有所差异，但均起到了导人向善的作用。在许多家族眼中，"恤他人之孤寡，实所以培自己之福泽"。

总之，"仁""和""义""天下"乃传统伦理道德的核心理念，共同指向群己和谐的价值取向。"仁"为前提，"独善"为基础，"平天下"为传统文人追求的目标，以义统利则成为"和"的保障。在传统乡土社会中，这种以仁为美、以和为贵、以义为重的社会伦理观念，不仅根植于中华民族灵魂深处，而且成为中国传统家族处理和平衡家族内部矛盾和利益的伦理道德规范。

二、传统家训互助伦理的实践路径

家庭内部，代际互助和手足互助是最为常见的互助方式。遵循孝道伦理，父母有抚育子女的义务，子孙有赡养老人的义务，手足之间则在成年之后在教育、劳动等重要事件中互相提供支持。因此，在家训之中，孝顺父母、友和兄弟乃最为普遍的训教。除此之外，家族互助和乡邻互助亦是传统家训强调的道德规范和处世原则，主要表现在经济施与、人才培养、共御外侮和投身公益四个层面。

（一）周贫济弱之经济施与

"周贫恤匮，济人利物，为善之本。"因家族内部贫富悬殊，族长的重要任务之一乃统筹协调家族内部经济利益，保证弱势群体能够得到救助，扶助对象主要是家族内部鳏寡孤独群体。传统家训不仅明确提出"毋侮鳏寡"的规定，而且在经济层面给予实质帮助。如秦州《张氏族规》明确规定"鳏寡、孤独、贫老、废疾等人，族中遇有其人，尤其格外体恤。现由族长劝导族人之能帮助者，各发天良，随时权宜周恤"。与此同时，《张氏族规》还特意强调因懒惰失业而导致贫穷者，不在扶助范围。

经济施与的范围极广，涵盖了生、老、病、死等方方面面。如甘肃金城《颜氏家训》规定，凡"有婚姻而无衣被聘嫁者，有死葬无棺者，有埋葬无地者，有以他故卖妻鬻子者，有患难缺用而不能脱者，有子女无依、孤寡残废而无顾者，有病患不能医药与道路饥寒者及有留滞他乡不能归者"，均应审度己力济之。以丧礼而言，一族之人极为重视本族的丧葬之礼，往往共同披麻戴孝。体察到丧主能力不一，敦煌洪氏便细心地规定"丧主力有厚薄，难以遍备丧服。今后遇有丧，合族各人自备合得

丧服……倘有孤贫不能葬者,合族量力亲疏资葬"。东阳《任氏族规》亦规定,族中年老无依者,"死则俭而殓之,毋致贻笑他姓"。可见,这种互助不仅为解决贫困族员实际困难,也为周全整个家族的脸面。又如代抚养。如秦州《张氏族规》规定:"族中有家计穷促,不能给养子弟,将谋舍为僧道,并出继他姓者,当由房长报明族长,谕令本人亲房抚养。亲房力不能为,再挨远房。远房不能,即令族中之家道丰裕者,准作佣童畜养。"可见,一家的败落,不意味着家庭成员的流离失所。父母无力照看,子弟的命运便由族长协调安排。孤幼子弟的去处遵循着由亲到疏的顺序,依次从亲房到远房,再至族中大家。与此同时,《张氏族规》还明确规定若遇故意推诿之家,即由族长会众禀官。这种制度使必要之时,代抚养亲戚幼子成为家族成员必须遵守的经济义务。

传统家训号召家产丰裕者散财以周饥济寒,与传统伦理道德"执两用中""过犹不及"的思想一致,传统家训所提倡的互助伦理贯彻了量度施与的原则,即周贫济弱不意味着倾囊相助,而是建立在保证自家用度的基础之上。同时,这种周济行为又有着亲疏之别。如金城《颜氏家训》在《施与》章中明确提出"先须周济兄弟、宗族、亲友,而后及乡党邻里"。但是,一味靠丰裕之家捐资毕竟不是长久之计。自范仲淹创办义庄起,中国地方纷纷兴办义庄。此类义庄是由本族大户人家或全族人共同让出若干田地,将收取的利益用于救济本族弱势群体。义庄多具有明显的扶助目标,较完备的决策、监督和管理机制,不仅成为族内弱势群体经济上的保障,而且成为保持本族长盛不衰的有效工具。

(二)重学劝学之培养人才

中国人深信玉不琢,不成器,君子不学,无以成道。因此,中国传统家族特别重视对本族子弟的教育。若天纵奇才,却因家贫而丧失受教机会,实为可惜。因此,世家大族普遍设立义学,以资助族内贫困子弟入学。如范仲淹设立义学,邀请有功名的族人担任教育子弟的职责。安徽南陵张氏亦设立义塾,聘请名师教导子弟,并明确规定了资助标准:"有能进步者,公仍给其费用,庶礼义可兴,人才不致湮没。"五代钱镠一脉留有《钱氏家训》,力倡崇文重学的家风,并明确规定部分义田所得必须充任教育经费,以保证钱氏子弟受教育的机会。钱穆、钱伟长等钱氏后人便是在家族资助下完成的学业。

(三)聚族自保之共御外侮

《诗经》有云:"兄弟阋于墙,外御其务。"一家之内尚有分歧,何况一族之内。但是,无论家族内部有何纷争,一家之体面不可失,一家之和气不可伤。因此,一旦族人受到外人侮辱，全族应群起而协力抵御，作壁上观的行为会遭到全族唾弃。如胜兴堂《段氏家规》言："族中有受人侮者，有公坟山被人侵者，不义之徒或内相仇雠，遇事先令其人向前，私自退步，致先者独受其患，或坐视其侵侮而若不相关，此等最为可恶。今后凡有侵侮，必协力御之。闻之官府，则公出费用，以求其直，毋失一家体面可也。"但是，共同抵御外侮，并不意味着中国家族提倡争强斗狠的精神。与之相反，和睦宗族乡党，一直是传统家训强调的处世原则。即便在与外人争执时，也应明辨是非曲直。若错在己身，则应反己自责，不能逞自家之恶。外侮除了人祸，还包含天灾。"亲而宗族者，或被盗贼，或遭水火，或遇横逆，或罹灾疫，或受图赖，同族之人宜为之捍御，为之防护，为之解释，为之轸恤，为之劝阻。"在小农经济社会下，这种聚族自保的互助模式已经不单单指家境殷实的一方对孤贫一方的经济施与，而主要指家族所有成员凝聚成团，共同抵御天灾人祸。

（四）投身公益之共成仁让

要强调的是，传统家训中的互助伦理绝不局限于家族内部。在乡土社会，乡邻乃中国人血缘圈之外重要的社会交往圈。乡邻之间居趾相接，田山相连，互借生活用具、赶集捎物、邻里调解等是常见的乡邻互助形式。在提倡"乐恤助"理念的基础上，传统家训教导子弟应"和邻里"，共成仁厚之风。其一，共成仁让之风。如南陵张氏主张乡邻之间应互相谦让，"田地莫因界畔相争，池塘莫为水道致讼"。黄山《孙氏家规》亦认为，邻里乡党及异性亲友，皆应以义相合，"不得以强凌弱，不得以众暴寡，不得以富吞贫。而弱者、贫者、寡者亦不得嫉人之有，反生侵害。孤弱之幼，委曲扶持。或以小事相争，或为劝解和释，语言嫌隙不可介怀"。其二，积极投身筑堤防洪、造桥修路等公益慈善事业，为乡党邻里尽微薄之力。如江西、湖南的《蓝氏家规》提出："及在乡邻逅迩之间，拯人之危，济人之急，并或见有善人君子倡为修理桥梁以免陷溺之苦，整平道路以便往来之人，即慷慨助金以襄厥成，是能勤施恤助，实乃族党之善人，祖宗之贤裔也，族长房长须重加赞赏，奖赐花红，以为后生劝，仍命标之于谱，纪其善以彰厥美。"明朝袁黄的《了凡训子书》则要求子孙："兴建大利……或开渠导水，或筑堤防患，或修桥以便行旅，或施茶饭以济饥渴。"

由此可见，传统家训中的互助伦理既包括经济层面的扶持，又包括精神层面的教化，还包括政治凝聚力的提升；既主张家境殷实者具有施与的责任，又强调每个家族成员应共同承担保卫本族的义务；既包括本家本族内部的守望相助，又包含乡党邻里之间的友好互助。

三、传统家训互助伦理的重大影响

综观传统家训的互助教义,以仁为美、以和为贵是互助伦理的主要文化基因,经济施与、人才培养、投身公益则是互助伦理的主要实施途径。这种互助伦理的理念通过传统家训而代代相传,成为该族子孙后代共同遵守的道德规范和行为准则。这不仅体现了重视弱势群体的家族传统,而且起到了保障个人生存、维系家族情感和势力、稳定社会秩序的作用。对遭遇天灾人祸,生活陷入贫困的家庭和个人而言,单凭一己之力难以走出困境。族党成员的鼎力帮助,则能使之较为快速、有效地摆脱困局。对宗族而言,建立在血缘情感基础上的家族互助制度,一方面有效保障和平衡了族内成员的利益,有利于促进和保持家族的长盛不衰;另一方面增强了宗族豪民的经济优势和家族地位。宗族豪民利用财产优势,以赈济为收族手段,使整个家族成为经济共同体,加强了整个家族的凝聚力,进一步控制了族权。对国家而言,宗族作为基于血缘亲情而建立的非正式组织,承担了大部分地方自治功能。百姓的自我管理不仅能起到稳定地方秩序的作用,而且减轻了政府管理的财政压力。中国传统社会的互助伦理通过家训这一媒介,深入中国人道德意识之中,使传统的中国人由对父母的感恩,上升为对亲人之关爱,对乡邻之关怀,进而产生对整个社会、国家之大爱。随着现代社会的变迁,传统宗族结构发生了变化,单个家庭成为社会构成的主要细胞,但是借鉴传统家训中的互助伦理教化思想,发展群体互助依然是新时代的伦理诉求。

浅析寿县传统家规家训的文化特征和时代价值

家庭是社会的基本细胞,是人生的第一所学校。传统家规家训是治家教子、修身处世的重要形式,是良好社会风气形成的重要基石,是中国传统文化的重要组成部分。家风是一个家庭的精神内核,也是一个社会的价值缩影。家风的传承以家规家训为最主要的表达方式,家谱或族谱是家规家训的最主要的载体。寿县古称寿春、寿阳、寿州,历史悠久,文化灿烂,州来、蔡国、楚国、淮南国、东汉袁术先后建都于此,是楚文化的故乡、中国豆腐的发祥地、淝水之战古战场。受历史文化的长期浸染和熏陶,寿县家规家训传统文化一直绵延不息,薪火相传。寿州人,北宋著名政治家、学者,太尉吕夷简第三子吕公著在《吕氏孝经要语》中所说的:"人生内无贤父兄,外无严师友,而能有成少矣",是古寿州家规家训的典范。伴随着宗族意识的不断强化,祠堂随处可见,记录和反映寿州宗族家规家训的谱牒数量众多。据不完全统计,寿县民间现存族谱40多部,是先人留给我们的珍贵精神财富,是挖掘和传承良好家规家训家风的重要依据,对培育和践行社会主义核心价值观具有重要作用。寿县传统家规家训主要有以下文化特征:

一、忠驱义感,以忠义为上的爱国观

"家是最小国,国是千万家。"家是国的基础,国是家的延伸。在中国人的精神谱系里,国家与家庭、社会与个人,都是密不可分的整体。由此可见,家庭好,国家才会好,民族才会强。家庭和国家是同呼吸共命运的,只有持续培育良好的家风才能为高尚的家国情夯实根基。《太平寰宇记》载:"(寿春)山川风气刚劲,故习俗尚

朴,民力耕桑,性率真直,人尚节义,其食粳稻,其衣绵布。"寿县《冯氏家训·家戒篇》记载:"百行奚先,曰忠与孝。"告诫族人要把对国家的忠诚和对父母的孝敬放在首位。寿县《程氏庭训》记载:"忠:士人贵位,孰不曰显亲扬名哉?……然所谓忠者,又岂仅捐躯殉国而已耶?凡分猷宣力,靖□不遑,恪恭厥职,不二不欺,无论崇卑内外,总皆公而忘私,国而忘家,如诸葛武侯所云:鞠躬尽瘁,死而后已。此乃所谓纯忠。"忠不仅是进朝做官报效国家,也不仅仅是捐躯献国,还是恪尽职守,不论地位高低贵贱都要公而忘私,国而忘家,鞠躬尽瘁,死而后已。寿县胡氏祠规开宗明义就是:"训忠""训教""表节""重义"。"训忠"要求入仕的宗族子弟,"在位而恪供乃职,始不负于朝廷,乃有光于宗祖"。《邵氏家训》记载:"忠上之义,担爵食禄者,固所当尽;若庶人不传质,为臣亦当随分报国,趋事输赋,罔敢或后,区区蝼蚁之忱,是即忠君之义。"《邵氏家训》认为担任各级官员的族人必须尽忠报国,而作为宗族的普通劳动者尽忠报国在于纳赋服役。寿县传统家规家训把对国家之爱纳入其内容,培养家族子弟爱国之怀,践行报国之志,涌现出如明御史方震孺、清帝师孙家鼐、北伐英烈曹渊、抗日名将方振武等一大批爱国的英雄人物。这为我们开展爱国主义教育和弘扬爱国主义精神,提供了生动而又有益的事例。

二、反正还淳,以正家为基的齐家观

中国古代儒家经典明确把"齐家"作为"治国"的重要前提,正所谓"天下之本在家"。《大学》说:"一家仁,一国兴仁;一家让,一国兴让。"《易传·象》说:"正家而天下定矣。"三国时期的陆机认为:"圣人教先从家始,家正而天下化之。"安定天下必须从"正家"做起。这是所谓的"齐家而后治国"。寿县《李氏家训》曰:"传家两字,曰耕与读;兴家两字,曰俭与勤;安家两字,曰让与忍;防家两字,曰盗与奸;亡家两字,曰嫖与赌;败家两字,曰暴与凶。休存猜忌之心,休听离间之语,休作生忿之事,休专公共之利。吃紧在尽本求实,切要在潜消未形。子孙不患少而患不才;产业不患贫而患难守;门户不患衰而患无志;交游不患寡而患从邪。不肖子孙,眼底无几句诗书,胸中无一段道理。神昏如醉,礼懈如痴,意纵如狂,行卑如丐。败祖宗之成业,辱父母之家声;乡党为之羞,妻妾为之泣。岂可立于世而名人类乎哉!"这部家训通俗地介绍了传家之宝、兴家之本、安家之要、防家之法、亡家之途、败家之因。2016年,习近平总书记在会见第一届全国文明家庭代表时的讲话上指出:"无论时代如何变化,无论经济社会如何发展,对一个社会来说,家庭的生活依托都不可替代,家庭的社会功能都不可替代,家庭的文明作用都不可替代。无论过去、现在还是将来，绝大多数人都生活在家庭之中。我们要重视家庭文明建设，努力使千千万万个家庭成为国家发展、民族进步、社会和谐的重要基点，成为人们梦想启航的地方。"因此，家庭和睦则社会安定，家庭幸福则社会祥和，家庭文明则社会文明。

三、博古通今，以诗书为重的修身观

俗话说："积钱不如教子，闲坐不如看书。"好的家庭教育，是最贵重的家产。"修齐治平"是中国传统文化的精华。《礼记·大学》中曰："身修而后家齐，家齐而后国治，国治而后天下平。自天子以至于庶人，壹是皆以修身为本。"它告诉我们，要想平天下最为重要的是修身，其次才考虑齐家，才能治国，之后平天下。上自国家元首，下至平民百姓，人人都要以修身为根本。而学习是修身的基本途径。《方舆胜览》记载："（寿州）俗慕学问，才产文武。"《江南通志》亦云："淮南著美，风流所被，文祠并兴。"说明寿县传统家规家训中始终强调以诗书为重的修身观。寿县《高氏祖训·兴文教篇》记载："四民皆是正业，然不读书则不知礼仪，故而为农为工皆当读书。虽不望成名，亦使粗知礼仪，不至为非。"意思是说高氏宗族的人无论从事什么工作都要读书，即使不能成名，但能知礼仪，不至于做坏事。寿县《王氏家训·重家学篇》记载："天下之本在国，国之本在家，家之本在身，格物致知，诚意正心，皆所以修身也。《易》曰：蒙以养正，圣功也。家学之师，必择严毅方正者为师法，苟非其人，则童蒙何以养正哉？"意思是说学习是修身的方法，但要选择严厉刚毅正直的老师才能施以正确的教育。寿县《黄氏家训》记载："童子年七岁者，送入乡塾。至十一二岁如其资质颖悟，可期限远大者，则令习举子业，务使操修克慎，达则为良臣，穷则为善士。"要求家族子女年满七岁送入乡塾读书，至资质颖悟、有发展前途的年轻人，则要求他们通过科举，加强道德修养，努力成为国家的良臣或做为善之人。正是寿县各个家族以"砚田无税子孙耕"的传世要求，有"三代不读书，等于一窝猪"的普遍认识，才形成了"私塾遍设，社学林立，十户之村，不废诵读"的繁荣局面，历史上有名的就有设于寿州孔庙内的学正署、训导署及循理书院、寿阳书院、安丰书院、涌泉书院等一批教育教学设施，为培育人才打下了基础。

四、敬老尊贤，以孝悌为本的仁爱观

孝悌是中华民族的传统美德，也是中华民族维系生存发展的伦理根基。孝悌

是为人之本,是道德之要。孝,指对父母还报的爱;悌,指兄弟姊妹的友爱。简言之:孝敬父母、友爱兄弟。孔子非常重视孝悌,认为孝悌是做人、做学问的根本。百善孝为先。何为孝?孔子云:"今之孝者,是谓能养。至于犬马,皆能有养;不敬,何以别乎?"意思是说,孝不仅在于你赡养父母,而且在于尊敬父母,否则与养牲畜没有区别。如何尽孝?"居则致其敬,养则致其乐,病则致其忧,丧则致其哀,祭则致其严",孝行就是子女对父母感恩报恩的行动。寿县《许氏祖训·孝父母篇》记载:"凡孝子,第一是爱父母,第二是敬重父母,第三要守身,存善心,行善事,扬名以显父母,这才是真孝子。"寿县《刘氏家训·敦孝行篇》记载:"孝也者五常之本,百行之厚也。夫天地生人以伦为重,圣贤垂训惟孝居先。父母之恩,昊天罔极。彼虎狼知有父子,禽鸟也能反哺,何况于人欤?……凡我族众务知孝知亲。"孝为道德之本,人以伦理为重。父母的恩情是广大无边的。虎狼知有父子,禽鸟能反哺,何况是人呢?作为刘氏族众必须知道孝敬父母。无论怎样父母都是最爱我们的人,而兄弟间手足之情是最难得的。兄弟间要互爱互敬,同心同德,不因财产而产生隔阂,不因矛盾而废除亲情,和气致祥,家道何患不兴呢?据清光绪《寿州志·孝友篇》记载,从隋朝到近代,寿县历史上就涌现出孝悌名士120多人。其中最著名的为唐代隐士董邵南,其"隐居行义,孝兹及物,有鸡哺狗儿之异。所居至今名曰隐贤乡。韩愈作《嗟哉董生行》以赠之,又有《送董邵南序》"。宋代诗人林同在《贤者之孝二百四十首·董邵南》中赞曰:"躬稼复樵渔,养亲还读书。不闻官赐帛,惟见吏催租。""身体发肤,受之父母",这要求我们在弘扬孝悌美德的同时,摒弃传统家规家训中不合时宜的规定,建设具有时代特征的孝亲敬老文化。

五、博施济众,以积善为德的善恶观

善与恶,是一对古老的道德范畴,也是一般伦理学的基本概念。善与恶分别是对合乎道德的现象与不合乎道德的现象的概括,因此,它们与"道德行为""不道德行为"这类概念具有同等意义。寿县《程氏宗规》记载:"家之盛衰,系乎积善恶而已。何谓善?恤寡怜贫,周急救灾,凡济人利物之事,皆是矣。何谓恶?巧施奸伪,舞弄是非,凡反道败德之事,皆是也。爱子孙者,慎勿遗之以恶。"寿县《戴氏家训·家规篇》记载:"何谓积善?恤人之孤,周人之急,居家以孝悌,处事以忠恕,凡所以济人者,皆是也。何谓积恶?欺凌孤寡,阴毒阳善,巧施奸佞,暗弄聪明,恃己之势以自强,夺人之财以自富,凡所以欺心者,皆是也。"对什么是积善行为和什么是积恶行为作了列举,并归结为凡是帮助别人的行为都是积善,凡是昧着自己良心的行为都是积恶。寿县《黄氏家训·患难相恤篇》记载:"一曰水火,二曰盗贼,三曰疾病,四曰死丧,五曰孤弱,六曰诬枉,七曰贫乏。凡同约者,财物器用有无相假,患难虽非同宗,其所知者亦当救恤。"寿县《耿氏祖训》在《积善》篇记载:"以布施作功德者,斋僧不如济贫,济贫不如建桥修路设渡施茶诸普济事,行普济事不如不妄取人财。施冢不如施棺,施棺不如施药,不如周济教导,使其不饥寒暑湿,以至于病。""善须是今日积明日积积小便大,一念之差,一言之差,一事之差,有因而丧身亡家者,岂可不畏也?"不论是《黄氏家训》还是《耿氏家训》,都列举了需要救恤的几种情形,不管是同宗还是外族都要救恤,而且通过日积月累达到积善。寿县城乡多热心公益、惠及民众的善行义举,世代相沿。据清光绪《寿州志》记载:寿县历史上有名的善堂就有广济局、育婴堂、课桑局、养济院等六处,自汉代以来积善行义名士就有九十多人。正是这些善行义举为当时提供了便利和改善了环境,为今人留下了大量的古道、古桥、古建筑等丰富物质遗产。这些善行义举不仅过去需要,今天更值得提倡。

六、尽心竭力,以精艺为谋的敬业观

中国传统的四民观,即将民众按士、农、工、商四大社会职业来划分。《管子·小匡》中说:"士农工商四民者,国之石民也,不可使杂处。"《书·周官》曰:"司空掌邦土,居四民,时地利。"《汉书·食货志上》云:"士农工商,四民有业。学以居位曰士,辟土殖谷曰农。"《高氏祖训·守正业篇》记载:"人作巧成器曰工,通财鬻货曰商。家子弟无论贫富智愚,皆不可无业,无业便是废人。又不可不守正业,不守正业便是莠民。正业不外士农工商。"这说明每个人所从事的职业莫不各有重要性。寿县《洪氏家训·安生理篇》记载:"所安之职业,比如士安于诵读,农安于耕作,是耕读者即士与农之生理也。然生理甚多,岂必耕读两项?或为商为贾,或为卜,或为医举,凡托一业以营生,精一技以为糊口者,皆所谓生理也。……凡我族众务须安分守己,各习正务,慎勿浪游入于匪僻斯克,称为仁厚之俗矣。"寿县《程氏家训·劝生业篇》记载:"子弟辈志在国家者,固当奋志向往,自强不息。其不能者,或于四民之事,各治一艺,鸡鸣而起,孜孜为善,必求其事之成,艺之精,然后可。"每个人各有自己的生活,莫不是各自有安定的职业。职业不只是耕读两种,而且要求家族弟子每个人精通一项技艺。寿县《耿氏祖训·劝业篇》记载:"士农工商,业虽不同,皆是本职。勤则职业修,惰则职业隳。修则父母妻子仰事俯育有赖,隳则资身无策,不免姗笑于姻里。""近世文明日进,职业教育日渐发达。我国顺世界潮流,亦趋重于此。各省现正提倡职业学校,将欲驱普通平民群趋于职业之一,途甚盛事也。夫农生货者也,工成货者也,商销货者也,诚使国民群趋向夫农工商各业,以科学思想发明新理,将见职业精进,大学生财之道即在是矣。"告诫族人士农工商是本职,勤修职业则家庭有依靠,否则反之。寿县传统家规家训要求家族子弟不仅守"正业(士农工商)",而且要精进、精艺。这种家教家风造就了大批的良臣和儒商,也在全社会形成了"卖田卖地,不卖手艺"的普遍认识,造就了大批具有一技之长的能工巧匠,给我们留下大量明清特色建筑及技艺等物质文化遗产和非物质文化遗产。正如习近平总书记所指出:"劳动是财富的源泉,也是幸福的源泉。人世间的美好梦想,只有通过诚实劳动才能实现;发展中的各种难题,只有通过诚实劳动才能破解;生命里的一切辉煌,只有通过诚实劳动才能铸就。"这要求全社会形成崇尚劳动、热爱劳动的时代风尚,树立和践行爱岗敬业的社会主义核心价值观。

七、守拙全真,以崇俭为用的消费观

古人云:"俭,德之共也;侈,恶之大也。"意思是说,节俭,是有德之人共同拥有的品质;奢侈,则是邪恶中的大恶。崇俭戒奢是中华民族的传统美德,既是治国之道,又是治家之策。唐代著名诗人李商隐在《咏史》中写道:"历览前贤国与家,成由勤俭败由奢",阐述了勤俭是兴国立业的根本,奢侈是亡国毁业的祸根。寿县《耿氏祖训·崇俭篇》记载:"老氏之三,实俭居一焉。人生福分各有限制,若饮食衣服日用起居——朴啬,留有余不尽之享以还造化,优游天年,是可以养福。奢靡败度俭约鲜过不逊,宁固圣人有辨,是可以养德。多费多取,不免奴颜婢膝委曲徇人,自丧己志,费少取少,随分随足,浩然自得,是可以养气,且以俭示子孙,可法有益于家,以俭率人,敝俗可挽,有益于国也,顾莫之能行,何哉?"认为做到节俭可以养德、养福、养浩然正气,同时认为节俭于家有益、于国有益,并且认为节俭之道:第一"要平心忍气",第二"要量力举事",第三"要节衣缩食",因此"人皆以薄于自奉,为不爱其生而不知是乃所以养生也"。这说明寿县人勤俭节约之风盛行。从2012年12月中共中央实行"改进工作作风、密切联系群众的八项规定",到2013年开展以反"四风"为主要任务的群众路线教育活动,再到把"坚持尚俭戒奢,艰苦朴素,勤俭节约"写入《中国共产党廉洁自律准则》,无不充分体现艰苦奋斗、勤俭建国的思想。全社会应该行动起来,自觉抵制奢靡之风,大兴节俭之风。

八、言而有信,以诚信为旨的处世观

"信,国之宝也。"人无信不可,民无信不立,国无信不威。子曰:"人而无信,不知其可。"孟子说:"诚者,天之道也;诚之者,人之道也。"因此,诚信是中华民族的传统美德。在一般意义上,"诚"即诚实诚恳,主要指主体真诚的内在道德品质;"信"即信用信任,主要指主体内诚的外化。"诚"更多的指"内诚于心","信"则侧重于"外信于人"。寿县《程氏庭训》记载:"信:饬纪敦伦,友亦人伦之一也。……试观古人,一诺千金,片言九鼎,偶然相订,久要不忘。若元伯之与巨卿,虽千里如觌面也。今之交友者,口是心违,朝翻暮覆,挟投赠之虚文,掩猜嫌之隐念,彼正大光明者,愿如此其暧昧乎! 宣圣有言:人而无信,如树无皮,为子弟者,其最之!"寿县程氏不仅在家训中对族人提出了诚信的要求,而且在生活中践行诚信原则。党的十八届四中全会通过了《中共中央关于全面推进依法治国若干重大问题的决定》,强调通过"健全公民和组织守法信用记录,完善守法诚信褒奖机制和违法失信行为惩戒机制",加强社会诚信建设。因此,诚信不仅是社会主义核心价值观的重要内容,而且是规范社会行为、治理国家的重要准则。

九、奉公守法,以自律为要的廉洁观

廉洁是中华民族优秀文化的重要组成部分。廉洁,最早出现在战国时期伟大诗人屈原的《楚辞·招魂》中:"朕幼清以廉洁兮,身服义而未沫。"东汉著名学者王逸在《楚辞·章句》中注释说:"不受曰廉,不污曰洁。"也就是说,不接受他人馈赠的钱财礼物,不让自己清白的人品受到玷污,就是廉洁。寿县历史上出现过孙叔敖、时苗、俞化鹏等一大批两袖清风、一心为民的廉吏,影响和教育着寿县子民。古老的寿州大地上廉风习习。寿县《曹氏堂训》是:"忠、孝、节、廉。"并进一步指出"廉"的要求是"砥砺廉隅,一尘不染;是训是行,所生无忝"。意思是通过磨炼而使品德端正不苟,一尘不染,不辜负、不愧对自己的父母。寿县《程氏庭训》记载:"廉,君子爱财,取之有道,非一无取也,盖取所可取也。是故,一物之投,必辨所从来,无处而馈,宜却而弗受。得所当得,虽千驷不为贪;取非其有,虽一介亦为盗。宁廉洁留清介之名,毋苟得贻贪污之消。畏四知于暮夜,期清白以传家,庶知行克矜无累大德。"2016 年实施的《中国共产党廉洁自律准则》,首次将"廉洁齐家,自觉带头树立良好家风"列为党员领导干部廉洁自律规范的重要内容之一。

十、五体投地，以敬畏为矩的法治观

国有国法，家有家规。国无法不治，民无法不立。法律法规是"心存敬畏之心，方能行有所止"，是治国理政最重要最基本的规矩。寿县《高氏祖训·畏王法》记载："王法者朝廷所设，以治吾民者也，无王法则天下乱。苟平日不畏王法，恐一旦犯法而不自知，及遭刑戮悔之晚矣，此君子所以怀刑也；故为绅士为民皆畏法，畏法则敬官府，早完粮，苟非不得已不可轻与人结讼，自能远耻辱而报身家矣。"告诫高氏族人法律是国家制定的，没有法律，天下就要大乱。如果平时不敬畏国家法律，一旦触犯法律自己都不知道，致使受刑罚或被处死后悔就来不及了。所以不论什么人都要敬畏法律。寿县《周氏·家法》记载："一、家法以尊治卑，不得以卑治尊。凡族中子弟犯家法者，叔伯父兄得以家法治之。若长辈犯国法，自有官治……二、家法治轻不治重，家法所以济国法之所不及，极重至革出祠堂永不归宗而止。若罪不至此，即当鸣官究办，不得僭用私刑，山乡恶俗有重责伤人及活埋者，此乃犯国法，非行家法也。……"阐述家法与国法执法的主体和家法与国法之间相互补充。国无常强，无常弱，奉法者强则国强，奉法者弱则国弱。党的十八届三中全会通过的《中共中央关于全面深化改革若干重大问题的决定》强调："坚持依法治理，加强法治保障，运用法治思维和法治方式化解社会矛盾。"通过法治思维和法治方式，推动形成办事依法、遇事找法、解决问题用法、化解矛盾靠法的良好法治环境。寿县传统家规家训中关于遵守法律的规定和生活中"空口无凭，立契为据"的行事方式，充分说明寿县人具有强烈的法治意识。

以上通过对近现代寿县传统家规家训的分析和梳理，我们发现众多族谱或家族禁碑等家规家训都打有那个时代的烙印。这些传统家规家训，以孝、悌、忠、信、礼、义、廉、耻等八德为主要内容，体现了中华民族几千年积累的传统美德，也是中华文化精髓所在，但不可避免地存在着与现代社会和时代不相符的成分。这需要我们坚持马克思主义道德观、坚持社会主义道德观，在去粗取精、去伪存真的基础上，坚持古为今用、推陈出新，实现中华传统美德的创造性转化、创新性发展，做出通俗易懂的当代表达，赋予新的时代内涵。

传统"家训文化"的发展演变与弘扬传承

传统家训是父祖长辈对后代子孙的训教,是家族先人为后人制定的立身处世、居家治生的原则和规诫。它是借助尊长的权威加于子孙或族众的道德约束,甚至具有法律效力,现代学者也称之为"宗族法"。

传统家训曾有众多名称,如家教、家诫、家规、家仪、家法、家约、家矩、家则、家政、家制,以及教家、治家、传家、齐家等。其约束对象通常是人口众多的大家族,故而又有宗范、族范、世范、宗训、宗约、族约、宗式、宗仪、宗誓、宗教、宗典、宗型、宗政等称谓。部分家训是父祖长辈在临终之际做出的,这类训教带有一个特别明显的"遗"字,如遗令、遗戒、遗敕、遗命、遗训、遗言、遗嘱、遗书、遗疏。传统家训大多出自严父之手,也有的出自慈母之口,如慈训、母训、慈教、母教等。很多家训往往是一代又一代、一辈又一辈传下来的,通常名为祖训、垂训、训言等。传统家训的内容主要关乎为人处世,也涉及居家治生,特别是祠堂、义庄、学塾、文会、祭祀等的管理,这时的命名往往使用祠规、祭仪、庄规、塾训、塾铎、文会规条等。还有一些家训以儒家经典中的语句命名,诸如庸言、庸行、闲家、顾命、燕翼、贻谋、庭训、庭诰、庭语、将死之鸣等。

一、传统家训发展演变的历程

根据其自身的逻辑或类型的演变,传统家训的发展大体可分为三个阶段。

第一个阶段:先秦家训停留于口头说教。所谓训诫活动的家训,是指训诫停留在口头,没有落实在文字上。与之相对应,文献形式的家训则是以书信、规条等文

字形式呈现的。前者是动态的活动,后者是静态的文献。如果一定要在命名上加以区分,训诫活动的家训往往用家训、家教、家诫等命名,而文献形式的家训可以用家范、家规、家仪、家法、家约、家矩、家则等命名。我国最早的家训就是训诫活动的家训,先秦时期的所有家训无一例外地都具有训诫活动的特点。

最早的家训是哪一则,学术界有不同说法。有人说是周文王的《诏太子发》,有人说是清华简中周文王叮咛周武王的《保训》。《诏太子发》出自《逸周书》的《文儆》,《保训》所在的清华简整理工作还没有完成,释文尚未全部公布。因此,笔者把《史记》记载的周公旦对长子伯禽的训诫视为我国最早的家训。

周公旦是周文王之子、周武王的弟弟。武王灭商之后,实行分封制。周公被封于曲阜,建立鲁国。由于武王旋即死去,侄子成王年幼,因而由周公摄政。周公无法前往封地,便派长子伯禽前往。伯禽临行前,周公对他作了这样的训诫:"我,文王之子,武王之弟,王之叔父,吾于天下,亦不贱矣。然一沐三握发,一饭三吐哺,起以待士,犹恐失天下之贤。子之鲁,慎无以国骄人。"周公这段教诫其子伯禽礼贤下士的训辞,流传甚广;吐哺握发的殷勤待士,无以国骄人的处尊谦卑,千古传诵。

先秦时期的家训强调任何人都应该完成自己分内的工作,不能自求逸乐;只有勤劳有为,才能光大先人的业绩,而怠惰偷安,将会导致家道中落衰败。例如,春秋时期,鲁国人公父文伯(公父穆伯的儿子)持有坐享其成、好逸恶劳的观点,其母敬姜训诫他:"劳则思,思则善心生;逸则淫,淫则忘善,忘善则恶心生。"又如,春秋时期,楚国令尹子发的母亲以越王勾践伐吴的事例,教诫其子要与士兵同甘共苦,从而激发士气、克敌制胜。再如,孔子教导其子孔鲤要学诗学礼,孟母断机教子等。这一时期的所有家训都是口头说教,仅仅停留在口头上,当时并没有落实在文字上。它们之所以能流传到现在,为我们所了解,不过是后人追述的结果而已。

第二个阶段:从训诫活动到文献形式。两汉时期,我国的家训有了长足发展。这主要表现在两个方面,一是出现"家教""家约""家训"等名称,表明人们对教子传家的自觉;二是家训实现了由训诫活动到文献形式的发展。

或许是因为教诫者和教诫对象分处两地,无法耳提面命,当面训教;抑或是因为教诫者希望教诫对象郑重对待,永远记取,便采用手书或书信的形式。西汉王朝的建立者刘邦就有《手敕太子》,其中既有自身痛彻的教训,又有对儿子的深切企盼;既有诸如尊长、力学之类适合社会各阶层的内容,也有帝王之家特有的教诫。而"手敕"二字则清楚地表明,这则家训是用"手"写的,不同于以往的"口"说家训。

两汉时期,以书信教子十分普遍,孔臧的《与子琳书》、刘向的《戒子歆书》、马援的《诫兄子严、敦书》、张奂的《诫兄子书》、郑玄的《戒子益恩书》、司马徽的《诫子书》等,便是其中的代表。

　　显然,以文献形式出现的家训,较之于一时的口头说教,有着更为持久的意义,有着更为深远的影响。如果说训诫活动的家训是文献形式家训的基础,那么,以文献形式出现的家训则是训诫活动家训的升华,是同一内容在更高层次的体现。

　　第三个阶段:从非规范性家训到规范性家训。无论是先秦时期训诫活动的口头家训,还是两汉时期以书信为主体的文献形式家训,都有针对性强、目标明确、性质单一的特点。为什么要训诫,有具体的原因;怎样训诫,有具体的内容;甚至训诫的效力如何,也有具体的结果。一般来说,它们不具有永久性和普遍性的意义。只有在当时特定的环境下,它们的价值才能凸显出来,才能被人们所理解,其意义总是与具体条件联系在一起的。笔者把这种针对一人一事的教诫称为非规范性家训,它既包括训诫活动的家训,也包括文献形式的家训。

　　六朝时期,我国的家训由非规范性家训发展为规范性家训,家训不再是针对一人一事的教诫,而是着眼于一个人的一生,为了一个家族的世世代代。这种变化的表面特征是由以前相对较短的“诫子书”发展为篇幅稍长的“家诫”,甚至是以专书形式呈现的“家训”。介绍非规范性的家训,犹如讲故事,具有完整的情节;而要介绍以《颜氏家训》为代表的规范性家训,则只能逐节展示,分篇论列。

　　《颜氏家训》被尊为“家训之祖”,成书于隋朝,但题署“北齐黄门侍郎颜之推撰”。实际上,在它之前,不仅非规范性家训多有存在,而且规范性家训也已经非常普遍。对于《史记》所说的“任公家约”,学界有“任公的家约”和“任公全家人约定”两种读法,我们姑且搁置不论。汉代东方朔的《诫子》用整齐的韵语,讲述了一番“与物变化”“随时之宜”等为人处世的原则,已经不再是针对具体问题的具体训教。进入魏晋以后,家训教导为人处世的一般原则和方法,如王肃的《家诫》、王昶的《家诫》、嵇康的《家诫》、李秉的《家诫》、杨椿的《诫子孙》、魏收的《枕中篇》、王褒的《幼训》等,不胜枚举。从唐宋时期起,家训出现了社会化现象,有影响的家训往往不再属于一家一姓,而属于全社会所共有。

　　与非规范性家训相比,规范性家训摆脱了动因直接、内容具体、针对性明确的局限,它不再只是针对一人一事,也不再局限于一时。从形式上说,它很少列举具有鉴戒性的事例,而往往以原则性的条文出现。明清时期,家谱中的家训编写非常注重文字形式,每一条均以有限的三五个字用作一段的标题,如敬祖宗、睦宗族、教子孙、慎婚嫁、务本业、励勤奋、尚节俭等,形式整齐,异常醒目,提纲挈领,既便于诵读,也便于记忆。这些条文往往是数代人生活经验和治家经验的总结,对后人的生活和治家具有指导意义。

二、传统家训弘扬传承的对策

寿县是中国传统文化传承连续性较高的地区之一，"耕读为本，诗礼传家"的传统家训根深蒂固、世代相传。随着时代的发展，传统文化的传承面临着许多新情况、新问题。近年来，特别是伴随着早婚、分家、外出打工、独生子女、空巢老人、留守儿童、过早辍学、网络文化侵袭等一系列社会问题的出现，当前寿县地区包括传统家训在内的"家训文化"基本处于失语状态，传统家训传承面临着十分尴尬的境地。如何构建适应当代和谐社会发展、传承中国传统文化的优良家风，在经济发达的社会文化中凸显传统与现代结合、多元文化交融的"家训文化"，显得十分重要和极为迫切，需要制定和采取相应对策，认真加以解决。

一要提高认识。"家训文化"是中国特有的一种文化范式，是中华民族优秀传统文化的重要组成部分。中华民族优秀传统文化的一大特点便是它的传承性，对于"家训文化"的继承也应同继承中国传统文化一样，要"取其精华，去其糟粕"，要剔除"家训文化"中的那些三纲五常、礼教等级、家长专制等封建文化，但不能一味否定，要继承其传统优秀的文化精髓。传统家训中仍有许多思想体现了中华民族的优良品德，这些价值观念在当下的世界里更应该被提及和重温，并结合当代文化和本家族的优良传统，形成自己各具特色的"家训文化"。人们通过"家"的眼光来看待社会和他人，从而使中国人的整个社会道德和价值体系都建立在"家"的基础上，并通过"家"来表述和体现。因此，健康的"家训文化"对于构建和谐社会的社会文化体系，对国家文化体制改革发展、推进社会主义文化繁荣兴盛具有重要影响。

二要发掘传承。文化是一种文明所形成的生活方式。自明代洪武年起，寿县的家庭多为移民后裔，家学虽不深厚，但在多年的建设中，或多或少都有自己的文化、家风、家训、家规。此外，寿县特有的豆腐传统制作、正阳关抬阁肘阁、民间剪纸等技艺皆属于非物质文化遗产范畴，这些都需要去抢救挖掘和弘扬传承。要结合自家文化特点，构建健康乐观、积极向上的"家训文化"。这里把"家训文化"泛化了，即把家和家庭的内部结构、身份关系、道德伦理、认识模式、互动行为规则，扩展到家和家庭以外的各个社会层面，成为支配、调解中国人、组织和社会的思想体系。因此，在建设"家训文化"的同时，还应加强全县农村邻里群组文化、社区组委文化，不断延伸"家训文化"的领域和触角，在乡镇农村全面建设邻里群组文化，在城镇街道全面建设社区组委文化。优良的家风、家训、家学不但自家要继承，而且还要不断地发扬和创新。要"走出家门",同其他先进的"家训文化"交流、碰撞、融合,以便不断充实完善、互融互通。构建家训文化、群组文化、企业文化、社会文化为一体的梯次文化链条,建设小家(家庭)、中家(企业、单位)、大家(国家)融为一体的地域文化,提升寿县文化的软实力和影响力。

三要正确引导。各级政府要负起主体责任,切实对"家训文化"加以正确引导。对上述具体问题和社会现象,要有的放矢、有针对性地逐一加以解决。针对大面积、宽领域的外出打工现象,当地政府要积极和大力发展现代农业及地方经济,加大招商引资力度,促进农村剩余劳力就地、就近就业,合理提高外来务工者工资待遇,吸引外来务工者留在本地工作,为家乡建设出力流汗,同时也应做到尽力避免本土劳动力外流和人才外流现象的发生。对于农村家庭,要鼓励支持晚婚晚育,对于"80后"要鼓励生二胎。"国有国法,家有家规"。家规家训是一种家庭文化的产物,相当于一个家的法律。在子女的教育上,要有自己的家规家训,不能盲目溺爱、宠爱。在寿县城乡,"家教"受到很大程度的重视,家庭内部有着独特的结构,这就是"长幼有序"。在教育方面要积极采取有效措施,想方设法防止学生辍学,学校和家庭要同时承担起各自的教育职责,共同携手加强对学生进行包括"家训文化"在内的传统文化教育。同时,政府有关职能部门要切实履职尽责,齐心协力打击和抵制网络虚假文化对传统文化的冲击和危害。

中国古代社会文化的传承主要以"家"为载体,家学、"家训文化"传承是中国文化传播的继承。"家训文化"影响家庭文化,家庭文化同时影响着社会文化,而社会文化又构成了当代中国文化。对传统"家训文化"进行认真分析、总结、改造、升华、继承和发扬,对完善国家治理体系和国家治理能力具有重要意义。当代寿县文化虽然芜杂,但其多元的特质也代表了中国文化兼容并包、博大精深的特点。寿县的"家训文化"虽然不如其他地方"家训文化"系统深厚,但蕴含其中的汉民族文化基因和淮夷文化、楚汉文化的基因,也在中国"家训文化"中独一无二,具有显著的地域性、独特性和唯一性,是中国"家训文化"的缩影和代表,成为中华悠久历史文化的重要组成部分。它们同传统"家训文化"中的仁厚、孝道、包容、责任、上进、和谐等优秀传统文化,共同构成了中国的"家训文化"。虽然在当地的传承中,寿县"家训文化"出现了传承断裂和传承失语的现象,但随着县域经济的发展,重视程度的提高,社会环境的改善,文化兴盛的要求,生育政策的调整,传统文化的教育,以及对"家训文化"的渴望回归等一系列举措的施行,相信寿县"家训文化"的传承发展必将迎来明媚的春天。

先进典型在培育和践行社会主义核心价值观中的
作用研究

　　思想政治教育作为意识形态宣传的前沿阵地,要率先唱响社会主义核心价值观的主旋律。先进典型作为进行思想政治教育的手段之一,是培育践行核心价值观的有力抓手。只有选树先进典型,通过发挥其模范示范效应来加强社会主义核心价值观建设,以点带面,才能有效实现社会主义核心价值观的传播以及巩固社会主义意识形态的目的。正如习近平同志在全国高校思想政治工作会议上所强调指出的那样:"要坚持不懈培育和弘扬社会主义核心价值观,引导广大师生做社会主义核心价值观的坚定信仰者、积极传播者、模范践行者。"在培育和践行社会主义核心价值观过程中,离不开榜样示范的无穷力量。如何充分挖掘发挥先进典型的教育示范作用,来促进个体价值观实践层面的养成,是我们当前思想政治教育面临的重要任务和重大课题。

一、先进典型与社会主义核心价值观的内在联系

　　人生需要信仰驱动,社会需要精神引领,国家发展更需要正确的价值导向。核心价值观对于一个国家、一个社会、一个公民来说就是精神的支柱、前行的航标。努力发展、培养和宣传推广先进典型,用先进典型的鲜活事例直接引导和激发人们对核心价值观的认识和推崇,是我党思想政治工作的优良传统。习近平同志在担任中共浙江省委书记期间所著的《之江新语》这本书中,有一篇题为《要善于学习典型》的文章指出:"学所以益才也,砺所以致刃也。我们就是要善于向先进典型学习,在一点一滴中完善自己,从小事小节上修炼自己,以自己的实际行动学习先

进、保持先进、赶超先进。"时代孕育典型,典型反映时代。时代需要航标,社会需要榜样。

(一)先进典型彰显了弘扬和培育社会主义核心价值观的精神实质

所谓先进典型,是指同类中具有代表性的人物和事件。它从一般人物中概括出来,具有自己的个性,同时它又是同类事物或事件中的突出代表。先进模范人物是践行社会主义核心价值观的杰出代表,是各个行业、各个领域所涌现出来的先进典型。从抛头颅洒热血的战斗英雄到攻坚克难的大国工匠,从鞠躬尽瘁死而后已的人民公仆到感动中国的普通百姓,他们都具有共同的特点。他们都具有高度的政治觉悟、坚定的理想信念、崇高的精神境界和良好的道德修养,生动地诠释了社会主义核心价值观的精神实质,凝结了中华民族的传统美德,展现了新时期国家的时代风貌。他们具体而鲜活的事迹将文字性抽象的核心价值观做以阐释,让人们看得见、摸得着,让人民群众在感动和震撼的同时感觉可信、可亲、可学、可做。树立一个先进典型,就是在社会上树立起一面旗帜、一个标杆,就是在群众中确立一种导向、一个楷模。这对于倡导先进的思想道德和价值理念,帮助人们树立正确的世界观、人生观和价值观,弘扬社会正气,准确反映时代主流,引导人们把社会主义核心价值观转化为社会群体意识,自觉遵守和践行,具有十分重要的意义。

(二)先进典型人物具象了社会主义核心价值观的内在要求

时代需要航标,社会需要榜样,思想需要先导。运用榜样的力量,培养人们的价值取向和行为准则,是古今的普遍做法,也是我们党的一个好传统。我们党一贯高度重视先进模范人物的选树工作,注意发现先进典型并善于发挥其积极作用,通过树立道德模范,加强示范引导,让人民群众学有榜样、赶有目标、见贤思齐,毛泽东主席"向雷锋同志学习"的号召影响了几代人,时至今日影响力犹在。在新的历史起点上,我们要继续发扬优良传统,充分发挥先进模范人物的带头作用,用他们的先进事迹和崇高精神,对广大干部群众进行有效动员和主动引导,让人们更加生动形象地理解和把握社会主义核心价值观的本质特征,更加自觉地践行社会主义核心价值观的内在要求,使时代的航标更加鲜明、社会的榜样更加鲜活、思想的先导更加鲜艳。

二、先进典型与社会主义核心价值观的实践养成

(一)先进典型在社会主义核心价值观教育中发挥作用的理论根基

如何通过先进典型的教育示范效应,来加强各系统各部门干部职工对核心价

值观的理解、认同以及有效实践？首先要从理论基础,即从思想政治教育、伦理学、心理学等学科角度来进行分析。从思想政治教育角度来看,先进典型是社会主义核心价值观的人格化,代表了社会主义所倡导的宏观、主流的价值导向,先进典型的示范教育就是从微观层面来探索研究培育和践行社会主义核心价值观的实践创新。根据先进典型所具有的鲜明价值导向和具体实践特点,积极发挥激励引领作用,有利于在各系统各部门干部职工群体中营造正确的舆论导向和文化氛围,使个体层面的价值准则更好地转化为群体的行为标准。这既丰富了思想政治教育研究的理论内容,也是开展思想政治教育的一种有效实践手段。从心理学角度来说,先进典型教育就是寻求一种心理认同。所谓认同是指"个体或群体在感情上、心理上趋同的过程",被教育对象只有在情感上认可并接受社会主义核心价值观,才能自觉规范自己的行为,从而满足个体的社会化和自我实现的心理需求。只有把高度抽象概括的 24 字价值准则转化成具体、鲜活的人物和事迹,才更加容易激发人们的情感共鸣,才具有强大的感染力。从伦理学角度来说,各系统各部门作为道德教育的主要阵地,对干部职工的价值观塑造起着难以替代的作用。道德的基础是人类精神的自律,社会公德的建构最终也须以个人的道德内化为基础,一切规范真正发挥效力最终都落脚于人的自觉。先进典型是公德教育和私德养成的结合点,要实现价值主体知、情、意、信、行的统一,就需要将宏观的社会主义核心价值观和干部职工微观价值导向更好地融合在一起,让干部职工能够通过对先进典型的价值认同,自觉聚力于社会主义核心价值观的养成。

(二)社会主义核心价值观教育过程中的"失范"现象及原因分析

从思想政治教育的实践中发现,大多数干部职工都具有正确的价值取向,他们在认知上都能够对社会主义核心价值观的内容、内涵有所了解,并在观念上认同遵守社会主义核心价值观。这说明多年来各系统各部门的道德教育取得了相当明显的成效。但同时也暴露出一些不尽如人意的方面,干部职工群体对社会主义核心价值观在理论认知、价值认同和实践践行等方面出现了不同程度的偏差,存在道德"失范"现象。例如,有的职工普遍对爱国敬业的要求表达出了普遍的价值认同,但在工作上却往往呈现出一定的功利主义、享乐主义倾向。这从一定程度上表明了他们比较关注眼前的现实利益,而缺乏对集体的责任感和对实现人生价值的思考。同时,干部职工群体也面临着诚信危机的拷问,不少干部职工在汇报工作时存在弄虚作假、虚报浮夸等行为。此外,在年度评先评优及涉及自身利益的环节中,部分干部职工多从个人的利益角度出发,出现拉票、作假等违背公平正义的行为。这些表现在行为层面上的取向,在某种程度上折射出各系统各部门价值观教育的失范。在实现社会主义核心价值观过程中出现矛盾时，这种道德"失范"现象就会凸显出来。究其原因，首先在于干部职工群体在外部面临着多元文化氛围和价值倾向的影响，从道德自律的角度来看，也缺乏有力约束，他们常从自身利益出发思考问题，当个人价值和社会价值发生分歧，他们就会陷入应然和实然的冲突中。此外，虽然目前社会主义核心价值观建设，得到了国家和社会前所未有的重视，但现在的核心价值观建设教育着重从思想政治教育理论课程和干部职工群体的日常行为准则的制定、舆论的宣传倡导等方面展开，往往缺乏与现实的结合而显得单一化和抽象化，不能引起干部职工的重视。各系统各部门干部职工都具有较高的知识层次，对于他们来说记住这24个字并了解其规范意义并不难，但他们却往往忽视了在日常生活中实践的具体要求，注重所谓的道德原则、规范等的设立，而忽视干部职工日常的习惯养成。这样的教育方式导致了干部职工知识技能和道德水平形成了反差，面临理论与实践、认识与行为、公德与私德脱节的重大考验。

（三）发挥先进典型效应，引领社会主义核心价值观教育

目前在社会主义核心价值观教育方面缺乏的并不是认知和宣传，而是微观层面的实践形式创新。先进典型教育作为社会主义核心价值观的有效实践手段，需要在顶层设计、具体实施和长效跟踪等层面做到多管齐下，将社会主义核心价值观的内涵和规范融入干部职工的日常生活和工作中，让干部职工通过具体情境和实践案例去进行价值选择与评价，从而将核心价值观引领和微观价值导向更好地融合在一起，让干部职工能够通过对先进典型的价值认同和情感共鸣，激发学习和模仿的天性，促进社会主义核心价值观内化于心、外化于行。

一要科学设计，完善工作机制。充分发挥先进典型的示范教育作用，首先要进行科学的顶层设计，确立好先进典型的选拔机制、流程和规范。一方面，要紧扣时代发展脉搏，根据各系统各部门干部职工成长的周期规律和心理特征，注重构建多角度、多层次的先进典型案例，例如从干部职工队伍、社会道德模范和行业精英等层次，从志愿服务、助人为乐、孝老爱亲、勤俭自强、创新创业等角度，选取各方面最具代表性和说服力的典型人物和先进事迹；另一方面，通过开展各种形式的活动，如先进事迹报告会、道德模范推选等，集聚和体现社会主义核心价值观的生动诠释，调动全系统干部职工群体参与进来，努力营造弘扬社会主义核心价值观的文化氛围，发挥润物细无声和潜移默化的积极作用。

二要贴近实际，讲好身边故事。思想政治教育只有做到贴近干部职工、贴近生活、贴近实际，才能增强吸引力和感召力，因此选取先进典型也要注重鲜活性和直观性。在先进典型的宣传教育过程中，我们发现典型距离越近、形象越具体，相较

于其他组织和个人更易激发干部职工群体的情感共鸣和价值认同,也往往更加具有说服力和时效性。让身边人讲述身边故事,用身边事教育身边人,由于经历相仿、互动频繁、情况熟悉,这些存在于身边的鲜活生动的形象,他们的事迹和言行往往更加具有感染力,从而更好地发挥示范激励作用。例如以系统内的先进工作者、道德模范为典型案例,对他们的成长经历、价值选择和先进事迹等进行持续跟踪。这些鲜活而饱满的典型和故事能够让干部职工感觉到榜样就在身边,产生一种"只要努力我也可以做到"的想法,从而有效地将日常表现、思想变化与价值观凝聚相结合,增强对核心价值观的认同和践行。

三要加强宣传,打造长效机制。要促进公共道德观念转换为个体的道德行为准则,离不开长效的宣传机制。当今自媒体的时代背景,造成了各系统各部门干部职工讯息来源的多样化,也造成了价值观的多元与多度。因此,我们要占领网络宣传阵地,以网站、微博、微信、论坛等为媒介,全方位、多渠道加强对先进典型的宣传推广。通过故事化表达、网络化语言和形象化展示,以干部职工喜闻乐见的形式,渗透融入干部职工的"网上生活",打破原始单一的理论说教模式,增强吸引力,扩大影响力,逐步实现巩固和扩大典型教育示范效应的目的。

社会主义核心价值观教育,是一项长期的系统工程,以先进典型教育为载体,使干部职工潜移默化地受到感染、熏陶与教育;坚定价值信念,把道德认知、情感与具体的践行结合起来,最终形成较强的自我控制力和行为驱动力,产生一种自觉将价值认识付诸行动的精神力量,主动、直面地接受核心价值观教育,才能增强社会主义核心价值观的实践转化。作为思想政治教育的传播者和实践者,我们要善于选树典型,发挥典型示范作用,以点带面,把社会主义核心价值观体现到思想政治教育的全过程,使各系统各部门真正成为巩固社会主义意识形态、传播社会主义核心价值观、培育和塑造干部职工正确价值观的重要阵地。

"莫高精神"在现实语境下的理性思辨

  文物承载灿烂文明,传承历史文化,维系民族精神,是老祖宗留给我们的宝贵遗产,是加强社会主义精神文明建设的深厚滋养。面对保护文物这项功在当代、利在千秋的事业,以常书鸿、段文杰、樊锦诗等为代表的敦煌人,秉持"坚守大漠、甘于奉献、勇于担当、开拓进取"的莫高精神,为了永不凋落的"沙漠之花",付出了长久的坚守。他们70多年如一日,不畏艰苦、刻苦钻研、辛勤工作,用热血和真情守护着莫高窟,薪火相传,生生不息,创造了莫高窟文物保护、研究、弘扬、传承工作的奇迹。2019年8月9日,习近平总书记在莫高窟调研时,对敦煌研究院取得的显著成绩给予充分肯定。

  荡气回肠的"莫高精神",是由几代莫高窟人在敦煌文化遗产保护、研究、弘扬、传承的实践中共同创造的,是莫高窟人以智慧和汗水积淀而成的,也是敦煌研究院在70多年发展历程中逐渐孕育发展、凝聚形成的,具有可贵的精神实质、丰富的深刻内涵和难得的时代价值,与我们每个人并不遥远。特别是对文化、文物工作者来说,更具有重要的理论和现实指导作用,将会形成强大的精神动力。在推进社会主义文化繁荣兴盛的新时代语境下,加强文化遗产保护,推动中华优秀传统文化创造性转化、创新性发展任重道远,需要广大文化、文物工作者学习、弘扬、传承"莫高精神",立足基层、立足岗位,进一步把"莫高精神"发扬光大,用"莫高精神"激励、指导、推进文化、文物工作实践。

  弘扬、传承"莫高精神",就要坚守阵地,陶铸"成林敢锁狂沙舞,独木能将傲骨扬"的铮铮风骨。一代代莫高人在茫茫沙海中坚守大漠,如胡杨一般立定于沙海,择一事,终一生,始终坚守阵地不动摇。文化、文物工作者所从事的工作岗位,就是

我们的文化阵地,我们要像莫高人那样,如钉子般牢牢守住阵地。文化、文物工作者中的党员干部要坚守政治阵地,要始终坚定共产主义信仰。有了信仰,才能始终约束自己的言论和行为,为崇高的理想奋斗终身,为实现中国梦矢志不渝。文化、文物工作者中的党员干部要坚守政治阵地,要旗帜鲜明地讲政治,切实守好初心、践行使命,树立"四个意识"、坚定"四个自信"、做到"两个维护",全面贯彻执行党的理论和路线方针政策,加强党性修养,加强品格陶冶,增强推进文化建设、加强文化遗产保护的不竭动力。

弘扬、传承"莫高精神",就要甘于奉献,锤炼"愿得此身长报国,何须生入玉门关"的坚定意志。古有沙场将士塞北戍边忠魂长存,今有莫高人玉门关旁奉献终身。莫高窟条件艰苦、工作辛苦、生活清苦,却集聚了一批批、一代代想干事、能干事、善干事的优秀人才深耕于此,用青春和汗水谱写了"莫高传奇"。习近平总书记曾强调:"我们共产党人讲奉献,就是要有一颗为党为人民矢志奋斗的心。"作为文化、文物工作者,我们要学习莫高人淡泊名利、甘于奉献的精神,在具体工作中多承担一些任务,多到边远地区、基层乡镇的艰苦岗位上锻炼。面对文化建设、文物保护工作的任务和要求,必须做到愿吃苦、敢吃苦、能吃苦,克己奉公,多做贡献,以"踏石留印、抓铁有痕"的坚强意志,以钉钉子精神担当尽责,在工作的"一锤一凿"中奉献自我的光和热,将初心守护到底,将使命践行到底。

弘扬、传承"莫高精神",就要勇于担当,恪守"黄沙百战穿金甲,不破楼兰终不还"的铿锵誓言。面对敦煌文物流失、石窟遭毁的境况,常书鸿、段文杰等一代代莫高人毅然扛起重担,通过建立研究院、修复壁画石窟、推行保护制度等举措,让敦煌瑰宝重新焕发异彩。"艰难困苦,玉汝于成。"我们文化、文物工作者要有直面困难和问题的良好心态,不畏惧、不退缩,迎难而上,不达目的誓不罢休。要练就一副"铁肩膀",敢于担责、敢于负责,把全部精力投入文化建设、文物保护工作中,以"不破不还"的责任意识干事创业,让敢于挑担、追求作为成为常态,用实际行动、实际成效践行使命担当,用工作能力和综合素质获得上级组织和人民群众的认可。

弘扬、传承"莫高精神",就要开拓进取,激荡"男儿何不带吴钩,收取关山五十州"的壮志豪情。敦煌研究院名誉院长樊锦诗坚持退休不褪色,不断探索创新,开创性提出"数字敦煌",积极推动保护研究工作的国际合作,让敦煌石窟保护、研究迈上新台阶。文化、文物工作者要以樊锦诗为代表的莫高人为榜样,立足自身,干字当头,努力开创文化建设、文物保护工作新局面。在这个过程中,每一名文化、文物工作者都要有"身带吴钩"的豪情,无论是初出茅庐的人员,还是经验丰富的同志,都要始终保持锐气、始终坚守初心、始终充满干劲地去面对各种难题、各种挑战,以坚强的党性、昂扬的斗志闯关夺隘、披荆斩棘。沧海横流方显英雄本色,只有勇立于时代潮头、锐意进取的党员干部和文化、文物工作者,才是无愧于时代的真英雄。

文化寿州丛书

之

文润寿春

宣传思想工作在重大疫情中的应急响应

　　天有不测风云,人有旦夕祸福。2020 年春节,一场突如其来的新冠肺炎疫情凶猛暴发,迅速波及全国,病毒来势之汹,疫情传播之烈,范围扩散之广,全社会所面临的挑战和压力之大,堪称前所未有。生命重于泰山,疫情就是命令,防控就是责任。疫情发生后,国家依照《突发公共事件总体应急预案》,根据这次疫情的事件性质、危害程度、涉及领域等实际情况,在全国范围内迅速启动了突发公共卫生事件一级响应,这是国家应对战争和重大突发事件时,所启动的最高级别应急响应。这次疫情中,国家首次启动一级响应,在新中国成立 70 多年来实属罕见,充分说明新冠肺炎疫情的严重程度。

　　新冠肺炎疫情是新中国成立以来的一场非常战役。一级响应启动后,全国上下紧急动员,快速反应,以最快的速度、最强的措施全力投入病人救治和疫情防控工作中,全面打响疫情防控的人民战、全体战、阻击战。各级、各地宣传思想部门闻疫而动,快速跟进,立即把疫情防控新闻宣传和舆论引导工作作为当前压倒一切的重大政治任务,组织广大宣传思想工作者迅速集结,严守宣传思想阵地,充分发挥宣传思想传播优势,及时发布权威信息,回应公众关切,全力做好疫情防控宣传思想工作,最大能力、最大限度地扩大传播覆盖面,传递了好声音,凝聚了正能量,较好地发挥了宣传思想工作强信心、暖人心、聚民心的作用,为全面打赢疫情防控阻击战提供了有力的舆论支持和文化保障。

　　实事求是地说,从各级、各地宣传思想工作的表现形式、规模力度、基本成效等方面情况来看,虽然宣传思想工作在这场史无前例的抗疫战疫中发挥了一定作用,也取得了一些成效,但还存在一些差距和不足,有一些不尽如人意的地方,主要有以下几方面:一是应急响应能力不强。主观上是这场疫情暴发蔓延的速度、传播的范围、造成的危害,出乎所有人意料,让人猝不及防;客观上是久在安定的环境中,消磨了对突发事件的敏感性,在宣传思想工作中具体表现为思想准备不足,反应迟钝,行动迟缓,不能快速适应重大疫情发生后的特定环境。二是主动应对能力不强。在突然而至的重大疫情面前,有些地方的宣传部门主动应对意识不强,茫然无措,不知如何下手,坐等上级文件指示,错失第一时间跟进的时机,造成宣传思想工作的迟滞和被动局面。

习近平总书记在中央政治局常委会会议上指出:"这次疫情是对我国治理体系和能力的大考,我们一定要总结经验、吸取教训。要针对这次疫情应对中暴露出来的短板和不足,健全国家应急管理体系,提高处理急难险重任务能力。"宣传思想工作在重大疫情中的应对能力建设,也是国家治理体系建设的重要内容,必须高度重视。进一步加快宣传思想工作应对重大疫情的能力建设,当务之急是要着力提升宣传思想工作在重大疫情中的应急响应能力。宣传部门要寻找差距,弥补不足,突出重点,对症下药,围绕提升应急响应能力精准施策,切实做到既有责任担当之勇,又有科学应对之智,既有统筹协调之谋,又有组织实施之能,切实抓好工作落实,在抗击重大疫情的实践中践行初心使命,在大战重大疫情的大考中交出合格答卷。

要加快推进宣传思想工作应对重大疫情的应急管理体系建设。当前和今后一个时期,各级、各地宣传部门要结合本次疫情应对中的突出问题,制定对策,采取措施,积极推进宣传思想工作应对重大疫情的应急管理体系建设。要牢牢把握应急管理体系建设的科学理念和方向,高度重视"体系"和"平战结合"理念对宣传思想工作应对重大疫情应急管理体系中的指引作用。加强宣传思想工作应对重大疫情应急管理体制的整体设计,并注重与当地应对重大突发事件、应对重大公共卫生事件等各种应急预案的有效衔接和无缝对接,形成应对重大疫情的整体预案。针对重大疫情事件风险,研究制定规范化的初期高效应急响应制度,建立科学规范、权威高效的宣传思想工作应对重大疫情事件现场指挥系统,确保及时、有效地开展宣传思想工作。

要全面提升宣传思想工作应对重大疫情的应急响应能力水平。宣传思想工作应对重大疫情的应急响应能力,不仅表现在行动上的快速反应、果断敏捷,还体现在宣传中的形势把握、及时跟进,紧紧围绕疫情防控开展宣传思想工作。重点要及时宣传党中央关于疫情防控的重大决策部署,充分报道各地区各部门联防联控的措施成效,生动讲述防疫抗疫一线的感人事迹,讲好全国人民抗击疫情的故事,展现我国人民团结一心、同舟共济的精神风貌,凝聚起众志成城战疫情的强大力量。

要及时加大对传染病防治法的宣传教育,引导全社会依法行动、依法行事、依法防控。要正视社会中存在的问题,及时发布权威信息,增强及时性、针对性和专业性,引导群众增强信心、坚定信心。要有针对性地开展精神文明教育,加强对健康理念和传染病防控知识的宣传教育,教育引导广大人民群众提高文明素质和自我保护能力。要加强网络媒体管控,推动落实主体责任、主管责任、监管责任,营造疫情防控清朗明净的网络空间。

疫情过后理应补上灾难教育这一课

《晋书·刘乔传》中说："灾难延于宗子，权柄隆于朝廷。"2020 年春季暴发的新冠肺炎疫情，对于中国人民来说无疑是一场空前巨大的灾难。正如习近平总书记在统筹推进新冠肺炎疫情防控和经济社会发展工作部署会议上所强调的那样："这次新冠肺炎疫情，是新中国成立以来在我国发生的防控难度最大的一次重大突发公共卫生事件。对我们来说，这是一次危机，也是一次大考。"疫情发生后，党中央审时度势、综合研判，及时部署、精准施策，全国人民闻令而动、迅速行动，万众一心、众志成城，经过艰苦努力、共同奋斗，当前全国疫情防控正在呈现形势持续向好、生产生活秩序逐步恢复的态势，疫情防控的人民战争、全体战、阻击战取得阶段性胜利，不仅有效遏制了国内疫情扩散，同时也为世界抗击疫情争取了时间，积累了经验，提供了帮助。

灾难的阴霾正在渐渐散去，神州大地又恢复了往日的美丽与繁华。这场惊心动魄、荡气回肠的抗疫战争，给我们留下了很多的宝贵经验值得去珍藏，同时也给我们留下了太多的伤痛需要去抚平。纵观此次疫情中暴露出的种种问题，多少折射出了国民教育领域存在的短板与不足，其中灾难教育缺失是突出的问题之一。国人应对灾难的知识和措施极为匮乏，疫情暴发后面对突如其来的灾难，民众普遍表现出惊慌失措、焦虑烦躁、惶恐不安的非理性情绪和行为，在一定程度上增加了疫情风险和防控难度。由于灾难教育缺失，人们最初面对灾难时的恐慌情绪和措手不及，凸显出开展灾难教育的必要性与紧迫性；生命教育没有深入人心，疫情初期没有引起人们足够警醒和高度重视，敲响了生命教育的警钟；科学教育任重道远，"不聚集、不聚会"等规定和要求三令五申，仍然有许多人当成耳旁风，抢购"双

黄连"、日用品等举动,不少人都交了"智商税",反映了全民科学素养有待进一步提高。凡此种种,都说明我们的灾难教育准备不足、应急不够,需要全面补上这一课。

灾难是指自然的或人为的严重损害带来对生命的重大伤害,其范围包括地质灾难、气象灾难、生物灾难、战争灾难、环境污染、交通事故、工伤事故、社会灾难、瘟疫、火灾等诸多方面。在人类历史上,灾难是一个古老而又永恒的话题,它穿越了人类历史的长河,一直伴随着人类左右。可以毫不夸张地说,灾难始终与人类相伴相生。平时它像幽灵一样潜伏在暗处,一有时机,便会在某一个不可预知的时段和地方突然暴发,置人们于死地。新冠肺炎病毒就是这样的魔鬼,在庚子鼠年新春佳节前夕,把14亿中国人民都推向了惶恐。这次疫情过后,需要我们针对抗疫过程进行反思和自省,引导公众进行关于如何认识灾难的思考,教育公众尊重自然、敬畏生命,牢固树立人与自然和谐共生的生命共同体理念,正确处理好人与动物、人与自然、人与社会的关系。要把疫情作为深刻的教材和课堂,在灾难中开展教育,使公众既了解灾难产生的原因和结果,又知道每个个体面对灾难时应有的措施和方法,也知晓自己的法律权利与义务,从而在安全度过灾难与承担一己之责中达到平衡。

现在,新冠肺炎疫情进一步延伸。人们在突如其来的灾难中的思考、行为和种种表现,进一步凸显了灾难教育势在必行、刻不容缓。危机是最鲜活的教材,灾难是最深刻的课堂。灾难教育是开展应对灾难的知识、技能、心理、道德、法律等方面的教育,其实质是帮助公众认识生命、尊重生命、欣赏生命、珍爱生命。灾难教育要突出针对性,重点开展环境保护、灾难常识、逃生避难技能、心理健康、相关法律法规等方面的教育,达到让公众理解灾难发生的原因、培养应对灾难的态度和能力、强化灾难面前的责任和使命的目的。在注重应对灾难知识培训的同时,切实加强对公众进行信念、生命、科学、道德等相关方面的教育,在培养公众大爱情怀、家国担当、英雄精神、善良品质等方面倾注更多时间与精力,真正使灾难教育回归化危为机、振兴民族的初心使命。

全面提高全社会抵御自然灾害的综合防范能力,是衡量执政党领导力、检验政府执行力、评判国家动员力、体现民族凝聚力的一个重要方面,也是推进国家治理体系和治理能力现代化建设的重要任务。灾难教育是国民教育体系中的重要一环,也是国家治理体系和治理能力的重要体现。亡羊补牢,未为晚也,疫情面前缺失的灾难教育课应抓紧补上。我们必须提高站位,深化认识,强化措施,加大力度,像全民抓疫情防控工作那样,持之以恒地把灾难教育抓到细处、落到实处。

疫情过后激活旅游业的攻略

2020 年春季暴发的新冠肺炎疫情，无疑是新中国成立以来在我国发生的传播速度最快、感染范围最广、防疫难度最大的一次重大突发公共卫生事件。旅游业在此次疫情中遭受到的冲击超过以往，经济损失难以估量。莫畏浮云遮望眼，风物长宜放眼量。展望未来，各地、各有关部门要以应对疫情为契机，全面分析、理性看待，精准施策、科学应对，积极采取行之有效的措施，推进旅游业的全面复苏和振兴，促进旅游业的高质量发展。

首先，要对疫情之下的旅游业现状进行全面分析，理性看待。由于此次疫情的复杂性和不可预测性，其对旅游业带来的巨大影响超乎人们的想象。其影响在短期内难以消除，需要我们去关注以下几方面的问题：

一是长期影响。对于此次疫情，目前人们的关注点主要在当前影响和短期影响，对长期影响尚未予以足够的重视。疫情过后，在对后续旅游业发展态势乃至总体影响做出判断时，既要考虑到疫情的当前影响，又不能做简单的线性推演。我们要关注此次疫情在未来数年内，对区域经济格局、全域旅游格局、区域旅游地位、旅游业发展模式的长期影响，需要在"十四五"旅游产业规划中做出相应安排，加以科学应对和积极引导。

二是间接影响。就此次疫情影响的传导路径而言，除直接影响外，也需要关注疫情的间接后果。所谓直接影响，是指此次疫情给各地的旅游产业、旅游市场等带来的直接影响。所谓间接影响，是指疫情给其他领域、其他产业以及其他要素带来的巨大冲击。比如，若疫情导致经济下滑、失业增加、居民收入尤其是可自由支配收入大幅减少，则旅游需求会出现萎缩；若疫情导致资本市场普遍悲观，则旅游投

资会大幅缩减等。

三是市场影响。对疫情结束后的旅游市场发展态势和未来前景,不少人持有十分乐观的态度,认为会出现期待中的市场反弹,尤其是在大小长假、暑期等重要节点,甚至会出现报复性反弹。对此,我们应当理性地去看待。从 2003 年"非典"过后的旅游市场情况来看,当年十一国庆节期间的全国旅游人次仅比上年度增加了 1% 左右,旅游收入的增幅则更低。当今旅游市场的成熟程度,虽然是"非典"时期不可比的,但鉴于此次疫情走势的复杂性和不可预测性、波及地区的广泛性以及对学校开学时间的影响等,指望在五一、暑期和十一等重要节点出现预期的反弹,恐怕有些盲目自信。

其次,要对疫情过后的旅游业复苏进行精准施策,科学应对。当前,国内疫情防控形势持续向好、生产生活秩序加快恢复的态势不断巩固和拓展,各地、各有关部门要准确把握疫情防控和经济形势的阶段性变化,因时因势调整旅游工作的着力点和应对举措,长短兼顾,化危为机,促进旅游业全面复苏。

一要加强市场引导。随着疫情的有效控制,推进旅游业有序复工、高质复产成为当前的重点。各地、各有关部门在推动复工复产的过程中,必须妥善处理好疫情防控需要与旅游业恢复经营活动之间的关系,使复工复产始终服务于疫情防控大局。要在当地疫情防控指挥部的统一部署和指导下,在严格落实疫情防控措施的基础上,本着"室外开放式景区优先、自然类景区优先"的原则,有序、有力、有效推动旅游景区、景点经营单位恢复正常生产生活秩序,视情况逐步放开旅游市场,促进旅游业尽快复苏。

二要强化政策支持。首先要加大政策支持力度。此次疫情对旅游业的冲击是空前的,各地要综合考虑本地旅游业的规模、体量,以及在 GDP、就业和居民消费中的占比等因素,因地制宜制定专门的产业复苏和振兴政策。其次要动态调整政策重点。疫情防控初期要按好"暂停键",全面、紧急叫停旅游活动尤其是团队旅游活动;疫情防控中期要按好"清除键",在退还旅游质量保证金的同时,关注旅游企业的人力成本支出、房屋租金支出等,进一步落实延长社会保险缴费期、失业保险金返还等政策;疫情防控后期则要按好"重启键",根据不同区域、不同类型和不同旅游细分行业的受损情况和复苏预期,尽快制定出台本地旅游业振兴计划、指导意见和实施细则,促进旅游业全面振兴。

三要稳定产业发展。各地要充分了解本地旅游企业享受一次性就业补贴、失业补助金、"五险一金"延期缴纳等政策的落实情况,引导企业与职工集体协商,采取协商薪酬、调整工时等措施,保留劳动关系。各地可以通过政策采购、购买服务等方式,吸引旅游从业人员灵活就业。鼓励发展地方性或区域性旅游从业者服务平台,为广大旅游从业人员提供用工信息、业务提升、法律咨询等方面的服务,也可借鉴"共享员工"方式,解决旅游相关行业错峰用人问题,促进旅游业可持续发展。

让时代之光照亮文艺的殿堂

  2019 年 7 月 16 日,习近平总书记在致信祝贺中国文联、中国作协成立 70 周年时强调:"希望中国文联、中国作协深入学习贯彻新时代中国特色社会主义思想和党的十九大精神,自觉承担起举旗帜、聚民心、育新人、兴文化、展形象的使命任务,认真履行团结引导、联络协调、服务管理、自律维权的职能,团结带领广大文艺工作者记录新时代、书写新时代、讴歌新时代,努力创作出无愧于时代、无愧于人民、无愧于民族的优秀作品,为繁荣发展社会主义文艺事业、建设社会主义文化强国,为实现'两个百年'奋斗目标、实现中华民族伟大复兴中国梦作出新的更大的贡献。"这段论述是习近平新时代中国特色社会主义文艺思想的又一补充与延伸,既是对中国文联、中国作协寄予的殷切期望,也是对广大文艺工作者提出的明确要求,为我们紧扣时代脉搏、关注时代发展,开展反映时代、观照时代的现实题材文艺创作,指明了努力方向,提供了根本遵循。

  中国特色社会主义文艺的本源就是记录时代、书写时代、讴歌时代。我们所说的"反映时代、观照时代",就是指与时代发展同频共振,与祖国命运休戚与共,讲好中国故事,传播中国经验。广大作家、艺术家要关注、表现当下正在发生的、关乎最广大人民群众切身利益的大事小情,用满腔热情创作呈现复杂世相的现实生活宏阔画卷,奏响一曲曲文化、人性与时代共筑的激越乐章。在这个前提下,作家、艺术家当以扎实细腻的笔触,书写当下人们的兴衰际遇、起废沉浮及其与民族历史之间的复杂关联。特别是要呈现各色人等在时代转型期的命运遭际,通过发人深省的故事情节、鲜活生动的人物群像、文学语言的巧妙运用,体现出创作者对时代的感悟和对生活的体察,写出更多有筋骨、有道德、有温度的优秀现实题材作品。

中国特色社会主义文艺的要求就是描述大时代的基本面貌。改革开放40多年来,我国的经济社会发生了巨大变化,为现实题材文艺创作提供了丰富的素材资源、充沛的文学营养和广阔的表现空间。作家、艺术家面对这样的历史变革,要认清个人与时代的关系,在大时代的背景中,塑造更多具有典型意义的艺术形象。通过对充满人格魅力的人物群像的塑造,描绘出大时代的基本面貌,为新时代文艺提供不同的形象世界;要努力把控社会生活的饱满度、把握人类命运的精确度,以及文艺作品细节的鲜活度、柔软度,从而提升读者、观众的审美品位;要通过对现实生活中个体遭遇的书写,让更多人的命运涌现在笔下,出现在图书、舞台、影视屏幕上,努力使作家、艺术家所创造的人物世界,既不乏人世苍凉及悲苦之音,更要升腾出希望和精进的力量,这是现实题材创作和现实主义精神的意义所在。

中国特色社会主义文艺的性质决定了以关注时代为核心命题。现实题材文艺创作,无论是故事、人物、结构、语言还是整体节奏,都应该力求缜密精湛,体现出茂密、结实和坚韧的中国文化根脉,描绘出当代文艺史中独特的"这一个",从而推进对新时代世情民生的书写进程。现实题材文艺创作,要关注新时代的核心命题,提供这个时代的核心知识,与经济、社会、思想、科技等领域的发展状况同声共气,协调一致。现实题材文艺创作,不仅要客观再现生活细节,还要写出细节背后的深层逻辑,体现出作家、艺术家对现实和时代的客观理解和总体把握。好的现实题材文艺作品不仅要有对现实问题的关切,还必须在艺术上保持相应的水平,要融合多种艺术手法来反映现实、反映时代,创作出更多具有现实痛感和时代精神的艺术佳作。因此,作家、艺术家应努力深入生活,探寻鲜活的第一手材料,不断更新思想观念和知识结构,去除创作上的定式、套路。在处理素材时,既要有时代的宏观视野,又要善于抓住生动细节,对作品进行精益求精的打造,用更多的优秀作品来满足人民群众日益增长的精神文化需求。

纵观古今中外的文艺创作,那些堪称经典的优秀作品总是能直接或间接地反映现实生活,书写世道人心。作家、艺术家不能只是简单地将一些时代符号概念化、脸谱化、标签化地植入作品,而是必须深入思考新鲜元素如何改变了人们的情感依附和经验结构,从而不断创作出具有深层现实性、鲜明时代感的作品。文艺创作的本质和功能是细水长流、润物无声的,要尊重创作规律,力戒浮躁焦虑,坚定信心意志,以坚韧不拔的创作精神,努力攀登艺术的高峰;要始终不忘初心,牢记使

命,积极深入生活、扎根人民,用作家、艺术家的赤子之心,深刻反映时代的历史巨变,真情描绘时代的精神图谱,为时代画像、为时代立传、为时代明德,奋力开拓现实题材文艺创作的广阔天地,不负祖国母亲、时代人民的丰厚回报,以坚实有力的不懈行走,收获勤奋耕耘的累累硕果。

在文艺创作中铸牢社会主义核心价值观的硬核

社会主义核心价值观是中华民族赖以维系的精神纽带,是社会主义先进文化的精髓,是中国时代精神的集中体现,是我们每一个中国人共同的价值追求。社会主义核心价值观所具有的深厚民族性、鲜明时代性、内在先进性、广泛包容性,决定了其在我国文化建设中的主导地位和引领作用。习近平总书记强调,推进国家治理体系和治理能力现代化,要大力培育和弘扬社会主义核心价值观。党的十九届四中全会指出,发展社会主义先进文化、广泛凝聚人民精神力量,是国家治理体系和治理能力现代化的深厚支撑,深刻阐明了坚持中国特色社会主义文化发展道路的重大原则和正确方向,特别是再次强调了坚持社会主义核心价值观引领文化建设。文艺工作和文艺创作是文化建设的主阵地和核心内容。繁荣发展社会主义先进文化,就要铸牢基础,涵养源泉,坚持以社会主义核心价值观引领文艺创作,在文艺创作中铸成社会主义核心价值观的硬核。

在文艺创作中铸牢社会主义核心价值观的硬核,必须避免机械地实行强制性、抽象性、概念性的生硬做法,应采取"春风化雨,润物无声"的策略,把社会主义核心价值观全方位贯穿、深层次融入文艺作品中。这是由社会主义文艺作为一门审美艺术的属性所决定的。艺术的影响力只有通过鉴赏者的全身心投入,才能起到应有的作用。这种审美活动始终伴随着生动的美感、丰富的想象、深刻的理解和强烈的感情,起于悦耳娱目,止于赏心怡志,起于快感,止于美感。这就要求文艺作品既要有赏心怡志的硬实力,也要有悦耳娱目的软实力。硬实力通过软实力发挥作用,那效果就会接近于"春风化雨,润物无声"。采取"春风化雨,润物无声"的策略,将社会主义核心价值观内化于文艺作品,其实质是要将崇高的精神价值内化于人的心灵。内容为王,思想为魂;艺术为体,精致为魂。那些苍白、空洞的作品,那些标语口号、一味说教的作品,都不能承担起弘扬主旋律的作用。只有将社会主义核心价值观的内涵内化为文艺作品的精、气、神,化为生命充盈的美的形象,才能吸引大多数受众,最大能力地打动受众,感动受众。有了打动人、感动人的力量之源,才能有润物无声的漫天好雨,才能开启人的心扉,引人思考,给人启迪;才能点燃人生,照亮生命,塑造心灵。这才是文艺作品无可替代的精神力量。

在文艺创作中铸牢社会主义核心价值观的硬核,必须摒弃过度渲染庸俗化、低俗化、媚俗化的创作倾向,探索"月印万川,流风飞雪"的途径,把社会主义核心价值观全方位贯穿、深层次融入文艺作品中。社会主义核心价值观的丰富内涵就像月亮的光辉、漫天的风雪在不经意间遍洒山河万川一样,要悄然融入文艺作品创作、生产、制作、传播的方方面面。要以文艺作品内容、形式、方法、手段的多样性和广泛性,来反映、弘扬社会主义核心价值观的精髓,用栩栩如生的作品形象告诉人们什么是应该肯定和赞扬的,什么是必须反对和否定的,通过文艺作品不断提升人民群众的思想觉悟、道德水准、文明素养和全社会文明程度。将经典题材赋予清新风格,将主流价值糅入时代元素,将历史史实适度艺术加工,这都是文艺创作的创新之道和文艺事业的发展之路。要赢得受众,先要打动受众;要打动受众,先要吸引受众。只有先以丰富的艺术表现形式去契合受众的欣赏口味,他们才会被感染、被打动,才会去思考作品蕴含的思想内容,才会主动、自觉地去接受教育和启迪,我们文艺创作的目的也才能得到最大限度的实现。当然,再有创意的形式,如果缺少思想性,缺乏社会主义核心价值观的思想本源,文艺作品的艺术性和观赏性也就失去灵魂,失去内涵,变得浅薄乏味,也就失去了生命力。

在文艺创作中铸牢社会主义核心价值观的硬核,必须克服片面追求收视率、上座率、点击率的惯性思维,坚持"上善若水,厚德载物"的原则,把社会主义核心价值观全方位贯穿、深层次融入文艺作品中。做人应如水,水滋润万物,但从不与万物争高下。而艺术的最高境界就是让人动心,让人们的心灵经受洗礼,即教人做人以及做什么样的人。因此,文艺创作要从以下几个方面抓起。首先,要秉承"海纳百川,有容乃大"的创作理念。一切有利于发扬爱国主义、集体主义、社会主义的思想和精神,一切有利于改革开放和现代化建设的思想和精神,一切有利于民族团结、社会进步、人民幸福的思想和精神,一切用诚实劳动争取美好生活的思想和精神,总之,一切弘扬真善美、鞭挞假恶丑的文艺作品都会受到人民群众的欢迎。这就要求我们,要围绕社会主义核心价值观,创作生产更多有筋骨、有道德、有温度的文艺作品,彰显信仰之美、崇高之美。其次,要遵循"善利万物而不争"的传播原则。一部好的文艺作品,应该把社会效益放在首位,同时也应该是社会效益和经济效益相统一的作品。文艺作品不能当市场的奴隶,不要沾满铜臭气。优秀的文艺作品,最好是既能在思想上、艺术上取得成功,又能在市场上受到欢迎。其实,尊重市场规律与尊重艺术规律并不矛盾,创造社会效益和创造经济效益并不矛盾,叫好的作品也应该叫座。再次,要具有"政善治"的管理能力。要充分尊重作家、艺术家的创作个性和创造性劳动,最大限度地贴近社会大众的审美心理,坚持运用历史的、人民的、艺术的、美学的观点去评判作品,政治上充分信任,创作上热情支持,宽松和谐的文艺氛围就会营造出不断出精品、出人才的生动局面。伴随着文艺这棵梧桐树的越来越茁壮,越来越多的金凤凰便会在这里栖息生长,而社会主义核心价值观定会在广大人民群众心中生根、开花、结果。

用更多的文艺精品奉献人民

2019 年 3 月 4 日,习近平总书记在参加全国政协十三届二次会议文化艺术界、社会科学界委员联组会时的讲话中强调:"一个国家、一个民族不能没有灵魂。要坚持与时代同步伐,坚持以人民为中心,坚持以精品奉献人民,坚持用明德引领风尚。"这是总书记面向未来,对进一步做好文化文艺工作和哲学社会科学工作提出的"四个坚持"总要求,为我们文化文艺工作者在新形势下开展文艺精品创作指明了前进方向,也为我们文化文艺工作者用心用情用功抒写人民、描绘人民、歌唱人民提供了根本遵循。

一、文艺精品的当下解读

"四个坚持"的希望和要求,既是对文化艺术工作不同环节及其目的追求的分角度强调,更是对繁荣发展文化艺术工作总体目标有机的统筹性表达,可以分角度理解,却不能拆开来运用。换句话说,没有与时代同步伐的问题导向和服务意识,没有以人民为中心的情感立场和工作导向,没有以精品奉献人民的工匠精神和工作实绩,就无法达到致用明德引领风尚的价值追求和实际效能。而无论是与时代同步伐、以人民为中心,还是用明德引领风尚,终极也是最根本的一条,就是要体现在扎实创作上,推出具备这些品格与内涵的精品力作来奉献人民上。

之所以提出这样的希望和要求,是立足于当下文化艺术工作的客观实际,着眼破解当前文艺创作跨越"高原"迈向"高峰"的积弊顽疾,问题意识强烈,导向意识明确。特别是面对许多政治正确的高调表态和走马观花的采风姿态,面对不少穿靴戴帽似的贴标创作和标语口号似的低俗表演,面对那些只重数量累加的重复自我与贪图人多热闹的喧哗娱乐,面对注重经济效益而忽视社会效益的票房标准及沉迷流量的传播追求,要想真正做到以文艺精品奉献人民,在眼下实在是一件很不容易的事。

二、文艺精品的主要任务

"丈夫逢时能自见,智谋艺术皆雄长。"我们知道,文化的繁荣、文艺的兴盛最终都要靠过硬的作品说话,没有优秀的文化成果与文艺作品,其他事情搞得再热闹、再花哨,也只是表面文章。面对一个时期以来普遍浮躁的社会环境,要切实贯彻落实好总书记讲话精神,真正繁荣发展社会主义文化事业,我们广大文化文艺工作者就要面向当前,立足脚下,静下心来,沉潜下去,深入体验生活,接通艺术地气,不花拳绣腿,不投机取巧,不沽名钓誉,不自我炒作,不急功近利,不粗制滥造。同时,我们要坚持正确的世界观、人生观和价值观,尤其要树立远大理想,确立正确的名利观,做到勇于担当、善于创造、甘于奉献。计利当计天下利,求名应求万古名。拒绝即时性应景创作,避免快餐式创作演出,努力把社会效益放在首位,坚决不做市场的奴隶。

文艺精品之所以"精",就在于其思想精深、艺术精湛、制作精良。正如习近平总书记所指出的那样:"精品不是机械化生产的流水线产品,不是搜奇猎艳的低水平仿作,更不是混淆是非的文艺创作,而是扎根本土、深植时代,具有自主性和创新性的文艺学术产物,它理应帮助我们思考社会中的现实问题。"总书记这番话语,一针见血,振聋发聩,令人警醒和反思,是我们文化文艺工作者当前和今后开展文艺精品创作的"方向灯"和"参照系"。

用文艺精品奉献人民,不是高调、空泛的口号,而是我们文化文艺工作者的职责所系、岗位所需和价值所求。要树立精品意识,努力创作出更多思想性、艺术性、观赏性相统一,有筋骨、有道德、有温度、艺术震撼力强的优秀文艺作品。要突出思想性,以社会主义核心价值观为指导,讴歌真善美,鞭挞假恶丑,深刻、本质地反映社会生活,深入开展现实题材文艺精品创作。要体现艺术性,坚持以原创、独创和创新为根本,在文艺作品中全面体现艺术追求,在继承传统文艺本质属性的基础上,进行文艺作品新的创造。要注重观赏性,文艺犹人,需血肉、筋骨、肌理必备方具有生命,方有存活于世的资本。其中,思想性是其筋骨,艺术性是其血肉,观赏性是其肌理,只有筋骨遒劲,血肉丰润,肌理细腻,方为上品。

努力创作出有质量有特色的文艺精品

党的十九届五中全会审议通过的《中共中央关于制定国民经济和社会发展第十四个五年规划和 2035 年远景目标的建议》(以下简称《建议》)中指出:"实施文艺作品质量提升工程,加强现实题材创作生产,不断推出反映时代新气象、讴歌人民新创造的文艺精品。"这一重要论述,是以习近平同志为核心的党中央,为繁荣发展文化事业和文化产业、提高国家文化软实力制定的新方略、新理念、新部署,是对未来五年文化文艺工作提出的新目标、新任务、新要求,为当前和今后一个时期文化文艺工作提供了根本遵循、行动指南和努力方向。我们广大文化文艺工作者,一定要深入领会党的十九届五中全会精神和《建议》中的深刻内涵,学深悟透想深,把握精髓意义,全面贯彻落实,努力用心用情创作出更多有质量的文艺作品,向党和人民交上一份合格的答卷。

何谓高质量的文艺作品? 依笔者粗浅理解,高质量的文艺作品必须有生活的广度、精神的厚度和艺术的力度,以社会主义核心价值观为统领,以生动的艺术形象弘扬共同理想、礼赞高尚情操、传播主流价值。习近平总书记曾在《我的文学情缘》一文中,对文艺创作提出过批评。他指出:"文艺创作要在多样化、有质量上下功夫。当前存在一种'羊群效应',这边搞个征婚节目,所有地方都在搞谈恋爱、找对象的节目。看着有几十个台,但换来换去都是大同小异,感觉有点江郎才尽了。还是要搞点有质量、有特色的东西。"习近平总书记虽然批评的是电视文艺节目,但对开展其他文艺创作也具有警醒、教育作用。总书记提出以"质量""特色"来品评当前文艺作品、指导文艺创作,可谓抓住了当代文艺及文艺创作的"七寸"。

纵观古今中外的文艺作品,真正能够经得起时间和人民检验的,无一不是质量、特色兼备的精品力作。从古代中国的《诗经》、《楚辞》、汉赋、唐诗、宋词、元曲、明清小说，到现代中国新诗、鲁迅小说杂文、"京派""海派"小说，再到当代中国《红旗谱》《红日》《红岩》等优秀小说，经过了时间的大浪淘沙，经过了人民的严格选择，成为思想性、艺术性、观赏性和民族性俱佳的艺术珍品。中国古代文论"文质彬彬"的要求，体现了内容和形式有机统一的美学观，本质上包含了以质量和特色取胜的文学创作之道。《建议》中提出的"实施文艺作品质量提升工程"，与习近平总书记提出的"质量""特色"要求一脉相承，不仅具有坚实的历史实践基础，而且浸透了中国传统的文论观，是当前和今后一个时期中国生命力极强的符号术语，是指引提升中国文艺精神、中国文艺前进方向的航标和灯塔。

创作是文化文艺工作者的中心任务和使命担当，作品是文化文艺工作者的立身之本。创作也好，作品也罢，唯有以质量、特色安身立命，才能做到延年益寿、流芳千古。当前，文艺创作中存在的突出问题是浮躁，以赢利为目标，以炒作为手段，以铜板为尺度，粗制滥造、沽名钓誉之徒如过江之鲫，由此造成习近平总书记所批评的"有数量缺质量、有'高原'缺'高峰'"的现象。广大文化文艺工作者一定要端正态度，坐得住冷板凳，禁得住名利诱惑，要厚积薄发，不要现学现卖。古人尚能"吟安一个字，捻断数茎须""两句三年得，一吟双泪流"，曹雪芹写作《红楼梦》时曾"批阅十载，增删五次"，如果当代文化文艺工作者练就如此耐力和功夫，创作出文艺"高峰"的目标就能实现。

文艺作品的质量和特色，是一对矛盾统一体。质量是内容上、思想上的主张，特色是形式上、艺术上的要求。文艺作品要达到质量和特色相互统一，必须依靠文艺创新。创新是文艺的生命，但是创新不是天马行空的胡思乱想，不是语言文字的随意编排，不是故事情节的瞎编乱造，只有植根于中华民族最深厚的沃土，汲取中国古代文艺珍品精华和有益营养，深入思考人民群众的伟大实践，融入文艺创作者血脉、灵魂深处，才有可能锤炼出有质量、有特色的当代文艺精品。

现实题材文艺作品的生命力在哪里

　　现实题材文艺作品不仅是一种美学理想,而且是一种人生态度。因为现实不可能尽善尽美,所以需要有温暖人心、启迪人生的正面力量,需要秉持积极的现实主义思想创作出来的优秀文艺作品。这不仅体现为情境和人物的真实,而且体现为一种有意味的讲述方式。这样,既能感染读者、观众,又能触动读者、观众;既能产生娱乐效果,又能激发深刻思考;既能展示多样化的生命状态,又能促使读者、观众在心中产生昂扬向上的生活态度和正确的价值取向,进而形成推动社会发展、时代进步的精神力量,使作品广为流传,经久不衰,呈现出旺盛的生命力。那么,现实题材文艺作品的生命力表现在哪里呢? 笔者认为,主要在以下几个方面:

　　一是要具有正确导向。现实题材文艺作品要始终践行社会主义核心价值观,具有鲜明的价值取向,不断向社会公众传递正能量,引导全社会弘扬真善美,鞭挞假恶丑,为社会主义服务、为人民群众服务。在形式上,要坚持改革创新,推进主题创新、手段创新、风格创新、流派创新;在内容上,要坚持雅俗共赏,做到流行文化和传统文化交流融通,取长补短,形成特色,让文化事业焕发活力,实现文化繁荣兴盛。

　　二是要来源于生产生活。文艺创作源于生活、高于生活。在人民的生产生活中存在着大量的现实题材文艺创作元素,这是最自然、最原始、最粗糙的东西,同时也是最生动、最丰富、最基本的内容。它是现实题材文艺创作取之不尽、用之不竭的唯一源泉。脱离了现实生产生活的文艺作品,一切闭门造车产生的文艺作品,都似空中楼阁和海市蜃楼那样,变成无源之水、无本之木,永远不会得到广大人民群众的认可。广大文艺工作者要坚持"三贴近"原则,深入生产生活的第一线,扎根于人民群众中,拜人民群众为师,汲取生产生活中的养分,创作出人民群众喜闻乐见的现实题材优秀作品。

　　三要聚焦人民群众。现实题材既是文艺创作的重点,也是难点。然而,现实题材文艺创作关系社会主义文艺的生命力。正如习近平总书记所说:"中国不乏生动的故事,关键要有讲好故事的能力;中国不乏史诗般的实践,关键要有创作史诗的雄心。"现实题材文艺创作应直面现实,只有全力聚焦人民群众已经和正在创造的新生活、新业绩,文艺作品才有战斗力、影响力和生命力,才能引起读者、观众的情感共鸣。现实题材戏曲创作要在坚持"三并举"原则的同时,更加注重现代戏特别是现实题材创作,这是戏曲推陈出新、活态传承、振兴繁荣的关键。

现实题材文艺创作的难点及其对策

习近平总书记在党的十九大报告中指出:"要繁荣文艺创作,坚持思想精深、艺术精湛、制作精良相统一,加强现实题材创作,不断推出讴歌党、讴歌祖国、讴歌人民、讴歌英雄的精品力作。"广大文艺工作者要深入学习和全面落实习总书记关于文艺工作一系列重要讲话精神,自觉坚持以人民为中心的创作导向,大力弘扬"山药蛋派"的现实主义创作传统,深入生活、扎根人民,紧跟时代、潜心创作,推出更多有筋骨、有道德、有温度的现实题材优秀作品,推动现实题材文艺作品创作从"高原"迈向"高峰"。

一、现实题材文艺创作的路径与方向

现实题材文艺作品只有兼顾思想性、艺术性和观赏性,符合广大人民群众的利益,顺应社会发展的潮流,才能得到群众的认可,广为流传,经久不衰,表现出旺盛的生命力。

一是现实题材文艺作品要具有正确导向。现实题材文艺作品要始终践行社会主义核心价值观,具有鲜明的价值取向,不断向社会传递正能量,引导全社会弘扬真善美,鞭挞假恶丑,为社会主义服务、为人民群众服务。在形式上,要坚持改革创新,推进主题创新、手段创新、风格创新、流派创新;在内容上,要坚持雅俗共赏,做到流行文化和传统文化交流融通,取长补短,形成特色,让文化事业焕发活力,实现文化繁荣兴盛。

二是现实题材文艺作品的生命力来源于生产生活。文艺创作源于生活、高于生活。在人民的生产生活中存在着大量的现实题材文艺创作元素,这是最自然、最原始、最粗糙的东西,同时也是最生动、最丰富、最基本的东西。它是现实题材文艺作品创作取之不尽、用之不竭的唯一源泉。脱离了现实生产生活的文艺作品,一切闭门造车产生的文艺作品,就像空中楼阁和海市蜃楼那样,变成无源之水、无本之木,永远不会得到广大人民群众的认可。广大文艺工作者要坚持"三贴近"原则,深入生产生活的第一线,扎根于人民群众中,拜人民群众为师,汲取生产生活的养分,创作出人民群众喜闻乐见的现实题材优秀作品。

三是现实题材文艺作品要聚焦人民群众。现实题材既是文艺创作的重点,也是难点。然而,现实题材文艺创作关系社会主义文艺的生命力。正如习近平总书记所说:"中国不乏生动的故事,关键要有讲好故事的能力;中国不乏史诗般的实践,关键要有创作史诗的雄心。"现实题材文艺创作应直面现实,只有全力聚焦人民群众已经和正在创造的新生活、新业绩,文艺作品才有战斗力、影响力和生命力,才能引起观众、读者的情感共鸣。现实题材戏曲创作要在坚持"三并举"原则的同时,要加注重现代戏特别是现实题材创作,这是戏曲推陈出新、活态传承、振兴繁荣的关键。

二、现实题材文艺创作的实践和难点

(一)在实践中探索,推进现实题材文艺创作繁荣发展

如何引导文艺创作穿越社会现实,组织广大文艺工作者采取适当方式参与时代的文化实践,站在恰当的文化立场上,对地方经济社会发展进行建设与重构,是各级宣传文化部门需要解决的首要问题。近年来,寿县紧扣现实题材文艺创作这一关键环节,将"寿县题材"这一意象,纳入全县文艺创作的总体规划,作为重点工作内容,通过政策引导、资金扶持和项目推介等多种手段,逐步将时代生活与社会生活内化为寿县文化的基本元素,融合到全县广大文艺工作者普遍的文艺创作中去,各个文艺门类竞相发展,现实题材文艺创作成绩斐然。主要做法是:

一是抓好五项工作。第一,加大投入,整合文艺创作力量。县委、县政府对现实题材文艺创作生产高度重视,在财力较为紧张的情况下,每年安排不少于100万元的文艺创作奖励经费,30万元的"五个一工程"组织实施经费,40万元的文艺采风培训经费。为加强文艺创作力量,寿县于2018年成立了寿县作家协会,发展会员近百人,负责全县现实题材文艺创作生产的组织协调工作。在调查摸底的基础上,建立寿县文艺创作者数据库,实施签约作家制度。寿州书画院在专职书画工作

者基础上,面向社会聘请特约书画家,整合社会力量,推进现实题材文艺创作。第二,加强教育,提升文艺创作队伍素质。县里组成调研组,对全县各个艺术门类的人才队伍现状进行评估认定,制定出符合艺术规律的中长期人才发展规划。鼓励县内老艺术家收徒授艺,组织后备艺术人才到高等艺术院校进修深造。采取"请进来、送出去"等办法,每年组织开展对各艺术门类创作人员的业务培训,推进现实题材文艺创作人才向高、精、尖方向发展。第三,注重规划,明确创作选题方向。指导全县广大文艺创作者从博大精深的优秀地域文化传统、丰富多彩的群众社会实践和日新月异的经济社会发展成果中汲取营养、发现题材,博采众长、整合贯通。每年年初县里都组织召开一次重大题材创作规划研讨会,紧贴县委、县政府工作中心,紧跟经济社会发展步伐,深入实际、联系群众、贴近生活、突出重点,明确创作重点与方向。每年组织创作人员到基层采风、考察、挂钩、蹲点活动。坚持地方特色,坚守地方文艺的独特风格,保持全县主要创作力量始终涌动着浓厚的本土经验,与寿县的生活与经济息息相通。第四,突出重点,实施精品创作工程。坚持以创作为基础、以市场为导向、以服务为中心、以质量为根本,坚守推出高质量艺术产品和艺术人才的内涵型发展思路,确保现实题材艺术生产的可持续发展。在全县范围内实施精品力作生产推介工程、小戏小品创作工程,微电影《比远方更远》、微电影剧本《鼓舞寿春》《残骨贤妻》在首届"最美淮南人"微电影大赛中分获二等奖和优秀奖。第五,搭建载体,激发文艺创作动力。制定实施《寿县文艺创作奖励办法》,2019年兑现文艺创作奖励资金90多万元。紧扣社会热点,创作了反腐倡廉题材的小戏剧《母女泪》《我是纪伟》等作品,反映脱贫攻坚题材的快板书《老板的眼泪》、小说《提示》《采访》《遗嘱》等作品40多篇(部)。围绕现实题材,创作发表了《阳光温暖每个人》《乡村放飞振兴梦》《共奔好前程》《初心依然》《春风,轻拂着祖国》等音乐作品20多首。

二是把好四个环节。第一,文艺创作方向要正。现实题材文艺创作要始终坚持马克思主义指导地位,坚持"二为"方向、"双百"方针和"三贴近"原则,注重思想性、艺术性、观赏性有机结合,在保证社会效益的前提下,兼顾经济效益,突出现实题材文艺作品对社会生活的关注和诉求。第二,抢抓社会热点要快。当今时代飞速发展,社会生活日新月异,社会的关注点也在不断变化,现实题材文艺创作必须对经济社会发展做出快速反应,聚焦热点,反映民生,才能获得社会和广大人民群众的认可。第三,把握时代脉搏要准。近年来,我国农村改革向纵深发展,农村的经济社会生活发生了巨大变化。我县组织文艺创作者深入生活,创作了反映移风易俗题材的小戏剧《都是素质惹的祸》,搬上舞台后在全县25个乡镇巡演,受到农民观众的热烈欢迎。第四,服务文艺创作要诚。文艺创作是艰苦的劳动与创造,需要必备的条件与氛围。各级党委、政府不仅要关心文艺创作者的创作,也要关心他们的生活。要加大对文艺创作的宣传推介力度,在全社会形成关心文艺创作、支持文艺创作的良好氛围,促进全县现实题材文艺创作出精品、上台阶。

(二)在难点中自醒,找准现实题材文艺创作的短板差距

作为当代生活的直观再现,现实题材文艺作品是各种思想意识和文艺思潮的汇合点,也是时代精神的集中体现。因此,开展现实题材文艺作品创作,需要解决好现实题材文艺创作中的痛点、盲点和难点问题。寿县现实题材文艺创作还存在不少问题,主要表现在:

一是文艺创作队伍日趋老化。县内现有的文艺创作队伍的年龄结构和知识层次呈现"一大一低"现象,有的文艺创作者抱残守缺,顺应变革的时代意识不强,难以满足时代进步和社会发展的需求。

二是经费投入尤显不足。特别是现实题材文艺创作需要精制作、大投入、高成本,地方演艺剧团难以承受。

三是文艺创作缺少精品。现实题材文艺创作实力难入主流,缺少思想超越、艺术精湛、具有大家风范和气派的精品力作,缺少名家名作。

四是创作形式脱离实际。现实题材文艺作品创作中存在"标签化""脸谱化""理想化"现象,让人物形象失真、让生活失重,偏离了生活的自然状态。

三、现实题材文艺创作的对策及建议

现实题材文艺作品反映的不仅是一种美学理想,更是一种人生态度。因为现实不可能尽善尽美,所以需要有温暖人心、启迪人生的正面力量,需要秉持积极的现实主义思想创作出来的优秀文艺作品。这不仅体现为情境和人物的真实,而且体现为一种有意味的讲述方式,既能感染读者、观众,又能触动读者、观众;既能产生娱乐效果,又能激发深刻思考;既能展示多样化的生命状态,又能促使读者、观众在心中产生昂扬向上的生活态度和正确的价值取向,进而形成推动社会发展、时代进步的精神力量。因此,寿县现实题材文艺创作应从以下几方面进行重点突破:

一是切实加强党对现实题材文艺创作的领导。进一步明确县委、县政府的主体责任,旗帜鲜明、态度坚决地将现实题材文艺创作纳入宣传文化部门工作总体部署,列入年度意识形态和宣传思想工作考核范围。由县委宣传部牵头,县文联、县文旅局负责提出意见,统筹编制全县现实题材文艺创作中远期规划,提出相关扶持

推进意见,大力引导支持现实题材文艺创作繁荣发展。深化县作协组织建设改革,优化县作协组织机构设置,明确其地方党委领导下的人民团体性质,确保县作协有专人负责,有办公场所,有工作经费。同时,注重发挥县文联团结引导、联络协调、服务管理、自律维权的职能作用,为所属各专业协会制定现实题材文艺创作计划,推进各专业协会现实题材文艺创作。

二是始终坚持以人民为中心的创作导向。采取多种形式,持续深入地学习宣传习近平新时代中国特色社会主义思想和习近平社会主义文艺思想。要深入学习贯彻习总书记在文艺工作座谈会、全国政协十三届二次会议文化艺术界和社会科学界委员联组会及致中国文联、中国作协成立 70 周年的贺信等系列重要讲话精神,学习好、理解好、贯彻好,学懂悟通,力践立行,将习总书记关于文艺创作的重要指示落到实处。要强化"围绕中心、服务大局"观念,把目前正在全县有效开展的"文化扶贫"活动进一步拓展开去。

三是大力夯实现实题材文艺创作的基层基础。要加大服务基层工作力度,把服务基层、夯实基础作为工作中心和重点,在现实题材文艺创作重点作品扶持、定点深入生活、文学人才培训、选聘签约作家、优秀作品出版推介、会员发展和职称评审等方面向基层倾斜。建立完善县文联、作协主席、副主席和主席团成员联系文学社团和优秀作家制度,把现实题材文艺创作纳入联系服务的重要内容。要完善精品创作激励机制,修改完善《寿县文艺创作奖励办法》,使其更加贴近寿县实际,更加贴近寿县现实题材文艺创作的现实情况,进一步激发全县文艺创作者投身和关注现实题材文艺创作。坚持服务领军作家、扶持实力作家、培养新锐作家,向重点作家、签约作家、扶持作家要作品。加大对县直单位、乡镇业余作家的支持力度,培育壮大地域性现实题材文艺创作群体。

四是必须强化现实题材文艺作品的批评研究。要切实加快组建现实题材文艺创作的批评研究机构,统筹整合县文联下属各专业协会文艺评论资源,加快推进县级文艺批评研究机构组织建设,鼓励发展机关单位、社会团体等各种形态的现实题材文艺创作批评研究机构和现实题材文艺创作批评研究发表平台。要全面优化现有文艺创作批评研究力量,培育一支现实题材文艺创作批评研究队伍,成立全县现实题材文艺创作批评研究专家库,开展现实题材文艺创作批评研究培训班等。要将文学批评研究向基层延伸,有效指导全县基层作家开展现实题材文学作品创作。

五是积极促进现实题材文艺创作的成果转化。要加大现实题材文艺创作的扶持力度,在文艺评奖、批评导向、新闻宣传等方面给予倾斜关注,为优秀现实题材文艺创作的下一步成果转化打下坚实基础。培育壮大文艺创意支柱产业和龙头企业,支持现实题材文艺创新,健全现代文艺市场体系,促进现实题材文艺创作产品及要素的合理流动和配置,完善文艺市场管理和市场秩序。依托县融媒体中心影视工作室、县文旅局创研室等创作机构,完善优秀现实题材文艺作品转化机制,不断加快现实题材文艺作品的全面转化。

探询自我的手法

——读杰里·克利弗的《小说写作教程》

　　兵无常势,文无定法,这既是我国古代一种用兵作战思想,也是对写作规律的一种辩证认识。与此不谋而合,已故美国写作教练杰里·克利弗在他的《小说写作教程》一书中,对小说的写作技法、写作规律提出了不同的创作标准。他提倡"即兴写小说",让写作者不再乞灵于缪斯女神的点化而是做到自我呈现、自成一家。他把自己的方法定性为"探询自我的手法"。

　　杰里·克利弗是一位创意写作教练,他在芝加哥创建的"作家阁楼",在过去20年里是芝加哥最成功的独立作家工作室。克利弗曾在伊利诺伊大学和西门大学学习写作,并在西门大学教授小说写作10余年。他一直为Barnes&Noble以及《读者文摘》做专门讲座,并且开设了"即兴写小说"网上课程。克利弗在多家杂志上发表过文章,并且是几本书的"影子写手"。在过去的30年中,他潜心研究创作的过程,找到使每个故事、每一个作家获得成功的基本要素。

　　《小说写作教程》一书,概括了克利弗从教30余年来独创一格的小说创作培训经验,用中国人民大学教授、译者王著定的话来说:"他提供的信息贴合实际、简单实用,为畅销图书、短篇小说、影视剧本以及舞台剧本创作提供了一盏指路明灯。"对于小说创作者来说,这是一本针对性很强的优秀参考书,也是一本简洁实用的小说写作指南。

　　在书中,克利弗首先回顾了自己追求创作方法真知的道路,貌似平淡却充满了未知的辛酸。他结合自身的经历,明确提出创作首先要有信心。作者的理论切入由此开始,从形式(冲突、行动、结局)、内容(情感与展示)、技巧等方面层层剖析。最后,作者彻底打开了读者的视野,从短篇小说谈到长篇小说,从纸本小说扩展到影视剧本,从创作活动延伸到投稿营销。整部教程从酌理凝虑到掇翰成篇,从形式结构到情感玄微,作者逻辑清晰,思理条达,轻重得宜,令人称赏,实为小说写作教程之佳品,非其他同类著作所能企及。

事实上,《小说写作教程》可以说是一部"写作速成"的教程,克利弗在接受《读书报》记者采访时曾说过:"这本教程所传授的不仅是故事的创作手法,更是探询自我的手法。它能帮助你发现自己拥有什么经验,然后让它为你所有。因此,它的速成性具有双重含义。它的创作内容是现成的,你的创作方法也是随手拈来的,你只是直接地把早已成竹在胸的小说写出来。"作者的这段话颇有启发意义,对于写作者准确理解和把握书中传授的写作技巧大有裨益。

与其他文学教授有所不同,杰里·克利弗喜欢把自己称为纯粹的"写作教练",以区别于很多从事创意写作教学的知名作家。他说:"我是一名纯粹的写作教练。不少作家现在也开始从事教授写作的工作。两者有什么区别呢?这就像很多伟大的运动员未必能做好的教练,同样教练不一定需要是运动员科班出身。作为教练,你是否有运动员背景不重要,教练是指导你怎么能做得更好。写作也是如此,所以我是位写作教练。"

"写作是可以学习的",这是克利弗在书中一直反复强调的一个观点,因为他的理念是,人人都能写作,人人都能成为作家。他在《小说写作教程》中说:"当我写这本书的时候,我知道有些人总是说,'写作是不能教的',我不同意这个观点,我认为,写作需要的是训练,一个写作新手的成功需要指导。我这本书是让读者自己教自己写作。"

当然,在克利弗的观念里,每个人都能写作,但并不意味着每个人都能成为作家。他在书中说:"音乐、绘画、跳舞,天赋在其中的作用很重要。但作为个人,他必须去说话,必须去观察,必须去理解他人,而且你肯定会有想象力,这是人的生活技能,同时也是写作技能,只要你有这些基本技能,你就一定能写作。"他认为:"写作过程是体验发现自己的过程,写作给你一个工具挖掘内心,释放自己的想象力,不要考虑读者怎么想,只要把自己的故事写下来。"

杰里·克利弗"探询自我的手法"的写作箴言,对于每个写作者来说,无疑是从书中得到的一大收获。

发展休闲农业和乡村旅游的几点浅思考

　　休闲农业和乡村旅游是以农业生产模式和农村生活方式为要素,以自然资源和地域文化为载体的生产经营活动。两者既可以独立存在,亦可以包容并举。休闲农业和乡村旅游涵盖第一、二、三产业形态,是农业和旅游服务业相结合的一种新型产业。休闲农业和乡村旅游具有广阔的物理空间,其吃、住、行、游、娱、购、的行业特质,表明休闲农业和乡村旅游是一个功能多元、农村第一、二、三产业深度融合的庞大产业体系,正在成为现代农业的强大推动力,农民收入的重要增长极,美丽乡村的坚实支撑点,统筹城乡的有效连接器,产业融合的独特承载体,旅游发展的主要动力源。

　　近年来,各地休闲农业和乡村旅游呈现出爆发式增长势头,产业规模逐步扩大,展现出主体多元化、业态多样化、设施现代化、服务规范化的良好态势,带动农业强、农村美、农民富的作用越来越大。休闲农业和乡村旅游让游客既享受到绿水田园的视觉愉悦,又领略了农业文明带来的心灵舒放,已逐步成为当前各地农村经济发展的新业态、新亮点。但是,作为新业态,各地的休闲农业和乡村旅游仍处于起步阶段,与发展比较成熟的周边地区相比尚有不少差距。在具体工作中,还存在着基础设施建设滞后、服务质量有待提高、发展模式单一与经营项目同质化严重、管理服务规范性不足、从业人员素质不高、文化深入挖掘和传承开发不够等问题,需要有针对性地认真加以研究和解决。

　　如何让休闲农业和乡村旅游在文化上有说头、景观上有看头、休闲上有玩头、经济上有赚头,有力促进各地休闲农业和乡村旅游发展? 根据国家乡村振兴战略中实施休闲农业和乡村旅游精品工程要求,结合各地休闲农业和乡村旅游发展实

际,笔者认为,当前和今后一个时期发展休闲农业和乡村旅游,要着重从以下几个方面去精准发力:

一是在原则上把握"三个坚持"。要坚持以绿色为导向的发展方式。农村是绿色的田野,绿色是农业的底色,也是最能吸引城乡居民的风景线。要坚持以创新为动力的发展路径。休闲农业是创意农业,是农业的拓展和延伸,是融合度很高的产业。要坚持以文化为灵魂的发展特色。农业文明是人类历史最悠久的文明,农业是有丰厚文化底蕴的产业,必须挖掘农耕文明、传承历史文化,才能增加休闲农业的持久魅力,有文化的农业才能行稳致远。

二是在目标上推动"五养",即养眼、养胃、养肺、养心、养脑。首先要致力于打造"望山看水忆乡愁"的好去处,让城乡居民欣赏美好田园风光、品尝乡村绿色美食、呼吸清新洁净空气、休闲康养放松身心、体验学习农业知识。其次要注重保护

原汁原味原生态,开发土生土长土特产,传承老锅老灶老味道,同时开发出符合现代需求的高质量农副产品,着力增加乡村生态产品和服务供给。

三是在实施上推动"五变"。要推动农区变景区,在保证农业功能不变的前提下,完善设施、净化美化、创意布局,促进农业资源景区化,让农民生活在景区,在景区里劳动致富。要推动田园变公园,充分挖掘田园风光,将田园景致按照园林艺术原理组织起来,突出其不同特点和风格,供游客休闲、观赏、娱乐,让农民实现没有收获就有收益的目的。要推动民房变客房,让农民自主创业,或以入股的形式创办农家乐,把农民家中闲置的房屋充分利用起来,挖掘乡村尘封的遗存,唤醒乡村沉睡的资源,让闲置废弃资源迸发新活力。要推动劳动变运动,不断开发符合农业生产规律和游客消费需求的体验式农业,让枯燥的农业劳动变成市场体验农业生产过程的新方式。要变产品为商品,通过分级、包装和文化挖掘,开发地域和文化特色鲜明的伴手礼,让披头散发、没名没姓、土里土气的农产品脱胎换骨,注入新内涵,创造新价值。

四是在发展上实现"五化"。要推进业态功能多样化,按照供给侧结构性改革的思路,从拓展功能、满足需要入手,大力发展农家乐、渔家乐、田园康养等多样化模式。要推进产业发展集聚化,因地制宜,科学规划,优化布局,明确发展方向,构筑产业特色,打造休闲农业产业带和产业群。要推进经营主体多元化,在坚持以农为本、农民主体的原则下,鼓励工商企业和其他社会主体参与发展,引导更多的现代要素流向休闲农业和乡村旅游。要推进基础服务设施现代化,发挥财政资金的引领作用,撬动金融资产,带动社会资金,让基础公共设施和配套设施有人投、管得好、能常用。要推进经营服务规范化,加强引导规范和教育培训,推动休闲农业和乡村旅游管理规范化和服务标准化,促进产业提档升级,为农业全面升级、农村全面进步、农民全面发展,实现农业强起来、农村美起来、农民富起来贡献力量。

着力提升非遗保护传承发展水平

非物质文化遗产是中华优秀传统文化的重要组成部分。在推动社会主义文化繁荣兴盛的新时代,全面提升非遗保护传承发展的水平,是坚定文化自信、建设文化强国的重要途径和必然选择。党的十九大着重把"加强文物保护利用和文化遗产保护传承",作为推动文化事业和文化产业发展的重要内容写进报告里。习近平总书记高度关切、十分重视非遗保护传承发展工作,近年来先后做出一系列重要指示,在多次调研活动中考察非遗项目、购买非遗产品,并与非遗传承人亲切交流,鼓励他们把非遗保护好、传承好、发展好,充分体现了以习近平同志为核心的党中央,对非遗保护传承发展工作的高度重视和对非遗传承人的关心关怀。

在推动非遗保护传承发展的过程中,各地党委、政府及文化和旅游部门,要认真学习和深入贯彻党的十九大精神和习近平总书记关于非遗保护传承发展的重要论述及指示精神,提高政治站位,落实主体责任,加大保护力度,提升传承效能,提高发展质量,以"非遗保护依靠人民、保护成果惠及人民"为工作导向,以"见人见物见生活"为工作理念,促进非遗资源创造性转化、创新性发展,努力弘扬非遗的时代价值,展现非遗的时代风采,推动非遗更近地融入现代生活,更好地服务经济社会发展,不断满足人民群众日益增长的对传统文化、精神文化生活的需求。

提升非遗保护传承发展水平,要着力下好"先手棋"。在大力宣传《中华人民共和国非物质文化遗产法》《保护非物质文化遗产公约》和非遗相关知识的基础上,不断完善非遗保护传承发展的相关法律法规,在全社会积极倡导非遗融入生活、服务社会。要持续深入地实施中华优秀传统文化传承发展工程,宣传展示非遗在人民群众健康生活和文化生活中的重要作用,尤其是在当前新冠肺炎疫情防控

常态化的情况下,要让每一位非遗传承人各尽所能、各展所长,为全民战"疫"、夺取抗疫新胜利贡献非遗力量。

提升非遗保护传承发展水平,要着力垒好"奠基石"。非遗保护传承发展,归根结底要落实到每一个传承人身上,需要我们每一个传承人都必须具有足够的自信、热爱和匠心。非遗发展的根本目的还是在"用"字上,需要我们每一个传承人不断地传承、创新和流动。因此,各地要不断加强非遗传承人人才队伍建设,加快建立健全非遗传承人立法工作,提升国家、省、市、县各级传承人的法定地位。要在非遗传承人群中倡导初心、匠心、真心,创作出更多更好既有传统文化气息又有现代质感的有温度、有情怀、有生活、有乡愁的非遗作品。

提升非遗保护传承发展水平,要着力唱好"大合唱"。中国的非物质文化,是一种从群众中来、到群众中去的文化,我们每一个人都是非遗的践行者、传承者和受益者。因此,我们要坚定文化自信,增强文化自觉,积极营造全社会共同参与、关注和保护非物质文化遗产的浓厚氛围,努力实现"非遗发展为了人民、非遗发展依靠人民、非遗发展成果由人民共享"的目标,让非遗保护传承发展的观念真正融入百姓的日常生活,做到慎始如终、慎终追远,为国家、民族和人民涵养出更深厚的文化自信。

阅读,是一种社会责任

　　在全面加快学习型政党、学习大国建设的当下,将阅读当作一种生活方式,被越来越多的人所信奉、所追求、所践行。可以说,阅读从来没有像时下这样受到社会的广泛关注。作为一名读书人和文化工作者,笔者在为"全民读书热"感到由衷欣喜的同时,也对阅读产生一些感慨和联想。窃以为,阅读不应止于自由消遣,而应是一种责任和担当,一种关系人类繁衍生息和社会文明发展的重大社会责任。

　　从一定程度上说,阅读不仅是一种生活方式,还是一种社交方式,更是一种社会责任。阅读不仅是为了提升自己,而且是为了更好地履行社会责任。这一点,在老一辈无产阶级革命家的身上得到了最好的印证。周恩来在少年时期便发出了"为中华之崛起而读书"的呐喊,这句著名的呐喊不只是他个人理想的呼唤,还说出了读书的真谛,即为什么要读书,或者读书是为了什么。

　　我们要知道,阅读不是想读就读、不想读就不读的私人爱好,阅读是人类为了生存和培养竞争能力必须为之倾注心血的事业。这是由宇宙的环境、人性的特点和阅读的性质所决定的,是不以人的意志为转移的"命令方块指令"。这种生存和竞争能力,不仅关系自身和个体的运道,更关乎每一个人赖以生存的社会和国家的命运。

　　在世界上,生存压力和竞争重压是人类永恒不变的主题。上天虽然赋予人以"万物之灵"的高贵生活,却没有给予人能够享受高贵生活的自然本领。相反,与其他动物相比,人是最没有自然本领的动物,人必须依靠后天的学习培养和练就本领,甚至需要依靠群居的生活方式,才能为自身赢得生存的机会和希望,才能在与自然灾害的斗争中,在与其他动物生存空间的争夺中,占据有利的位置。

其实,我们人类是很弱小的,所面临的生存和竞争的压力多如牛毛,而所有来自这方面的威胁和危机,几乎都要靠读书获取知识来破解和消除。所以,阿根廷裔加拿大作家阿尔维托·曼古埃尔曾在其代表作之一的《阅读史》中,惜墨如金地只抄录了福楼拜的一句话:阅读是为了活着。这"最后一页"却置于卷首的醒目位置,其警示意义不言自明。

有一点需要明确的是,以语言记录为核心的图书和读书,是人类最重要的传播知识和传授技能的媒介和手段。这是因为,所有的知识和技能只有通过语言文字,才能得到可靠、持久的传播和传授。阅读对于人类来说,就像我们赖以生存的空气、水和食品一样不可或缺。这三大要素维系的是人作为生物体的存在,而阅读既是维系人作为生物体存在的需要,更是维系人作为社会生命体存在的需要。

毋庸置疑,随着社会的发展,新时代"全球化"的"统一运动",并没有为人类创造出比以往历史阶段更多的"和谐"。我们可以肯定地说,一个不读书的民族注定要沦为智力、理想和文化方面的弱者,不会有任何竞争力,更不会为人类文明的发展做出自己引以为傲的贡献。作为国家的一名公民,读书是为了增强自身的力量,同时也是为国家培育涵养在世界上有竞争力的生产力。由此说来,我们每个人都应该具有这样的自觉性,无论是孩子还是成年人,都要一以贯之地把阅读当成终生的事业去追求,始终如一地把阅读作为自己的责任来担当。

阅读,需要读者展现智慧

"文章全美,曰文不加点;文章奇异,曰机杼一家。"精美的文章,是打开读者脑洞之门的"金钥匙";畅快的阅读,是展示读者智慧之光的"储物架"。对于我们读者来说,破解文章中的文字,就是读者在作品面前展现个人智慧的第一关。

从一定层面上说,阅读之所以需要我们读者展示个人智慧,原因就在于由人类的聪颖所创造的文字。在我们每天接触、习以为常的文字中,蕴藏和隐含着无限的生活经验智慧和独特的人生体验魅力。在《淮南子·本经训》中,对汉字的威力有着一段深刻而透彻的描述:"昔者仓颉作书,而天雨粟,鬼夜哭。"意思是说,因为有了文字,人类的思想即可通过文字而流传,老天不能藏其密,灵怪不能遁其形。《阅读史》的作者曼古埃尔也说:"在文字社会中,学习阅读算是一道入会仪式,一个告别依赖与不成熟沟通的通关仪式。"文中对阅读宗教般的神圣性和仪式感进行了强调。

关于阅读需要展现智慧,世界文学大师、20世纪最伟大的小说家之一马塞尔·普鲁斯特曾说过:"作品是'作者智慧展现的终点,也是读者智慧展现的起点'。"任何文字作品都凝聚着作者的智慧、灵感和期许,是作者心血的结晶。正如德国哲学家尼采所说:"读书,是在别人的知识与心灵中散步。"作者的作品一经出版和发表,就难以更改,除非修订再版;如果作者去世,其作品将是永远一成不变的文字了。因此,"作品是作者智慧展现的终点"的说法不无道理。

读书,贵在藏修。《礼记·学记》中说:"君子不于学也,藏焉,修焉,息焉,游焉。"在书本中,作者的思想和情感往往是隐含的,被埋藏在构成作品内容的文字之中。我们读者要想真正去了解作品,唯一的方式就是阅读。读者只有将书打开,去

认真地读下去,才能对作品和作者进行深入的研究、探索和开发。这项工作或活动,不是用体力而是用智慧,需要我们读者去艰苦学习、武装头脑、攀登前人智力的顶峰。因此说,作品是读者智慧展现的起点。

文字是一位魔法师,在塑造世界的同时,也在改变着世界。文字自发明创造以来,就被不断地发展和壮大。每个文字就像功能巨大、灵活多变、魔力无边的一块块积木,经过富有想象力的作者进行多样的排列组合,就可以变为一个个语气、意义迥异的句子,整体的意思大于各个部分之和,然后再组成一篇篇美文。美国女作家施瓦茨更进一步说:"文字却可以永远走下去,是有直线的,一个字会打开通往另外十几个字的门,每个新字都会悄悄推开另一扇门,如此往复,直到没有止境的默想大厦。"图书,就是由一块块积木(文字)所组成的一座座默想大厦。

特别令人惊异的是,这些墨迹会生成情绪,富有情感。在被誉为"日本文学一颗瑰宝"的《枕草子》一书中,有一段女作家赞赏书信的微妙细腻的描写:"一人远在异乡,一人心神难定。偶得书信一封,犹如人在眼前。信已寄出,即使尚未收悉,心中却同样快慰。"一封信尚有如此巨大的魅力,那么阅读一本本内容丰富、包罗万象的图书,其可以体会的深度和广度如浩瀚的海洋,是无穷尽的。

读者的智慧在阅读中升华。人类所创造的书籍,就是由这些既富含意义又有情感的一个个如精灵般的文字所构成,这些文字又组成了文明世界须臾不可缺少的一座座默想大厦。作为读者,我们就要依靠自己的智慧和整个人生来攀登和占有这一座座默想大厦。

后　记

　　"朦胧淡月云来去,桃杏依旧香暗渡。"历史犹如这暗夜中的小花儿,在时光的长河中散发着经年的幽香。每每说起历史,总觉得它离我们很远很远,只能用历史悠久来形容。可历史又离我们很近很近,并且被永远记在了心里,一路陪伴着自己,与梦想一起成为历史。

　　2600 多年的历史是寿县人的骄傲,古老寿州大地上人们繁衍生息的历史,宛若璀璨夺目的夜明珠,永远照耀着后人的前进。以史为鉴,可以知兴衰。

　　寿县历史上有着永远抹不去的创伤,也有着永远铭记在心的辉煌,更有着很多赋予历史绚丽色彩的著名人物,同时还有着很多改变历史走向的英雄豪杰。正是这许许多多的历史事件和历史人物,无言地诉说着寿县不同寻常的发展历程,给我们留下一个难以忘怀的根。铭记历史,是我们每一个人应该做到的,因为只有铭记历史,才能不忘初心,不忘来时走过的路。

　　历史在发展中产生了民族,民族凝聚了力量并形成了精神。历史是有灵魂的,历史也是艺术的,文化诉说着历史,历史演绎着文化,昨天就是今天的历史,时间是历史的分水岭。悠久的历史催生了寿县文化,伴之而起的是寿县人的一种传统文化精神,其自强不息的奋斗精神、伤时感事的忧患意识、厚德载物的人生追求、以德化人的高尚风范、和谐持中的思想境界,深入骨髓,刻骨铭心。

　　寿县的历史文化是一本厚重的书,这个历史永远说不完,也说不准。虽然说寿县的历史文化都是思想史,但是这里的历史文化是有痕迹的,是可以考究的。寿县的历史文化不仅包括人文、地理、环境、事件、人发展的过程等等,还包括这一切之

外的宇宙。史书上记载的历史让人们了解了寿县过去的社会形态和人物,没有记载的历史给了我们无限的设想和研究的空间。因此,寿县的历史文化既是已知,也是未知,更是不知,是一门学科,也是一种思想。

梁启超说:"史者何?记述人类社会赓续活动之相体,校其总成绩,求得其因果关系,以为现代一般人活动之资鉴也。"历史是客观存在的事实,真相只有一个。然而,记载历史的史料典籍往往随着人类的主观意识而变化、发展、完善,甚至有歪曲、捏造等人为行为,需要后人去甄别考证,去伪存真,由浅入深,由表及里,弄清历史真相,还原历史本貌。因此,要了解历史的真实性,就要像梁启超先生所倡导的那样,弄明白历史人物和历史事件的"因果关系"。

探寻和了解寿县历史文化,需要永葆一颗穷根究底的好奇心。正是基于这种求知若渴、寻奇探幽的冲动,让我对寿县历史文化数千年的生态变化产生好奇,驱使我在文化寿县和地理寿县中寻寻觅觅,逐渐对本地历史文化充满了痴迷。这其中的原因,既是兴趣使然,又是自己的工作职责所系。数年来,我留心观察寿县历史文化的现状与历史、变化与发展,潜心琢磨,专注研究,努力挖掘寿县历史文化的精髓。

研究寿县历史文化,对我而言是自不量力、蛙与牛斗。此项工作仅有一腔热情是不够的,还需要广博的历史文化知识和执着的探索钻研精神。这对于我这个非历史专业、非高等学历的人来说,难度之大、挑战之巨是前所未有的。但是,从骨子里涌出的那股不服输的劲头,逼迫我一头扎进历史的故纸堆中,不能自拔。无数个漫漫长夜,我面对孤灯黄卷,寥落虫鸣,像一个考古工作者一样,在卷帙浩繁中一点点抽丝剥茧,探寻历史真相。

抚今追昔,我们循着"满天星斗说",去体味历史文化的博大精深,源远流长。传统文化积淀着中华民族最深沉的精神追求,给予我们坚定、从容和自信。通过研究寿县历史文化,我慢慢地悟出了这样一个事实,几千年来古人留下来的历史文化,使寿县人有着深刻的悟性,有着独特的表达,看问题时有着独特的视角,思考问题时有不同于西方人的简约。寿县人有东方的人文精神,有自己的艺术追求,有自己的文明源流,也有和谐的生活方式。寿县的历史文化在提醒人们,或许有一天,我们只能在这些泛黄的卷册和典籍里寻找文化之根,我们还有很多工作要做,包括对寿县历史文化的研究、挖掘、阐发。这样,至少不会让珍贵的文化遗产变成残酷的终天遗恨。

这本小册子,姑且算是笔者近年来研究寿县历史文化的一个小结。由于本人才薄智浅,管窥筐举,书中自有不少谬误和遗漏之处,有的观点亦属一家之言,也很浅显,不为定论,有待于进一步研究。敬请诸位方家正腕指教,欢迎读者朋友批评指正。

楚仁君

2021 年 5 月于寿春